D1663292

СЕРИЯ
УИК-ЭНД

Петра Шир

# Золото Кёльна

Санкт-Петербург
2023

УДК 821.112.2
ББК 84(4Гем)
Ш64

Petra Schier

DAS GOLD DES LOMBARDEN, Vol. 1

Перевел с немецкого
*Святослав Поляков*

Художник
*Юлия Прописнова*

Дизайнер обложки
*Александр Андрейчук*

**Шир П.**

Ш64 Золото Кёльна: [роман] / Петра Шир; [пер. с нем. С. Полякова]. — СПб.: Аркадия, 2023. — 544 с. — (Серия «Уик-энд»).

ISBN 978-5-907500-33-4

Жизнь Кельна XIV века только внешне течет спокойно и благопристойно. На самом деле под личинами добропорядочных бюргеров и членов их семейств могут скрываться жестокие и лицемерные создания. Весь город всколыхнула смерть хозяина меняльной лавки, ломбардца Николаи Голатти. А потом на поверхность стали всплывать его тайные дела... Что молодая вдова Алейдис сможет противопоставить грязным слухам, угрозам расправы и попыткам ее разорить, кроме твердости и силы духа? Правда, ей предлагает помощь человек, который еще совсем недавно был злейшим конкурентом ее покойного мужа. Вот только можно ли доверять этому новому другу?

**УДК 821.112.2**
**ББК 84(4Гем)**



**ISBN 978-5-907500-33-4**

# ДЕЙСТВУЮЩИЕ ЛИЦА

*Семья и домашние Николаи Голатти:*

Николаи Голатти — ломбардец, меняла и кредитор.

Алейдис Голатти — супруга Николаи, дочь Йорга де Брюнкера.

Андреа Голатти — брат Николаи, торговец скобяными изделиями.

Гризельда Голатти — покойная супруга Николаи, мать Катрейн.

Арнольд Хюрт — брат Гризельды, дядя Катрейн.

Катрейн де Пьяченца — дочь Николаи и Гризельды, вдова Якоба, мать Марлейн и Урзель, бегинка[1].

Якоб де Пьяченца — покойный отец Марлейн и Урзель, меняла из Бонна.

Марлейн — дочь Катрейн и Якоба, старшая сестра Урзель.

Урзель — дочь Катрейн и Якоба, младшая сестра Марлен.

Роберт де Пьяченца — кузен Якоба из Бонна, покойного мужа Катрейн.

---

[1] Бегинки — религиозное движение, возникшее в средневековой Европе в XII в. Женщины-бегинки вели образ жизни, близкий к монашескому. Бегинки проживали в бегинажах (домах бегинок). — *Здесь и далее — прим. перев.*

Йорг де Брюнкер — отец Алейдис, торговец тканями.

Криста де Брюнкер — супруга Йорга.

Эльз — кухарка в доме Николаи.

Лютц, Вардо, Зимон — слуги.

Герлин, Ирмель — служанки.

Зигберт Хюссель, Тоннес ван Кнейярт — подмастерья.

*Должностные лица города Кельна:*

Винценц ван Клеве — один из трех полномочных судей[2] Кельна, брат Альбы, сын Грегора ван Клеве, меняла и кредитор.

Кристан Резе — один из трех полномочных судей Кельна.

Георг Хардефуст — один из трех полномочных судей Кельна.

Эвальд фон Одендорп — адвокат и нотариус.

Иоганн Хюссель — шеффен[3], отец Зигберта.

Рихвин ван Кнейярт — шеффен, отец Тоннеса.

*Прочие действующие лица:*

Грегор ван Клеве — отец Винценца ван Клеве и Альбы, меняла и кредитор.

Альба — старшая сестра Винценца ван Клеве, вдова.

Аннелин — покойная супруга Винценца ван Клеве.

---

[2] Полномочный судья — чиновник в средневековом Кельне с широкими полномочиями, отвечавший за розыск и осуждение уголовных преступников.

[3] Шеффены — в средневековой Германии члены судебной коллегии.

Матис Грevероде — сын члена Совета и капитана городской гвардии Тильмана Греverоде и его жены Миры.

Хардвин Штакенберг — торговец вином, сосед Алейдис Голатти.

Сигурт Вайдбрехер — купец.

Хиннрих Лейневебер — ткач.

Мастер Клайвс — архитектор, строитель собора в Кельне (его прототипом является реально существовавшее лицо — Николаус ван Бюрен (1380–1445)).

Клевин — слуга в доме Винценца ван Клеве

Аильф, Людгер — стражники в доме Винценца ван Клеве.

Матс Кройхер — городской страж.

Мастер Фредебольд — кузнец-оружейник.

Мастер Шуллейн — сапожник.

Йоната Хирцелин — старшая бегинка в бегинаже на Глокенгассе.

Отец Экариус — бенедектинец, священник в приходе Святой Колумбы, брат Йонаты.

Меттель — бегинка.

Эльзбет — хозяйка борделя «У прекрасной дамы» на Швальбенгассе в квартале Берлих.

Гизель — публичная женщина в борделе «У прекрасной дамы».

Трин, Энне — бывшие проститутки, ныне служанки в борделе «У прекрасной дамы».

Геро — сын Энне, слуга в борделе «У прекрасной дамы».

Адельгейд Лангхольм— дочь странствующего торговца горшками и сковородками.

Бальтазар — брат Вардо, слуги в доме Голатти.

Ленц — уличный мальчишка, младший брат Герлин, служанки в доме Голатти.

Биргель — портовый работник, старший брат Кленца.

Кленц — портовый работник, младший брат Биргеля.

Йупп — банщик.

Кельн, 16 августа 1423 года
от Рождества Христова

# Глава 1

Ни выгребная яма, ни навозная куча сегодня больше не смущали обоняние своим зловонием. Старший слуга Лютц вчера погрузил навоз в большую телегу и отвез его к брату, который выращивал овощи на продажу. А выгребную яму двумя ночами ранее вычистили золотари. Солнце вот-вот должно было взойти над крышами и шпилями города, обещая еще один теплый летний день, а вокруг уже на все голоса щебетали утренние птахи. Почти неделю стояла сушь, и вот снова пошли дожди — к вящей радости трав и овощей, произраставших в огороде.

Алейдис любила лето. Она все еще стояла у черного хода, ведущего на кухню, глубоко вдыхая свежий, пряный утренний воздух, наслаждаясь легким ветерком, шелестящим в листьях каштанов, что росли на границе квадратного двора. Один взгляд на кроны этих могучих древних деревьев вызвал у нее улыбку. Урожай каштанов нынче будет богатым — это видно невооруженным глазом. Ей нравился вкус этих сладких плодов, покрытых кожурой с колючками. И хотя кухарка Эльз утверждала, что от каштанов могут случиться несварение желудка, метеоризм и диарея, а значит, не стоит употреблять их в пищу, Алейдис все эти напасти обходили стороной. Кроме того, каштаны экономили им кучу денег зимой. Поэтому она запасала их всеми возможными способами — варила, коптила, жарила. Да и как иначе, ведь на ней лежала ответственность за большую семью, и ей не хотелось обременять лишними расходами семейную казну, которая не оскудевала благодаря ее мужу. Николаи Голатти всегда подчеркивал, как он гордится своей рачительной и бережливой хозяюшкой, и ей была приятна его похвала. Нужды в деньгах они не испытывали. Николаи был одним из самых известных и богатых менял в Кельне. Огромный двор и роскошный интерьер добротного двухэтажного дома лучше всяких слов свидетельствовали о достатке, который глава семьи способен был обеспечить домочадцам. Однако Алейдис считала, что это не дает повода швыряться деньгами направо и налево. С детства привыкшая к скромности и умеренности, она гордилась тем, что кладовка у нее забита всяческой снедью и каждый день их стол ломится от вкусных блюд, которые она приготовила сама.

Незадолго до девятнадцатилетия она приняла на себя заботу о доме своего отца, торговца тканями Йорга де Брюнкера. Эта обязанность досталась ей как единственной дочери в наследство от матери, почившей пять лет назад. Отец всецело жил в мире тканей, шерсти и сукна. Он разъезжал по ярмаркам и постоянно устраивал дома пирушки, на которые приглашал других купцов. Кто-то должен был обо всем позаботиться, и Алейдис взялась за это с большой охотой. Ее переполняла радость от того, что во вверенном ей хозяйстве дела идут по заведенному распорядку. Но больше всего ей нравилось вести бухгалтерию. Эту работу все чаще доверял ей отец, после того как преподал некоторые азы. В прошлом бухгалтерией занималась мать. К счастью, Алейдис унаследовала от нее разборчивый почерк и умение быстро вникать в дела. Будь на то воля Алейдис, она прожила бы так всю жизнь, наслаждаясь ее неспешным и размеренным течением. Но в один прекрасный день Йорг пришел к дочери и сообщил, что хочет снова жениться. Криста, вдова скорняка, была его юношеской любовью. В свое время он просил ее руки, но ему отказали, так как тогда он был беден как церковная мышь. Однако теперь она была свободна и готова выйти за него замуж. У нее было трое детей — две дочери, уже совсем взрослые, всего на пару лет младше Алейдис, и двенадцатилетний сын.

Алейдис порадовалась за отца и не только приняла новую родню с широко раскрытыми объятиями, но и восприняла как нечто само собой разумеющееся, что обязанностей по дому у нее прибавилось. Но она не учла, что две хозяйки редко способны ужиться на одной кухне. Особенно если обе обладают взрывным темпераментом. Ссоры и скандалы стали частью повседневной рутины. В конце концов все это стало Йоргу в такую тягость, что он решил — ради общего блага, как он сказал, — что пора уже Алейдис обзавестись собственным домом. Вероятно, он уже имел какие-то соображения на этот счет, потому что подходящий жених сыскался довольно быстро. Сначала Алейдис отнеслась к выбору со скепсисом. Избранник был старым другом отца, и слово «старый» тут нужно понимать буквально.

За несколько месяцев до назначенной даты свадьбы ему стукнуло пятьдесят шесть лет, так что двадцатилетняя Алейдис была более чем вдвое моложе его. Девушка не стала противиться замужеству, потому что оценила добрый нрав Николаи и к тому же заметила, что по-настоящему нравится ему. Вскоре после бракосочетания он доверил ей часть своих бухгалтерских книг и попросил ее привести их в порядок и впредь держать при себе. Чуть позже он признался, что, сватаясь к ней, клял себя за то, что берет в дом такую молодую и красивую женщину. Женщину, которая даже на шесть лет моложе его собственной дочери и в которой он души не чаял. Он боялся, что своей красотой и статью Алейдис будет возбуждать черную зависть у всех холостяков Кельна. Ему действительно приходилось время от времени терпеть насмешки и издевательства. Само собой, многие задавались вопросом, хватит ли ему мужской силы, чтобы справиться с юной и свежей Алейдис. Признаться, он и сам задавал себе этот вопрос, поскольку уже давно страдал от растущей нехватки мужской выносливости, как он это в шутку назвал. Но, как выяснилось потом, это вовсе не помешало ему исполнить супружеский долг в их первую брачную ночь.

С легкой улыбкой Алейдис присела на каменную скамью на краю сада и вспомнила то первое соитие. Ей было немного страшно, но, как выяснилось потом, для страха не было причины. Николаи подошел к этому вопросу с умом и тактом, попытавшись сделать все наиболее приятным для нее образом. И пусть он не обладал выносливостью юнца, Алейдис могла считать себя счастливицей. Наверняка есть женщины, которым повезло меньше.

В ответ на доброту и ласку Алейдис хотела бы подарить мужу сына, рождения которого он желал больше всего на свете. Собственно говоря, это была еще одна причина, по которой он решил жениться во второй раз. Первая жена умерла от лихорадки шесть или семь лет назад, родив ему лишь одну дочь. Она беременела еще не единожды, но всех детей либо до, либо сразу же после рождения Господь призвал в царствие небесное. В какой-то момент супруги сдались. Алейдис подозревала, что причина того, что у Николаи пропало желание, заключалась не в нем самом, а в том, что Гризельда, его покойная супруга, была на несколько лет старше его и ее трудно было назвать привлекательной. Как еще можно было объяснить то, что, как только у него появилась молодая и хорошенькая женушка, жизненные силы вдруг вернулись к нему, пусть и не в полной мере. В свое время он женился на Гризельде из-за ее огромного приданого и из-за связей ее семьи с влиятельными домами не только в Кельне, но и в окрестных городах. Эти связи до сих пор помогали ему преуспевать в делах. Но теперь, когда Николаи обзавелся новой женой, он надеялся, что долгожданный наследник наконец появится. Алейдис была бы счастлива доставить ему эту радость, но пока все их старания оказывались тщетными.

Прошлой ночью Николаи снова возлег с ней. И теперь, скользя задумчивым взглядом по грядкам с репой, горохом и луком, которые освещали первые лучи солнца, Алейдис решала, какому святому ей помолиться о рождении ребенка, чтобы тот слегка подтолкнул счастье в их сторону. Она не могла выбрать между Марией Магдалиной, святой Люсией и святой Маргаритой. Как раз в тот момент, когда она прикидывала, не будет ли самым разумным воззвать сразу ко всем трем, у нее за спиной раздались шаги по каменным плитам, которыми был вымощен двор. Мгновение спустя она почувствовала на плечах теплые руки.

— Ну вот, куколка моя, я хоть раз застал тебя бьющей баклуши, да?

Алейдис откинула голову назад и с улыбкой посмотрела в веселые карие глаза мужа.

— Это единственное время, когда я могу спокойно подумать о своем. Надеюсь, вы не обидитесь на меня за это.

— С чего бы мне обижаться? Я знаю, что ты никогда долго не сидишь на месте. И чего это мы такие официальные с утра пораньше? Кроме нас, тут никого нет, так что нет нужды обращаться ко мне как к суровому мужу и повелителю.

— Как скажешь, Николаи. Но с минуты на минуты выйдут горничные, а слуги отправятся по своим делам. Хочешь, чтобы они увидели, как мы тут милуемся?

— Ой, о том, чего я хочу, я лучше распространяться не буду, чтобы, не дай бог, тебя не испугать. И вообще, будучи мужем такой очаровательной куколки, как ты, разве я не имею права вести себя как влюбленный юнец? Хотя бы у себя дома.

— Это правда, у себя дома ты можешь делать все что пожелаешь.

— И я того же мнения. — Он тихонько засмеялся и погладил седую бороду. — Какого рода мысли занимали тебя до того, как я тебя потревожил? Мне нужно о чем-то знать?

— Ну как сказать... — Алейдис поправила края простого белого чепчика. — Возможно, тебе не понравится то, что я придумала.

— Ты полагаешь? — Он взглянул на нее с любопытством. — Я заинтригован. О чем идет речь?

— Это будет стоить тебе совсем немного.

— Скажи уже наконец, что будет стоить мне «немного»? Новое платье? Туфли? Украшения?

Алейдис недоуменно покачала головой.

— Нет, что ты. Нет, совсем нет. У меня достаточно платьев и туфель, а украшения я обычно не ношу, они мешают мне работать. Нет, понимаешь, я хотела бы помолиться в Святой Колумбе[4] и поставить несколько свечей. Хорошие восковые свечи, они понравятся святой Маргарите и святой Люсии. И Марии Магдалине, я надеюсь. Возможно, они помогут мне...

Громкий хохот Николаи оборвал ее на полуслове.

— Это не смешно! — возмущенно воскликнула Алейдис, опешив от такой бестактности.

— Напротив. Вы только послушайте! Моя красивая, молодая, пышущая здоровьем супруга хочет попросить чуда у святых покровительниц бесплодных жен и рожениц. Что, правда? Нет, куколка моя, ничего смешнее этого я за всю жизнь не слышал.

Увидев, что жена нахмурилась, Николаи снова посерьезнел.

— Сокровище мое, — сказал он, сжимая ей ладошку, — мы женаты всего шесть месяцев, и если

---

[4] Одна из крупнейших приходских церквей в средневековом Кельне.

ты пока еще не забеременела, то дело не в тебе, а во мне.

— Нет же, Николаи!

— Да, конечно, да. Но стоит ли из-за этого выбрасывать кучу денег на какие-то свечи, которые продают втридорога? Нет, определенно не стоит. Лучше потратить эти деньги на новую одежку, красивые платья и чепчики или что-то в этом духе. На то, что побудит твоего не слишком усердного муженька удвоить рвение на супружеском ложе. Уверяю тебя, пользы от этого будет больше, чем от самой толстой свечи, которую ты зажжешь в Святой Колумбе, Большом Святом Мартине[5] или где-либо еще у ног святых.

Он огляделся по сторонам и чмокнул ее в щеку, а затем подарил еще один поцелуй, чуть более долгий, — в губы.

— Ну так что, идет?

— Ты о чем?

Смутившись, она тоже огляделась. Где-то стукнула дверь. Затем раздалось фальшивое пение. Это была служанка Ирмель. Она всегда пела за работой.

— Ну, что ты закажешь себе новое платье. И красивый чепчик. А как насчет серебряной сетки на голову, которая будет поддерживать твои прекрасные светлые волосы? Цветом они напоминают

---

[5] Церковь в северной части средневекового Кельна.

мне мед. Может быть, какой-нибудь локон или даже два вырвутся из сетки и заиграют на твоем лице. Мне бы это очень понравилось.

Алейдис почувствовала, как щеки заливает румянец.

— Но ведь это так неприлично!

— Брось, нет ничего неприличного в паре локонов. Особенно если таково желание твоего супруга.

Он подмигнул ей.

— Так что лучше сходи к отцу за тканями, а затем отправляйся к портнихе. Может быть, она успеет к выходным. Мы же приглашены на пир в замок Шалленгоф.

— В субботу? — спросила Алейдис, снова помрачнев. — Но ведь это совсем скоро. Госпоже Беате придется сильно поторопиться. И откуда ты знаешь, что у отца найдется подходящая ткань?

— Уверен, для дочери он постарается. Насколько мне известно, он недавно купил несколько тюков парчи — белой и синей. Думаю, он сможет подобрать тебе что-нибудь стоящее.

Она хотела было возразить. Синяя парча была неприлично дорогой. Но Алейдис знала, что Николаи любит ее баловать и просто светится от счастья, когда ей выпадает случай покрасоваться на людях в роскошных нарядах. Поэтому почла за благо промолчать и порадовалась возможности пополнить свой и без того обширный гардероб великолепной коттой[6] с сюрко[7]. Какой бы экономной она ни была, ей, как и всякой женщине, нравилось наряжаться в красивые платья, чепчики и башмаки.

— Спасибо, Николаи, ты очень щедр.

Она сжала его руку, улыбнулась и поднялась со скамьи.

— Но теперь, боюсь, мне пора возвращаться к работе. Вообще-то я просто хотела взглянуть на петрушку и срезать пучок для яичницы, которую Эльз пожарит нам на завтрак.

Николаи тоже встал и еще раз поцеловал ее в щеку, хотя она деликатным кашлем и пыталась намекнуть ему, что они больше не одни.

— Тогда не буду тебя задерживать. Хорошая яичница — что может быть лучше в начале нового прекрасного дня?

Он озорно усмехнулся, когда служанка Ирмель, костлявая женщина лет тридцати с русыми волосами под простой белой косынкой, протопала мимо них, стуча тяжелыми деревянными башмаками, и толкнула дверь в курятник, то и дело кидая в их сторону любопытные взгляды.

— Доброе утро, Ирмель, — поздоровался с ней Николаи.

---

[6] Средневековая одежда наподобие туники с узкими рукавами.

[7] Средневековое женское платье.

Лицо служанки расплылось в улыбке.

— Доброе утро, хозяин, доброе утро, госпожа. А я тут кур решила покормить. Не хотела вам мешать.

— Ты совсем не мешаешь, — поспешила возразить Алейдис.

— Да? А мне показалось... Ну, так я это, пойду?

Густо покраснев, Ирмель нырнула в курятник, выпустив при этом во двор галдящих птиц.

Алейдис усмехнулась.

— Ну вот, мы ее смутили.

— Ну и что? К завтраку она уже обо всем забудет. Вот увидишь.

Посмеиваясь в усы, Николаи направился обратно к дому. Алейдис тоже усмехнулась, подошла к одной из грядок и окинула взглядом густо разросшиеся кусты петрушки. Срезая петрушку маленьким ножиком, который она захватила на кухне, она думала, как все-таки здорово быть женой ломбардца Николаи Голатти. И что с того, что он старше ее отца? Ее это нисколько не волновало, а если кому и кололо глаза, то это их проблемы. Она уверена, что лучшего мужа и лучшей жизни для нее и представить себе невозможно.

Возвращаясь вечером со слугой Вардо от портнихи, Алейдис еще издали заметила, что перед домом образовалась толпа. В центре толпы что-то происходило. Она разглядела Эльз и молодую служанку

Герлин. Обе жалобно причитали, а Герлин даже заламывала в отчаянии руки.

— Что там такое? — удивилась Алейдис и прибавила шагу. — Что там за шум? Ты можешь сказать?

Вардо, крепкий коренастый мужчина с огромными мышцами и редкими светлыми волосами до плеч, неодобрительно покачал головой.

— Опять сцепились языками и болтают без умолку. Всегда так.

— Нет, на этот раз что-то другое. Послушай, похоже, что там драка.

Алейдис почти бегом поспешила по Глокенгассе, энергично расталкивая в стороны мальчишек-подмастерьев, которые собрались поглазеть и так некстати преградили ей путь.

— Что происходит... Ах, боже ты мой!

Она испуганно уставилась на двух детишек, которые отчаянно боролись друг с другом в дорожной пыли. Одним из возмутителей спокойствия был Ленц, девятилетний брат ее служанки Герлин, а вторым...

— Урзель! — охнула Алейдис.

Она опустила корзину с покупками на землю и решительной походкой направилась к детям. Но те были так увлечены, что не заметили ее и чуть было не задели ногами.

— Так, хватит, вы оба!

Она огляделась по сторонам.

— Герлин, а ты что стоишь глазеешь? Почему ты до сих пор их не разняла?

Служанка, которой не так давно миновало шестнадцать, беспомощно развела руками.

— Простите меня, госпожа, но я просто не знаю, что делать. Они набросились друг на друга как сумасшедшие. Я даже не смогла...

— Чушь!

Не обращая внимания на пинки, она схватила первую попавшуюся руку и сильно дернула ее, оттащив Ленца от Урзель. В следующий момент она рывком поставила его на ноги.

— Вы что, оглохли?! Немедленно остановитесь!

Она вложила в голос всю властность, на которую только была способна. А способна она была на многое, иначе как бы она управилась с хозяйством Николаи. Девятилетняя Урзель, почти такая же соломенная блондинка, как и ее противник, перекатилась по земле и тоже поспешно вскочила на ноги.

— Госпожа Алейдис! — испуганно выпалила она, отряхивая испачканное пылью платье. Ее красивые косы совсем расплелись. — Я вас не заметила.

— Это меня мало удивляет. Как вы смеете кататься в пыли на глазах у всех?

Суровый взгляд Алейдис скользил с одного ребенка на другого. Затем она подняла голову и обвела взглядом всех присутствующих.

— А вы чего стоите здесь и таращитесь, вместо того чтобы положить конец этому недостойному зрелищу?

Она заметила в толпе Зигберта и Тоннеса, двух подмастерьев мужа.

— Ну? Вы что скажете?

Пятнадцатилетний Зигберт — он был на два года младше Тоннеса — густо покраснел.

— Э-э-э-э, ну я... я вообще только подошел. Правда, госпожа Алейдис, у меня не было возможности...

— А ты, Тоннес?

Высокий юноша пожал плечами.

— Я не собираюсь вмешиваться. Если два молокососа считают, что им нужно вцепиться друг другу в волосы, это не мое дело.

— Даже так?

Не отпуская Ленца, который корчился от боли в ее железной хватке, она шагнула к ученику.

— Подумай-ка хорошенько, прежде чем ответить снова.

Хотя Тоннес был на целую ладонь выше Алейдис, ее пронзительного взгляда оказалось достаточно, чтобы он слегка склонил голову, демонстрируя свое почтение и покорность.

— Да все в порядке, я просто хотел сказать, что лучше подожду, пока они немного устанут, чтобы никто из них меня не пнул или, чего доброго, не укусил.

— Вернемся к этому разговору позже.

Алейдис повернулась к остальным зевакам.

— А вы чего? Здесь не на что больше смотреть. Убирайтесь отсюда.

Крепко схватив Урзель за руку, она потащила обоих детей за собой в дом. Эльз и Герлин последовали за ней, прихватив корзину.

Убранство кухни состояло из кирпичного камина, такой же кирпичной печи с решеткой и вертелами для жаркого и каменной раковиной, еще одной печи, которая растапливалась со двора, прямоугольного дубового стола и пары массивных скамей. Алейдис молча указала на одну из скамей, и нарушители спокойствия сели. Но она не успела и рта раскрыть, как оба загалдели.

— Это Ленц начал.

— Урзель — мерзкое чудище.

— Никакое я не чудище!

— А я ничего не начинал!

— Нет, начинал! А я девочка, а не чудище!

— Но ты как чудище, и притом такое мерзкое, ни один мужчина не возьмет тебя в жены, потому что ты такая глупая...

— Еще одно слово, и вам обоим не поздоровится! — рявкнула Алейдис, упершись руками в бока. — Вы что, оба рассудка лишились? Урзель, посмотри, на кого ты похожа! Разве так выглядят хорошие девочки? Твои волосы растрепаны и все в пыли. Я уже молчу о платье. Я даже не хочу знать, что это за пятна. Ты порвала подол, и у тебя на лбу ссадина.

Рука Алейдис непроизвольно потянулась к шрамику, который красовался у нее прямо над левой бровью. Этот шрам и еще один — в форме полумесяца на подбородке, пусть и поблекший за долгие годы, — она заработала не в потасовке, а когда, будучи восьми лет от роду, предавалась не самому приличному для юной особы занятию — лазила по ветвям вишневого дерева в отцовском саду. Алейдис с пониманием относилась к детским шалостям и безрассудствам, но терпеть не могла, когда кто-то использовал кулаки и зубы для разрешения споров. И неважно, были те спорщики женщинами или мужчинами.

— И на руке тоже, — в голосе Урзель уже не слышалось прежней строптивости.

Вероятно, она только теперь заметила, что поранила правое запястье. Маленькая струйка крови стекала в рукав ее потрепанного коричневого платья.

— Дай посмотрю.

Со знанием дела Алейдис осмотрела царапину и кивком указала Герлин на дверь.

— Принеси чистой воды и бинтов. И для своего своенравного младшего братца тоже.

— Да, госпожа, сию минуту.

Склонив голову, служанка убежала.

— У меня ничего нет, — сказал Ленц, сложив руки на груди, но тут же поморщился. Ему тоже досталось несколько ссадин и, разумеется, множество синяков. Кроме того, у него треснула и уже начала покрываться коркой губа.

— А теперь будьте любезны рассказать мне, что послужило причиной столь отвратительного поведения.

Алейдис быстро окунула чистый льняной платок в воду, которую ей принесла Герлин, проявив при этом необыкновенную расторопность, и промокнула им запястье Урзель. Дети мрачно переглянусь и уже собрались было заговорить, как Алейдис предупредительно подняла правую руку.

— Так, не все сразу. Урзель, ты первая. И не дай бог услышу от тебя хоть одно бранное слово. Тебе должно быть стыдно, что ты навлекла такой позор на своего деда.

Ей вдруг подумалось, что если уж на то пошло, то она сама приходится Урзель в некотором смысле бабушкой, пусть не по крови, но через брак с ее дедом. В любое другое время эта мысль вызвала бы у нее приступ веселья, но сейчас ей было не до смеха.

Урзель слегка фыркнула, но мужественно сдержала слезы, хотя было видно, что ссадины причиняют ей боль.

— Ленц был груб с Марлейн.

— Да я... ну ладно.

Мальчик быстро втянул голову в плечи.

— С Марлейн?

Алейдис внимательно изучила царапину на лбу Урзель и намазала ее травяной мазью, которую подала ей Эльз. Марлейн была сестрой Урзель, на два года ее старше.

— А чем ему не угодила Марлейн?

— Он дразнил ее. А все потому, что Марлейн считала в саду сорок, а Эльз сказала, что сороки приносят несчастье.

— Так и есть. Это птицы висельников, — подтвердила Эльз.

Она взяла в руки корзину и принялась выкладывать на каменную плиту возле раковины принесенные продукты.

— Эльз, — поморщившись, покачала головой Алейдис. — Все это суеверие, да и только.

— Называйте это как хотите, госпожа. Я знаю, о чем говорю. Детям нужно держаться подальше от сорок, не считать и ни в коем разе не подманивать их.

Вздохнув, Алейдис обернулась к Урзель.

— Итак, Эльз это сказала, и что случилось потом?

— Потом появился Ленц. Он был в конюшне у Зимона, помогал выпрягать ослов.

— Зимон пообещал мне за это краюху хлеба.

Наткнувшись на суровый взгляд Алейдис, мальчик снова втянул голову в плечи, но храбро продолжил:

— Я просто сказал Марлейн, что ей нужно быть осторожной, потому что если одна сорока сулит одну смерть, то две сороки — сразу две смерти и так далее. А там их была целая стая. Я всего лишь хотел сказать, что она так может угробить весь дом и ей лучше спрятаться, чтобы смерть ее не нашла.

На мгновение Алейдис опешила.

— Ты сказал это Марлейн?

— Разумеется, все это чушь насчет сорок. Но разве я виноват, что эта глупая коза... эта Марлейн принимает все за чистую монету и чуть что пускается в слезы?

— Ты такой мерзкий, — сердито огрызнулась Урзель.

— Ты очень виноват в том, что напугал Марлейн, — промолвила Алейдис, поймав глазами взгляд мальчика. — Ты не хуже прочих знаешь, что у нее очень ранимая натура и ее напугать проще, чем кого-либо еще. Поэтому извинишься перед ней, ясно?

Ленц пожал плечами.

— Как будет угодно. Но ничего ужасного-то не случилось.

— А по-моему, случилось, раз Урзель посчитала нужным наброситься на тебя с кулаками.

Она снова повернулась к девочке.

— Дорогуша, я знаю, что ты хотела защитить Марлейн. Но будь добра впредь не использовать для этого ни кулаки, ни зубы. Пинаться тоже запрещено.

Она прекрасно понимала, что эти наставления не возымеют должного действия. Урзель всегда вставала на сторону старшей сестры. И отличалась вспыльчивым нравом. Иногда Алейдис казалось, что, возможно, Урзель должна была родиться мальчиком, но Всевышний что-то напутал. Однако ее нежное лицо с большими голубыми и глазами губами сердечком говорило об обратном. Когда-нибудь она станет красавицей, но, если она не задумается над своим поведением, ее будет трудно выдать замуж, сколь щедрым ни было бы приданое.

Алейдис соединила два конца полотняного платка и перевязала девочке руку.

— Что ж, юная госпожа, сегодня вы отправляетесь спать без ужина. Немедленно иди в свои покои и позови сюда сестру. Скажи, что Ленц хочет попросить у нее прощения.

— Но Марлейн сейчас не в наших покоях. — Урзель осторожно пошевелила рукой и осмотрела повязку. — Она побежала по улице в слезах. Наверное, направилась к матери.

— Ладно. Тогда ты, Ленц, мчи со всех ног в бегинаж. Скажи госпоже Йонате, что пришел забрать Марлейн. Нет, не хочу слышать никаких возражений. Ты приведешь ее обратно и попросишь прощения. И не дай бог я еще раз услышу, что ты повел себя непорядочно. Три дня ты не будешь помогать Зимону убираться в хлеву и присматривать за животными. И ночевать в этом доме ты тоже не будешь.

— Но я... — Ленц повесил голову. — Ладно.

Большую часть времени мальчик жил на улице, потому что их с Герлин родители были бедными поденщиками, которые едва сводили концы с концами. Поэтому он помогал соседям, если тем нужно было почистить лошадей и убрать навоз в конюшне, натаскать воды для бани или прочистить дымоход. За работу ему давали что-нибудь поесть, а в семействе Голатти предоставляли место для ночлега — между загоном для ослов и свинарником.

Алейдис тронула его за плечо.

— Радуйся, что сейчас лето и ты можешь ночевать под открытым небом. И не забывай о своем поведении, когда ударят холода.

— Да, госпожа Алейдис.

— Если бы господин Николаи узнал о вашей потасовке первым, ты бы так легко не отделался. Уверена, он бы тебя поколотил. Так что смени выражение лица и делай, что я тебе сказала.

— Да, госпожа Алейдис.

— И веди себя прилично, как подобает настоящему мужчине.

— Да, госпожа Алейдис.

Мальчик убежал, и она повернулась к Урзель.

— Так, а ты почему еще здесь? Разве я не сказала тебе отправляться в свою комнату?

— Да, госпожа Алейдис.

Девчушка также поспешно вышла из кухни, и спустя пару секунд по лестнице застучали ее башмачки.

— С таким же успехом вы могли бы отхлестать этого недотепу лозой, — подала голос Эльз. Она уже разложила продукты и теперь чистила и нарезала пастернак, чтобы добавить в суп. С утра в котле, подвешенном над огнем, уже варился жирный кусок говядины. Алейдис медленно повернулась к ней.

— Могла бы? А как насчет того, чтобы выпороть тебя?

— Меня? — испугалась кухарка.

— Ты прекрасно знаешь, что не стоит лезть к Марлейн со своими глупыми суевериями. Она принимает это слишком близко к сердцу.

— Это не суеверия, госпожа, а чистая правда. Или вы будете отрицать, что сороки и вороны всегда считались птицами висельников?

— Лишь потому, что они питаются телами повешенных. — Алейдис повернулась к двери. — Если бы они действительно были вестниками смерти, то в городе Кельне уже давно не осталось бы ни единой живой души. Просто взгляни вокруг: сколько этих птиц летает внутри и снаружи городских стен. Я думаю, ты несправедливо обвиняешь их во всех несчастьях.

— Но так и есть, госпожа, они приносят несчастье. Даже моя матушка говорила, что сорока на крыше...

— Не хочу ничего больше об этом слышать, Эльз. Позаботься лучше об ужине. Пойду прослежу, чтобы Ленц привел бедняжку Марлейн домой целой и невредимой и не наговорил ей по дороге еще каких-нибудь гадостей.

— Пожалуйста, передавайте привет госпоже Катрейн и госпоже Йонате.

Алейдис спокойно кивнула кухарке.

— Обязательно, если, конечно, их встречу.

Всего в пятидесяти шагах от дома семейства Голатти находился небольшой бегинаж, в котором жили и работали девять женщин под руководством старшей бегинки Йонаты Хирцелин. Одной из этих женщин была Катрейн, мать Марлейн и Урзель. Она стала бегинкой несколько лет назад по настоянию Николаи. Каждый год под Рождество он делал приюту бегинок щедрое пожертвование, чтобы его единственная дочь ни в чем не нуждалась. Причину, по которой он выбрал для нее такую судьбу, он раскрыл Алейдис вскоре после свадьбы — чтобы, как он сказал, упредить дурную молву. Когда Катрейн исполнилось пятнадцать лет, он выдал ее замуж за боннского менялу, тоже выходца из Ломбардии, который часто вел с ним дела и был желанным гостем в их доме. Юная Катрейн была увлечена красавцем и с радостью принимала его ухаживания. Оглядываясь назад, Николаи винил себя во всем, что произошло дальше. Как он признавался потом, ему следовало присмотреться к жениху повнимательнее. Якоб де Пьяченца был уважаемым жителем Бонна. Его хорошо знали и в Кельне, но то обстоятельство, что он к своим тридцати все еще ходил в холостяках, должно было заставить отца невесты насторожиться. К сожалению, лишь спустя некоторое время после свадьбы он узнал, что Якоб был тираном и садистом, который бил молодую жену и издевался над ней, как только ему представлялась такая возможность. И исполнения супружеского долга он добивался от нее силой. Николаи подозревал, что в Якобе, должно быть, жила какая-то извращенная наклонность, которая побуждала его к такой жестокости. Конечно, Якоб хотел, чтобы у него родился наследник. И после рождения девочек он принялся истязать Катрейн с удвоенной силой. Николаи несколько раз пытался вмешаться, пока не понял, что тем самым лишь усугубляет положение дочери. Однажды в середине зимы, когда маленькой Урзель было всего пять лет, а Марлейн — семь (несмотря на столь нежный возраст, они уже несколько раз становились жертвами жестокого отца), тело Якоба извлекли из рыбных сетей в Рейне. Выглядело все так, будто его сначала забили палками до смерти, а потом сбросили в реку. Убийцу так и не нашли.

Николаи сразу же взял на себя заботу о дочери и девочках. Катрейн, которая после длившихся годами издевательств супруга напоминала бледную тень себя прежней, была неспособна самостоятельно воспитывать любимых дочерей. Кроме того, она, особенно в первые месяцы после смерти Якоба, панически боялась самого вида мужчин. Поэтому Николаи важно было знать, что дочь находится в безопасном месте, где ее никто не потревожит. Его выбор пал на приют бегинок на Глокенгассе. Старшая бегинка госпожа Йоната была очень рада позаботиться о бедной, измученной душе.

Алейдис заскочила в огород и быстро выкопала несколько луковиц и молодых реп, чтобы отнести их в бегинаж. Немного подумав, она также нарвала букетик ноготков в подарок Катрейн. Поселившись в приюте, та открыла для себя радость приготовления травяных отваров и мазей, которые госпожа Йоната раздавала всем нуждающимся за сущие гроши. Многие люди не могли позволить себе дорогие лекарства из аптек, но в бегинаже на Глокенгассе они получали хотя бы простые мази от ссадин, увечий или сыпи. Аккуратно сложив гостинцы в плетеную корзину, Алейдис вышла из дома. Обычно при выходе в город ее сопровождал кто-то из слуг или горничная, но до бегинажа было рукой подать, так что нужды в этом не было. Однако уйти далеко ей не удалось. Только она свернула налево и прошла немного по переулку, как за спиной раздался мужской голос.

— Госпожа Алейдис! Алейдис Голатти! Это вы? Остановитесь, добрая госпожа.

Алейдис обернулась, и ее удивлению не было предела. По переулку, задыхаясь, бежал коренастый городской страж с уродливым лицом. На лысом черепе мужчины блестел пот. Подбежав к ней, он вытер лысину рукавом камзола.

— Матс Кройхер?

Она узнала его. Он часто выполнял поручения Городского совета, с которым Николаи поддерживал тесные отношения.

— Что тебе от меня нужно?

— Простите, меня госпожа, простите меня, — затараторил страж, тяжело дыша. — Я... мы... ну... — Он оглянулся через плечо. — У меня для вас плохие вести.

Проследив за его взглядом, Алейдис увидела, что к ним приближаются еще два стража и шеффен. Ее охватило дурное предчувствие.

— Что еще за вести?

Сердце забилось чуть чаще, когда она узнала шеффена. Это был Рихвин ван Кнейярт, отец их подмастерья Тоннеса. Еще издали он поднял руку, и страж замолчал.

— Добрый день, господин ван Кнейярт, — поприветствовала шеффена Алейдис. — Что такого важного стряслось, что вы пожаловали ко мне с целым отрядом стражи? Или вы к Николаи? Муж сегодня утром уехал по делам и пока еще не вернулся.

— Нет, ну то есть да, то есть я хотел сказать...

Похоже, шеффен тоже испытывал трудности с тем, чтобы подобрать нужные слова.

— Я знаю, что вашего мужа нет дома, потому что...

Он потянул за шнуровку на вырезе рубахи так, будто ему вдруг стало не хватать воздуха. Наконец он собрался.

— Госпожа Алейдис, вынужден сообщить вам прискорбную весть. Ваш муж Николаи Голатти час назад был найден мертвым.

— Что... что вы сказали?

Алейдис едва удержалась на ногах. Казалось, кровь со всего тела хлынула ей в голову. Она с трудом перевела дыхание и сделала шаг вперед. Ван Кнейярт быстро шагнул навстречу, чтобы поддержать ее.

— Мне очень жаль, госпожа Алейдис. Ваш муж был мне добрым другом и... Ну да, но, к сожалению, есть вести гораздо хуже. Я даже не знаю...

Из горла Алейдис вырвался хрип.

— Хуже, чем смерть моего мужа?

— Нам лучше зайти в дом. То, что мы собираемся вам сообщить, не для посторонних ушей.

— Я, не...

Растерянно оглядевшись по сторонам, Алейдис заметила первых зевак, которые остановились и наблюдали за ней.

— Да, разумеется, пройдемте в дом, господин ван Кнейярт.

Бредя как в тумане, Алейдис вернулась во двор и впустила мужчин в дом через черный ход. Она провела их в гостиную и закрыла за ними дверь.

— Теперь, пожалуйста, скажите мне, что случилось? Это был несчастный случай? Ведь Николаи не болел. Он был здоров как бык, и совершенно невозможно, чтобы он... Или на него напали?

— Нет, добрая госпожа.

Шеффен неловко прокашлялся.

— Это не было ни несчастным случаем, ни ограблением. У меня к вам вопрос, и я прошу вас не принимать его близко к сердцу. Крайне важно, чтобы вы ответили мне без утайки.

— Вы меня пугаете.

Алейдис опустилась на одно из обитых тканью кресел, опасаясь, что не сможет долго выстоять на ногах.

— Хорошо, спрашивайте.

— Вы не замечали за мужем в последнее время каких-нибудь странностей?

Она недоуменно уставилась на ван Кнейярта.

— Странностей? Что вы имеете в виду? — Не был ли он как-то подавлен, не замечали ли вы за ним перепадов настроения? Или, возможно, даже приступов апатии?

— Нет, напротив, он был весел и полон сил. Но к чему все это? Зачем вам это знать?

— Потому что нам нужно внести некоторую ясность. Госпожа Алейдис...

Шеффен помедлил, затем вздохнул.

— Вашего мужа нашли в роще за Петушиными воротами. Он повесился на дереве.

— Он... Что?

Ошеломленная, Алейдис вскочила с кресла.

— Что вы такое говорите? Это невозможно. Нет, об этом не может быть и речи. Николаи не... Он никогда бы не... Нет, это совершенно невозможно. Вы, должно быть, ошиблись.

Ее желудок начал бунтовать, а сердце сдавило ледяными тисками. Повесился? Николаи? Все ее конечности онемели, точно на морозе.

— Госпожа Алейдис, вы не можете себе представить, как тяжело и страшно мне сообщать вам это известие. Вы же понимаете, что означает самоубийство. Душа вашего мужа навечно проклята. Мы не можем ни внести его в ваш дом для прощания, ни похоронить в освященной земле. Он будет публично осужден как убийца и казнен еще раз за преступление, которое он совершил против самого себя. Я не знаю, что еще сказать. Вам и вашей семье это сулит большие неприятности. Согласно закону, все имущество самоубийцы может быть конфисковано, но только если мы сможем доказать, что Николаи Голатти с горя покончил с собой.

— Но он не кончал с собой! Этого просто не может быть. Еще утром он обещал мне новое платье и даже отправил меня к портнихе, чтобы она успела пошить его до субботы, потому что в субботу нас пригласили на пир в Шалленгоф...

Голос Алейдис оборвался.

— Стало быть, вы не наблюдали за ним никаких признаков скорби или страдания? Возможно, оттого, что... Простите, что я говорю об этом сейчас, но это могло стать причиной. Может быть, он был слишком огорчен из-за того, что вы до сих пор не беременны? Ведь уже полгода прошло, как вы поженились, и с тех пор... ну, поскольку вы молоды и здоровы... Ходят слухи, что ваш муж... ну, что у него были проблемы, как бы тут поделикатнее выразиться, с мужской силой. А такое нередко пробуждает в мужчинах мрачные мысли.

— Замолчите!

Сквозь ледяное оцепенение в душе Алейдис пробился гнев.

— Не смейте порочить моего мужа подобным образом. Мужской силы ему хватало. Уверяю вас, с этим не было никаких проблем. Не далее как вчера...

Она обожгла шеффена мрачным взглядом.

— Вполне возможно, что я ношу под сердцем его наследника. Это, конечно, еще предстоит выяснить.

Шеффен примирительно воздел руки.

— Мне очень жаль, что приходится задавать вам такие вопросы, но, видите ли, это для вашего же блага. Если мы найдем доказательства того, что причиной его самоубийства было не горе, а...

— А что?

— Возможно, что в вашего мужа вселился бес или даже сам Сатана...

— Вы, верно, спятили? — яростно затрясла головой Алейдис. — Николаи, он... — Она замолкла и перевела дух. — Он был богобоязненным человеком.

— Бесспорно, он был именно таким. Но если из-за несчастливого стечения обстоятельств его одолели дьявольские силы, тогда позора можно будет избежать и у вас не отберут все имущество.

— Никто не отберет ни у меня, ни у моей семьи ни единого крейцера, господин ван Кнейярт. Мой муж будет похоронен со всеми почестями в освященной земле. Ведь никогда...

— Госпожа Алейдис...

— Нет! Он никогда бы не покончил с собой.

Раздался стук в дверь. Алейдис обернулась. Показалась голова Герлин.

— Простите, госпожа, но Марлейн и Ленц вернулись, и я подумала...

Служанка попятилась, узнав шеффена и стража.

— О, простите меня, я не знала...

— Пойди прочь, Герлин! — крикнула Алейдис, метнув в служанку сердитый взгляд. — Закрой дверь и не мешай нам больше. Проследи, чтобы Марлейн и подмастерья разошлись по своим покоям и оставались там, пока я не разрешу им выйти.

Ее голос прозвучал настолько резко, что Герлин отпрянула от неожиданности и испуга.

— Да, госпожа, конечно, как скажете.

Она поспешно закрыла за собой дверь.

— Госпожа Алейдис, боюсь, что факты говорят сами за себя, какую бы боль они вам ни причиняли, — беспомощно развел руками ван Кнейярт.

— Помощник палача снял тело с дерева и отнес его в сторожку неподалеку. Судя по тому, что мне рассказали, не приходится сомневаться...

— То есть вы пока даже не видели его собственными глазами?

— Нет, еще нет. Мне пока не удалось этого сделать. Но именно сейчас закон предусматривает...

— Я хочу его увидеть.

— Госпожа Алейдис, вы только навлечете на себя еще больший позор.

— Я хочу его увидеть! — повторила Алейдис и яростно глянула на шеффена.

Она цеплялась за свой гнев, чтобы горе, которое маячило где-то за спиной, не набросилось на нее, как дикий зверь.

— Я хочу увидеть своего мужа, господин ван Кнейярт. И не говорите мне, что у меня как жены нет такого права.

— Хорошо, если вы желаете, я могу завтра...

— Никаких завтра, прямо сейчас, господин ван Кнейярт. Я не могу позволить, чтобы это чудовищное подозрение отягощало мою семью хоть на мгновение дольше, чем это необходимо. Отведите меня к нему. Я прошу вас, — добавила она, отдышавшись.

— Хорошо, госпожа Алейдис, — немного подумав, согласился шеффен, — следуйте за мной. Но вы точно уверены, что в состоянии совершить эту трудную прогулку?

Алейдис смерила его холодным взглядом.

— Думаете, мне будет легче, если я прожду целый день?!

Поймав его испуганный взгляд, она решительно указала на дверь.

— Пойдемте.

# Глава 2

Они вышли на Брайтештрассе, но затем свернули по направлению к монастырю Святых Апостолов, так как дальше улица была перекрыта телегами. Затем снова свернули, вышли на Ханненштрассе и по ней дошли до городских ворот. Отсюда было всего десять минут ходьбы до небольшого леска — одного из многих в округе, — где произошло несчастье. Сторожка, о которой упоминал ван Кнейярт, представляла собой покосившуюся хижину, которая, вероятно, использовалась лесорубами в ненастную погоду, чтобы укрыться и спрятать от дождя пилы и топоры. Она располагалась всего в нескольких шагах от раскидистой липы, с одной из крепких нижних ветвей все еще свисала, раскачиваясь туда-сюда от теплого вечернего ветерка, пеньковая веревка. Завидев дерево, Алейдис резко остановилась, так что Матс Кройхер, шедший прямо за ней, чуть не влетел ей в спину. Рихвин ван Кнейярт протянул руку, вероятно, чтобы поддержать, если потребуется. Но Алейдис не нуждалась в помощи. Гнев на тех, кто возвел на ее мужа эту чудовищную напраслину, кто посмел утверждать, что он мог покончить с собой, сжигал ее изнутри. Но этот гнев придавал ей сил.

Обернувшись на мгновение, она с удивлением обнаружила, что за ней следует целая орава зевак. Среди них были уличные бродяги, ремесленники, служанки и нищие. Около тридцати человек собрались полукругом, и вполне возможно, что их будет еще больше, как только страшная весть разлетится по городу. В толпе она заметила Вардо и Зимона, двух верных слуг Николаи. Вардо смотрел на нее по-привычному хмуро. На его лице угадывался лишь слабый намек на то, что он взволнован. По щекам Зимона текли слезы.

Прежде чем она успела что-то сказать или отвернуться, слуга шагнул к ней.

— Не надо, госпожа, не делайте этого одна.

Его голос был резким, почти пронзительным, как у маленького мальчика, но звучал совсем не по-мальчишески. Алейдис долго не могла привыкнуть к этому голосу. Он совершенно не подходил массивному телу, под складками жира скрывавшего, как уже было известно Алейдис, огромные мышцы. Из-за них Зимон, который и так не жаловался на рост, казался почти колоссом. В детстве его оскопил жестокий помещик. Позже Николаи выкупил его у этого варвара, как он его называл, и взял к себе в дом. С тех пор Зимон был предан ему душой, телом и, прежде всего, своим огромным сердцем. Алейдис возблагодарила судьбу, что рядом с ней оказался этот силач. Ей нравился Зимон, и она знала, что он единственный из присутствующих страдает так же сильно, как она. Вместе они направились к сторожке. Шеффен забежал вперед и толкнул ногой дверь. Внутри не было ничего, кроме стола и двух скамеек. Потолок был настолько низким, что Алейдис могла бы дотянуться до него рукой, если бы захотела. Зимону пришлось пригнуться, чтобы не удариться головой о балку. Тело Николаи положили на одну из деревянных скамеек, вероятно, потому, что она единственная подходила ему по длине. Сердце Алейдис сжалось от боли, когда она увидела неподвижное, восковое лицо мужа. Спокойный и умиротворенный, он лежал с закрытыми глазами и сложенными на груди руками — такое одолжение сделал ему, судя по всему, помощник палача, вынувший его из петли. К горлу Алейдис подкатил ком, но она усилием воли сдержала рыдания. За ее спиной кашлянул Зимон. Она сделала шаг в сторону, уступая ему дорогу, потому что в тесной сторожке двоим было не развернуться.

— Боже святый, Боже всеблагой, сущий на небесах, — перекрестился слуга. По его щекам все еще текли слезы.

— Николаи, — одними губами выговорила она имя мужа и подошла вплотную к скамейке.

Рихвин ван Кнейярт быстро протянул к ней руку, пытаясь удержать, но тут же отдернул ее, поймав предупреждающий взгляд слуги и увидев разлитую в глазах Алейдис муку. Она молча встала на колени рядом со скамьей и легонько коснулась щеки мужа. Как ей хотелось, чтобы он открыл глаза и улыбнулся ей так же безмятежно, как в то утро. Если бы только она могла проснуться и осознать, что это был всего лишь дурной сон! Но чуда не произошло, Николаи не восстал из мертвых, и кожа под ее пальцами была холодной, как лед. В нем не осталось ни крупицы жизненной силы, его душа оставила тело. Он покинул этот мир. Осознание этого было настолько болезненным, что на мгновение у нее потемнело в глазах.

— Госпожа Алейдис, прошу вас, вы должны сейчас...

— Нет.

Она резко сбросила руку, которую шеффен положил ей на плечо.

— Оставьте меня.

Она нежно погладила Николаи по щеке, затем по плечу. В глаза бросились уродливые красновато-коричневые следы, указывающие на то, где веревка врезалась в плоть и задушила его — или даже сломала ему шею. При ближайшем рассмотрении Алейдис заметила, что шея ее мужа кажется странно искривленной. Снова тошнота подкатила к горлу, и ее чуть не вырвало. Задыхаясь, она вскочила и выбежала из сторожки. Зимон и шеффен поспешили за ней.

— Госпожа, с вами все в порядке?

— Госпожа Алейдис, простите меня.

Ван Кнейярт беспомощно развел руками.

— Не стоило вам сюда приходить. Это ничем не поможет...

— Все в порядке.

Пытаясь побороть тошноту, Алейдис прислонилась к стволу дерева и сделала несколько глубоких вдохов и выдохов. Затем она снова медленно выпрямилась и окинула взглядом толпу, которая наблюдала за ними с почтительного расстояния. Народу в толпе заметно прибавилось. До нее доносились перешептывания и ропот. Вскоре раздались и первые крики: «Сжечь грешника! Четвертуйте его, нечестивца! Позор всем самоубийцам!»

Полная решимости, Алейдис обернулась к ван Кнейярту и стражам, которые стояли в ожидании рядом с ней.

— Приведите городского медика. Я хочу, чтобы он осмотрел моего мужа.

— Госпожа Алейдис, подождите. По правилам, вопрос о том, самоубийство это или нет, может разрешить палач. Но тут все очевидно.

— Тогда, ради всех святых, зовите палача! — Она глянула в лицо шеффена гневно, но в то же время с невыразимым облегчением. — Пусть он подтвердит мои подозрения.

— Ваши подозрения? О чем это вы? — удивленно наморщил лоб ван Кнейярт.

Алейдис расправила плечи.

— Мой муж был убит. Я хочу выдвинуть обвинение.

Все домашние были подавлены горестным известием. Алейдис всю ночь не сомкнула глаз и наутро чувствовала себя так, словно ей на голову обрушили обух топора. Тем не менее она поднялась засветло, отправив уставшую и испуганную Герлин к прачке за свежевыстиранными простынями. Потом приказала Ирмель натаскать воды, а Эльз отправила разжечь огонь, чтобы нагреть ее. Еще никто и не задумался о завтраке, как прибыли два стража с телегой, на которой лежало тело Николаи. Алейдис велела положить его в гостиной и зажгла множество дорогих свечей из настоящего пчелиного воска, которые взяла из запасов, хранившихся в конторе Николаи. Затем она принялась сама обмывать тело мужа и готовить его к поминкам. Она не хотела, чтобы ей помогали, даже Катрейн, которая прибежала сразу же, когда узнала о смерти Николаи. Кристе, жене отца, она тоже отказала. Та отнеслась к этому с пониманием и взяла на себя заботу о двух девочках, горько оплакивавших смерть любимого дедушки.

Отойдя от оцепенения, которое вызвало у нее известие о том, что ее муж якобы покончил с собой, Алейдис полностью сосредоточилась на организации достойных похорон, чтобы почтить его память. Обмыв тело, она спросила у госпожи Йонаты, не знает ли та хороших плакальщиц. Затем она переговорила с отцом Экариусом, попросила монастырь Апостолов и бенедиктинцев из Большого Святого Мартина прислать монахов-псаломщиков и даже лично сходила к каменщику, чтобы заказать надгробие. После этого она отправилась в цех «Железный рынок»[8], в котором состоял Николаи, чтобы уладить формальности и передать приглашение на поминки.

Все это она делала главным образом ради того, чтобы отвлечься от скорбных мыслей. Она не давала волю чувствам, потому что боялась, что они помешают ей исполнить свой долг. Кроме того, ей предстояло найти убийцу мужа. После двух бессонных ночей, поутру в среду, она, захватив с собой Зимона, отправилась в ратушу на Юденгассе, чтобы узнать, кто именно из трех полномочных судей будет разбирать ее иск. Кристан Резе, единственный из этой троицы, которого она застала на месте, выразил ей соболезнования и направил ее к Винценцу ван Клеве, который, как и Николаи, состоял в цехе «Железный рынок», будучи менялой. Узнав, что ее дело поручено именно ему, а не кому-либо другому, Алейдис готова была взвыть от бессильной ярости. Она не была знакома с этим человеком лично, но знала, что он, а точнее,

[8] Цех в средневековом Кельне, объединявший купцов. Название «Железный рынок», вероятно, указывает на то, что первоначально в него входили торговцы железными изделиями.

его отец был вовлечен в многолетнюю тяжбу с Николаи. В Кельне было много меняльных контор. Помимо евреев их держали в основном выходцы из Ломбардии, самым известным и влиятельным из которых был Николаи. Ван Клеве были одним из немногих кельнских семейств, которые выдавали ссуды под процент. Они были главным конкурентом Николаи Голатти.

— Госпожа, вы точно хотите пойти на Новый рынок?

Тонкий голосок Зимона вырвал ее из раздумий. Они стояли посреди оживленной Юденгассе. Вокруг царила обычная суета. Мастеровые покрывали побелкой фасад ратуши, а в доме по диагонали, на противоположной стороне улицы, устанавливали оконные рамы и ставни. Из другого здания на огромную телегу грузили столы, скамьи и кровати. Хозяйки и горничные с корзинами для покупок спешили на Старый рынок или Рыбный базар. Алейдис проводила рассеянным взглядом небольшую компанию мальчиков и девочек, которые с хохотом и визгом бежали за кожаным мячом, толкая его перед собой палками. Затем она подняла глаза на слугу.

— А что, у меня есть выбор?

Зимон неопределенно пожал плечами.

— Вы же знаете, что говорят о Винценце ван Клеве?

— Нет, Зимон. Что же о нем говорят? — раздался у них за спиной грубый низкий мужской голос.

Оба резко обернулись, и Зимон в испуге сделал шаг назад.

— Господин... господин ван Клеве! Я... Мы... вас совсем не заметили!

— Доброе утро, вдова Голатти, мои соболезнования по поводу вашей утраты.

Полномочный судья устремил темно-карие глаза на Алейдис, не обращая больше внимания на слугу. Это был высокий широкоплечий мужчина с черными вьющимися волосами до плеч и аккуратно подстриженными усиками, которые переходили в уголках рта в такую же аккуратно подстриженную бородку. В Кельне он снискал славу строгого, но справедливого служителя закона.

Конечно, Алейдис знала, что имел в виду Зимон: с виду и в общении Винценц ван Клеве был столь же грозен, сколь и приписывала ему молва. Он нисколько не заботился о том, чтобы сгладить ужасающее впечатление, которое он производил на окружающих. Ходили слухи, что одна девица, к которой он сватался, в последний момент сбежала, испугавшись его свирепого нрава, а несчастная женщина, на которой он впоследствии женился, утопилась в Мельничном пруду после нескольких лет брака. Официально ее смерть списали на несчастный случай.

Один взгляд в умные, почти черные глаза судьи заставил Алейдис согласиться с общим мнением, что с Винценцем ван Клеве стоит держаться настороже.

На подобные мысли наводила его мрачная физиономия, при взгляде на которую хотелось сбежать на край света. Но раз уж именно он был назначен разбирать ее дело, у нее не оставалось другого выхода, кроме как переступить через собственное нежелание и погасить в себе разгорающуюся искру панического страха. Если она хотела исполнить свой долг, ей во что бы то ни стало нужно привлечь этого сурового человека на свою сторону.

— Доброе утро, господин ван Клеве, и примите мою благодарность за сострадание.

Она вздохнула. Было ясно как божий день: никакого сострадания он к ней не испытывает.

— Господин Резе сказал мне, что вы...

— Рихвин ван Кнейярт уже передал мне известие о поданном вами иске вчера вечером, — перебил ее судья, повернулся и скомандовал: — Следуйте за мной.

— Куда мы идем?

Удивившись, Алейдис поспешила следом, то и дело поглядывая на Зимона, который, как всегда, следил за тем, чтобы нищие и карманные воришки не подходили к хозяйке слишком близко.

Полномочный судья бросил на нее быстрый взгляд через плечо.

— К вам домой, куда же еще? Если, конечно, вы позволите мне самому взглянуть на труп вашего мужа. Если потребуется, я также вызову городского медика Бурка, чтобы определить, насколько обоснованны ваши обвинения.

— Да-да, конечно-конечно.

Алейдис мчалась за ним, изо всех сил стараясь не отставать.

— Но палач уже подтвердил мои подозрения. И я уверена, что вы согласитесь со мной, когда увидите следы на шее мужа.

— Соглашусь с вами? — он внимательно посмотрел ей в глаза, и на этот раз в его взгляде отчетливо читалась насмешка.

Алейдис нахмурилась.

— Простите, господин полномочный судья, но, в конце концов, это я первой заметила следы. А все остальные лишь ухватились за этот факт, свидетельствующий о том, что сам он... — Она прервалась и перекрестилась.

— Это чистое совпадение.

— Что, простите?

— Что вы заметили это первой. Помощники палача, раз уж на то пошло, не отличаются особым умом или наблюдательностью. Им что этот труп, что любой другой. А вот мастер Бертрам, он совсем другое дело. Он определенно обратил бы внимание, если бы с трупом было что-то не так.

— Не так?

— Ему бы точно не потребовались подсказки куколки вроде вас.

— Что, простите?

Пунцовая от охватившего ее гнева, Алейдис одним прыжком обогнала его и преградила ему дорогу. Они остановились посреди моста.

— Ведь именно так Николаи назвал свою юную прекрасную невесту, да? У меня до их пор не было возможности разглядеть вас вблизи, но это прозвище вам подходит как нельзя лучше, госпожа Алейдис.

— Не смейте называть меня куколкой, господин ван Клеве! Да, Николаи называл меня так, но, в отличие от вас, не высказывал мне тем самым пренебрежения. Напротив, он говорил это с большим тактом и любовью. Возможно, вам не нравился мой муж, но это не дает вам права обращаться со мной так грубо. Если вы не прекратите, я пожалуюсь на вас в магистрат!

Сердце бешено колотилось в груди от переполнявшего ее праведного гнева. Ей хотелось ударить ван Клеве по лицу, но она не посмела бы, пусть он этого и заслуживал.

— А у вас острый язычок, госпожа Алейдис, — на губах судьи заиграла мрачная улыбка. — Но чего еще ожидать от женщины, которая спелась с Николаи Голатти? Мне сказали, что вы, возможно, носите в чреве его наследника.

Не дожидаясь ответа, он продолжил путь, и Алейдис снова поспешила следом.

— Это не исключено, господин ван Клеве, но это не ваше дело, как и то, по каким причинам Николаи женился на мне или я вышла за него... Он был хорошим человеком и обладал многими выдающимися достоинствами.

— Ну да, конечно.

— Вы говорите это так, будто услышали что-то смешное.

— Нет, госпожа Алейдис, мне просто интересно, действительно ли вы так глупы, как пытаетесь казаться, или, напротив, так хитры, как и подобает супруге Николаи Голатти.

Она удивленно глянула на него сбоку.

— Не понимаю, о чем это вы, господин ван Клеве?

— Правда не понимаете?

К этому времени они уже дошли до дома, стоявшего в начале Глокенгассе. Он подождал, пока она отопрет дверь, а затем, не моргнув глазом, проследовал через пустое конторское помещение к жилым покоям в задней части дома. Ван Клеве прекрасно обходился без проводника, хотя Алейдис была уверена, что он не бывал в этом доме, по крайней мере за все то время, пока она здесь жила.

От некоторых свечей уже остались совсем маленькие огарки, другие были заменены на новые. Следовало послать кого-то к свечных дел мастеру, иначе до начала похорон свечей могло не хватить. Отец Экариус, худощавый мужчина средних лет с седыми, почти белыми волосами и свежевыбритой тонзурой на макушке, стоял у одра вместе с монахом-бенедиктинцем из Святого Мартина и читал тихую молитву. Несколько членов цеха, разбредясь по комнате и склонив головы, также молились про себя. Монах, мужчина преклонных лет, совершенно лысый и тощий, казавшийся похожим на саму смерть, размахивал кадилом, в котором дымился едкий ладан. Алейдис почувствовала этот запах уже у входной двери, и ей пришлось побороть новый приступ тошноты. Когда вошел ван Клеве, священник замолчал, а монах перестал размахивать кадилом. Судья приветствовал священника поклоном.

— Приветствую вас, отец Экариус. Простите, что отвлекаю, но не могли бы вы на минутку прервать молитву и выйти из комнаты?

Удивлению Алейдис не было предела. Оказывается, этот человек при необходимости мог быть любезным. Заметив ее взгляд, он насмешливо поднял брови, и она поняла, что ей самой, по крайней мере до поры до времени, любезности от него ожидать не стоит. Что бы ни двигало им, к ее персоне он испытывал презрение, и это было видно невооруженным глазом. Не произнеся ни слова, священник вышел из комнаты. Монах и гости последовали за ним, не преминув по пути выразить Алейдис свои соболезнования. К тому времени, как они все оказались за дверью, ван Клеве уже стоял рядом с гробом и внимательно изучал труп. Он уже собирался отдернуть ткань рубашки, чтобы оголить шею мертвеца, когда Алейдис шагнула к нему и резко оттолкнула его руку.

— Позвольте мне самой.

Она осторожно сдвинула в сторону складки ткани, которые она специально расположила вокруг шеи Николаи таким образом, чтобы следы удушения не сильно бросались в глаза. Прикосновение к холодной коже супруга вызвало у нее непроизвольную дрожь. То, что он лежал здесь, безжизненный, без единой кровинки на лице, все еще казалось чем-то нереальным. Ощутив болезненный укол в сердце, она не подала виду. Ей не хотелось казаться слабой в глазах полномочного судьи, который в этот момент выглядел так, будто его заставили выпить плошку уксуса. С шеи Николаи взгляд ван Клеве переместился на нее.

— Хм... А вы действительно скорбите.

Она даже не подозревала, что, несмотря на все усилия, ее чувства столь очевидны. Затем она заметила, что рука, которой она все еще сжимает ткань рубашки, дрожит. Она быстро отдернула руку и спрятала ее в широкий рукав ржаво-красного платья.

— Ну, что скажете?

Винценц ван Клеве, ничего не ответив, повернулся к трупу. Он бесцеремонно оттеснил Алейдис вбок и осмотрел следы удушения со всех сторон.

— Думаю, что рано или поздно нечто подобное должно было произойти. Было ли у вашего мужа с собой в день смерти больше денег, чем обычно? Векселя? Долговые расписки? Что-нибудь в этом роде?

— Я не знаю. — Она на мгновение замешкалась. — При нем не оказалось кинжала.

— Скорей всего, украли, — кивнул судья. — Возможно, это сделали убийцы. Наверняка кинжал имел большую ценность?

— Рукоять была инкрустирована драгоценными камнями. Этот кинжал сделал для Николаи мастер Фредебольд.

— С кем встречался ваш муж в тот день?

Она лишь пожала плечами.

— Точно не скажу.

Но снова поймав на себе его скептический взгляд, добавила:

— Утром он сказал, что ему нужно зайти в ратушу...

— Он туда заходил, несколько членов Совета могут это подтвердить.

— После этого он хотел встретиться с купцами, которым он ссудил денег. Мне нужно глянуть его переписку, чтобы понять, с кем именно... — Она замешкалась. — Вы думаете, это сделал кто-то из его деловых партнеров?

— Один из его должников, вы хотите сказать? А вам кажется, что эта версия лишена оснований?

Она отвернулась и уставилась на восковое лицо мужа, но долго это зрелище созерцать не могла, поэтому снова перевела взгляд на судью.

— Он никогда мне не говорил, что у него какие-то проблемы с кем-то из должников. Он неплохо ладил со всеми.

— Да неужели...

— И снова я вас не понимаю.

Полномочный судья натянул ткань на шею, скрыв следы удушения.

— Возможно, он представлял это себе именно так, как вам и рассказал.

Он сделал паузу и заинтересованно посмотрел на нее.

— Скажите, госпожа Алейдис, вы и правда не знаете, кем был ваш муж?

— Кем был мой муж? — недоуменно переспросила она, покачав головой.

— Он обеспечивал безопасность кельнским ремесленникам и купцам. За деньги, разумеется.

— Время от времени он давал им ссуды.

— Он угрожал им и вымогал у них деньги в обмен за защиту и покровительство.

— Это неправда! — вскричала Алейдис, взглянув на ван Клеве так, будто увидела черта из преисподней. — Какую еще защиту?

— От грабежей его приспешников, краж и тому подобного.

— Да вы, видно, спятили. Николаи никогда бы так не поступил. Он был хорошим, благородным человеком. Разумеется, он также менял и давал в долг деньги в своей конторе. Я вела его книги и точно знаю...

— Да что вы говорите? — В голосе судьи снова прозвучала насмешка, на этот раз граничащая с сарказмом. — Вы вели его книги?

— Я умею считать и писать. Что необычного в том, что я вела книги для Николаи? Многие жены купцов так делают.

— И при этом вы утверждаете, что понятия не имеете, чем на самом деле занимался Николаи Голатти? То есть вы достаточно хитры, чтобы прикинуться глупой и невежественной, или вы — не дай бог — такая и есть?

Алейдис почувствовала, как внутри нее снова поднимается гнев.

— Как вы смеете бросаться такими обвинениями, да еще здесь, перед лицом моего покойного супруга, господин ван Клеве? У вас не осталось ни капли стыда! Убирайтесь! Не хочу вас больше здесь видеть! Завтра же я пойду в Совет и подам жалобу на ваше возмутительное поведение.

Ван Клеве ее тирада совершенно не впечатлила. Сложив руки на груди, он невозмутимо ответил:

— Как вам будет угодно, госпожа Алейдис. Однако я советую вам перед этим подробно изучить махинации вашего покойного супруга. Вы вели его книги? Что ж, возможно, он доверял вам лишь те, которые создавали о нем впечатление честного человека.

— Он и был честным человеком.

В гневе Алейдис заходила взад-вперед перед дверью.

— Каждый достопочтенный житель Кельна вам это подтвердит. Он всегда был благородным, милосердным и богобоязненным. Его все любили. У него было много друзей в Совете. И то, что вы с вашим отцом не из их числа, не дает вам права клеветать на него.

— У него были друзья в Совете и среди шеффенов, это правда. Но вы никогда не задавались вопросом, как ломбардец смог приобрести такое влияние? Вы ведь знаете, что ломбардцы не пользуются у нас большой любовью. В этом они мало чем отличаются от евреев.

— Это неправда. Семейство Голатти пользовалось большим уважением на протяжении поколений, как и многие еврейские семьи. У нас есть друзья-евреи...

— Даже так? Тогда спросите себя, почему ваш супруг в таком случае так рьяно требовал, чтобы евреев изгнали из города.

— Изгнали? — изумилась Алейдис, вскинув голову.

— Именно за этим он наведывался позавчера в ратушу. Он присутствовал на заседании Совета, на котором было окончательно решено, что разрешение на временное проживание в Кельне евреев — а мы, да будет вам известно, продлеваем его каждые десять лет — на этот раз продлено не будет. Следовательно, все евреи, проживающие сейчас в Кельне, будут незамедлительно изгнаны из города. И это решение было принято не в последнюю очередь благодаря его рвению, госпожа Алейдис.

Мир поплыл у Алейдис перед глазами. Чтобы не упасть, она сделала шаг назад и оперлась спиной о шкаф, в котором хранилось столовое серебро.

— Вы лжете.

— Это правда, и большинство членов Совета подтвердит ее, если вам достанет смелости спросить у них об этом. Ваш супруг хотел устранить хлопотных конкурентов. Удалось ли ему это сделать, конечно, большой вопрос. Ведь когда евреев изгонят, они, вероятно, переберутся в Дойц[9], а до него отсюда рукой подать, хоть нас и разделяет река.

— Вы, должно быть, ошиблись, господин ван Клеве. Вы рассказываете о человеке, совсем не похожем на того, за кем я была замужем. Я хорошо знала его, поверьте. Я делила с ним стол и постель.

Полномочный судья помолчал, глядя на нее так, будто и в самом деле не может понять, притворяется она или говорит правду.

---

[9] В Средние века — крепость и город на правом берегу Рейна, сегодня — район Кельна.

— Я думаю, вам придется смириться с тем фактом, что Николаи Голатти был совсем не тем человеком, каким хотел казаться в ваших глазах. И чем скорее вы смиритесь, тем будет лучше. Если не верите мне, госпожа Алейдис, расспросите отца. Он подтвердит мои слова. И потом спросите себя, действительно ли вы хотите разворошить это осиное гнездо в поисках убийцы вашего мужа. Помните, что нет ни одного свидетеля преступления. Я могу подтвердить, что смерть Николаи Голатти наступила не по его вине. Кстати, нужно отдать должное вашей наблюдательности. Она редко встречается у женщин в вашем возрасте. К слову, сколько вам? Шестнадцать? Семнадцать?

Она сердито уставилась на него.

— Мне двадцать лет, господин ван Клеве. Зимой исполнится двадцать один.

Теперь настал его черед удивляться. Она не могла поставить ему это в вину. Действительно, со своей стройной фигурой и гладкой, румяной кожей, волнистыми светлыми волосами и милым маленьким личиком, на которое все прежде всего обращали внимание, она выглядела намного моложе своих лет. Моложе... и, к сожалению, глупее. Николаи не зря называл ее своей маленькой куколкой, но он, как, впрочем, и ее отец, знал о том, что ум у нее ясный и острый. Поэтому оба относились к ней с большим уважением, которого она не могла найти у ван Клеве. Этот, судя по всему, видел в ней лишь игрушку стареющего сластолюбца, прелестную, но безмозглую.

— Вот как? — произнес ван Клеве, преодолев изумление. — Что ж, госпожа Алейдис, сути дела это не меняет. Я принимаю ваш иск к сведению, но сразу говорю вам, что в сложившихся обстоятельствах шансы поймать убийцу невелики. Ибо я не предполагаю, что вы готовы и способны залезть в осиное гнездо, о котором я упоминал. Не говоря уже о том, что могут всплыть вещи, которые вам не только не понравятся, но и, возможно, навредят.

— Вы хотите, чтобы я оставила это дело? — она недоуменно взглянула ему в глаза. — Мой муж был убит, и вы хотите, чтобы я не искала его убийц?

— Я этого не говорил. Ваш иск в силе, я просто не вижу способа подтвердить ваши подозрения.

— Разумеется, вы не видите способа. Вы просто не хотите видеть. Вам не нравился Николаи.

— Уверяю вас, госпожа Алейдис, его персона была мне абсолютно безразлична. Но разум подсказывает мне...

— Разум?

Теперь она тоже скрестила руки на груди.

— Покиньте этот дом, господин ван Клеве. Не могу больше выносить вашего присутствия здесь.

— Полагаю, что я тоже приглашен на поминки.

Красная от ярости, она шагнула к нему.

— Разумеется, приглашены. Как и все члены цеха «Железный рынок». Но держитесь от меня подальше и не смейте распространять свои беспочвенные обвинения.

— Полагаю, в этом нет необходимости. Втаптывать имя вашего мужа в грязь ни в моих, ни в ваших интересах.

— О, а я-то думала, что это как раз в ваших интересах. Ведь он же был вашим основным конкурентом.

— В этом вы правы.

На его губах заиграла мрачная улыбка.

— Но из этого не следует, что я буду прибегать к его сомнительным уловкам, чтобы удерживать мое дело на плаву. Всего доброго, госпожа Алейдис. Я полагаю, что после похорон и поминок, на которых, в соответствии с вашими пожеланиями, я буду держаться вне пределов вашей досягаемости, мы вряд ли увидимся скоро.

Она посмотрела на него с нескрываемым отвращением.

— Да будет так.

# Глава 3

На следующий день после похорон Алейдис открыла глаза, едва забрезжил рассвет. Она чувствовала себя полностью разбитой. В голове стоял беспросветный туман. Как она пережила последние два дня, она помнила смутно. Держалась, потому что должна была держаться. Потому что теперь она стояла во главе большой семьи, ввергнутой в хаос. Потому что таков был ее долг перед Николаи. Алейдис рано ушла с поминок, снова отправилась на кладбище, ее сопровождал добрый верный Зимон. Издали они смотрели, как могильщики засыпают землей яму, в которой нашли последнее пристанище останки Николаи. Затем вернулись домой. Алейдис пошла в спальню, зарылась лицом в подушки Николаи и — впервые за эти дни — заплакала.

Наутро она проснулась с ощущением полной опустошенности. Возможно, подумала Алейдис, этой ночью она выплакала все слезы, которые ей были отмеряны в жизни. Подушка Николаи была немного влажной от слез и все еще хранила запах его волос, отчего туманная тяжесть была еще более невыносимой.

Набравшись решимости, Алейдис отложила подушку подальше от себя и перевернулась на спину.

В сером балдахине над ней жужжала муха. Через открытое окно — Алейдис совсем забыла закрыть ставни накануне вечером — в спальню проникали первые лучи солнца. Закукарекал петух, и на его голос тут же откликнулись все соседские петухи. Послышалось кудахтанье кур. Раздались голоса батраков и служанок, уже вышедших на работу. Заскрипела в колодце цепь, брякнуло ведро, залаял старый дворовый пес Руфус.

Алейдис молча смотрела, как муха мечется из стороны в сторону. В ее жужжании слышалось какое-то возмущение. Наконец, муха, описав дугу, вылетела в окно. Она нашла выход. Алейдис, напротив, чувствовала себя в ловушке и готова была выть от безысходности. Снова и снова возвращалась она мыслями к возмутительным обвинениям, которые бросил в адрес ее мужа Винценц ван Клеве. То ли он заблуждался, то ли хотел поиздеваться над ней. Но зачем ему было это делать? Даже если они с Николаи не ладили, ему не было смысла нападать сейчас на скорбящую вдову. Нет, он и не нападал на нее. Он лишь предположил, что она была в курсе темных делишек, которые якобы проворачивал ее муж. И он говорил не об обычных делишках, не о кумовстве, которым мало кого можно было удивить в Кельне. Нет, речь шла о шантаже, запугивании, давлении на самом высоком уровне.

Конечно, Алейдис знала, что слово Николаи имело вес в Городском совете. Но она не хотела верить, что муж воспользовался этим, чтобы избавиться от докучливых конкурентов.

Совсем недавно они обедали вместе со старым равви Левином и его сыном, Левином-младшим. С ними была и Сара, жена младшего Левина. И пока мужчины обсуждали свои дела, женщины увлеченно болтали. Алейдис попыталась вспомнить, что это были за дела. Кажется, они говорили что-то о таможенных постах на пути в Аахен. Она не вслушивалась. Речь в таких случаях всегда шла о таможне, векселях, купчих и долговых расписках. За все это отвечал Николаи. Алейдис лишь старательно записывала с его слов цифры ссудных процентов и таможенных сборов. А теперь ей сообщают, что Николаи использовал свою власть и влияние, чтобы шантажировать добропорядочных коммерсантов и ремесленников. Сама мысль об этом была настолько чудовищна, что с трудом поддавалась осознанию.

Люди любили Николаи. Любили и уважали. На кладбище яблоку негде было упасть от скорбящих. А поминки обошлись в целое состояние. С этим ей еще предстояло разобраться. Она сняла помещение в расположенном неподалеку пивном заведении. Оно было достаточно просторным, чтобы вместить более ста гостей — членов цеха, друзей, родственников. Никто из них не говорил о Николаи плохо ни вчера, ни в иные дни. Напротив, все были потрясены и опечалены гнусным, подлым убийством и выражали Алейдис искренние соболезнования.

Все ли? Слова судьи посеяли в ней зерна сомнения и неуверенности. Подобно острому шипу, незаметному, но постоянно колющему плоть, ее терзала мысль, что ван Клеве мог оказаться в чем-то прав. В самом деле, была ли то скорбь на лицах присутствующих, когда отец Экариус произнес проповедь и благословил тело Николаи? Или же кто-то из них скрывал под печальной маской злорадство? Удовлетворение? Облегчение? И не могло ли статься, что сочувствие, которое сплошь и рядом слышалось ей в соболезнованиях гостей, на самом деле было простой данью вежливости? Что же теперь ей осталось? Подозрения? Страх, что теперь она заступит на место мужа и продолжит его ужасное ремесло, от которого у порядочных людей встают волосы дыбом и о котором она не подозревала? «Расспросите отца, он подтвердит мои слова», — отдался эхом в голове совет судьи. Неужели отец что-то знал и скрывал от нее? Такого она не могла себе вообразить при всем желании.

Йорг де Брюнкер может быть кем угодно, но точно не лжецом. Он никогда бы не выдал ее замуж за человека, который намеренно причиняет вред другим людям. Нет, об этом не могло быть и речи. А как насчет Катрейн, дочери Николаи? Она питала к отцу самую нежную любовь. Катрейн была самой доброй и отзывчивой женщиной, какая только рождалась на свет. Будь ее отец таким чудовищем, она не выдержала бы с ним ни минуты. А Зимон? Он ведь был предан хозяину всей душой. Все это не сходилось с тем, что рассказал ей ван Клеве. И все же он упорно настаивал на своем и даже предлагал ей самой поинтересоваться этим вопросом. Судья был уверен, что вскоре она убедится в правдивости его обвинений. И в то же время он предостерегал ее от этого. Это знание не обрадует ее и — что еще хуже, — возможно, даже навредит. Чем именно, он не обмолвился. Вероятно, речь идет об ущербе, который будет нанесен репутации Алейдис в том случае, если вскроется правда о ее муже. Нет, для этих обвинений не было никаких оснований. Николаи был честным и добрым. Она любила его.

Задумавшись, Алейдис снова потянулась к его подушке. Знакомый запах вызвал неприятное жжение в желудке. Чувство беспомощности и опустошенности не проходило.

Из каморок под крышей донеслись скрип и шаги. Слуги уже проснулись и скоро примутся за повседневную работу. Ей самой нужно вставать и разбираться с накопившимися задачами. На ее плечах теперь лежит ответственность за двух девочек. Во всяком случае, до тех пор, пока не вскрыли завещание Николаи и не выяснили, кому он поручил опеку над ними. Катрейн уже попросила ее позаботиться о них какое-то время, потому что в бегинаже у нее не было возможности приглядывать за детьми. Еще следовало найти новых мастеров для обоих подмастерьев. Возможно, этим озаботятся их родители. Еще требуется раздать указания слугам и заняться делами в конторе. Сегодня она еще подержит двери закрытыми, но их придется открыть не позднее понедельника. Кредитные договоры и депонированные векселя не могли ждать дольше.

С тех пор как она поселилась на Глокенгассе, не проходило и дня, за исключением разве что воскресенья, чтобы их дом не гудел от наплыва клиентуры. Купцы и ремесленники из Кельна и других городов приходили и уходили. Выписывались, передавались и оплачивались векселя. Кто-то должен был следить за тем, чтобы в доме всегда было вдоволь кельнской монеты для обмена валюты. В подвале находился тайник, обустроенный еще в те незапамятные времена, когда на месте Кельна располагалось римское поселение. В нем Николаи хранил монеты, которые затем либо шли на обмен, либо отправлялись на переплавку на монетный двор. Тайник был защищен от пожара и взлома, его попеременно стерегли то Вардо, то Зимон. Она знала, где Николаи прятал ключ, но сама редко спускалась туда. Хранилище представляло собой прямоугольную комнату, в которой стояло несколько железных сундуков. Конечно, у многих деловых людей, не говоря уже о менялах, были такие защищенные комнаты для хранения товаров и больших сумм денег.

Алейдис еще раз понюхала подушку, затем решительно отложила ее в сторону и поднялась. Ржаво-красное платье, которое она носила уже целую неделю, аккуратно висело на крючке у умывальника. Из одного из сундуков она достала белую котту, а к ней — протканное золотыми нитями верхнее платье. В нем были так называемые адские окна, через которые было видно туго зашнурованное нижнее белье слева и справа от подмышек до талии. Она призадумалась, стоит ли ей показываться людям в таком откровенном наряде, но потом прогнала сомнения. Николаи любил этот наряд больше всего, она наденет его в его честь. Она заплела волосы в две толстые косы, которые спрятала под серебряной шапочкой-сеточкой. Мельком глянув в полированное серебряное зеркало с длинной ручкой, украшенной цветочной гравировкой, которое всегда стояло наготове на умывальнике, она вышла из спальни.

Первой, кто попался ей на пути, была молодая служанка, тащившая два ведра воды из колодца.

— Герлин, подожди-ка, — остановила ее Алейдис.

— Слушаю, госпожа?

Девушка опустила тяжелые ведра на пол.

— Как доделаешь свои утренние дела, ступай наверх и собери постельное белье, в нашей... то есть я хотела сказать, в моей спальне. Простыни, подушки, одеяла — в общем, всё. И полог сними. Хочу отдать это все в лепрозорий в Мелатене.

— Госпожа, неужели все хорошее белье?

— Я сегодня же пошлю за новым.

— А как быть с наволочками?

— Я их тоже отдаю. У нас полно других в сундуках. И перины тоже вынеси.

— Но...

— И еще отдай ржаво-красное платье и котту, которые лежат на кровати. Не хочу больше их надевать.

— Как пожелаете, госпожа, — Герлин снова нехотя подняла ведра. — Но ведь все такое хорошее...

— Эй, делай, что велит госпожа! — крикнула, высунувшись из кухни, толстуха Эльз. — Ты же слышала, она больше не желает носить это платье и спать на этом белье. Я могу это понять, госпожа. Ведь если вы продолжите на нем спать, это может принести несчастье. Я не говорю о проклятии...

— Замолчи, Эльз! — Алейдис раздраженно мотнула головой. — Белье не проклято. И хватит уже этой чепухи. Я просто не могу больше выносить этот запах, а перины уже давно обвисли и сбились колтунами.

— Простите, госпожа, — непривычно тихо сказала Эльз. — Я вас понимаю. Вас мучают воспоминания, да? Но вы молоды, скоро вы их одолеете.

— Возвращайся к работе.

Меньше всего Алейдис было нужно сейчас сочувствие кухарки, какими бы благими намерениями та ни руководствовалась.

— Пришлите мне Зимона и Вардо, как только они закончат работу во дворе.

— Но, госпожа, а как же завтрак?

Эльз отступила в сторону, пропуская на кухню Герлин с ведрами воды.

— Вы не хотите есть?

— Оставь мне пшенной каши. И убедись, что девочки поели. Я не хочу, чтобы они в горе пренебрегали едой.

— Да, госпожа, конечно.

— И никаких страшилок, Эльз!

Алейдис решительно повернулась, нашла в огромной связке ключ и открыла комнатушку рядом с меняльной конторой. Здесь тоже все еще стоял запах Николаи. У нее возникло искушение открыть окно, но она решила этого не делать. Будет лучше, чтобы никто, кроме нее, до поры до времени не входил и даже не заглядывал сюда. Ни одна живая душа. Сначала ей нужно разобраться, понять, кем на самом деле был Николаи Голатти.

Связка с ключами от подвала и больших замков на сундуках с деньгами, как всегда, лежала в нише за гобеленом. Недолго думая, Алейдис направилась в подвал. Здесь, кроме бочек с вином и пивом, которые закатывали сюда через двустворчатую дверь, хранились в основном овощи, яблоки и сухофрукты.

Люк в тайное подземелье находился за одним из открытых ящиков с углем. Подобрав нужный ключ, Алейдис быстро отперла замок с задвижкой. Она вспомнила, как Николаи восторгался новым типом замка, о котором ему поведал компаньон из Италии. Он говорил, что такие замки снабжены хитроумным механизмом и их практически невозможно взломать, потому что они запираются не только на ключ, но и с помощью подвижных колец с буквами, которых может насчитываться до шести. Открыть их можно было, лишь зная правильную комбинацию. Конечно, подобного рода защитные приспособления стоили целое состояние, но муж, если бы у него была такая возможность, непременно заказал бы одно из них. Он питал подлинную страсть ко всякого рода новшествам и изобретениям.

Спустя пару минут, оказавшись в темной комнате, Алейдис передернула плечами. Здесь было зябко и пахло сыростью. Она поставила масляную лампу, которую взяла с собой, на один из сундуков, громоздившихся вдоль трех стен. У четвертой стены стоял шкаф, в котором были сложены оловянные миски и тарелки. В нем же хранилось несколько дорогих точных весов. Инструменты менялы были столь же ценны, как и монеты, которые взвешивали с их помощью. Поэтому, пока в них не было необходимости, их хранили здесь.

Алейдис открыла первый сундук и, как и ожидала, обнаружила в нем множество бархатных мешочков и металлических шкатулок, в которых лежали иностранные монеты. Некоторые из них она уже знала, другие — видела впервые. В следующем сундуке обнаружились монеты, рассортированные по типу и достоинству. Кажется, все они были иностранными. Во всяком случае, если судить по форме и тому, что на них было изображено и написано. Третий сундук содержал бухгалтерские книги и пачки векселей, помеченных как погашенные. Николаи всегда поручал делать дубликаты документов по всем операциям. Документы были написаны не рукой Николаи. На одних узнавался почерк его первой жены, почерк на других был Алейдис не знаком.

Не обнаружив ничего необычного, Алейдис принялась изучать содержимое других сундуков. Мало-помалу ей раскрывались подробности деловой жизни мужа за последние тридцать лет. Он сохранил даже бумаги своего отца. Они были написаны на латыни, поэтому она не смогла их прочесть. Наконец остался последний сундук, тяжелый, окованный железом, стоявший в самом дальнем углу. Подойдя к нему, она вздрогнула, потом осторожно потрогала большой штыревой замок с пятью филигранными, но в то же время массивными кольцами. Очевидно, это и был один из тех алфавитных замков, о которых рассказывал ей Николаи. Но он и словом не обмолвился, что уже приобрел один такой. Интересно, кто его изготовил? Она осмотрела замысловатый механизм со всех сторон. Разумеется, он произведен не в Кельне. Возможно, муж выписал его из Италии либо Франции или из других земель, чьи мастера достигли таких высот в производстве замков.

Она смотрела на тяжелый сундук и не знала, как ей быть. Муж не потрудился поведать ей комбинацию букв, посредством которой отпирался механизм. Было ли случайностью то, что Николаи снабдил замком нового типа именно этот сундук, а не те другие, заполненные деньгами? Возможно, в нем было еще больше серебряных и медных монет? Или что-то совсем другое, не предназначенное для чужих глаз? Алейдис положила правую руку на сердце, которое забилось быстрее. Позади раздались шаги. Кто-то спускался по неровной каменной лестнице.

— Вы посылали за мной, госпожа?

Вардо пришлось пригнуть голову, когда он оказался в подземелье.

Оглядевшись по сторонам с явным неодобрением, он спросил:

— Что вы здесь делаете?

Алейдис поднялась и смахнула пыль с платья.

— Я составляю опись имущества мужа, — она указала на железный сундук с особым замком. — Ты знаешь, что здесь хранится?

— Бумаги, — пожал плечами Вардо.

— А монет там нет?

— Могут быть и монеты. Но в основном векселя и тому подобное. Господин Николаи не желал, чтобы кто-то туда лез.

— Я вижу, — Алейдис кивнула на замок. — Ты, случаем, не знаешь, какие буквы нужно набрать, чтобы он открылся?

— Да я даже читать не умею.

— Не нужно быть шибко грамотным, чтобы запомнить несколько букв!

— Этого никто не знает, один лишь милостивый Господь! — донесся с лестницы высокий голос Зимона под торопливый шорох его шагов. Он тоже спускался в подвал. — Простите меня, госпожа, я собирался прийти сюда, но тут у старика Лютца опрокинулась телега с дровами, и я помог ему загрузить все обратно.

— Все в порядке.

Алейдис пристально посмотрела на обоих слуг.

— Итак, мой муж унес код от замка с собой на небеса. Это значит, что я не смогу открыть сундук. Разве что отдать его кузнецу, чтобы тот сбил замок при помощи кувалды.

— Вы можете повелеть его разбить, — согласился Вардо. — Но уверен, господин Николаи этого не одобрил бы. Если бы он хотел, чтобы вы открыли сундук, он обязательно сказал бы вам буквы.

— Вардо! — Зимон грубо толкнул приятеля в бок.

— А что? Ведь так и есть.

Алейдис пропустила эту шпильку в ее адрес мимо ушей. В конце концов, Вардо никогда не отличался особой любезностью, что, впрочем, с лихвой искупал преданностью господину. С женщинами он вел себя как последний хам, и она уже успела к этому привыкнуть. Пока он делал то, что ему приказывают, она не обращала внимания на его выпады. Она шагнула вперед, вплотную приблизившись к Зимону.

— Стало быть, и ты не имеешь представления, как открыть этот замок или что именно хранится в сундуке? Я полагаю, это должно быть что-то очень важное, раз уж мой покойный супруг так заботился о его сохранности.

— Но там очень важные бумаги, — ответил Зимон и потер голый, без признаков щетины, подбородок. — И мы поклялись никогда и никому об этом не говорить, потому что это опасно.

— Заткнись, дурачина! — прошипел Вардо, метнув в Зимона полный ярости взгляд.

Сердце Алейдис забилось еще сильнее.

— Что ты имеешь в виду, Зимон? О чем вам запретили говорить?

Зимон промолчал. Кровь прилила ему к лицу.

— О тайных делах Николаи? — продолжала Алейдис, сузив глаза.

— Я ничего не знаю ни о каких тайных делах, — голос Зимона предательски дрогнул.

— Точно не знаешь? — Она резко обернулась к Вардо. — И ты тоже не знаешь?

— Я ничего не скажу. Я поклялся господину и сдержу клятву.

— Твой господин мертв.

Алейдис снова поймала глазами бегающий взгляд Зимона.

— Я слышала из заслуживающих доверия уст некоторые чудовищные вещи о моем муже.

Она сделала паузу, чтобы поточней сформулировать мысль.

— Я хочу, чтобы вы мне сказали, есть ли в них хоть капля правды. Ведь если да, это даст нам подсказку, где искать убийцу... Конечно, — добавила она, продолжая смотреть Зимону прямо в глаза, — если хотите, чтобы убийца вашего хозяина и моего возлюбленного супруга понес справедливое наказание. Но вы же хотите?

Зимон тяжко вздохнул.

— Госпожа, простите меня, я поклялся своей жизнью...

— Преисподняя заберет тебя, если ты произнесешь хоть слово, — процедил Вардо, глянув исподлобья на Зимона.

Алейдис предостерегающе подняла руку.

— Никто никого не заберет, если вы скажете мне правду. Если вы этого не сделаете, не исключено, что смерть Николаи останется неотомщенной. Так говорите уже!

# Глава 4

Винценц ван Клеве надеялся как можно скорее оставить в прошлом злополучную смерть ломбардца Николаи Голатти. Не только потому, что его семья, особенно отец, долгое время враждовала с Голатти. Он не хотел разрушать мир этой молодой, не искушенной в житейских делах женщины. Но хотя и постоянно твердил себе это, он испытал почти облегчение, когда через несколько дней она предстала перед ним.

С похорон прошло три дня. Об Алейдис Голатти ничего не было слышно. Вероятно, она была занята разбором имущества покойного супруга и, видимо, приняла к сведению его совет поискать ответ самостоятельно. Возможно, она наткнулась на доказательства того, о чем говорил ей Винценц. Другого объяснения, почему Совет повелел ему и шеффенам оказывать ей всяческое содействие в расследовании убийства Николаи, у него не было. Вероятно, она воспользовалась влиянием, которым обладал ее муж, и надавила на членов Совета. За это он проникся к ней определенным уважением. Ван Клеве был склонен верить, что Алейдис ничего не знала о темных делишках Николаи. Он тоже навел кое-какие справки. Она помогала мужу в меняльной конторе и вела его официальную бухгалтерию. Но насколько он смог понять по сообщениям осведомителей, Николаи Голатти не посвящал ее в менее приглядные стороны своего ремесла. Впрочем, насчет ее отца он уже не был так уверен. Он предполагал, что Йорг де Брюнкер отдал дочь в жены ломбардцу, чтобы погасить долг или заручиться благосклонностью влиятельного человека. Версию, что он просто-напросто счел Николаи хорошей партией для дочери, Винценц ван Клеве сразу отмел как малоправдоподобную.

И вот Алейдис стояла перед ним, в его кабинете, который примыкал к меняльной конторе в его доме на Новом рынке. Она выбрала для визита поздний вечер, прекрасно зная, что, после того как отзвонят колокола вечерни, жизнь на кельнских улицах затихает и в меняльных конторах не бывает посетителей. Ван Клеве молча смотрел на гостью и не мог ею не восхищаться. Она была привлекательная, стройная, с соблазнительными формами, подчеркнутыми шнуровкой по бокам темно-синего сюрко, украшенного серебряной вышивкой. Из-под сюрко проглядывало тончайшее белое белье. Волнистые светлые волосы были скрыты под маленькой шапочкой, тоже темно-синей, с нежной белой вуалью. Такой головной убор назывался «малый эннен». Ван

Клеве знал это из рассказов старшей сестры Альбы. Из-под шапочки выбилось несколько непокорных прядей. Они спадали на лоб и виски. Алейдис Голатти была олицетворением жены зажиточного кельнского бюргера. Вдовы бюргера, поправил он себя. Она выглядела немного бледной, под глазами залегли темные круги, — это говорило о том, что она плохо спала последние несколько ночей.

— Что я могу сделать для вас, вдова Голатти?

По правде, ван Клеве прекрасно знал, зачем она пожаловала, но поскольку гостья еще не вымолвила ни слова, он счел уместным попросить ее объясниться. Даже если он не верил, что эта маленькая несмышленая куколка, почти девочка, действительно сможет справиться с тем, что ей предстоит. Вероятнее всего, вскоре она вернется в дом отца, какое-то время будет зализывать раны, а затем займется поиском нового подходящего мужа. Или же за нее это снова сделает отец. В этом нет ничего плохого, если только Йорг де Брюнкер на этот раз проявит больше благоразумия и выберет для дочери богатого, но менее гнусного супруга. Алейдис внимательно осмотрела небольшой кабинет, в котором было достаточно света благодаря двум высоким окнам с дорогим лунным стеклом[10]. Ее глаза блуждали по столу, заваленному бумагами, затем по шкафам

---

[10] Лунное стекло — метод изготовления оконного стекла в форме дисков.

и сундукам у стены и, наконец, задержались на гобелене с красочным изображением райского сада. Услышав вопрос, Алейдис слегка поморщилась и перевела взгляд на судью.

— Вы были правы.

Она шумно вздохнула, ее грудь приподнялась и опустилась. Это ненадолго приковало его внимание, отчего он рассердился сам на себя.

— Неужели? В чем именно, могу я спросить? — поинтересовался он с легким раздражением.

— Во всем.

Ее голос прозвучал как-то глухо.

— То есть почти во всем. Николаи был хорошим мужем, всегда любил меня и был честным по отношению к нашей семье. На этом я настаиваю, ибо это чистая правда.

Она выдержала паузу, желая собраться с мыслями.

— Но просмотрев кое-какие его бумаги и тщательно расспросив двух моих слуг, я теперь знаю, что Николаи многое от меня скрывал. Он был не тем человеком, каким я его себе представляла. По крайней мере, не совсем тем.

Их глаза встретились.

— Но я любила его, и не имеет значения, что он там делал и каким видите его вы. Его смерть должна быть отомщена. Ибо, если он совершал зло и за это пал жертвой другого зла, отнюдь не следует, что его убийцы были в своем праве.

— Совершенно с вами согласен, вдова Голатти.

— Я хочу найти убийцу и предать его суду.

— Вы знаете, что шансы на успех невелики, — спокойным, ничего не выражающим голосом сказал ван Клеве. — Нет ни свидетелей, ни улик, и по вашему собственному признанию, нет никаких зацепок, которые могли бы указать нам направление для поисков.

— Пока нет. В ближайшее время я намерена провести расследование.

— Мне об этом известно. — Теперь в его голосе зазвучал лед. Он не любил, когда его отчитывали, как несмышленого юнца. А именно это и произошло после ее появления в ратуше сегодня утром. — Ведь вы же обратились в Совет города Кельна и Коллегию шеффенов с просьбой присвоить вашему иску самый высокий приоритет. Более того, просили Совет, чтобы дело передали другому полномочному судье, то есть Кристану Резе либо Георгу Хардефусту.

— Я честно предупреждала, что буду жаловаться на ваше поведение, — возразила Алейдис, сложив руки на груди. — Неужели вы полагали, что я забуду, как вы оскорбляли меня прямо над телом покойного мужа?

— И все же вашу просьбу оставили без рассмотрения.

— Господин Резе объяснил мне, что юрисдикция судей не может быть изменена без веских причин и что личная неприязнь не может считаться таковой.

Ван Клеве слегка склонил голову.

— С вашим супругом этого никогда не случилось бы.

— Что? — вскинулась Алейдис.

— Он бы сумел добиться своего.

— Да что вы говорите! — яростно сверкнув глазами, парировала она.

— Он бы перевернул небеса и ад, чтобы помешать мне расследовать его смерть.

— И вы полагаете, что именно этим я сейчас и должна заниматься?

— Я хочу сказать, что вы должны научиться стоять на своем, вдова Голатти, как это сделал бы ваш муж, упокой Господь его душу. Иначе вы недолго продержитесь в мире, который он вам оставил. Если вы хотите, чтобы дело вел другой судья, найдите способ добиться этого, — кривая усмешка исказила губы Ван Клеве. — Если, конечно, нет иной причины, по которой вы так легко сдались.

Она посмотрела в одно из окон, в котором, несколько искаженные стеклами, виднелись кусты и деревья, высаженные по периметру большого сада. Ей потребовалось перевести дух, прежде чем ответить.

— Вы проницательны, господин ван Клеве. Именно это качество мне сейчас необходимо, как никогда.

Ее щеки залил нежный румянец, но когда она продолжила говорить, в ее голосе зазвучала решимость:

— Вы не были дружны с моим мужем. Более того, вы с ним были соперниками. Между вами существовали разногласия, которые начались задолго до моего брака с Николаи. Я сперва думала, что это станет препятствием для расследования. Но, возможно, все как раз наоборот. У вас нет причин льстить мне или приукрашивать факты. Поэтому вы будете честны со мной. И хотя вы, вероятно, рады, что один из ваших главных противников ушел навсегда, вы человек чести и не меньше моего желаете смыть пятно позора, которое наложило на весь цех кельнских менял это подлое убийство. Разве я не права?

Винценц одобрительно кивнул.

— Из сказанного вами можно заключить, что, по вашему мнению, сберечь доброе имя — мое собственное и цеха, к которому я принадлежу, — для меня важнее, чем торжествовать по поводу избавления от конкурента. Вашими устами говорит сама мудрость. — Он осторожно улыбнулся. — Поскольку обещание, которое Совет уже дал вам, не оставляет мне выбора, я полагаю, мы должны смириться с тем, что, вопреки вашей первоначальной просьбе, я буду вынужден искать вашего общества в обозримом будущем.

— Да будет так, — ответила Алейдис, никак не отреагировав на его улыбку. Поначалу ее сильно расстроило, что Совет отказался передать дело другому полномочному судье. И лишь по дороге сюда ей вдруг подумалось: может быть, это и неплохо, что расследование будет вести ван Клеве. Он слыл — хоть, конечно, молва склонна была привирать и преувеличивать — не только умным, но и чрезвычайно настойчивым в попытках восстановить справедливость. И его знание мира, в котором в силу своего ремесла вращался Николаи, вероятно, могло бы стать дополнительным преимуществом. Однако осведомленность ван Клеве о незаконных делах ее супруга не давала Алейдис покоя: она не могла понять, откуда тот черпает свои знания и почему давно не использовал их против конкурента. Она прогнала эту мысль прочь и решила сосредоточиться на главном.

— Полагаю, вы хотите ознакомиться с перепиской и бухгалтерскими книгами моего мужа, — сказала она.

— Да, это первое, что я должен сделать, — взгляд глубоких темных глаз Винценца задумчиво остановился на собеседнице. — Думаю, вы уже нашли доказательства того, что у вашего мужа были дела, которые он не записывал в бухгалтерские книги?

Алейдис кивнула.

— В нашем подвале есть сундук. Я еще не смогла открыть его, потому что он заперт на алфавитный замок, комбинацию которого я не знаю.

— Алфавитный замок? — полномочный судья удивленно поднял брови.

— Да, это устройство, в котором несколько подвижных колец с буквами...

— Я знаю, что такое алфавитный замок, — перебил он ее. — Почему бы вам не позвать кузнеца, чтобы он разбил его на части?

— Мы обсуждали это с Вардо, — пожала плечами она.

— Вардо — это ваш слуга?

— Да, так вот он сказал, что покойный супруг не зря навесил на сундук такой сложный замок. Он не хотел, чтобы кто-то добрался до содержимого. Даже я.

— И вы из уважения к его памяти желаете сохранить его тайну?

— Нет.

Алейдис сделала шаг к письменному столу и, не спрашивая разрешения, устроилась на мягком кресле, которое обычно предлагали посетителям.

— Скорей я хотела бы доказать, что достойная жена своего мужа. Разбить замок было бы самым простым. Но Николаи никогда не скрывал, что видит во мне человека, способного разделить с ним его ремесло. Он доверил мне вести все книги и даже часть переписки. Кто знает, не открыл бы он мне со временем другие секреты, если бы его не убили.

— Вы имеете в виду, что он был намного старше вас и прекрасно понимал, что умрет раньше, чем вы?

Алейдис ответила ему легким кивком головы.

— Я не захватила с собой бумаги и бухгалтерские книги. Для этого потребовалась бы большая телега.

— Если вы не против, я навещу вас завтра и все просмотрю.

Он прокашлялся.

— Сколько колец у этого замка?

— Пять, — сказав она, вскинув голову. — А что, у вас есть идеи, какую комбинацию он мог использовать?

— Нет, — по лицу ван Клеве пробежала бледная тень улыбки. — Но можно предположить, что это какое-то слово. Может быть, имя? Не ваше. Ваше, как и его собственное, состоит из семи букв. Тем более такой код был бы слишком очевидным. Но вы подумайте, что бы это могло быть. Вы говорите, что хорошо его знали, — или, по крайней мере, ту его сторону, которая была обращена к вам. Возможно, кодовое слово родом из той части жизни, к которой у вас имелся доступ.

Она задумчиво пожевала нижнюю губу, и ее лицо просветлело.

— Может быть, вы и правы. Как только вернусь, сразу же проверю.

— Стало быть, у вас уже есть соображения, какое слово может быть ключом? — спросил он, с любопытством глядя на нее.

— Как вы думаете, господин ван Клеве, если и так, то я бы вам сказала? — усмехнулась Алейдис и покачала головой. — Жду вас у себя дома завтра в полдень.

И, выдержав короткую паузу, добавила:

— Будьте здоровы.

— Так это была она, вдова Николаи?

Винценц оторвал глаза от документа, лежавшего перед ним на письменном столе, и посмотрел на высокую черноволосую женщину в аккуратном сером платье и простом белом чепце. Волосы под чепцом были заплетены в улитки. Ее глаза сверкали таким же мрачным и настороженным блеском, как и его собственные.

— Альба? Ты опять подслушивала?

Сестра с самым невинным видом пожала плечами.

— Как мне еще узнать, что происходит в этом доме? Ты никогда ничего мне не рассказываешь.

— Никогда? — он насмешливо поднял брови.

С тех пор как он взял Альбу в свой дом после смерти ее мужа, она всегда была лучше осведомлена обо всем происходящем, чем он, вернее, ему так казалось.

— По крайней мере, не так часто, как мне хотелось бы.

Альба подошла ближе и плюхнулась в кресло, в котором мгновение назад сидела Алейдис.

— Должна признать, что вблизи она еще более милая куколка, чем я думала.

— Не говори так. Похоже, ей не очень нравится, когда ее так называют.

— Это несмотря на то — или, вернее, потому, — что ее так величал покойный муженек?

— Он единственный, кому это было дозволено.

Он отложил документ в сторону и сложил руки на столе.

— Чего ты хочешь, Альба? Ты же видишь, я занят.

— Чем?

Альба пододвинула к себе документ и пролистала его.

— Это договор о продаже плодового сада нашего соседа, дорогуша. Он уже давно должен пылиться в одном из твоих сундуков. Или ты снова решил вернуть сад Гозелинам?

Раздраженный тем, что его поймали на вранье, он схватил договор и положил его в стопку с другими документами.

— Я размышлял.

— О куколке? — усмехнулась Альба.

— О заботах, которых у меня прибавилось из-за ее иска.

— Отец не слишком обрадуется, когда узнает, что именно тебя выбрали для того, чтобы найти и предать суду убийцу Николаи. Он сам с радостью отправил бы этого старого мерзавца на небеса.

Она перекрестилась.

— Когда я услышала, как ломбардец был найден за воротами, мне даже на мгновение подумалось, что это сделал отец.

— Отец мог избить его до смерти в пылу ссоры, но не задушить, а затем подвесить на дерево.

Альба слегка склонила голову набок.

— Ты уверен?

Уверен Винценц не был, и это причиняло ему боль. Поэтому он промолчал и решил при первой же возможности отправиться к Грегору ван Клеве, чтобы прояснить этот вопрос.

— Она тебе нравится?

— Прости, что? — смущенно сдвинул брови Винценц.

Альба снова улыбнулась.

— Алейдис Голатти. Я хочу знать, нравится ли она тебе, брат. Ведь это, в свою очередь, очень обрадовало бы нашего отца. Ты же знаешь, что он однажды...

— Я знаю, что он намеревался сделать, Альба.

— К сожалению, Йорг де Брюнкер дал ему от ворот поворот. Но теперь, судя по всему, это можно будет исправить. Вот почему я спросила, Винценц, нравится ли она тебе...

— Нет, Альба.

— Нет, нельзя исправить — или нет, не нравится?

— И то и другое.

Он демонстративно извлек из-под груды бумаг и пергаментов бухгалтерскую книгу в кожаном переплете и открыл ее. К сожалению, на Альбу этот жест, как и всегда, не произвел никакого впечатления.

— Какая жалость. Она действительно очень милое дитя.

— Возможно.

— И, вероятно, неглупа. Не зря же Николаи доверил ей вести свои книги.

— Мне что, выставить тебя силой или ты сама уберешься?

Альба театрально вздохнула.

— Это было бы так кстати, ты не находишь? Отец в конце концов успокоится; ну, небольшого скандала, наверное, будет не избежать, но рано или поздно все встало бы на свои места. А в этом доме спустя годы снова появилась бы хозяйка...

— Здесь уже есть ты.

— А у тебя была бы красавица-жена.

— Мне не нужна красавица-жена.

— Ты и понятия не имеешь, от чего отказываешься, братец.

— Мне не нужна жена, Альба.

— Ага, вот тут мы и подобрались к сути вопроса. Тебе она не нравится, но ее внешность тут ни при чем. Значит, дело в чем-то другом, Винценц, и я скажу тебе, в чем именно: в твоей проклятой, — тут она полушутя перекрестилась, — упрямой головушке. Если тебе не повезло один раз — точнее, два раза, — это не значит, что ты должен до конца своих дней ходить холостяком. Но ладно, посмотрим, что из этого получится. Увы, мне это доставляет такие же страдания, как и тебе. Так как в случае твоей женитьбы я смогла бы удалиться в бегинаж, чего я давно желала и о чем тебе хорошо известно.

— Отец не позволит тебе потратить приданое на то, чтобы купить себе место у благочестивых женщин.

— Ты хотел сказать, то, что осталось от моего приданого после того, как мой мерзкий муженек растратил большую его часть?

— Не говори о нем так.

— Ты сам отзывался о нем не лучше, даже при его жизни.

— Но я не заявлял об этом во всеуслышание, на весь дом.

Разозлившись, Винценц принялся тереть лицо и понял, что пора уже стричь усы и бороду. Щеки он и так брил ежедневно. Он придавал большое значение тому, чтобы выглядеть ухоженно, так как на собственном опыте убедился, что это в сочетании со спокойным, величественным видом помогает завоевать доверие людей, которое было так необходимо и в его ремесле, и в его работе на посту полномочного судьи.

Альба поднялась со стула и направилась к дверям.

— Со своей стороны, я лишь желала тебе добра.

— Пытаясь свести меня со вдовой Николаи?

— Я лишь указала тебе на некоторые ее качества.

— Чтобы возбудить во мне интерес к ней.

— Что в этом плохого? — улыбнулась Альба.

В отчаянии он воздел глаза к потолку.

— Много чего плохого, Альба. Даже не знаю, с чего начать. А теперь убирайся отсюда и оставь меня в покое.

— Как пожелаешь, — она пожала плечами. — Не надо так не надо. Но знаешь что, братец? Если подумать, она с легкостью найдет себе кого-нибудь получше тебя.

— Вон! — рыкнул он, сверкнув глазами.

— Ты же знаешь, что я права, Винценц. Ни одна женщина не заслуживает себе такой ходячей тучи с громом, как ты. А если кто из них и проникнется к тебе приязнью, то она точно будет слеплена из другого теста, чем эта куколка. Поэтому ради твоего спокойствия я беру свои слова обратно.

Весело рассмеявшись, Альба вышла из комнаты. Чуть позже ван Клеве услышал ее голос, доносившийся из кухни. Она шутила с поварихой Бетт. Покачав головой, он снова обратился к бухгалтерской книге, но через некоторое время отложил ее в сторону и вышел из кабинета. Он поручил слуге Клевину принести монеты и весы из меняльной конторы на первом этаже в подвальное хранилище.

Также он передал через него приказ двум стражам — Аильфу и Людгеру — заступать на пост. Затем он отправился в гавань навести кое-какие справки об убитом у осведомителей. То, что он узнал, подтвердило его предположение о том, что выследить преступника будет не так-то просто. Николаи Голатти нажил врагов не только среди людей, с которыми вел дела, но и среди тех, кто при жизни называл себя его лучшими друзьями. В «осином гнезде» началось движение.

# Глава 5

Переступив порог своего дома, Алейдис с облегчением вздохнула. Встреча с Винценцем ван Клеве прошла проще, чем она опасалась. И тем не менее она чувствовала себя измотанной. Полномочный судья был проницательным и весьма опасным человеком. До нее порой доносились отголоски ужасных историй, которые рассказывали о нем. Правда, в подробности она не вникала. Однако одного взгляда в его темные глаза было достаточно, чтобы Алейдис убедилась, что ван Клеве может быть благородным, но точно не безобидным. Он излучал спокойное, суровое спокойствие, однако это еще больше сбивало ее с толку. Впечатление, которое он производил, совершенно не соответствовало темпераменту, который, как ей казалось, скрывался под маской спокойствия. Винценц ван Клеве не только был уважаемым менялой, купцом и полномочным судьей, но и давал уроки в университетской школе фехтования и связанном с ней городском братстве фехтовальщиков. В этой школе тренировались не только студенты и преподаватели, но и городская стража, солдаты и все горожане, которые предпочитали такое времяпрепровождение. Говорили, что ван Клеве был одним из лучших фехтовальщиков в Кельне. Он одинаково хорошо владел как коротким, так и длинным клинком. Человек не сможет достичь такого мастерства, будучи флегматиком.

Ко всему прочему стоило принять во внимание его внешность. Мрачное, диковатое, угловатое, хотя и привлекательное лицо, тело, закаленное регулярными тренировками. Он относился к тому типу мужчин, от которых любую добропорядочную девушку с колыбели учат бежать как от огня. При прочих обстоятельствах Алейдис наверняка всеми силами стремилась бы избежать встречи с судьей Винценцем ван Клеве. Однако теперь пришлось пренебречь соображениями безопасности, и она молила Бога и всех святых намекнуть ей, не совершает ли она ужасной ошибки.

Зимон, сопровождавший ее до дома ван Клеве, сразу же отправился на конюшню. Она не обмолвилась с ним ни словом ни по дороге туда, ни возвращаясь обратно. На нее давило бремя признания, которое он, запинаясь и заливаясь слезами, выдавил из себя в эту субботу. Никогда прежде она не задавалась вопросом, зачем ее муж взял в дом двух таких крепких слуг. Она знала, что они охраняют деньги в подвале, и этого объяснения ей было достаточно. Но теперь она узнала, что, помимо защиты дома и его обитателей, Вардо, а иногда и Зимон запугивали тех, кто отказывался платить. Причем запугивали не только своей внушительной внешностью. После некоторых расспросов Зимон рассказал, что им время от времени приходилось пересчитывать должникам ребра. А Вардо однажды даже сломал кому-то руку. Ворчливый слуга отказался это подтвердить, но по тому, как он себя вел, Алейдис поняла, что ему приходилось делать для хозяина вещи и похуже. Какие именно, ее на данный момент мало интересовало. До поры до времени она решила держать язык за зубами. Она пока не знала подробностей, и ей не хотелось выяснять, насколько другие слуги были посвящены в эту сторону жизни хозяина дома. Разумеется, еще предстояло решить, как поступить с должниками Николаи — как официальными, так и тайными. Но сперва нужно было сделать кое-что другое.

Алейдис сообщила Эльз, что вернулась с прогулки, и сразу же отправилась в подвал. Она опустилась на колени перед железным сундуком и, приподняв замок, осмотрела его со всех сторон. Потом принялась осторожно поворачивать кольца. Это было не так-то просто: они ходили туго. Сначала Алейдис попробовала набрать имя младшей внучки Николаи, но вскоре поняла, что для него не хватает букв: на некоторых кольцах был не весь алфавит. Тогда она решила попытать счастья с именем «Зимон», но и с ним ничего не вышло, как, впрочем, и с именем «Вардо». Постепенно она перебрала все подходящие имена членов семьи, слуг и даже кое-кого из деловых партнеров мужа. Но все оказалось напрасно. Промаявшись с замком больше часа, она разочарованно опустила руки.

«Вы говорите, что хорошо его знали, — или, по крайней мере, ту его сторону, которая была обращена к вам. Возможно, кодовое слово родом из той части жизни, к которой у вас имелся доступ», — речь судьи гулким эхом отдавалась в голове Алейдис. Действительно ли она знала Николаи так хорошо, как ей казалось? Он делился с ней всем, кроме, как выяснилось, кое-каких дел деликатного свойства. И она была убеждена, что между ними нет тайн. Но, очевидно, она сильно заблуждалась. Возможно, кодовое слово вообще не является именем, а обозначает какой-то предмет или понятие. Это могло быть что угодно, любое слово из пяти букв. Вероятно, у нее нет другого выбора, кроме как сломать замок. Ей очень не хотелось этого делать, несмотря на любопытство, которое все больше одолевало ее, и даже несмотря на то, что в сундуке могли быть доказательства убийственной силы. Этот замок, как она нехотя признавала, был произведением искусства. Уничтожить его было бы святотатством, плевком в лицо тем искусным мастерам, которые его изготовили. К тому же Алейдис не хотелось так легко признавать свое поражение. Она была уверена в том, что, если хорошенько подумать, вспомнить все привычки мужа, она обязательно угадает заветное слово. Но пока у нее были другие заботы: вечером собирались прийти на ужин отец с женой. После похорон она еще не обсуждала с ними ни убийство, ни обвинения, брошенные ван Клеве в адрес Николаи. Ей нужно было прийти в себя и собраться с мыслями. Также стоило быть готовой к тому, что отец мог что-то знать о тайных делах зятя. Однако Алейдис тешила себя надеждой, что полномочный судья ошибся. До прихода гостей она решила посмотреть, чем заняты девочки, и проверить, как подмастерья выполнили ее указания. Ведь завтра она собиралась открыть двери меняльной конторы.

Тоннес в свои неполные восемнадцать уже почти завершил обучение и, безусловно, был способен самостоятельно вести дела, а Зигберт бы ему помогал. Конечно, Алейдис придется следить за всем и учиться самой присматривать и за конторой, и за клиентами. Она часто наблюдала за тем, как это делает Николаи, и изучила его ремесло до мельчайших деталей, так что она была уверена, что справится. По крайней мере до тех пор, пока не будет найдено другое решение и, прежде всего, пока не станет ясно, какое завещание оставил Николаи. Эвальд фон Одендорп, адвокат и нотариус, ожидал ее утром. Его отец, Эвальд-старший, который также недавно умер, много лет консультировал ее отца по юридическим вопросам. Сын, несколько невзрачный и очень сдержанный молодой человек лет двадцати пяти, с рвением взялся за работу и уже завоевал отличную репутацию. Поэтому она хотела поручить ему оглашение завещания и дальнейшие шаги по исполнению воли покойного.

— Алейдис, милое дитя! Надеюсь, ты в добром здравии. Мы очень волновались за тебя после этих ужасных событий. Я до сих пор не могу поверить, что такое несчастье должно было постигнуть тебя и особенно бедного Николаи, упокой Господь его душу.

Йорг де Брюнкер встретил дочь крепкими объятиями, которые долго не хотел разжимать. Алейдис охотно смирилась с этим. Она любила отца, и если до сих пор у нее были хоть малейшие сомнения в его искренности, то в этот момент они рассеялись.

Его добродушное и довольно привлекательное лицо выглядело усталым, под глазами темнели круги. Должно быть, он недавно подстриг свои белокурые локоны: теперь они едва достигали плеч, хотя на похоронах были длиннее. Как всегда, он был одет в костюм из тончайшей английской шерсти, на этот раз зеленого цвета. Его супруга Криста тоже надела зеленое шерстяное платье, но оно было гораздо темнее, чем его куртка и штаны, и поэтому больше гармонировало с ее бледным лицом и светло-каштановыми волосами, чем с костюмом

Йорга. Она обняла Алейдис, а затем отстранилась от нее на расстояние вытянутой руки, чтобы осмотреть.

— Ты хорошо выглядишь, Алейдис. Чуть бледна, но уже гораздо лучше, чем в пятницу. Ты хорошо спишь? Я могу принести тебе маковый отвар, который аптекарь на Старом рынке выписывал моей матушке, когда у нее были проблемы со сном после смерти отца. Вкус у него немного странный, но госпожа Аделина говорит, что он не слишком крепкий и как раз подходит для того, чтобы помочь спокойно заснуть. А тебе это сейчас так необходимо. Что скажешь?

— Спасибо, Криста, — вымученно улыбнулась Алейдис, — это очень мило с твоей стороны, но тебе не нужно бежать за ним в аптеку. Если мне понадобится сонное зелье, я всегда могу попросить у Катрейн травяной сбор.

— Вряд ли он лучше макового отвара.

Криста приобняла ее за плечи, и все вместе они отправились в гостиную, где Герлин уже накрыла на стол.

— Сейчас ты должна беречь себя, дорогуша. Нам стало известно, что утром ты ходила в ратушу и просила шеффенов уделить приоритетное внимание твоему иску.

— Вот как? Уже пошли слухи? — удивилась Алейдис. — Садитесь, пожалуйста. — она указала на стулья. — Эльз сейчас подаст кушанья. Отец, чем вы будете запивать ваш любимый пирог с птицей? Вином или пивом?

— Пивом, дитя мое.

Йорг привычно устроился на стуле и с некоторым недоумением посмотрел на пустовавшее соседнее место, которое ранее занимал хозяин дома. Пройдя мимо отца, Алейдис провела рукой по его спине, уселась напротив и налила в его кубок пива из большого кувшина.

— Так странно, что его нет, да?

Криста села рядом с Алейдис и взяла у нее кувшин, чтобы налить и себе.

— Мы все будем скучать по нему, но ты, конечно, особенно. В конце концов, должен признаться, что сначала я был настроен скептически, потому что не мог представить, что такая молодая девушка может быть счастлива с супругом намного старше себя. Как я был рад, когда понял, что ошибался! А теперь такое несчастье... — Йорг вздохнул, демонстрируя глубину своей печали. — Скажи, есть хоть какая-то зацепка? Хоть что-то, за что могут ухватиться шеффены?

— Нет, к сожалению, пока нет.

— Полномочный судья ван Клеве ведет это дело, не так ли? — спросил Йорг, в задумчивости повертев в руках кубок. — Мне это не по душе, Алейдис. Ван Клеве никогда не питали добрых чувств к Николаи. Я не могу представить, что кто-нибудь из них будет прилагать усилия, чтобы найти убийцу.

— Нет, он-то как раз будет.

Заметив удивленный взгляд отца, она поспешила объясниться.

— Я уже дважды беседовала с ним, и мы пришли к решению, которое удовлетворяет нас обоих. Хоть я и не могу сказать, что он мне нравится, я считаю его достойным человеком. Кроме того, ему придется подчиниться воле Совета.

— Ты правильно сделала, что сразу же туда пошла, — одобрительно кивнула Криста. — Кто знает, когда бы у них дошли руки до твоего дела. А если ждать слишком долго, то убийца может просто-напросто исчезнуть, и тогда пиши пропало.

— Если он еще этого не сделал. — Йорг нервно потер подбородок, затем огляделся по сторонам. — Скажи, Алейдис, мы сегодня здесь одни? Где девочки? А подмастерья? Или их уже забрали родители?

— Нет, Тоннес и Зигберт все еще живут у нас. Но сегодня я отпустила их на ужин к родителям Тоннеса. А девочкам я велела ужинать со слугами на кухне. Мне хотелось, чтобы мы поговорили вчетвером.

— Вчетвером? Так нас же здесь только трое, — удивился Йорг, оглядываясь по сторонам. — Или кто-то спрятался в сундуке, что стоит у окна?

Никто не рассмеялся его шутке.

— Я позвала и Катрейн. Уверена, она будет с минуты на минуту. То, что я хочу обсудить, касается ее в той же степени, что и нас с вами. Очень важно, чтобы мы поговорили откровенно, но не в присутствии остальных домочадцев.

— Речь об иске, — понимающе кивнул Йорг. — Да, маленьким девочкам или зеленым юнцам лучше такого не слышать.

— Нет, я говорю о самом Николаи, — быстро перебила его Алейдис.

Криста поставила кубок обратно на стол.

— О чем это ты?

Алейдис не успела ей ответить. Стук во входную дверь возвестил о том, что кто-то пожаловал. В тот же миг в гостиную вошла Эльз. Она поставила на стол большой поднос с пирогом и миски с вареными овощами, от которых валил густой пар.

Алейдис поспешно поднялась и склонила голову, прислушиваясь. Судя по всему, Катрейн сопровождал какой-то мужчина. Йорг тоже услышал мужской голос и удивленно поднял голову.

— Ты ожидаешь кого-то еще кроме Катрейн?

— Вовсе нет.

Алейдис уже собралась подойти к двери и открыть ее, но незваный гость ее опередил.

— Добрый вечер, Алейдис.

В гостиной появилась копия Николаи, только помоложе и поупитанней. Да и черты лица были у него не такие приятные.

— Йорг, Криста. Не знал, что вы придете, но тем лучше. Мы можем поговорить все вместе, и потом не нужно будет никого уведомлять.

— Добрый вечер, Андреа.

Алейдис изумленно воззрилась на брата своего мужа.

— О чем уведомлять? О чем ты говоришь?

— Ну о завещании Николаи, разумеется, и о том, как быть с меняльной конторой, конечно.

Андреа без спросу опустился на хозяйское место. Алейдис поморщилась, но не стала его сгонять. Вместо этого она взяла из шкафа еще один кубок и налила вина, которое, как она знала, Андреа предпочитал пиву.

— Я уже поручила Эвальду фон Одендорпу заняться документами о наследстве и завещанием. Он придет ко мне завтра и расскажет, как распорядился Николаи.

— Я и так знаю, как он распорядился.

Улыбнувшись, Андреа выпил залпом бордо и протянул кубок Алейдис, которая тут же его снова наполнила.

— Как ближайший родственник по мужской линии я, конечно, первый в очереди на наследство.

— Если, конечно, Алейдис не беременна, — сказала Катрейн, входя в гостиную.

Она поцеловала хозяйку дома в щеку и тоже села за стол.

— Простите, что я припозднилась, но госпоже Йонате потребовалась кое-какая помощь в саду, а старая Меттель уже не справляется, ее снова замучил артрит. И конечно же, мне нужно было поздороваться с моими девочками. Они сегодня ужинают на кухне со слугами? Правильное решение. Не хочу, чтобы они еще больше печалились, когда речь зайдет о завещании и подобных делах. Они скучают по дедушке.

На мгновение ее подбородок дрогнул, и было видно, что она борется со слезами, но в конце концов она вернула себе самообладание.

— Хорошо. Так ты беременна, Алейдис? — спросил Андреа.

— Я так не думаю.

Андреа испустил громкий облегченный вздох. Алейдис обожгла его испепеляющим взглядом.

— Но я не могу быть уверенной еще недели две.

— Ну так давай предположим, что все же нет.

Андреа пристально посмотрел на нее, а потом позволил своему взгляду опуститься ниже и задержаться на ее талии.

— В конце концов, все мы знаем, что мой братец был не из самых... стойких мужчин.

— Все мы?

Алейдис всегда симпатизировала Андреа, но сейчас ей хотелось влепить ему пощечину.

— А я думала, что мне лучше знать, чем всем вам.

— Ой, только не говори, что старый козел тебя обрюхатил. Кто бы мог подумать!

— Андреа, я бы попросила! — возмущенно покачала головой Криста. — Что это за речи?

Не прошло и недели, как Николаи нет с нами. Это просто возмутительно — говорить о нем в таком тоне. Подумай, как сильно страдает от утраты Алейдис. Не говоря уже о том, что он был убит и мы должны объединить все наши усилия, чтобы найти его убийцу.

Немного помолчав, Андреа согласно склонил голову.

— Найти его убийцу? — промолвил, немного помолчав, Андреа. — Да, полагаю, мы должны это сделать. Хотя не думаю, что шансы на успех велики. У Николаи было больше врагов, чем можно сосчитать по пальцам на руках и ногах.

— У него были враги? — удивился Йорг.

— Это одна из причин, почему я сегодня собрала вас здесь на разговор.

Алейдис взяла кусок пирога. Есть ей не хотелось, но нужно было подкрепиться. Вечер предвещал куда больше сложностей, чем она ожидала.

— Я узнала от Винценца ван Клеве, что Николаи... — она запнулась, лихорадочно подбирая нужные слова, — похоже, вел кое-какие незаконные дела.

— Незаконные дела? — отец недоуменно воззрился на нее.

— Да ладно, — проворчал Андреа и посмотрел на Алейдис почти жалостливым взглядом. — Говори уже начистоту. Нет смысла скрывать и приукрашивать. Мой братец не просто занимался незаконными делами. За последние три десятилетия он выстроил настоящее подпольное королевство. Коридоры и подвалы кельнского преступного мира кишат его приспешниками и приспешницами, и не менее трети всех городских ремесленников и купцов дрожат от одного его имени. Он держал всех их в кулаке, Алейдис. Одних — потому что знал их сокровенные тайны, других — потому что те были ему должны. Но в большинстве случаев было и то и другое. Ведь первое нередко влечет за собой второе и наоборот.

Алейдис ошарашенно уставилась на деверя.

— И ты знал об этом все это время?

— А ты нет? О чем же вы тогда болтали каждый божий день? — Андреа насмешливо фыркнул. — Мне казалось, что он и на тебе-то женился, потому что твой отец ему сильно задолжал. — Он повернулся к Йоргу. — А что, разве не так? Иначе зачем было отдавать свою дочь за мужчину, который ей в отцы годился, когда вокруг было множество более молодых и не менее богатых женихов?

Йорг сидел с полуоткрытым от растерянности ртом. Ему потребовалось несколько раз вдохнуть и выдохнуть, прежде чем он смог ответить.

— Что вы такое говорите? Николаи был добрым другом моей семьи. Когда я был мальчиком, он уже был вхож в дом моего отца. Время от времени, признаюсь, он поддерживал меня кредитом. Особенно в самом начале, когда я только-только принял дело отца. Но никогда...

Он посмотрел на Алейдис, и в его взгляде читалась мольба.

— Он никогда не давил на меня и не предъявлял требований. Да, я позволил ему за тобой ухаживать, дитя мое, и дал разрешение на ваш брак. Но я сделал это лишь потому, что хотел, чтобы о тебе хорошо заботились. Он влюбился в тебя, и это было видно даже слепому. Злые языки, конечно, болтали всякое, но в наши времена такие союзы отнюдь не редкость. И поскольку он был вдовцом, я не видел причин мешать ему.

— Отец, — Алейдис быстро коснулась руки Йорга. — Не волнуйся, я тебя ни в чем не виню. Я вышла замуж за Николаи по своей воле и никогда об этом не жалела. Он был хорошим человеком, всегда проявлял любовь и заботу, был щедрым и добрым.

Она снова повернулась к Андреа.

— Я понятия не имела, что он был не тем, за кого себя выдавал. Что он злоупотреблял властью и влиянием, — она запнулась, подбирая правильные слова, — очевидно, совершал бесчестные поступки, если я правильно истолковала то, что узнала о нем сейчас.

— Как бы там ни было, — сказал Андреа, пожимая плечами. — Теперь ты знаешь, и остается только гадать, как отреагирует на уход Николаи его подпольное королевство. Если ты, конечно, не собираешься сама заняться его... хм... делами.

— Я? — испуганно переспросила Алейдис. — Конечно, нет.

— Ну и я о том же, — с ехидцей продолжал Андреа. — Хотя, что и говорить, дела у него шли хорошо. Но все это, вероятно, рухнет, потому что его приспешники подчинялись только ему — и никому больше. Я сомневаюсь, что они будут выполнять приказы другого человека, не говоря уж о женщине.

— Подождите минутку! — Криста в замешательстве подняла руки. — Правильно ли я понимаю? Вы говорите, Николаи тайно использовал свое влияние? О чем вообще идет речь? Мне трудно представить, как все это делается.

— Он раздавал взятки, шантажировал цеховых и членов Совета, ему платили деньги за защиту, — принялся перечислять Андреа таким тоном, будто речь шла о чем-то совершенно обычном.

— Деньги за защиту? — Криста опустила руки. — Как это?

Алейдис указала ножом на живот.

— Как я поняла, он угрожал купцам и даже ремесленникам какими-то... неприятностями и заставлял платить за то, чтобы он их не трогал.

— И те платили ему каждый месяц, — подтвердил Андреа. — А вы думали, откуда его богатство? Оглянитесь по сторонам. Резная мебель, парчовые занавески, гобелены высочайшего качества, витражи, серебряная посуда! Менялы, конечно, не самые бедные люди на земле, но то, что нажил Николаи, значительно превышает доходы большинства его собратьев по цеху.

— Вот почему ты хочешь получить наследство как можно скорее, — вдруг произнесла Катрейн непривычно язвительным для нее тоном.

Взгляды присутствующих тут же обратились на нее. Катрейн была бледна, но тем не менее держалась.

— И ты тоже знала? — с удивлением спросила Алейдис.

Катрейн вздохнула и с какой-то трогательной беспомощностью развела руками.

— Как я могла не знать, Алейдис? Он был моим отцом. — Она вздохнула. — Любимым отцом. Он не был плохим человеком. Просто... совершил много плохих поступков.

— И один из этих плохих поступков, как ты их называешь, стоил ему жизни.

— Так, — сказал Йорг, качая головой, — сперва мне нужно все обдумать и переварить. То, о чем вы рассказываете, совершенно ново для меня. — Он призадумался. — Нет, я всегда подозревал, что Николаи время от времени задабривал деньгами или подарками влиятельных особ. Как еще объяснить, что многие решения Совета за эти годы были приняты в его пользу? Но в то, что его влияние было настолько огромным, мне трудно поверить.

— Оно начало расти, когда цеха свергли прежний кельнский Совет в 1395 году, — пояснил Андреа, отправляя в рот кусок пирога. — Николаи взял тогда сторону купцов и поддерживал по мере возможностей, потому что хотел заручиться их поддержкой на то время, когда будет подписан мир и новый Совет обретет власть. Все вышло именно так, как он и рассчитывал. Многие из тех, кто принимал тогда участие в восстании, до сих пор перед ним в большом долгу. Однако он также раздавал кредиты и знатным особам, чтобы в случае необходимости оказывать давление и на них. Даже с архиепископом у него были какие-то дела, насколько мне известно.

Он отрезал себе еще пирога и взял кусок двумя пальцами за хрустящую корочку.

— Твой муж, Алейдис, был человеком столь же влиятельным, сколь и опасным. Возможно, это и хорошо, что ты не была посвящена в его дела. Женщинам такое трудно понять и воспринять. Лучше всего вообще забыть об этом и не касаться этой истории.

— Я не могу этого сделать, Андреа.

Алейдис потянулась за кубком и сделала глоток, чтобы смочить горло.

— Ты сам сказал, что у Николаи было много врагов. Возможно, он был убит одним из них. Что, если сейчас они нацелились на его семью? Что, если они подумают, что мы все были причастны и один из нас хочет продолжить его дело? Может быть, теперь мы все в опасности.

Эта мысль так напугала ее, что она вздрогнула.

— Ерунда, — махнул рукой Андреа. — Никто не поверит, что ты пойдешь по его стопам. Да и я не буду этого делать. Я всегда с подозрением относился к этой стороне его ремесла.

— Это ты сейчас так говоришь, — снова вмешалась Катрейн. — Но никогда не стеснялся пользоваться богатством отца.

Андреа взглянул на племянницу, не скрывая раздражения.

— Николаи был моим братом. Почему я не должен был обращаться к нему за помощью, когда она мне требовалась? И почему он должен был отказывать мне в этой помощи?

— Однако в отличие от остальных ты не вернул ему и ломаного гроша!

Удивлению Алейдис не было предела. В иных обстоятельствах ее добрая подруга едва ли осмелилась бы повысить голос на мужчину.

— А почему я должен был ему хоть что-то возвращать? — Андреа бросил надкусанный пирог на тарелку. — Николаи как первенцу досталось все наследство. Ему ничего не стоило оказать мне небольшую услугу.

Алейдис громко откашлялась.

— И теперь ты хочешь забрать себе его дело? Я имею в виду его обычное дело.

— С чего ты так решила? — поднял брови Андреа и тут же решительно замотал головой. — Я не меняю деньги, ты это прекрасно знаешь.

Я торгую скобяными изделиями. Я просто хочу получить то, что мне причитается. Мой любезный братец наверняка оставил тебе внушительную сумму, возможно, даже пожизненную ренту. Если, вопреки ожиданиям, ты действительно носишь под сердцем его наследника, то это, конечно, в корне все меняет. Хотя и в этом случае кто-то должен будет управлять имуществом до совершеннолетия сына.

— И ты решил, что этим кем-то будешь ты? — подал голос Йорг, с досадой барабаня пальцами по столешнице. — Мне тоже есть что сказать по этому поводу, потому что Алейдис — моя дочь, а ее дети — мои внуки. Это означает, что я также...

— Да прекратите вы уже! — Алейдис с досадой отодвинула от себя тарелку. — Я не хочу, чтобы вы ссорились из-за наследства. Мы же семья, да? Когда завтра господин Эвальд исполнит свои обязанности, уверена, мы найдем решение, которое устроит всех. Он пожалует сюда к третьему часу дня, думаю, вам всем тоже стоит присутствовать. Сначала мне казалось, что будет разумнее мне поговорить с ним с глазу на глаз, но ссора между де Брюнкерами и Голатти — это последнее, чего бы желал Николаи. И я тоже хочу ее избежать.

Она сделала глоток. Как бы ей хотелось, что муж был сейчас здесь, рядом с ней. Он всегда с блеском расправлялся с любыми спорами, с легкостью парировал любые доводы, и при этом ему никогда не было нужды повышать голос. Казалось, что все подчинялись его авторитету по собственной воле. То, что этот авторитет, как выяснилось, во многих случаях был завоеван с помощью денег или грубой силы, причиняло ей большую боль. Но тем не менее она скучала по нему и его мудрым житейским советам.

— Ты права, — сказала Катрейн, сложив руки перед тарелкой. — Мы ведем себя неподобающе. Отец пришел бы в ужас, услышав, что мы тут говорим. Я принимаю твое приглашение, Алейдис, и буду здесь завтра, когда господин Эвальд огласит завещание.

— Разумеется, мы придем, — насмешливо скривил губы Андреа. — В конце концов, это ведь наше законное право. Но поскольку не имеется особых сомнений насчет того, что именно сказано в завещании, не вижу ничего в плохого в том, чтобы обсудить дела уже сегодня. — Он бросил снисходительный взгляд на Алейдис. — Не исключено, что он предоставил тебе право пожизненного проживания в этом доме, когда тот перейдет в мое владение. Я не возражаю, здесь достаточно места. Что касается девочек...

— Отец обещал мне, что о них позаботятся, — перебила его Катрейн, немного подавшись вперед. — Ты же не собираешься выставить их из дома?

— С чего бы мне это делать? — вальяжно махнул рукой Андреа. — Насколько я понимаю, до сих пор о них заботилась Алейдис. Пусть она делает это и дальше. Когда придет время, мы подыщем для них достойную партию.

— Это очень щедро с твоей стороны, Андреа, хотя пока нет никакой уверенности, что все будет именно так, как ты хочешь.

Спесь деверя начинала действовать Алейдис на нервы. Она-то знала, что отношения между братьями были далеко не безоблачными. Дерзость и непутевость Андреа раздражали Николаи. Он всегда поддерживал его, это правда, но делал это без удовольствия и редко получал в ответ благодарность. Алейдис не вмешивалась в дела братьев, поскольку Андреа всегда был приветлив и любезен с ней и, несмотря на некоторые изъяны характера, обладал добрым нравом. Тем более разительной была перемена, которую они наблюдали в нем сегодня. Судя по всему, жадность, которую разожгли в его душе мысли о завещании, охватила его всего без остатка. Казалось, он уже грезил о будущем в доме брата, и это будущее рисовалось ему исключительно в радужных тонах. А что думает насчет всего этого его супруга? Эдельгард была властной и заносчивой женщиной. Кроме того, она без зазрения совести сорила мужниными деньгами направо и налево. Иногда Алейдис подозревала, что именно она является истинной причиной постоянных финансовых трудностей Андреа. Но поскольку Алейдис не вмешивалась в семейные ссоры, она не знала, придерживался ли того же мнения Николаи. По крайней мере, он никогда ничего подобного не говорил. Он любил младшего брата, в этом не приходилось сомневаться, но она не была уверена, что завтрашний день приведет к тому исходу, на который рассчитывал Андреа.

# Глава 6

На следующий день перед обедом Алейдис вновь сидела на каменной скамье на краю сада. Солнце постепенно исчезало за сгустившимися тучами, но воздух был по-летнему теплым. Ей давно уже следовало заглянуть в меняльную контору, убедиться, что все идет по заведенному распорядку. Но вместо этого она сидела и смотрела, как Лютц, их старый слуга, роет глубокую яму на другом конце сада рядом с пнем, поросшим плющом.

Это была могила для Руфуса. В то утро Ирмель нашла собаку мертвой перед курятником. Руфус был уже стар, даже старше Марлейн. Ему стукнуло то ли двенадцать, то ли тринадцать лет. Он верно служил их семье, охранял дом, отпугивал лис и воров, и Алейдис решила, что он заслуживает чести покоиться на их дворе. Ей всегда нравился этот степенный серый пес, хотя поначалу он немного пугал ее внушительными размерами. Но он был дружелюбным, как и его хозяин, за которым он так быстро отправился на тот свет.

Алейдис не знала, существует ли какой-то «тот свет» для собак. Священники утверждали, что, поскольку собаки не обладают душой, они не наследуют царствие небесное. Но у нее сложилось впечатление, что животные вообще и собаки с кошками в частности были личностями с неповторимыми характерами. Вряд ли такое было бы возможно, не надели их Господь душой. Руфус был предан Николаи. Возможно, именно поэтому, не в силах смириться с потерей хозяина, он решил, что и ему уже пора расстаться с бренной плотью. Когда Лютц опускал тело, завернутое в старое одеяло, в яму, даже на расстоянии было заметно, что он принимает смерть собаки близко к сердцу. Видимо, сказывалось то, что не так давно он пережил утрату хозяина. Впрочем, и без того все в доме были привязаны к Руфусу. Лютц несколько раз протер глаза и, перед тем как закопать яму, поправил одеяло.

Алейдис услышала шаркающие шаги по каменным плитам двора и сразу же догадалась, кто это, хотя посетитель еще не показался из-за угла дома. Ван Клеве, не здороваясь, опустился на скамью рядом с ней и пристально посмотрел на слугу.

— Что, еще одна смерть в доме Голатти?

Безрадостный голос полномочного судьи вызвал у нее странное ощущение. Наверное, такое чувствуют кошки, когда их гладят против шерсти. Волоски на затылке встали дыбом. Но она постаралась не обращать на это внимания.

— Наш старый дворовый пес околел.

— Руфус?

— Да.

Она с удивлением покосилась на ван Клеве. Тот слегка улыбнулся.

— Неужели вы думаете, что если мы с Николаи не были дружны, то я ничего не знаю о нем и его домашних?

— Мне кажется, о нем вы знаете гораздо больше, чем я. Впрочем, в этом вы не одиноки. Похоже, мы с отцом единственные, кто понятия не имел, кем он был на самом деле. Ну, может, еще Марлейн и Урзель, но они еще дети.

— Так значит, вы все-таки поговорили с отцом?

— Он с супругой был у меня вчера на ужине. Равно как и Катрейн и брат Николаи.

— И сегодня все они приходили на оглашение завещания.

Поймав на себе очередной недоуменный взгляд, он лишь пожал плечами.

— Я только что из ратуши. Эвальд фон Одендорп представил копию документа о начале выплаты ренты.

— Понятно.

Алейдис замолчала и снова перевела взгляд на Лютца. Тот вытирал пот с шеи. Легкий ветерок гнал по небу все новые и новые тучи. Судя по всему, к вечеру должен был пролиться дождь. Возможно, даже будет гроза.

— Тогда, думаю, вы уже знаете, как Николаи распорядился своим имуществом, — предположила Алейдис.

— Нет.

Полномочный судья откинулся на спинку скамьи и скрестил вытянутые ноги.

— Я предполагал, что вы расскажете мне об этом, поэтому не стал утруждать этим нотариуса. Он очень занятой человек.

— Николаи оставил Андреа без наследства.

Ван Клеве снова выпрямился. Услышанное заинтересовало его.

— Дайте угадаю: вашему деверю это не очень понравилось.

— Он рвал и метал.

— Вряд ли стоило ожидать иного исхода.

— Вы полагаете? — подняла брови Алейдис.

Поймав на себе взгляд внимательных черных глаз, она вновь испытала странное ощущение, что ее гладят против шерсти.

— Вы и сами не слишком удивлены, так что, думаю, нет необходимости отвечать на этот вопрос.

— Я знала, что Николаи сильно расстраивался из-за Андреа, но что он зайдет так далеко, лишит его всех прав на наследство — этого я не ожидала.

— Я думаю, больше всех от этого решения выигрываете вы.

— У Николаи не осталось других родственников мужского пола, кроме сына Андреа Маттео.

Ему он завещал немалую сумму. Эти деньги отданы под процент Совету. Проценты пойдут на выплату ренты. А когда Маттео станет достаточно взрослым, чтобы продолжить дело отца либо открыть собственную лавку, он сможет получить всю сумму. Мальчику всего шестнадцать, так что, вероятно, он еще несколько лет проходит в подмастерьях.

— Этого следовало ожидать.

— Бегинажу, в котором живет Катрейн, Николаи тоже отписал много денег, а дочери назначил ренту. Она расплакалась. Добрая душа не смогла сдержать слез, когда услышала...

— Услышала о чем? — впился в нее вопрошающим взглядом ван Клеве.

— Николаи, он...

Она не могла ни произнести, ни в полной мере осознать значение того, что открылось ей на оглашении завещания.

— Так он сделал вас главной наследницей? — в голосе ван Клеве послышалось веселое недоверие.

Алейдис раздраженно взглянула на него.

— Давайте еще посмейтесь.

— Прошу прощения, но... — он покачал головой и провел пальцами по густым черным волосам, которые, как всегда, спадали непокорными волнами на плечи. — Конечно, вы и сами знаете, что были и куда более... разумные, скажем так, альтернативы.

— Такова его последняя воля. Видимо, на то были свои причины.

Какие, она пока и сама с трудом понимала.

— Он хотел позаботиться о жене и в этом стремлении превзошел все ожидания. За это над ним будут смеяться и после смерти.

— И надо мной тоже. Особенно если учесть, как было нажито это наследство. Или, по крайней мере, та его часть, происхождение которой следует искать, как нам доходчиво объяснил Андреа, в кельнском преступном мире.

— А я смотрю, вы открыли меняльную контору. Думаете, разумно оставлять подмастерьев распоряжаться там одних без присмотра?

— Нет.

Она поднялась и заходила туда-сюда.

— Сию минуту пойду туда, помогу им, чем смогу.

— Что вы смыслите в меняльном деле, госпожа Алейдис?

— Я дочь торговца тканями, господин ван Клеве. На худой конец я умею читать, писать и считать. Вы знаете, что я вела бухгалтерию Николаи.

— Я имел в виду совсем не эти способности, вдова Голатти...

— Пожалуйста, не называйте меня так. Меня это ранит.

Она остановилась прямо перед ним.

— Я не хочу, чтобы мне напоминали о моем горе в каждом втором предложении.

— Как пожелаете, госпожа Голатти, — спокойно склонил голову ван Клеве. — Я говорил скорей о том, сможете ли вы общаться с клиентами.

— Я долгое время помогала отцу в его конторе.

— И это вас, безусловно, красит, но клиентура там, скорей всего, была несколько иная, чем в меняльной конторе. Я уже не говорю о должниках вашего супруга или тех, кто только собирался взять у него в долг. И то я беру в расчет лишь тех, кто приходит днем, а не крадется под покровом ночи.

— Вы думаете, мне с ними не справиться? — спросила Алейдис, сложив руки на груди, и, не дав ему ответить, пожала плечами: — Может, вы и правы. А может, нет. Я хочу вникнуть во все дела своего покойного мужа. Во всяком случае, в те, которые были заверены нотариально. Вы вольны думать, что я не в состоянии это сделать, господин ван Клеве. Возможно, моя внешность наводит вас на эту мысль. Нет, только не возражайте.

— Да и я не собирался возражать, госпожа Алейдис.

Она раздраженно свела брови.

— На первый взгляд я могу казаться дурочкой. Светлые локоны и смазливое личико вызывают у мужчин мысль, что обладательница всего этого хороша лишь в одном. Однако будьте уверены, что я использую голову не только чтобы надевать на нее чепчики и диадемы, но и для кое-чего большего.

— Рад это слышать.

— Неужели? — недоверчиво глянула на него она. — До сих пор у меня не создавалось впечатления, что мои слова вам по душе.

— Неважно, по душе мне они или нет. Вы употребили свое влияние или, вернее будет сказать, влияние вашего супруга, и сделали это настолько хорошо, что я, пусть даже не желая того, приложу все усилия, чтобы помочь вам узнать правду и добиться справедливости.

— Ладно.

Она проводила кивком Лютца, который, низко опустив голову, возвращался с лопатой на плече в сарай. Слуга всхлипнул, но тут же сделал вид, что что-то попало ему в нос. Когда он скрылся из виду, она продолжила говорить.

— Разумеется, у меня нет намерения становиться во главе подпольного королевства, которое выстроил Николаи. Но его обычное ремесло — обмен денег и выдачу займов — я постараюсь продолжить. Он не был исчадием ада, и я не хочу, чтобы его запомнили таким. Поэтому я должна найти его убийцу и предать суду. Меняльная контора была жизнью Николаи. Не всей жизнью, признаю, но значительной ее частью. Именно это ремесло сделало его человеком, каким его знали многие люди и любила я.

Какое-то время полномочный судья смотрел на нее и молчал, а потом промолвил:

— Полагаю, вы правы.

— Я устала от того, что весь мир считает, что я не справлюсь, — Алейдис мрачно посмотрела поверх его головы в сторону дома. — В общем, вы можете считать это причудой, блажью, поднять меня на смех, мне все равно. — Она снова взглянула собеседнику прямо в глаза. — Я любила Николаи. Не из покорности, которой ожидают от жен, а потому что он был добр со мной и тоже любил меня. Если это вызывает ваше неудовольствие или насмешку, держите и то, и другое при себе.

Лицо ван Клеве приняло необычайно пытливое выражение, от которого Алейдис снова сделалось нехорошо.

— Если вам понадобится совет или помощь в меняльной конторе, вы можете обращаться ко мне, госпожа Алейдис.

— К заклятому врагу моего мужа?

— Возможно, пришло время оставить старую вражду в прошлом. Моя семья никогда не враждовала с вами.

— И вы считаете, что сейчас самое удачное время для заключения мира?

— Вы недовольны тем, что я ждал, пока Николаи, служивший источником раздора, не сможет больше возвысить свой голос против?

Алейдис резко развернулась и снова зашагала туда-сюда.

— Насколько мне известно, эту вражду начал не он.

— Но он и не пытался положить ей конец.

Полномочный судья поднялся и подошел ближе.

— Как мне кажется, и у Николаи, и у моего отца имелось достаточно возможностей испортить друг другу жизнь, и ни один из них не видел причин останавливаться.

— А вы видите? — Алейдис остановилась у гряды с салатом. Она медленно повернулась к нему лицом, ее руки снова были сцеплены вместе. — Вы хоть понимаете, что могут подумать люди?

В глазах ван Клеве блеснул насмешливый огонек.

— Что я решил попытать счастья с симпатичной вдовой конкурента, чтобы наставить ему посмертно рога и прибрать к рукам его дело. Похоже, вы и сами так думаете, верно?

— Вы даете основания для подобных мыслей, господин ван Клеве. — Она отвела глаза, не в силах выдержать его взгляд. — А теперь прошу последовать за мной в дом. Все бухгалтерские книги Николаи хранятся в его кабинете. Можете ознакомиться с ними, а я пока схожу в меняльную контору и посмотрю, как там идут дела.

Не дожидаясь его, Алейдис зашагала по направлению к дому. У черного хода она замерла. Ее взгляд остановился на двух глиняных мисках. В одну из них Руфусу накладывали еду, в другую наливали воду. Странное подташнивание, смешанное с горечью и печалью, подкатило к горлу, и вдруг ее осенило. Не обращая внимания на то, идет ли за ней ван Клеве, Алейдис быстро зашла в дом, спустилась в подвал и отперла замок на тяжелой двери. Но когда она остановились у заветного сундука с алфавитным замком, ей пришлось сделать глубокий вдох. Пальцы слегка дрожали, когда она вращала кольца. Она чуть не сорвала ногти, настолько плохо слушался механизм даже после многочисленных попыток совладать с ним. Когда первое кольцо застопорилось на букве R, раздался громкий щелчок. Он повторился, когда второе кольцо остановилось на U. Алейдис поняла, что нашла кодовое слово.

Уже более получаса Винценц ван Клеве сидел в полном одиночестве в кабинете Голатти, изучая бухгалтерские книги и письма, которые Алейдис сложила для него на столе. Копия завещания лежала там же. Он прочел его с недоверчивым изумлением. Винценца поразило не столько то, что Голатти сделал Алейдис единственной наследницей, сколько уверенность ломбардца в том, что Алейдис способна разобраться и с темной стороной его наследства. Он не мог не понимать, что его махинации недолго останутся тайной для скорбящей вдовы, но, видимо, считал, что эта маленькая хрупкая женщина сможет взять на себя управление его подпольным королевством. Ломбардец не был простофилей, и его уж точно не стоило недооценивать. Если он доверил такое жене, значит, был уверен в ее способностях. Либо под старость лет тронулся умом. Либо был ослеплен любовью. А может быть, и то, и другое, и третье разом.

Винценц задумчиво посмотрел на груду документов на столе. Ни одна из этих бумажек, в этом он был уверен, не даст ни малейшей подсказки насчет убийцы, иначе Алейдис уже обратила бы на это его внимание. Она могла производить впечатление простушки, хотя, заглянув в ее ярко-синие глаза, уже нельзя было быть уверенным, что это слово характеризует ее достаточно точно. Узнав ее чуть ближе, он нехотя признал, что она была совсем не глупа. Однако дать ей это понять, по его мнению, было опаснее, чем делать вид, что он ее ни во что не ставит. Кто знает, какие мысли могут прийти ей в голову и на какие действия может подтолкнуть ее пытливый ум? Он был настолько погружен в свои мысли, что не заметил, как она вошла. И лишь когда хозяйка дома оказалась перед ним, ван Клеве поднял глаза. На лице Алейдис было смешанное выражение ужаса, решимости и чего-то еще, что он не мог определить. Увлеченности?

— Следуйте за мной, — заявила она без обиняков, развернулась и вышла. Он быстро поднялся и пошел за ней. Настороженно оглядываясь по сторонам, он спустился за ней по ступеням в подвал. Здесь было темно и прохладно, в воздухе витал слабый запах затхлости. При мерцающем свете большой масляной лампы, стоявшей на одном из сундуков, Алейдис опустилась на колени перед тяжелым, окованным железом ларцом и подняла крышку. Винценц с любопытством подошел ближе и откашлялся, увидев открытый замок.

— Вы разгадали комбинацию?

— Я вам ее не скажу.

— Разве я вас просил?

— Пока нет. — Жестом она пригласила его взглянуть на замок. — Только не слишком надейтесь. После того как я открыла его, сразу же перекрутила кольца.

Он опустился рядом с ней и снял замок.

— Полагаю, вы не питаете ко мне особого доверия.

— А разве мой супруг вам доверял?

— Нет.

— Так почему я должна?

— Он скрыл от вас комбинацию, как и от всех остальных.

Она сердито покосилась на него.

— И поэтому, по вашему мнению, я предам его доверие? Для полномочного судьи вы слишком плохо разбираетесь в людях, господин ван Клеве.

Незаметная улыбка тронула его губы.

— Я разбираюсь в них достаточно, чтобы понять, что мне следует вас опасаться, госпожа Алейдис. Однако в данном случае вам не о чем беспокоиться. Я не хотел ни выпытывать у вас комбинацию, ни подталкивать вас к тому, чтобы предать доверие покойного супруга. Но позвольте мне восхититься мастерством того, кто изготовил этот замок. Вы знаете, кто это был?

— Боюсь, что нет.

Она извлекла на свет книгу, переплетенную в толстую темно-коричневую кожу.

— Взгляните-ка.

Винценц откинул тяжелый переплет и пробежал глазами по записям на первых страницах, затем наугад пролистал дальше.

— Кажется, это хроника решений Городского совета Кельна. Последняя запись была сделана неделю назад.

Алейдис кивнула.

— Она как раз о том заседании, на котором было принято решение изгнать евреев. Здесь две такие книги. Обе они от 1396 года. Николаи скрупулезно вносил в них все, что происходило на Совете.

— Ну, «всё» — это, конечно, преувеличение. — Ван Клеве взял другую книгу и пролистал ее. — Я бы сказал так: все, в чем он сыграл важную роль. А это уже немало, — добавил он, бросив на Алейдис многозначительный взгляд.

Винценц видел, как она вздохнула, доставая очередную книгу. Та была немного меньше по размеру двух предыдущих, но зато значительно толще.

— А тут, наверное, список его тайных клиентов. Или должников. Как хотите, так и называйте, — сказала она.

— Он вел и их учет? Как предусмотрительно с его стороны.

— Разве вы не это искали?

— Разумеется, но из того, что мы это искали, еще не следует, что мы нашли то, что нужно.

Алейдис собиралась было отдать ему книгу, но ее рука остановилась на полпути.

Ван Клеве снова улыбнулся, на этот раз мрачно.

— Боюсь, на какое-то время вам придется довериться мне, в противном случае мне будет трудно вам помочь.

— Но вы не будете использовать это против меня или моей семьи, господин ван Клеве?

Теперь взгляд ее синих глаз был устремлен прямо в его глаза. И этот взгляд был настолько пронзительным, что Винценц поневоле задался вопросом, действительно ли она смотрит на него или пытается разглядеть что-то в нем.

— Даю вам слово, госпожа Алейдис.

— Я была бы счастлива быть уверенной, что вы хозяин своему слову. Даже если речь идет о вашем старом недруге.

Он сдвинул брови.

— Вы ставите под сомнение мою честь?

Взгляд Алейдис то падал на книгу, то снова взмывал к глазам собеседника. Было видно, что ее гложут сомнения. Наконец, она неуверенно протянула судье книгу.

— Я не ставлю под сомнение вашу честь, господин ван Клеве.

На ее щеках выступил легкий румянец, хорошо заметный в свете масляной лампы, и он шел ей гораздо больше, чем бледность последних нескольких дней.

— Но насчет ваших мотивов у меня есть некоторые подозрения.

Он удивленно встрепенулся, пытаясь понять, к чему она клонит, а когда понял, рассердился.

— Вы действительно считаете, что я нацелился на вдову конкурента?

— До сих пор вы не сделали ничего, что убедило бы меня в обратном.

— Для невинной овечки, какой вы кажетесь на первый взгляд, вы чересчур горды и самодовольны. Я вижу, что под хорошенькой личиной скрывается хитрая Цирцея.

— Кто? — сердито нахмурилась Алейдис.

— Цирцея, или Кирка, — колдунья из греческой мифологии. Она считалась непревзойденной соблазнительницей, и только Одиссей мог противостоять ей, потому что выпил отвар особой травы, который сделал его невосприимчивым к ее чарам.

На мгновение Алейдис уставилась на него, утратив дар речи. Затем ее глаза полыхнули гневом.

— И вы сравниваете меня с колдуньей?

— Она была еще и богиней к тому же.

— А вы, надо полагать, тот самый Одиссей.

— Вряд ли. Хотя бы потому, что у них, по легенде, было трое совместных детей.

— Судя по всему, действия травы хватило ненадолго.

Она поднялась и сделала шаг в сторону. Винценц тоже выпрямился.

— Вам не поразить меня знанием греческих мифов.

— Я и не собирался этого делать. Просто использовал один из них для сравнения.

— Чтобы оскорбить меня, — фыркнула она. — Неужели вы думаете, что я всерьез рассматриваю возможность повторно выйти замуж сейчас, когда труп Николаи еще не остыл? Да еще и за вас?

— Ну, будь здесь третьи лица, у них могло бы сложиться такое впечатление.

— Что ж, тогда мне стоит возрадоваться, что мы здесь вдвоем, господин полномочный судья. И зарубите себе на носу: я бесконечно далека от того, чтобы очаровывать, а уж тем более соблазнять вас или кого-либо еще. Так что можете не бояться меня. Я не собираюсь выходить замуж.

Ван Клеве верил ей, но в то же время ему казалось, что этот сердитый блеск в ее глазах оказывает на него то самое чарующее воздействие, которого Алейдис так стремилась избежать. На душе у него было тревожно. Сейчас не помешал бы тот волшебный отвар, чтобы укрепить его стойкость.

Желая отвлечься от этих мыслей, он вернул разговор в прежнее русло.

— Что там еще есть в сундуке?

Согнувшись, Алейдис вновь опустилась на колени и достала из сундука увесистый бархатный мешочек.

— Золото.

Нечестивые чары, которые, казалось, на мгновение овладели им, рассеялись.

— Дайте посмотреть.

Он развязал тесемку и взглянул на монеты.

— Святые угодники! — воскликнул ван Клеве, тряхнув мешочком. — Да тут целое состояние.

— Вот еще один.

Алейдис указала на второй кошель с деньгами.

— Золото ломбардца Николаи Голатти, — пробормотал судья, позволив паре монет проскользнуть сквозь пальцы обратно в мешочек. — Всякий раз, когда я слышал о нем, мне казалось, что это ложь или преувеличение.

— От кого вы об этом слышали? — насторожилась Алейдис, принимая у него из рук кошель и завязывая его.

— В основном от отца. Но вас не должно удивлять, что в определенных кругах имя вашего мужа звучало довольно часто. Его влияние было огромным. И когда я вижу это, то понимаю, насколько огромным. Вы уже, наверное, осознаёте, что по крайней мере часть этого золота нажита нечестным путем.

По затылку Алейдис пробежала дрожь, а Винценц мрачно улыбнулся.

— На содержимое одного из этих мешочков можно было бы купить весь Городской совет, — продолжал он. — Вы богатая женщина, Алейдис Голатти.

— Достаточно богатая, чтобы заставить даже вас изменить свое мнение?

— Насчет чего?

— Ну, не стоит ли вам позариться на вдову конкурента.

— Я бесконечно далек от этого, госпожа Алейдис, — ответил ее собственными словами Винценц.

— И вы ожидаете, что я поверю?

— Этого золота недостаточно, чтобы я соблазнился подвергнуть себя опасности брака с вами.

— В чем состоит эта опасность? — поинтересовалась она, задрав подбородок.

В этот момент он допустил промашку: заглянул ей в глаза и задержался в них дольше, чем позволяли приличия. Зловещее жало пронзило его, оставив назойливое жжение в желудке.

— В вас точно есть что-то от Цирцеи.

В ее глазах снова полыхнул огонек.

— Прекратите.

Он подчинился, не столько ради того, чтобы угодить ей, сколько ради собственного спасения.

— Не задавайте мне этот вопрос, если не хотите знать отвст, госпожа Алсйдис.

Он перевел взгляд на сундук.

— А это что там? Векселя?

Громко вздохнув, она склонила голову и потянулась к стопке бумаг, скрепленных скобами.

— Думаю, да. У меня не хватило времени, чтобы все тщательно проверить.

— Тогда сделайте это до завтра. Мне пора идти.

Он указал на книгу.

— Это я захвачу с собой. Хочу изучить получше. Завтра в полдень я вернусь, если вы не возражаете.

— Я бы возразила, но надо так надо, господин ван Клеве. — Алейдис перелистывала векселя, избегая поднимать на него глаза. — И еще: если вы хотите разыскать кого-то, чье имя указано в книге, я тоже хочу в этом участвовать.

— Нет.

С удивительным проворством она вскочила на ноги и сделала шаг к нему.

— Да!

# Глава 7

Очевидно, ему нравилось жить с ощущением, что опасность дышит ему в затылок. Как еще можно объяснить, что он уступил Алейдис Голатти? Винценц ловко парировал выпады ученика, который искусно наносил удары длинным клинком. Лезвия двух тяжелых полуторaручных мечей то и дело скрещивались в воздухе. Пот ручьем лился по лбу и шее. Дважды в неделю ван Клеве вел уроки фехтования в университетской школе боя на мечах. Сегодня среди его учеников преобладали молодые солдаты и дворянские сыновья. Единственным, кто заставил его сегодня попотеть, был Матис Гревероде, старший сын члена Совета и капитана городской гвардии Тильмана Гревероде. Юноше было семнадцать лет, и он был таким же высоким и смуглым, как его отец. Что касается его умения владеть оружием, то, похоже, и в этом он стремился не отставать от родителя. Сочетание темперамента и свирепости, которыми он отчасти был обязан молодости, а отчасти отцовской крови, превращало его в соперника, которого не стоило недооценивать. Винценц уже несколько раз шутил, что в юноше гармонично сочетаются вспыльчивость отца и почти легендарная непоседливость матери. Мира Греверode была умной женщиной. В Кельне ее знали и любили. Но ее дьявольский темперамент всегда вызывал пересуды. Однако ее мужа, судя по всему, это устраивало, и никто не осмеливался насмехаться над ней публично. Точные и сильные удары градом сыпались на ван Клеве. Вот он едва сумел отбить особенно искусный выпад.

— Ну что, мастер Винценц, сдаетесь?

Молодой человек усмехнулся и снова атаковал. Винценц снова парировал и ловко ударил плашмя по запястью Матиса. Меч юноши вылетел из руки и лязгнул о каменный пол круглого зала, который они использовали сегодня для занятий, так как на улице шел дождь.

— Не будь таким самоуверенным, мой мальчик. — Винценц тоже усмехнулся, довольный тем, что ему удалось так легко обезвредить юнца, несмотря на весь его талант. — Этим ты только облегчаешь задачу сопернику.

Со смешанным чувством досады и восхищения Матис потер запястье.

— Мне показалось, что вы были мыслями где-то не здесь, мастер Винценц.

Ван Клеве согласно склонил голову.

— Никогда не суди о противнике по первому и внешнему впечатлению.

Именно эту ошибку он допустил по отношению к Алейдис Голатти, и ему еще не раз придется об этом пожалеть.

— Манера поведения бывает обманчивой. Человек может намеренно водить тебя за нос, либо ты просто можешь не знать всех обстоятельств его натуры и положения.

Он поднял меч и протянул его Матису.

— На сегодня достаточно. Твоя техника становится лучше. Судя по всему, ты тренировался с отцом.

— О да, он все еще так же хорош, как и вы, мастер Винценц.

— Потому что он регулярно упражняется с разными видами оружия.

Винценц вытер лоб и шею рукавом рубахи. Волосы, перехваченные кожаным шнуром, взмокли. Нужно помыть голову, иначе завтра она будет неприятно чесаться.

— В следующий раз мы добавим круглый щит.

Он обернулся к солдатам, которые стояли полукругом, наблюдая за поединком.

— Вы внимательно смотрели и видели, какие точные выпады делает Матис? Я надеюсь, вы будете усердно тренироваться, пока не достигнете подобного мастерства или хотя бы приблизитесь к нему.

Одному из молодых людей он протянул меч, которым только что фехтовал Матис.

— Итак, построиться!

Он занял позицию перед новым противником.

— По моей команде!

Он работал с каждым из двадцати молодых людей, внимательно наблюдая, поправляя там, где это было необходимо. При этом он краем уха прислушивался к беседам, которые вели ученики. Он хотел понять, что говорят об убийстве Николаи в городе. К концу двухчасового урока его рубашка на груди и спине промокла, а мышцы приятно ныли. Удовлетворенный как успехами учеников, так и тем, что ему удалось узнать, он попрощался с каждым из них. Невзирая на проливной дождь, который лил с прошлого вечера, Винценц вышел во двор с ведром и набрал чистой воды из фонтана. Хотя он предпочел бы помыться позже, в теплой ванне, хозяйка заведения, в которое он решил отправиться сразу же после школы, не пустит его на порог, потного и неопрятного. Поэтому он отнес ведро в зал, снял рубашку и стал мыться холодной водой.

Матис, единственный, кто остался в зале, нерешительно приблизился к учителю.

— Мастер Винценц, отец передал, что хотел бы поговорить с вами насчет нового расписания занятий для городской гвардии.

— Я не против.

Ван Клеве достал из котомки кусок чистого холста, обмакнул его в воду и принялся энергично тереть торс и руки. Вода приятно холодила мышцы.

— Я во вторник все равно собирался на площадь Вейдмаркт, буду рад увидеться с ним во второй половине дня.

Заметив в лице юноши сомнение, он спросил:

— Или это слишком поздно? Существует ли еще какая-нибудь причина, по которой я должен встретиться с вашим батюшкой?

— Он говорил об убийстве, которое произошло на днях. О ломбардце.

— Он вел с ним какие-то дела?

— Нет. Скорей всего, нет. Отцу ломбардец не нравился. Но он просил передать, что, возможно, сможет рассказать вам о людях, которые что-то знают об убийстве. О людях из... — Матис понизил голос, хотя в зале, кроме них, больше никого не было, — преступного мира. Он часто помогал полномочному судье Резе раскрывать преступления, и он знает многих людей, которых...

— С которыми тебе общаться не стоит. — Винценц понимающе кивнул. — Как полномочному судье, так и капитану городской гвардии по должности приходится водить знакомства с людьми определенного сорта. Тем более что в данном случае капитан и судья приходятся друг другу родственниками. Передай отцу, что я благодарен ему за приглашение и, возможно, приму его. А еще кланяйся от меня госпоже Мире. Надеюсь, она в добром здравии.

— Да, она, как всегда, здорова. Матушка вновь взялась печь марципаны для монастырей, когда не присматривает за детьми госпожи Грит. Она печет их в большом количестве.

— Госпожа Грит — это супруга судьи Резе?

— Да, и самая близкая подруга матушки. Она недавно родила шестого ребенка и еще пару недель проведет в постели. Так что матушка помогает ей по мере возможности, потому что, как она говорит, иначе все в доме Резе пойдет кувырком. Она подменяет госпожу Аделину. Это ее золовка, которая переехала к госпоже Грит и присматривает за ее детьми с тех пор, как госпожа Катарина с мужем взяли на себя управление аптекой.

— Госпожа Катарина — это ведь младшая дочь госпожи Аделины? Я припоминаю, что несколько лет назад вокруг нее был большой переполох, как-то связанный с ее нынешним супругом.

Матис, явно пораженный такой осведомленностью, решительно затряс головой.

— Да-да, мы не должны говорить об этом, но вы совершенно правы. В то время был почти скандал, потому что мастера Бастиана обвинили в убийстве и... Ну, потом все прояснилось, а поскольку он был чужаком в городе и его имя было связано с неприятностями, он взял фамилию семьи Бурка и теперь...

— Теперь все спокойно.

Матис громко рассмеялся.

— О да, в семействах Бурка, Гревероде и Резе спокойно примерно так же, как и в других семьях. О настоящем покое нам остается только мечтать.

Уверен, скоро нас ждут новые потрясения. Самое позднее, когда мой дядюшка Колин вернется с учебы в Салерно. Вы же знаете, много лет назад, выучившись на аптекаря, он уехал, чтобы продолжить образование в университете и стать врачом, как его отец.

— И он однажды захочет занять место главного городского врача по примеру отца?

— Возможно, — снова засмеялся Матис. — Но, зная его и нашу семью, можно с уверенностью утверждать, что тут не обойдется без проблем. У моей родни есть скверная привычка постоянно лезть в чужие дела. И даже если они не лезут, чужие дела сами их находят.

— Ну, имея в семье члена Городского совета, который к тому же является капитаном городской гвардии, да еще и полномочного судью, этого вряд ли удастся избежать.

— Ну, можно и так сказать, хотя, положа руку на сердце, в нашем семействе просто все любопытны до невозможности.

— И ты тоже? — улыбнулся Винценц.

Юноша неловко откашлялся.

— Думаю, да. Впрочем, мне уже пора. Пожалуйста, никому не говорите, что я так много рассказал вам о нашей семье, мастер Винценц. Не хочу, чтобы у меня были проблемы.

— Не волнуйся, я нем как рыба.

Винценц по-приятельски похлопал его по плечу.

— Кстати, Матис, ты хорошо потрудился сегодня. Становишься достойным преемником своего отца. А другими видами оружия ты владеешь так же хорошо, как и мечом?

— Я стараюсь.

На щеках юноши выступил румянец. Было видно, то ему приятна эта похвала.

— Меч нравится мне больше всего, но я неплохо управляюсь с арбалетом и луком. Только с копьем есть трудности.

— Копье не самое простое оружие, если говорить о точности удара. Но с твоими амбициями, я уверен, ты и в этом приобретешь определенное мастерство.

Матис согласно кивнул.

— Я сегодня чуть было не обезоружил вас, мастер Винценц.

Глаза молодого человека с вызовом блеснули.

— Чепуха.

— Вы явно отвлеклись.

С трудом подавив улыбку, Винценц угрожающе поднял указательный палец.

— Такого юнца, как ты, я могу победить даже во сне.

Матис сделал два шага назад, отойдя на безопасное расстояние.

— Зависит от того, что вам снится.

— Убирайся отсюда! — Винценц сделал вид, будто хочет нанести удар. Рассмеявшись, ученик зашагал прочь.

Повеселевший и в то же время немного обеспокоенный тем, что Матис оказался прав, ван Клеве вытерся и надел свежую рубашку. Затем он направился на Швальбенгассе в квартале Берлих.

— Госпожа, к вам посетитель.

Ирмель толкнула локтем дверь в кабинет и теперь вытирала о фартук руки, испачканные до самых локтей мукой. Очевидно, она помогала Эльз печь хлеб. Весь дом был наполнен аппетитными запахами, которые явно исходили из печи. Алейдис оторвала взгляд от документа, который пыталась прочесть. Кто бы это ни написал, почерк у него был просто ужасный. Она удивленно улыбнулась, увидев входящую Катрейн.

— Добрый вечер! Что ты делаешь здесь в такой час? Я думала, у госпожи Йонаты все ложатся спать строго в положенное время.

Катрейн улыбнулась в ответ и села в кресло напротив стола.

— Да, но учитывая мое, вернее, наше нынешнее положение, она все же позволила мне навестить тебя сейчас. Я сказала ей, что проведу ночь здесь, в доме, и тогда никому из служанок не нужно будет сторожить дверь. Ты ведь не против?

— Это дом твоего отца. Конечно, я не против.

Алейдис отложила документ в сторону.

— Как ты? Могу ли я что-нибудь сделать для тебя? Ирмель, принеси нам вина с пряностями и два кубка.

— Сию минуту, госпожа.

Ирмель исчезла, но оставила дверь открытой. Алейдис вздохнула, но не стала звать служанку обратно. К счастью, та вскоре появилась, держа в одной руке кувшин вина со специями — Эльз явно подогрела его после ужина, — а в другой — две деревянные кружки.

— Ирмель! — воскликнула Алейдис. Она уже хотела закатить глаза, но взяла себя в руки, сообразив, что это ничего не изменит. — С каких это пор мы пьем вино из деревянных кружек?

Служанка недоуменно воззрилась на посуду.

— О, я и не подумала, госпожа. Простите. Сейчас принесу другие.

И снова быстро удалилась.

Катрейн улыбнулась.

— Спорим, она сейчас принесет хорошие...

Она оборвала себя и захихикала, когда вбежала, запыхавшись, Ирмель. Она так спешила, что чуть не потеряла один башмак.

— Вот, госпожа, пожалуйста...

— ...серебряные кубки, — закончила предложение Катрейн. — Оловянные тоже подошли бы.

Алейдис приняла из рук служанки два сосуда.

— Спасибо, Ирмель. Возвращайся на кухню к Эльз.

— Да, госпожа, уже иду.

Повернувшись, Ирмель покинула кабинет.

— Закрой дверь, Ирмель!

На этот раз Алейдис не удержалась и воздела глаза к потолку.

— Да, госпожа, как скажете, госпожа.

Дверь с грохотом захлопнулась, потому что Ирмель дернула ее со всей силы.

— Простите, госпожа, — уже стоя снаружи, крикнула она и, топая башмаками, удалилась.

— У этой женщины мудрости не прибавляется, — весело заметила Катрейн. — Все такая же болтливая и неуклюжая.

— И мозгов у нее, как у курицы, — со вздохом согласилась Алейдис. — Но у нее доброе сердце.

— Да, это точно.

Катрейн вновь посерьезнела.

— Что касается твоего вопроса — я в порядке. Правда. Я очень опечалена смертью отца, но ведь смерть — это часть жизни.

— Так и есть, но обычно жизнь не прерывается насильственным путем.

Катрейн согласно склонила голову.

— Вот почему я здесь. Ты уже говорила с полномочным судьей? Есть ли какие-нибудь зацепки или предположения, кто может быть убийцей?

— Нет, пока нет. Мы виделись с ним, но говорили исключительно о том, что было в тайном сундуке Николаи. Ну, знаешь, я тебе о нем рассказывала.

— Тот, что со специальным замком? Так вы разбили замок?

— Нет, я подобрала комбинацию.

— Какая ты умная! Я предполагала, что ты догадаешься. Скажешь мне? Я, конечно, никому не расскажу.

Алейдис внимательно посмотрела на эту миловидную женщину с красивыми светло-каштановыми волосами. Катрейн, строго говоря, приходилась ей падчерицей, хотя была на несколько лет старше Алейдис. Они стали хорошими подругами, а молодая вдова отчаянно нуждалась в ком-то, кому можно было бы довериться.

— Так звали нашего дворового пса.

— О боже! — Катрейн озадаченно прикрыла рот рукой, но не удержалась и прыснула: — Это так похоже на отца. Он всегда был очень привязан к собаке. Кстати, а куда делся Руфус? Я почему-то не видела его во дворе.

— Он умер, — покачала головой Алейдис. — Прости. Забыла тебе сказать. Ирмель нашла его сегодня утром у курятника. Видимо, он заснул ночью и больше не проснулся.

— Какая жалость. — Катрейн поджала губы. В уголках ее глаз блеснули слезы. — Как быстро он последовал за отцом. — Она смущенно смахнула слезу со щеки. — Вы его... Я имею в виду...

— Лютц похоронил его в саду.

— Рада это слышать. Он заслужил это, наш старый приятель.

Тихонько шмыгнув носом, Катрейн попыталась улыбнуться.

— А как там Эльз? Она ведь припасла на этот случай какую-то ужасную историю и напугала ей моих девочек, да?

— Она настаивает на том, что сороки, которых Марлейн считала на днях, принесли в дом эти смерти.

— О боже. А ты знаешь, сколько их было? Сорок, я имею в виду.

— Кажется, четыре.

— Боюсь, толстуха Эльз не успокоится, пока не дождется еще двух смертей.

— Надеюсь, это будут навозные жуки, на которых кто-то случайно наступит во дворе, — неодобрительно скривила губы Алейдис. — Терпеть не могу эти суеверные бредни. Если бы Эльз не была такой замечательной поварихой, я бы давно выставила ее к чертям.

Она быстро перекрестилась.

— Прости, не стоило так выражаться в присутствии такой благочестивой женщины, как ты.

— Ерунда, — махнула рукой Катрейн. — Я не обращаю на это внимания. Кроме того, мы, бегинки, не монахини и не порываем полностью с миром.

Она разгладила складки на подоле серого платья и улыбнулась.

— К счастью, от нас этого не требуется. Знаешь, я даже сохранила одно из своих мирских платьев. Из темно-коричневого бархата, с красивым шелковым чепчиком. При этом мне его даже некуда надеть, и я чувствую себя в нем странно. Я слишком долго носила простой костюм бегинки.

Ненадолго воцарилась тишина. Женщины понимающе переглянулись.

— Я хотела бы помочь тебе, Алейдис, раскрыть убийство. Я знаю, что мало что могу сделать, но если есть хоть что-то, чем я могу помочь, пожалуйста, скажи. Я знаю, что ты любила отца, а он любил тебя. Как он был счастлив, когда сказал мне, что сделал тебе предложение и ты сразу же согласилась! И все же ему было неловко об этом говорить, потому что ты была так молода... то есть ты и сейчас молода.

Приятные воспоминания вызвали у нее улыбку.

— Он боялся, я решу, что он спятил. Но я сказала: отец, если эта славная девушка любит тебя и искренне, всей душой желает стать твоей женой, так тому и быть. Таковы были мои слова. И посмотри, как хорошо мы ладим. Почти как сестры. Я всегда хотела сестру, но мама... ну ты знаешь эту историю. После меня все, кто у нее рождался, умирали. Но то, что такой человек, как мой отец, хотел наследника, вполне объяснимо. Просто оглянись вокруг! Все это...

Она слегка подалась вперед и прикрыла ладонью кисть Алейдис.

— Ты не беременна?

— Как я уже сказала позавчера, я не знаю точно. Нам придется подождать еще некоторое время, но не думаю, что ношу под сердцем наследника Николаи.

Алейдис прислушивалась к своим ощущениям и осталась при прежнем мнении. Она не чувствовала в себе присутствия плода, хотя никогда не была беременной и поэтому не могла знать, каково это. Она также не могла понять, рада этому или нет. Когда Николаи был жив, она ничего так не желала, как подарить ему ребенка, желательно сына. Но после его смерти это желание, казалось, испарилось. Оставалось лишь смутное беспокойство о том, как она справится с ребенком, если все-таки забеременела. Подруга слегка сжала ее руку, затем отпустила ее и откинулась в кресле.

— Я понимаю, что ты очень этого хотела, Алейдис. Но взгляни на это с другой стороны. Кто знает, какие еще планы у Всевышнего на тебя и на всех нас? Если он решил, что ты должна родить ребенка от отца, значит, так оно и будет. Если же нет, ты еще молода и когда-нибудь снова выйдешь замуж. Ты ведь выйдешь, правда?

Алейдис вздохнула. Ей вспомнился тот странный и волнительный разговор, который она недавно вела на эту тему с Винценцем ван Клеве.

— Знаешь, Катрейн, не хочу сейчас об этом думать. Николаи все еще здесь.

Она обвела комнату рукой.

— Я чувствую его, иногда слышу его голос или смех.

— Это хорошо.

Катрейн промокнула уголки глаз рукавом платья.

— Ты добрая, верная душа.

Алейдис покачала головой, гоня прочь из памяти энергичное мужское лицо с бородкой, непокорными черными кудрями и глубокими темными глазами.

— Слишком рано об этом думать, Катрейн.

— Ну разумеется, дорогая, — согласилась подруга. — Я говорю о будущем. Однажды ты снимешь траур, и тогда...

— Возможно.

— В конце концов, тебе повезло в браке больше, чем мне, и если ты не захочешь снова выходить замуж, никто не посмеет упрекнуть тебя в этом. Уж точно не я. В жизни вдовы есть много преимуществ.

Катрейн быстро взяла кувшин и налила себе немного теплого вина. Алейдис сделала то же самое. Они пили друг за друга, и лица их были серьезными и понимающими.

Катрейн прокашлялась.

— Отличное вино. В нем ведь есть перец, да?

— Я дала Эльз четкие указания добавить совсем чуть-чуть.

Алейдис сделала еще один глоток, наслаждаясь легким покалыванием в горле от смеси дорогих пряностей.

— Так что же было в тайном сундуке отца?

— Итоги его... как бы это сказать... темных делишек. Господин ван Клеве считает, что по крайней мере часть содержимого — это кровавые деньги.

— Даже так?

— Там было также много документов и книги, в которые Николаи записывал незаконные сделки. И решения Совета, на которые он повлиял.

— Дорогая, это звучит захватывающе. Я довольно много знала о его делах, но всегда держалась в стороне. — Катрейн подалась назад. — Я действительно думала, что и тебе известна правда. Я и представить себе не могла, что ты вышла за него замуж, совершенно ничего о нем не зная. Ведь твой отец был дружен с ним. Помнишь, когда ты была еще маленькой, мы часто виделись по праздникам или по другим поводам. Пока я не вышла замуж и не переехала в Бонн.

Она поджала губы. Было видно, что ей неприятно вспоминать о своем браке.

— Могу я взглянуть на документы?

— Разумеется.

Алейдис протянула ей одну из книг с протоколами решений Совета.

— Я уже пробежала их глазами, но мне кажется, если мы хотим раскрыть убийство, правильнее будет искать зацепки в договорах и письмах Николаи.

Она указала на стопку бумаг.

— Господин ван Клеве забрал книгу с записями о тайной клиентуре Николаи. Он хочет изучить ее до завтра, а затем вместе со мной найти этих людей.

— Он берет тебя с собой?

Катрейн оторвала глаза от книги, в ее взгляде читалось удивление.

— Ну, я настояла.

— Какая ты все-таки смелая. Я не думаю, что осмелилась бы встретиться с кем-то, кого отец мог бы, ну...

— Запугивать или шантажировать? — закончила за нее Алейдис. — Ты права, мне это тоже не по душе. Но Николаи сделал меня наследницей своего дела. Всего дела, поэтому он должен был понимать, что я рано или поздно узнаю о его подпольном королевстве. Мне придется с этим смириться. Возможно, я могу что-то исправить и здесь, и там. Но в любом случае я хочу знать, не причинил ли кому-нибудь Николаи настолько большое зло, что тот почувствовал себя вынужденным жестоко отомстить ему.

— Как я уже сказала, если я могу быть чем-то полезной... Не знаю чем, но вдруг... Ты только скажи.

Не спрашивая, Катрейн взяла со стола другую книгу и принялась листать. Это была последняя из трех книг Совета, как окрестила их Алейдис. Когда Катрейн дошла до последней записи, ее подбородок дрогнул, и она задумчиво подняла голову.

— Тут кое-какие записи не завершены. Ты видела? Отец специально их отметил. В основном те, которые относятся к распределению голосов в цехах. Даже в цехе «Железный рынок», в котором он состоял. Ты ведь унаследовала его место в цехе как его вдова?

— Полагаю, что так.

— Если хочешь вести дела в его меняльной конторе, тебе нужно получить цеховую лицензию. Она дает право использовать его печать.

Алейдис бросила удивленный взгляд на подругу.

— Я этого не знала.

— Уверена, печать тебе скоро доставят. Думаю, тебе стоит этим заняться.

— Ты имеешь в виду, вести дела в меняльной конторе?

— Ну конечно, — закивала Катрейн. — Отец, вне всяких сомнений, желал бы, чтобы все было именно так. Иначе зачем он оставил тебе контору в придачу к состоянию?

— Честно говоря, я до сих пор не могу взять в толк, зачем он это сделал.

Алейдис растерянно провела кончиками пальцев по стопке векселей, которые ей еще предстояло просмотреть.

— То, что он хотел обо мне позаботиться, — это одно, но завещать мне всё? В конце концов, есть же еще и ты. Разве он не должен был дать тебе гораздо больше?

— Зачем? — покачала головой Катрейн. — Я счастлива в бегинаже, и мне его богатства там ни к чему. Суммы, которую он нам с детьми отписал, хватит, чтобы мы ни в чем не знали нужды по меньшей мере лет десять. Этого более чем достаточно, ты не находишь? И он оставил мне процентную ренту, которую я могу либо израсходовать, либо использовать в качестве приданого, если захочу снова выйти замуж. — Она на мгновение замешкалась. — Чего, впрочем, не будет никогда и ни при каких обстоятельствах.

— Пусть так, но полномочный судья считает, что можно было найти другие способы продолжить дело, кроме как оставить его вдове.

— Так могут рассуждать только мужчины, тебе не кажется?

С улыбкой, в которой читалось то ли смущение, то ли гордость, Катрейн снова наклонилась вперед и положила руку на руку Алейдис.

— Это я попросила отца.

— Попросила о чем? — округлила глаза Алейдис.

— Сделать тебя главной наследницей по завещанию. Мы говорили об этом несколько недель назад.

Алейдис так удивилась, что даже откинулась на спинку кресла.

— Но почему ты так поступила?

— Сначала отец и слышать об этом не хотел, ведь есть я, девочки, Андреа и... Но я знала, что он никогда не доверит брату все свое состояние, а я вообще ничего не могу с ним сделать. Я просто хочу жить тихой, уединенной жизнью и никогда не... — Катрейн закашлялась. — Никогда не иметь дел с мужчинами. С меня хватит этого раз и навсегда. Знаешь ли ты, что я, когда мне приходится выходить из дома, всегда беру с собой большой нож? Это просто ужасно. Я не чувствую себя без него в безопасности. Но ты, Алейдис, ты способная, умная женщина. Отец был о тебе самого высокого мнения, ты знаешь это. Поэтому... поэтому я рада, что смогла убедить его. И ты тоже должна быть рада. Если ты все сделаешь правильно, то добьешься большой власти и влияния.

— В дополнение к тому состоянию, которым я теперь и так обладаю и которое выросло из несчастий множества неизвестных мне людей?

Катрейн замолчала и опустила глаза, но, несколько раз вздохнув, вновь подняла взгляд.

— Отец творил не только зло, ты это знаешь. Он умел быть милосердным и справедливым.

— Но как это согласуется с рассказами Зимона и Вардо о том, как они обращались с теми, кто не мог платить, а также с теми, с кого Николаи брал деньги, как выразился ван Клеве, за защиту? Где тут, скажи на милость, справедливость и милосердие? Объясни мне, Катрейн, если сможешь.

Голос Алейдис становился все громче. Ей пришлось изо всех сил сдерживать себя, чтобы не сорваться в крик. Это могло привлечь внимание слуг. Откуда взялся этот внезапный всплеск эмоций, она не могла объяснить. Они просто нахлынули на нее, как горячая волна. Горло сжало железными тисками. Она тяжело перевела дух. Катрейн вскочила на ноги, подошла к Алейдис и приободряюще положила руки ей на плечи.

— Я не могу, милая. Я могу лишь сказать, что отец был сложным человеком. Возможно, дело в том, что некоторые люди, достигнув власти и влияния, не могут остановиться, им хочется все больше и больше. У отца, конечно, были враги, но никто из них никогда не осмеливался напасть на него или публично обвинить в чем-то. Ведь отец был не только умен, но и умел обставить все так, что никогда нельзя было доказать, что он злоупотреблял своей властью, обманывал или что-то еще.

— Ты так хорошо осведомлена об этом?

— Факты говорят сами за себя, Алейдис. Или тебе известно, что отец когда-либо обвинялся в чем-либо?

— Наверное, те кто мог его обвинить, слишком боялись его.

— Я в этом не сомневаюсь.

Катрейн слегка сжала плечи Алейдис.

— Он всегда держал меня подальше от своих дел, как обычных, так и тех, что он проворачивал тайно. Не знаю, то ли он считал меня неспособной, то ли просто хотел защитить.

— Он очень любил тебя, Катрейн.

— И в этом я тоже не сомневаюсь.

— Я знаю.

— Думаю, что все же он хотел меня защитить от своего подпольного королевства, — продолжила Катрейн дрогнувшим голосом — Наверное, именно поэтому он так легко согласился отпустить меня, когда я в пятнадцать лет решила выйти замуж.

— Он говорил мне, что ему непросто было отпустить тебя.

— Об этом я тоже знаю. Тем не менее, когда Якоб де Пьяченца сделал мне предложение, он сразу согласился. А я была влюблена по уши и хотела последовать за Якобом в Бонн.

— Откуда тебе было знать, что муж окажется таким... — Алейдис замолчала, подыскивая нужное выражение, — плохим человеком.

— Нет, я и не знала, — вздохнула Катрейн. — Но разве отец не должен был знать? Он хотел защитить меня и тем самым навлек на меня беду.

— Но он не хотел, чтобы так вышло.

— Нет, конечно, нет.

— Ты долго не говорила ему.

Катрейн втянула голову в плечи.

— Мне было стыдно, Алейдис. Ведь именно я во что бы то ни стало хотела выйти замуж за Якоба. Любовь настолько ослепила меня, что я не могла заставить себя признать ошибку перед отцом и матерью. Лишь когда отец однажды приехал к нам в гости и заметил следы побоев, он понял, в какой ад я угодила. Тогда он набросился на Якоба и хорошенько поколотил его за то, что тот со мной творил. Я не была благодарна ему за это, ведь после этого стало еще хуже. Якоб просто позаботился о том, чтобы не оставлять синяков и ссадин, но бить меня не прекратил.

Катрейн снова вздохнула и продолжила:

— Отец все равно узнал, но что он мог сделать? Я бы не осмелилась выдвинуть обвинения против Якоба, а отец боялся, что если он сделает это сам, то все только усугубит. Думаю, Якоб шантажировал его.

— Какой кошмар! — воскликнула Алейдис, вздрогнув.

Иногда они с Катрейн говорили об этом, но она не знала всех ужасных подробностей.

— Я верила, что отец причастен к смерти Якоба. Когда в тот раз его вытащили из Рейна, разбухшего от воды, с проломленным черепом, я почувствовала такое облегчение, что наконец-то освободилась от него.

Алейдис вскочила на ноги и со страхом уставилась на подругу.

— Так это Николаи убил твоего мужа?

— Это всего лишь мои подозрения.

— Но ты не уверена?

Катрейн помолчала и выдавила из себя улыбку.

— Он никогда не признавался, если ты об этом.

Алейдис бессильно рухнула в кресло.

Николаи — убийца. Она не могла в это поверить, хотя была способна понять мотивы. Но сама мысль приводила ее в ужас: убийству не может быть оправдания, только вечные муки в самом жарком пламени ада.

— Давай не будем больше об этом говорить, — попросила Катрейн, выдержав небольшую паузу, и снова села. — Воспоминания о том времени причиняют мне слишком сильную боль, и нет смысла будить их снова и снова. Я решила оставить прошлое позади и смотреть в будущее.

Алейдис некоторое время сидела молча. Она размышляла.

— Я вот тут думаю, действительно ли ты оказала мне такую уж хорошую услугу, убедив Николаи изменить завещание, — наконец нарушила молчание она.

— Да, я в этом уверена, — горячо закивала Катрейн. — Вот увидишь, все встанет на свои места. Кому еще по силам такая задача? Ты очень умна и с честью продолжишь дело, которому отец посвятил всю жизнь.

Алейдис скрестила руки на коленях.

— Ты слишком уверена в моих способностях, Катрейн. Но вспомни о том, какими средствами Николаи добился влияния и состояния. Никогда,

никогда в жизни я не смогла бы поступить так же с ближними.

— Дорогая, тебя об этом никто не просит. — Катрейн взглянула на нее с укоризной. — Если ты берешь в свои руки дело отца, веди его по-своему. Хотя, как мне кажется, его влияние в Городском совете может быть весьма полезным. А этого влияния он совершенно точно добился не только благодаря козням и подкупам. Я не могу себе этого представить. Опять же, он ссужал деньги на законных основаниях. Такие сделки всегда выгодны обеим сторонам, и, если постараться, они могут превратить тебя в одну из самых влиятельных женщин в Кельне.

— Дорогая моя, о чем ты только думаешь! — Алейдис была потрясена, увидев лихорадочный блеск в глазах подруги. — Ты, кажется, более амбициозна, чем я могла себе вообразить.

— О нет! — Катрейн энергично взмахнула рукой. — Сейчас тебе так кажется только потому, что ты все еще скорбишь и не успела все обдумать. Но я размышляю об этом уже какое-то время, поэтому и поговорила с отцом.

Она на мгновение замолкла, но потом расправила плечи и сменила тему.

— Итак, допустим, вы расспросите всех его тайных должников. Что еще вы планируете предпринять, чтобы найти убийцу?

Обрадованная тем, что разговор вернулся к материям, которые казались ей логичными и осязаемыми, Алейдис на мгновение призадумалась.

— Не знаю, что уже сделал господин ван Клеве. Предполагаю, что он пришлет шеффена допросить слуг и членов семьи.

— Разве не стоило сделать это гораздо раньше?

— До поры до времени господин ван Клеве не давал моей жалобе хода. — Пожав плечами, Алейдис потянулась к документу, который изучала ранее. — Если бы я не настояла перед Советом, чтобы этому вопросу уделили особое внимание, никто бы пальцем о палец не ударил. Без свидетелей или доказательств мало что можно сделать. Боюсь, что это промедление дало возможность убийце замести следы, если таковые имелись.

— Значит, допросят слуг и, вероятно, меня тоже?

— Рано или поздно это произойдет.

— И моих девочек? Тогда пообещай, что ты будешь присутствовать при этом. Я не хочу, чтобы их напугали. — Катрейн взволнованно закусила нижнюю губу. — Я бы и сама побыла с ними, но, боюсь, со своим заячьим нравом вряд ли буду для них большой поддержкой.

— Не наговаривай на себя, Катрейн. Ты храбрее, чем думаешь, особенно если дело касается твоих детей.

Алейдис улыбнулась подруге, а та слегка зарделась от похвалы.

— Мне приятно это слышать. Допустим, мне хватит храбрости. Но ты не только смелая, ты еще и умеешь разговаривать с людьми. Я хотела сказать, с мужчинами.

— Да, заодно и попрактикуюсь. В будущем мне это умение пригодится, — помрачнев, добавила Алейдис.

— Ты имеешь в виду, когда будешь вести дела отца самостоятельно?

— Похоже, тебя это очень волнует.

— Больше, чем что бы то ни было.

— Ну, пока что мне нужна практика, чтобы научиться держать себя в руках, когда я общаюсь с этим подозрительным судьей.

— Ты назвала его подозрительным? — удивилась Катрейн. — С чего ты так решила? Я не говорю о том, что со стороны Совета было не самым удачным решением назначить его ответственным за расследование. Но мне показалось, что ты ему доверяешь. Разве нет?

— Нет, не доверяю... Или доверяю. Я не знаю. Но сам он не из доверчивых.

— Ты боишься, что он может использовать смерть отца в своих целях?

— Он утверждает, что не сделает этого. Это было бы бесчестно.

— Если ты не доверяешь ему, ты должна попросить Совет назначить другого судью.

— Я уже пыталась это сделать, но тщетно.

— Тогда попробуй еще раз.

Алейдис нравился румянец, проступивший на щеках Катрейн. Стремление изменить ситуацию к лучшему явно пошло подруге на пользу.

— Нет, я оставлю все как есть, по крайней мере пока. Потому что, если он действительно что-то замышляет против меня или моей семьи, будет лучше, если я буду за ним приглядывать. Но я смогу сделать это, только если буду работать с ним и тем самым заставлю его обсуждать ход расследования со мной.

Катрейн кивнула и торжествующе улыбнулась.

— Вот видишь, отец рассуждал бы точно так же. Ты достойна его наследства, Алейдис. И знаешь, что самое главное?

— Что?

Улыбка Катрейн стала еще шире.

— Люди не способны распознать твой острый ум с первого взгляда. Это усыпляет их бдительность ложным чувством безопасности. Особенно мужчины, у которых вообще отказывает рассудительность, когда они видят перед собой смазливое личико. По крайней мере, подавляющее их большинство. Это может быть большим преимуществом.

Алейдис скептически свела брови.

— До сих пор я считала это скорее недостатком.

— А ты поразмысли хорошенько. — Катрейн снова протянула руку и накрыла ей кисть Алейдис. — Тогда ты увидишь то же, что и я.

Она потянулась к одной из бумаг, лежавших на столе.

— Давай вместе просмотрим эти бумаги. Может быть, раскопаем что-то важное.

# Глава 8

— Добрый вечер, господин ван Клеве. Вы сегодня поздний гость, но от этого не менее желанный.

Эльзбет, хозяйка дома терпимости «У прекрасной дамы», отошла в сторону, впуская Винценца. Это была симпатичная женщина лет сорока со светло-каштановыми волосами под маленьким рогатым энненом[11]. Ее платье было простого коричневого цвета, но с глубоким вырезом, украшенным цветочной вышивкой. Когда-то и она сама была желанной красавицей, но уже двенадцать или тринадцать лет, как перестала принимать клиентов. Когда мамаша Берта, прежняя хозяйка, умерла от болезни, Эльзбет заняла ее место и превратила бордель в одно из лучших заведений подобного рода. Поэтому Винценц время от времени наведывался именно сюда. Его не прельщали грязные притоны, каковыми были большинство борделей в Берлихе. Эльзбет следила, чтобы девушки приходили на работу чистыми и здоровыми. Те же правила распространялись

---

[11] Средневековый конусообразный женский головной убор.

и на клиентов. Тех, кому вход был заказан по этой причине или в силу низкого происхождения, еще у ворот разворачивали крепкие парни, применяя при необходимости кулаки и дубинки.

— Добрый вечер, Эльзбет.

Винценц проследовал за ней по узкому коридору в просторное помещение, в котором распространялось приятное тепло от нескольких тлеющих жаровен. По стенам тянулись скамьи с мягкими сиденьями, а посередине зала — столы, которые также были обставлены скамьями с подушками. Один из столов, тот, что располагался у самого прохода, был заставлен всякой снедью и выпивкой. Были здесь блюда с хлебом, бужениной и различными соусами, овощные пироги и кувшины с пивом и вином, чтобы гости могли подкрепиться и утолить жажду, — разумеется, за отдельную плату. За серой занавеской скрывалась лестница, которая вела в номера с девочками. Слева от лестницы был еще один коридор — на кухню. Пройдя через кухню, можно было попасть в купальню, которую пристроили пару лет назад. Туда-то и стремился Винценц. После изнуряющих уроков, которые он давал ученикам, он жаждал расслабляющей ванны, умелых рук банщицы и, возможно, услуг иного рода.

— Гизель свободна сегодня вечером?

— Для вас она всегда свободна, господин ван Клеве.

Эльзбет сделала приглашающий жест рукой, указав на один из столов, и они уселись друг напротив друга. В гостиной, кроме них, не было ни души, но с верхнего этажа доносились голоса и отчетливые звуки, недвусмысленно говорящие о том, чем именно там занимались с гостями публичные женщины.

— Геро, скажи Гизель, пусть приготовит одну из ванн для господина полномочного судьи.

Чернокожий слуга, тихо следовавший за ними по пятам, ответив легким кивком, пронесся мимо них и скрылся за занавеской.

Эльзбет одарила Винценца любезной улыбкой.

— Я вижу, вы в добром здравии, и это прекрасно. Как насчет ужина? Вы опоздали, но еще осталось немного жареной свинины, хлеба, масла и вареных овощей. Вы можете отужинать здесь или я прикажу принести все это в купальню, если вы предпочитаете подкрепиться там.

— Отнесите в купальню, — по обыкновению распорядился Винценц, — и добавьте кувшин крепкого пива.

Он развязал кошель, висевший на поясе, и отсчитал несколько монет, которых должно было хватить на еду, ванну и кое-что еще. Хозяйка молча сгребла монеты и высыпала их в бархатный мешочек.

— Говорят, вам поручили расследование убийства Николаи Голатти.

Как только деловая сторона вопроса была улажена, Эльзбет тут же сбросила с себя официальную личину и принялась поигрывать кольцом, которое она носила на серебряной цепочке на шее. Рассказывали, что когда-то оно принадлежало члену Совета и шеффену, чьей любовницей она была. Он хотел узаконить их отношения, но потом по нелепой случайности умер от яда, который его ревнивая сестра предназначала для Эльзбет. Эту историю уже двадцать лет передавали из уст в уста на кельнских улицах. Звучала она настолько невероятно, что Винценц счел бы ее бредом, если бы Тильман Греверode не убедил его, что все это чистая правда.

Винценцу нравилась Эльзбет. Она была предприимчивой женщиной с мозгами и сердцем, достаточно большим для того, чтобы руководить подопечными девушками твердой, но справедливой рукой и следить за тем, чтобы ни одной из них клиенты не причинили вреда. Она превратила публичный дом «У прекрасной дамы» в первоклассное заведение для состоятельных господ и прилагала много усилий для поддержания его доброй репутации, а также для того, чтобы все, что говорилось и делалось в этих стенах, не выходило за их пределы. Тем не менее, а может быть, именно из-за этого, Винценц ценил особые отношения с Эльзбет. Ведь он знал, что какой бы скрытной хозяйка ни была, за небольшую плату она всегда была рада помочь в расследовании и ответить на вопросы, если они помогали раскрыть преступление.

— Правильно говорят, — отозвался ван Клеве, сложив руки на слегка неровной столешнице.

— С чего бы это? — с нескрываемым любопытством спросила Эльзбет. — Я полагаю, ни для кого не секрет, что Голатти не был другом вашей семьи. А теперь его вдова отчаянно требует, чтобы вы позаботились о торжестве справедливости, которой Николаи, конечно же, заслуживает.

— Ты хорошо его знала?

Он решил обойти ее вопрос молчанием.

— Насколько хорошо можно знать мужчину, который бывал тут четыре или пять раз, чтобы расслабиться в ванне? — ответила вопросом на вопрос Эльзбет, пожимая плечами. — После смерти супруги он время от времени наведывался сюда, но потом в конце концов женился на этой хорошенькой куколке, и на этом все закончилось. Ему повезло с женой, насколько я слышала. Сам-то был ну так себе... — Она ухмыльнулась. — Я слыхала, что его супруга, то есть, простите, его вдова, кажется, никогда не жаловалась на нехватку потенции. Наоборот. Из того, что мне рассказывали, я заключила, что она помогла ему снова, как бы это получше выразиться, расцвести. Она ведь и в самом деле прелестное дитя, как вам кажется?

— Бывают и поуродливее.

Эльзбет расхохоталась.

— Какой же вы циник, господин ван Клеве!

— Что ты еще слышала?

— Что она, судя по всему, довольно неглупа и что она вела его бухгалтерию.

— Об убийстве, Эльзбет.

— О, так вы об этом?

Эльзбет вновь посерьезнела.

— Об этом ходят разные слухи и толки. Хотите, чтобы я все их рассказала?

— Было бы неплохо.

— Ну что ж.

Она положила правую руку ладонью вверх на стол.

Винценц снова потянулся к кошелю и достал из него монету.

Когда монета коснулась ладони Эльзбет, та слегка пошевелила пальцами. Он добавил еще одну монету, а за ней еще одну.

— Что-то вы не щедры сегодня.

— Возможно.

На этот раз все три монеты исчезли не в кошельке, а в рукаве платья, где был потайной карман для денег.

— Со своей стороны, после окончания этого разговора я забуду, что вы вообще здесь были, господин полномочный судья.

— Ты хочешь сказать, пока кто-нибудь не предложит тебе больше?

— Нет, до такого я не опущусь. Разумеется, я не буду кусать руку, которая кормила меня в течение многих лет. И я имею в виду вовсе не ваши визиты к девочкам. Если бы я жила лишь на них, давно бы уже умерла с голоду, — улыбнулась она. — Можете быть уверены в моем благоразумии и преданности, господин ван Клеве. Я не веду двойную игру. К подобным штукам у меня стойкое отвращение.

— Очень хорошо, — кивнул Винценц. — Тогда рассказывай.

— Ломбардец вел кампанию за изгнание евреев из Кельна.

— Это уже ни для кого не секрет.

— И поскольку он добился своего в Совете, ходят слухи, что кто-то из евреев, возможно, принял это слишком близко к сердцу и в гневе спровадил его на тот свет.

— Против этой версии есть веские доводы. То, как был убит Голатти, указывает скорее на то, что преступление было спланировано, а не совершено в пылу внезапно вспыхнувшего гнева. Ломбардец был сперва задушен, затем повешен. Убийца все подстроил так, чтобы все решили, что жертва покончила с собой.

— Но, может быть, убийца все это придумал прямо на месте?

Ван Клеве слегка покачал головой.

— Тогда остается непонятным, почему они встретились у Петушиных ворот. За этим точно стоял какой-то замысел.

— Ну, вторая порция слухов настолько нелепа, что и пересказывать ее стыдно.

Эльзбет отпустила цепочку и провела пальцем по столу, точно изучая текстуру древесины.

— Злые языки болтали, что смерть Голатти на руку семье ван Клеве, особенно вашему отцу. Ведь вы же знаете лучше других, какой у него скверный характер.

— Моего отца подозревают в убийстве?

Винценц ничуть не удивился, но сделал вид, что не собирается подливать масла в огонь слухов.

— Вижу, что вы готовы поручиться за его честь и, вероятно, за то, что во время убийства он находился в другом месте, — заметила Эльзбет.

На самом деле поручиться он за это не мог, но знал парочку достопочтенных господ, кому такая задача была бы по силам. Для него это было большим облегчением. Ему не хотелось самому заниматься этим делом. Едва заметная улыбка Эльзбет говорила о том, что она прочла его мысли по выражению лица.

— Лично я считаю эту версию наименее вероятной. Если бы ваш отец хотел убить Голатти, то сделал бы это давным-давно. Самое позднее, в ту пору, когда Голатти поставил крест на его планах насчет сладенькой дочки де Брюнкера. И разумеется, если бы это сделал, то не оставил никаких следов на теле. Ибо — прошу простить мне мою откровенность — Грегор ван Клеве может быть сколь угодно вспыльчивым, но он, безусловно, человек дальновидный, у которого к тому же есть средства и связи, чтобы не допустить подобных подозрений в свой адрес.

— Да что ты говоришь!

Винценц расхохотался бы от ее проницательного наблюдения, если бы не гнетущее чувство тревоги. Отцу уже давно пора научиться держать себя в руках, чтобы его имя не трепали на каждом углу.

— Мне прекрасно известно, какие острые языки у жителей нашего достославного города, — как будто обиделась Эльзбет, но тут же как ни в чем не бывало продолжила: — Некоторое время назад Голатти продавал ткацкие станки.

— Ткацкие станки? — заинтересованно переспросил ван Клеве.

— Видимо, из одной закрывшейся ткацкой мастерской. Владелец пытался перевезти ее в другой город. Мало кому известно, что у него не оставалось другого выбора, кроме как покинуть Кельн. Он не смог вернуть долг Голатти, и тот забрал себе все его движимое и недвижимое имущество. Тем самым он лишил беднягу и его семью средств к существованию.

— Значит, у ткача был мотив для мести? — Винценц внимательно посмотрел на Эльзбет. — Как его имя?

— Ткача зовут Хиннрих, его жену — Магда, у них три сына и две дочери. Они всей семьей переехали в Бонн, но Хиннриха видели в городских стенах Кельна на прошлой неделе.

— В городских или в этих стенах? — уточнил ван Клеве, сурово глядя прямо в голубые глаза Эльзбет.

— Он пришел сюда не как клиент. Бедняги вроде него плодят лишь те долги, которые в принципе не в состоянии погасить. По крайней мере, подавляющее их большинство. Он хотел заложить мне старшую дочь.

— И выручить за нее деньги? Вот ублюдок! — скрипнул зубами Винценц.

— Именно так я ему и сказала. Человек может оказаться в сколь угодно отчаянном положении, но отправить собственную дочь работать в бордель — за это он будет проклят на веки вечные. Блудница должна заниматься своим ремеслом по собственной воле, этого требуют от нас закон и честь. Да, хоть в этом многие усомнятся, у нас, падших женщин, тоже есть свой кодекс чести. Я искренне надеюсь, что сумела его отговорить.

— Значит, ткач... Кто еще?

— Список длинный.

— А ты говори покороче.

— Вы так жаждете погрузиться в ванну? — хихикнула Эльзбет. — Ладно, я вас прекрасно понимаю. Наверное, это ужасно раздражает, когда приходится заключать союз с вдовой главного соперника. Даже такой опытный человек, как вы, может забыться... или потерять голову.

— Я не заключал с ней союз, — насупился ван Клеве. — Ближе к теме.

— Извините, я не хотела вас задеть. Похоже, вам не по нраву госпожа Алейдис. Какая жалость. Она ведь, в сущности, еще дитя, быть может, чуточку непоседливое, но дитя.

— Что, и о нас с ней уже тоже судачат?

Засмеявшись, Эльзбет поднялась, подошла к столу и налила себе вина.

— А вы как думали? Первые слухи поползли сразу же после того, как стало известно, что именно вы взялись за расследование убийства. Публика обожает подобные истории. Две враждующие семьи...

— Ну, заклятыми врагами мы не были.

— Но были близки к этому, не так ли? Итак, как я уже сказала, есть две семьи, которые, мягко говоря, недолюбливают друг друга. Здесь нелюбимый сын, там молодая красивая вдовушка. Трубадуры уже сочинили о вас первые баллады.

Она весело фыркнула в оловянный кубок.

Ван Клеве метнул в нее яростный взгляд, но тот словно отскочил от нее, не достигнув цели.

— Я вам пересказала самые распространенные слухи. К ним еще можно присовокупить разного рода теории заговора, и таких немало. Например, поговаривают, что убийцу следует искать не среди должников Голатти, а в его собственной семье.

— Он не очень ладил с младшим братом Андреа.

Эльзбет чокнулась с ван Клеве.

— Да, это имя называют в числе первых. Но подозревают и семью первой жены Голатти, которая, возможно, не смогла смириться с его новым браком. То, что он лишил наследства своего брата, было неожиданностью, наверное, только для самого Андреа. Не исключено, что кто-то из родичей Гризельды, да упокоит Господь ее душу, рассчитывал получить часть наследства, но с появлением молодой супруги лишился этой надежды.

— Если это так, разве не логичнее было бы этому человеку убить Алейдис, а не Николаи?

— Как знать, возможно, все еще впереди, — пожала плечами Эльзбет, поставив кубок на стол. — Раз уж мы затронули Бонн, там есть еще одна семья, которая могла желать отмстить.

— И кто же это? — удивленно уставился на хозяйку борделя ван Клеве. Они были знакомы не первый год. Он частенько прибегал к ее услугам. Но его всегда изумляло, насколько хорошо она осведомлена обо всем, что творится внутри городских стен, а иногда и за их пределами.

— Ну, это старая история.

— Вот как?

Она снова хихикнула.

— Да, говорят, что Николаи Голатти однажды приказал предать смерти своего зятя Якоба де Пьяченцу за то, что тот плохо обращался с бедняжкой Катрейн. И, как вы, наверное, знаете, убийца так и не был найден.

— И семья Якоба считает убийцей Голатти?

— Так ли оно на самом деле, я не могу знать, господин ван Клеве. Я лишь пересказываю слухи и истории, основанные на слухах. Но подумайте сами, ведь это же возможно, да?

— Якоб де Пьяченца уже много лет гниет в могиле.

— Ну, не так уж и много.

— Пять или шесть, если быть точным. Слишком долго мстители ждали подходящего случая.

— Ну вы же сами говорили, что тело де Пьяченцы было намеренно изувечено так, чтобы все смахивало на случайное нападение грабителей. Семье потребовалось время, чтобы разобраться, что к чему, разработать план и найти возможность воплотить его в жизнь.

Занавеска, скрывавшая проход к лестнице, зашевелилась, и Эльзбет подняла голову.

— Да, Энне, в чем дело?

Пожилая тощая служанка с увядшим лицом и седыми растрепанными волосами под простым коричневым платком приблизилась к ним.

— Гизель просила передать, что ванна для господина полномочного судьи готова.

— А, ну, думаю, на этом наш разговор закончен. — Эльзбет снова поднялась с места. — Запри входную дверь, Энне, и скажи Геро, чтобы он присмотрел за ребятами наверху. Пусть выйдут через черный ход, когда закончат. А я пойду к себе. Полагаю, вы не будете возражать, если потом выйдете через черный ход во двор? — обратилась она к Винценцу.

— Вовсе нет, Эльзбет.

— Хорошо. Толстуха Трин откроет вам, если будет слишком поздно или, — она озорно подмигнула, — слишком рано. Она спит в нише прямо у черного хода. Если не проснется сразу, ущипните ее как следует. Вечно она дрыхнет как убитая. Нас это забавляло еще в те времена, когда мы с ней работали на матушку Берту.

— А Энне разве не была когда-то шлюхой?

Он указал глазами на тощую служанку.

— Была, конечно. Кстати, Геро ее сын. Отец, само собой, неизвестен, — пожала плечами хозяйка. — Они с Трин никогда не были особенно добры ко мне, но я не смогла заставить себя выкинуть их на улицу. Я хочу сказать, вы только посмотрите на Энне или даже на толстуху Трин. Кому они нужны, старые и уродливые? Хочу ли я брать грех на душу и толкать их в сточную канаву, где они, вне всякого сомнения, очень скоро отдадут Богу душу? Нет, не хочу и не буду этого делать. Они вполне сгодятся мне как служанки. А когда они однажды преставятся, я заплачу могильщику, чтобы он похоронил их в безымянной могиле у церковной ограды. Мы вместе пережили много взлетов и падений. Проявили бы они ко мне такое же великодушие, если бы жизнь сложилась иначе, я не знаю.

Я никогда не исхожу из того, как поступили бы другие люди. Лишь из того, чего ждет от нас Всевышний.

— Любви к ближнему, — улыбнулся Винценц.

— Вы можете получить от Гизель все, что вам причитается. Я ухожу, господин ван Клеве, и желаю вам приятных водных процедур. Передайте Гизель, что я ей немного завидую.

— С чего бы это?

— Одержим чистотой и собственной внешностью, но не тщеславен. К тому же еще обладает чертовски красивым телом. Вы, господин ван Клеве, относитесь к тому редкому типу мужчин, от которых мамаши предостерегают своих дочерей и которые даже нас, женщин с опытом, повергают в восторг.

— Что за чепуха? — пробормотал ван Клеве, пытаясь скрыть, что похвала ему приятна.

— Ну, если вы сами не знаете, что производите на женщин такой эффект, тем лучше. Это делает вас еще более желанным.

Эльзбет исчезла за занавеской, и скоро послышались ее шаги на лестнице, ведущей на второй этаж. А Винценц в сопровождении Геро, который возник словно из ниоткуда и, не вымолвив ни единого слова, жестом пригласил следовать за ним, отправился в купальню. Из головы у него не шла похвала Эльзбет. Очевидно, она еще не забыла, как, прибегнув к правильным словам, дать клиенту почувствовать себя на седьмом небе от счастья. Поговаривали, что она уже какое-то время состоит в тайной связи с палачом, в чьем ведении находились все бордели города. Хотя Эльзбет не относилась к тем женщинам, которые привлекали Винценца, он был польщен. Он подумал, что она, видать, решила подразнить его и слегка переключить его мысли на те услуги, за которые он уже уплатил. Те самые, которые оказывала ему Гизель, всегда к его полному удовольствию.

— Ах вот вы где, господин ван Клеве!

Женщина лет двадцати пяти, стройная, с длинными темно-русыми волосами, заплетенными в простую косу, выпрямилась в большой ванне, над которой поднимался пар, пахнущий пряными травами. Она произнесла эти слова с легким акцентом, который выдавал в ней уроженку Франконии[12]. Она была полностью обнажена, вода струилась по ее высоким грудям с торчащими сосками к аккуратно подстриженным волосам на лобке. Откровенная чувственность Гизель в сочетании с манящей улыбкой произвела на Винценца желаемый эффект. Поскольку в тот вечер он был последним гостем в купальне, он не стал заходить в раздевалку, а быстро сбросил одежду прямо там. На Геро, который тут же исчез за занавеской, он

---

[12] Герцогство, располагавшееся в северной части нынешней Баварии.

даже не обернулся. Едва Винценц успел забраться в ванну к Гизель, как она обхватила его опытными руками и навалилась на него с понимающей улыбкой.

— Я вижу, вы сегодня торопитесь.

Он резко вдохнул, когда она одним плавным движением оседлала его, быстро и глубоко принимая в себя.

— Ну, на самом деле я этого не планировал.

Гизель засмеялась, плавно покачивая тазом.

— Ну, то, что ваши планы так быстро изменились, я нахожу вполне закономерным, господин ван Клеве. И речь не только о той штуковине, что у вас между ног.

Ее руки заскользили по стальным мышцам спины, то опускаясь к пояснице, то поднимаясь к шее.

— Вы так напряжены.

В ее глазах появился веселый блеск.

— С радостью подарю вам расслабление, которого вы так жаждете.

Когда она ускорилась, следуя за своими словами, он инстинктивно схватил ее за бедра, впившись пальцами в ее плоть сильно, но при этом достаточно деликатно, чтобы не причинить ей боли. Он знал Гизель и знал, что ей нравится.

Однако после трудного дня его внутреннее равновесие в значительной мере пошатнулось. Винценц боялся увлечься и кончить слишком быстро, о чем острый язычок Гизель не преминет ему при случае напомнить. Поэтому, выждав какое-то время, он снял ее с себя и поменял позицию. Она с готовностью откликнулась на его безмолвный призыв, поднялась, уперлась руками в бортик тяжелой ванны и позволила овладеть собой сзади. Ее коса, потемневшая и намокшая от воды, раскачивалась у ее левого плеча в ритм его толчкам. Винценц как загипнотизированный смотрел на эту косу и по какой-то неведомой причине был рад, что волосы у Гизель не того же цвета, что у некоей вдовы с Глокенгассе, чье лицо вдруг встало у него перед глазами. Он усилием воли прогнал это видение прочь и сосредоточился на том, чтобы сделать ремесло продажной женщины чуть более приятным. Ранее она уже успела поведать ему несколько женских секретов, которые привели Винценца в восторг, поскольку позволяли испытать дополнительное удовольствие обоим партнерам. Стон Гизель, как ему показалось, не был притворным, как и тихий всхлип, который она издала вслед за этим. Под конец, умело орудуя ловкими пальчиками, девушка помогла достичь пика блаженства и ему самому.

Затем Гизель вышла из ванны, вымыла тело и волосы клиента душистым мылом и подала скромный ужин, состоявший из хлеба, мяса, сыра и пива. Она выглядела немного разочарованной из-за того, что Винценц решил отужинать в одиночестве. Но было уже довольно поздно, день выдался долгим и утомительным, так что Гизель не стала его уговаривать.

Как только она вышла, Винценц, уже умиротворенный, но еще не достигший полного расслабления, прислонился к стенке купальни и задумался о том, что рассказала ему Эльзбет.

# Глава 9

— У тебя получается очень красивая красная бабочка, — похвалила Алейдис Марлейн, которая вместе с Урзель сидела в дальнем углу меняльной конторы на скамье, покрытой мягкими подушками. Обе девочки увлеченно вышивали, склонившись над пяльцами. В среду утром Алейдис, наконец, решила вникнуть в конторские дела и заодно посмотреть, как там управляются подмастерья. Поэтому она сообщила сестрам, что урок рукоделия у них пройдет здесь.

— Это не бабочка, госпожа Алейдис, а красный мак.

Марлейн оторвала взгляд от вышивки.

— А что, не похоже?

Алейдис смущенно закашлялась.

— Похоже, конечно, дитя мое, просто я сижу под неудобным углом, мне отсюда плохо видно.

Марлейн понимающе кивнула.

— Скажите, а нам вообще можно вышивать маки, госпожа Алейдис? Может быть, мне все распустить и вышить бабочку?

— С чего бы это? — удивилась Алейдис. — Ведь тебе же нравится смотреть на маки, да?

— Да, на маки я смотреть люблю. Но вы же злитесь, когда Эльз рассказывает нам всякие истории. А вчера она как раз рассказала нам про маки, и я подумала, что, возможно, вы рассердитесь, что я решила их вышить.

— Снова эта Эльз. Ну что ты будешь делать!

Покачав головой, Алейдис отложила перо, которым собиралась внести запись в новую бухгалтерскую книгу.

— Каких ужасных историй она нарассказывала вам на этот раз?

— Вовсе даже не ужасных, — возразила Урзель, подняв к свету собственную вышивку, на которой нельзя было разобрать никакого рисунка — только узелки и спутанные нитки. — Она сказала, что зерна мака скармливают курам на Пасху как знак процветания и плодородия, чтобы они несли много яиц в следующем году.

— Да, точно, и что семена мака можно также разбрасывать перед входной дверью, чтобы отвадить колдунов, злых духов и им подобных, — добавила Марлейн.

Алейдис подавила внутренний вздох.

— Ну и как это все работает?

— Да очень просто! — воскликнула Марлейн с таким видом, будто ей приходилось объяснять очевидные вещи трехлетнему ребенку. — Привидения и колдуны видят семена мака, а поскольку эти семена такие маленькие и их невероятно много, им приходится долго пересчитывать их, прежде чем проникнуть в дом. А потом они забывают, зачем вообще пришли, и несчастье обходит дом стороной.

— Угу.

— А я теперь даже не знаю, нравится ли вам такая история и не стоит ли мне распустить вышивку.

— Знаешь что, — сказала Алейдис, нарочито строго взглянув на обеих девочек и при этом изо всех сил стараясь не расхохотаться. — Эта история — полная чушь, но маки лично я нахожу очень красивыми. Поэтому я не возражаю, чтобы ты украсила ими шаль.

— Спасибо, госпожа Алейдис, — просияла девочка. — Я тоже очень люблю маки.

— Женщина, которая распространяет подобные бредовые суеверия, заслуживает хорошей порки розгами, чтобы у нее раз и навсегда отшибло охоту это делать, — раздался мужской голос.

В проеме открытой двери появилась внушительная фигура Винценца ван Клеве. Очевидно, он успел подслушать конец разговора. По выражению лица трудно было понять, что в этот миг занимает его мысли. Эти слова он произнес абсолютно бесстрастным тоном, возможно, с некоторым оттенком насмешки.

Обе девочки, издав приглушенный писк, с испугом воззрились на судью. Он, как всегда, казался грозным и чрезвычайно опасным, хотя мало кто из присутствующих мог объяснить, в чем именно состоит эта опасность. Алейдис нарочито медленно обернулась к нему, давая себе возможность немного прийти в себя.

— Рановато вы пожаловали, господин ван Клеве. Не ожидала увидеть вас ранее полудня.

— У меня появились кое-какие новые сведения. Хотел бы обсудить их с вами.

Она посмотрела на него выжидающе.

— Излагайте. Я внимательно слушаю.

Он покачал головой, потому что в этот момент в контору вошел купец в ярких одеждах и поздоровался на иностранном языке. Алейдис и оба подмастерья также поприветствовали его, после чего купец, энергично жестикулируя и размахивая руками, обрушил на их головы поток слов. Вскоре оба юноши беспомощно уставились на Алейдис, которой, впрочем, также трудно было понять, чего хочет этот странный посетитель.

Наконец, она подняла руку, чтобы остановить его словоизлияние, и с большим усилием выдавила из себя вежливый вопрос. Мужчина раздраженно нахмурился, но все начал заново и повторил сказанное немного медленнее, так что ей удалось понять хотя бы половину из сказанного. Судя по всему, он хотел обменять миланские монеты на кельнские, а также интересовался, какие в городе самые лучше таверны и...

— Он что, только что спросил меня о борделях? — изменилась в лице Алейдис.

На лице ван Клеве появилась улыбка, на этот раз явно насмешливая.

— Да, это так. Позвольте мне поговорить с ним?

Пожав плечами, она кивнула, после чего он обратился к клиенту на беглом итальянском языке. Опять же, она поняла далеко не все, так как он тоже говорил быстро. Однако слова «Берлих», «Швальбенгассе» и «Эльзбет» ей удалось разобрать, отчего она внутренне напряглась. Тем временем Зигберт уже положил на настольные весы монеты, которые отсчитал купец, а Тоннес достал из сундука шкатулку, в которой Николаи хранил итальянские деньги. Вес и стоимость иностранной валюты записали на восковой табличке, после чего Тоннес в соответствии с обменным курсом отсчитал гостю кельнской монеты. После того как мужчина покинул меняльную контору, рассыпаясь в благодарностях, которые были адресованы как подмастерьям, так и ван Клеве, Алейдис взглянула на судью с подозрением.

— Вы порекомендовали ему бордель «У прекрасной дамы» и при этом продемонстрировали удивительное красноречие.

— Что в этом удивительного?

Продолжая ухмыляться, он присел на край ее письменного стола.

— Это публичный дом.

— Именно. Притом лучший в Кельне. И самый чистый.

Она поняла намек и почувствовала, как внутри у нее закипает гнев.

— Вы говорите это исходя из собственного опыта?

— На подобного рода заведения вряд ли существует точка зрения, которая устраивала бы всех. И даже добропорядочная вдова вроде вас должна это знать, — он склонил голову набок. — А вы что, имеете что-то против моего образа жизни?

Она с отвращением мотнула головой.

— Боже правый, нет. Что вы там делаете ради собственного удовольствия, меня не касается, и я не желаю этого знать.

— Было бы полезно, если бы вы могли получить общее представление о соответствующих местах, госпожа Алейдис. Вопросы, которые задал итальянец, — обычное дело посетителей меняльной конторы. И если вы хотите поддерживать ее высокую репутацию, чтобы клиенты продолжали рекомендовать вас своим друзьям и компаньонам, стоит накапливать такие сведения, причем регулярно обновляя, поскольку они имеют свойство устаревать. И еще... — его улыбка растянулась до ушей. — Вам следует заучить значительно больше итальянских слов.

Она почувствовала, как предательски запылали ее щеки.

— Все это, разумеется, мне стоит учесть. Спасибо вам за помощь.

— Могу при случае преподать вам парочку уроков.

Во взгляде ван Клеве читалась такая неприкрытая издевка, что Алейдис захотелось пнуть его по голени. Но вместо этого она улыбнулась в ответ.

— Ну тогда, полагаю, мне не стоит отказываться от такого щедрого предложения.

Он замолчал, не зная, что еще ей сказать. Алейдис испытала приступ предательской радости, что ей удалось перехватить инициативу.

— Я благодарю вас за готовность немного поучить меня итальянскому. Я уверена, что вы также сможете просветить меня относительно таверн, трактиров, борделей и тому подобных заведений.

Она услышала сдавленные смешки подмастерьев. Но под ее строгим взглядом они осеклись и, склонившись над столом, принялись пересчитывать полученные монеты и складывать их в шкатулку.

Полномочный судья недоуменно поморщил лоб.

— Вы хотите, чтобы я это вам рассказал?

— Если только не боитесь утратить преимущество, если поделитесь со мной этими сведениями. Это ведь в моих интересах. Не могу же я допустить, чтобы вы пустили слух, что в вашей конторе обслуживают клиентов гораздо лучше и предоставляют им куда больше услуг, чем в моей.

Он презрительно скривил губы.

— А ваша репутация добропорядочной вдовы не пострадает от того, что узнаете скабрезные словечки и выражения, от которых даже закоренелые преступники краснеют, как невинные девы?

— Нисколько, господин ван Клеве. К тому же нет нужды пересказывать все, что красотки нашептывают вам на ухо, пока вы с ними развлекаетесь. Мне вполне достаточно тех сведений, которые позволят мне сносно отвечать на вопросы итальянцев. Поскольку у меня нет намерения самой предлагать услуги, на которые вы намекаете, не думаю, что мне стоит сильно беспокоиться о своей репутации.

Впервые с момента их знакомства она увидела перед собой человека, который не знал, куда себя девать от смущения. И тем не менее он нашел в себе силы улыбнуться.

— А вы говорите на других языках, госпожа Алейдис?

Она холодно улыбнулась ему в ответ.

— Я владею франкским, на котором говорят на севере и юге Франконии, и английским. Отец учил меня этим языкам с колыбели. Конечно, я знаю не все известные наречия, но могу довольно сносно объясниться на обоих языках. По крайней мере, я знаю их лучше, чем итальянский, которому Николаи начал учить меня не так давно.

— А что насчет нидерландских наречий? Северных?

Она покачала головой.

— Я говорю по-фламандски, — подал голос Тоннес, хотя его никто не спрашивал.

Алейдис деликатно откашлялась. Под ее долгим строгим взглядом, который был красноречивее всяких слов, парень смущенно потупил взор. Ван Клеве снова скривился.

— Вам и правда следует нанять наставника, если вы не хотите, чтобы ваша меняльная контора в обозримом будущем прогорела.

— Я думала, что только что это сделала, — парировала Алейдис, нарочито захлопав ресницами.

Судья поднял руки, точно принимая на себя атаку.

— Это слишком сложно и хлопотно. У меня просто нет времени.

— Я очень прилежная ученица, господин ван Клеве, я быстро учусь.

Алейдис знала, что загнала его в ловушку. И теперь он был вынужден защищаться. Конечно, ни при каких обстоятельствах она не собиралась брать уроки иностранных языков у него, как и у кого бы то ни было. И прекрасно понимала, что и он это знает. Тем не менее для разнообразия не мешало закрепить успех. Вот почему она не смогла удержаться от еще одного выпада.

— Ну что ж, если вы не состоянии этого сделать, придется нанять какого-нибудь ученого мужа из университета. Пусть он просветит меня насчет того, как расписывать прелести блудниц на всех известных наречиях.

Он нахмурился и пробормотал что-то неразборчивое себе под нос. Алейдис показалось, что она снова услышала имя Цирцеи. Но не успела она об этом подумать, как снова вошли два посетителя, по их наречию можно было предположить, что они приехали из Нюрнберга. Это событие позволило ван Клеве сменить тему.

— Госпожа Алейдис, как я уже говорил, вскрылись новые обстоятельства нашего дела. Поскольку они не предназначены для посторонних ушей, будет лучше, если мы отправимся в более тихое и укромное место.

На этот раз настала ее очередь насмешливо поднять брови.

— Не вы ли несколько минут назад беспокоились о том, что желание расширить словарный запас ради блага клиентов может плохо сказаться на моей репутации? — Она покачала головой. — Тогда спросите себя, какое впечатление ваше предложение должно было произвести на этих двух господ. — Она любезно улыбнулась двум купцам. — Следуйте за мной в кабинет, господин ван Клеве, но оставьте двери открытыми, чтобы о нас не подумали чего дурного.

Она вошла первой и быстро села за стол, который, по ее замыслу, должен был стать естественной преградой между ними. Но ван Клеве вопреки ее ожиданию, не сел в кресло напротив, а подошел к застекленному окну у нее за спиной. Так он стоял какое-то время и молча смотрел на улицу. Алейдис затылком почувствовала жар.

— Так что вы хотели обсудить со мной, господин ван Клеве?

— Как Николаи вообще выносил ваш острый язык?

Судья шагнул, встав к ней почти вплотную, от чего жар в затылке усилился, как и чувство овладевшей ею тревоги.

— Будь я на его месте, я бы настоятельно рекомендовал вам его укоротить, если не хотите однажды и вовсе его лишиться.

— Это, стало быть, вы мне его укоротите?

Она надеялась, что он не заметил, как хрипло прозвучал ее голос. Сердце забилось еще сильней, когда он наклонился к ней, приблизив лицо к ее уху. Она почувствовала, как его кудри щекочут ей щеку, а по коже гуляет легкий ветерок от его дыхания.

— Как я уже говорил, госпожа Алейдис, вам лучше не спрашивать, если не хотите знать ответ. И к этому добавлю еще один совет: не стоит бросать мне вызов, потому что последствия могут оказаться для вас плачевными.

Хотя ее охватила легкая паника, она заставила себя дышать ровно и постаралась, чтобы ее голос звучал как можно более невозмутимо.

— Так вы считаете, что превосходите меня, господин ван Клеве?

— Тысячекратно, госпожа Голатти, — ответил он, не удосужившись убрать голову от ее уха. — У меня хватит порядочности, чтобы не использовать в своих интересах скорбящую вдову. Однако будьте уверены, что я без колебаний поставлю вас на место, если вы встанете у меня на пути. Раз уж ваш муж не счел нужным это сделать. — Он выдержал небольшую паузу. — Вероятно, он был снисходителен к вам. Возможно, слишком снисходителен, что явно не пошло вам на пользу. Но не стоит ждать такой снисходительности от меня, госпожа Алейдис.

Его голос звучал низко и хрипло. Он обволакивал ее, как вязкий теплый мед. Она осторожно вздохнула, и в нос ей ударил его резкий мужской запах.

— Вы угрожаете мне?

— Я предупреждаю вас. Не играйте с огнем, который вы не можете контролировать. Этим вы погубите не только свою душу.

Она лихорадочно размышляла, как ей ускользнуть от его всепоглощающей близости.

— Я никогда не играю с огнем. Прекратите нести бред.

Что-то в ее сдавленном тоне, казалось, снова заставило его задуматься, и он действительно выпрямился, так что чары, овладевшие ею на мгновение, рассеялись.

— Ну хорошо.

Как ни в чем не бывало он обошел стол и сел на стул. Какое-то время он просто смотрел на нее, а потом тихонько откашлялся.

— Успокойтесь, госпожа Алейдис, по-моему, вы слишком бледны.

Она обожгла его гневным взглядом.

— Не оттого ли, что вы только что попытались перекрыть мне воздух?

— Неужели?

Он выглядел удивленным и даже немного обеспокоенным, но это только больше разозлило ее.

— Разве вы не этого хотели?

— Я хотел указать вам ваше законное место. В мои намерения не входило душить вас.

Алейдис сердито посмотрела мимо него на какую-то точку на стене.

— Поверьте, я говорю правду, — ван Клеве пытливо посмотрел в лицо собеседнице. — Так что отнеситесь к моему предупреждению со всей серьезностью, ибо я не намерен, всякий раз открывая рот, стелить вам соломку. Я понимаю сложную ситуацию, в которой вы оказались. Вы недавно овдовели и имеете полное право оплакивать потерю и пытаться удержаться на плаву, чтобы быть достойной наследия покойного супруга. Однако если вы, осознанно либо по недомыслию, пересечете определенную черту, не ждите, что я не отреагирую соответствующим образом. Вам нужно многому научиться, а я не самый терпеливый учитель.

Алейдис тяжело вздохнула, потому что ее горло снова сжалось под его пристальным взглядом. Она понятия не имела, почему он так пугает и одновременно завораживает ее, и ей было стыдно. Со смерти Николаи прошло совсем немного времени, и ей казалось неправильным заглядываться на других мужчин.

— Так что вы хотели со мной обсудить? Вы говорили о каких-то новых обстоятельствах.

По лицу ван Клеве было видно, что он собирался добавить что-то еще к уже сказанному, но, на ее счастье, передумал.

— Я хотел бы предварить свои умозаключения вопросом и прошу вас не воспринимать его как оскорбление.

Алейдис быстро кивнула, и он продолжил.

— Насколько вы уверены в том, что убийцей не может оказаться кто-то из его, а значит, и из вашей семьи?

Если вспомнить, в какую ярость пришел Андреа, когда огласили последнюю волю Николаи, она была не настолько удивлена этим вопросом, как мог предположить ее собеседник.

— Как вы, наверное, знаете, брат Николаи рассчитывал на львиную долю наследства и был не слишком доволен тем, как все вышло на самом деле.

— Вы подозреваете деверя?

Алейдис заколебалась.

— Не исключено, что в порыве гнева он мог напасть на Николаи.

— Но не спланировать убийство и замаскировать его под самоубийство?

Она неуверенно пожала плечами.

— Не думаю, что это было бы разумно с его стороны, ведь ему бы потом пришлось смириться с тем, что имущество самоубийцы просто-напросто конфискуют.

— Только если бы не удалось доказать, что ваш муж был одержим. Это рассматривалось бы как смягчающее обстоятельство. Вам это было бы довольно просто доказать. По этой причине самоубийство изначально было маловероятным.

Алейдис медленно склонила голову.

— Мне всегда нравился Андреа. Он непростой человек, но я не думаю, что он настолько коварен, чтобы спланировать такое жестокое убийство, не говоря уже о том, чтобы осуществить его.

— Со смертью Николаи ваше отношение к Андреа поменялось?

— Нет, — со вздохом ответила Алейдис. — Но если учесть, насколько я была слепа в отношении Николаи и его дел с преступным миром, мне не хотелось бы совать руку в огонь ради Андреа.

— А дочь Николаи?

— А что с ней? — в замешательстве наморщила лоб Алейдис. — Она моя подруга и предложила мне... то есть нам помощь в раскрытии убийства.

Конечно, посильную помощь, ведь она бегинка и связана правилами общины. Кроме того, ей трудно получить доступ к ценным сведениям. Но она готова помогать.

Судья удовлетворенно улыбнулся.

— Похвальное рвение, оно еще может сослужить нам добрую службу. Но говоря о ней, я также имел в виду семейство ее покойного супруга Якоба де Пьяченцы. Он ведь был родом из Бонна, да? Вы, или Катрейн, или Николаи до последнего времени поддерживали связь с кем-то из членов его семьи?

— Нет, я не думаю.

Вопрос был полной неожиданностью для Алейдис. Она призадумалась. Катрейн никогда и ничего не говорила о родителях своего покойного мужа. А ведь это, если подумать, дедушка и бабушка девочек.

— Муж Катрейн был убит, и она подозревает, что это дело рук Николаи. Вы полагаете, кто-то из членов его семьи мог за него отомстить?

— Это одна из версий, которую нам предстоит проверить.

— Я могу расспросить Катрейн о семье ее мужа, если это важно.

— Это очень важно, госпожа Алейдис.

— Хорошо, — сказала она, медленно склонив голову. — Вы правы, это действительно важно.

— Я могу расспросить ее сам, если вам это неприятно.

— О, теперь вы вдруг озаботились тем, что я чувствую? Нет, оставьте. Я поговорю с Катрейн. Вы ее только напугаете.

— Как напугал вас?

— Меня вы не напугали. — Алейдис из всех сил старалась не отводить глаз, чтобы не обнаружить свою слабость. — Вы меня расстроили.

— Ну вот видите, в этом мы схожи. Вы расстроили меня, а я — вас.

— Я надеюсь, вы хотели сказать, что это единственное, в чем мы оказались схожи? — Алейдис сложила руки на столе. — Пусть так оно и останется впредь. Я расспрошу Катрейн, как только представится возможность.

— А вы поддерживаете связь с семьей первой жены Николаи? Мне показалось, что я видел кого-то из них на похоронах и поминках.

— Там были тетушка госпожи Гризельды и два ее брата. — Не улавливая ход его мыслей, Алейдис нервно разомкнула руки и сомкнула их вновь. — Вы подозреваете кого-то из них? С какой стати? Какую выгоду могли получить родичи госпожи Гризельды от смерти Николаи?

— Возможно, кто-то из них тоже надеялся урвать долю в наследстве. Неужели это так уж неправдоподобно? — Ван Клеве откинулся в кресле, одновременно бросив на Алейдис многозначительный взгляд. — Когда речь идет о золоте, земле и власти, люди часто убивают и за гораздо меньшее.

— Но собственная семья всегда была для Николаи на первом месте, на что бы кто ни надеялся.

— Ну, то, что Андреа оказался лишен наследства, не стало для меня неожиданностью, если учесть все, что я слышал ранее. Возможно, это вы неправильно оценили ситуацию в семье, а может быть, просто не были осведомлены об истинных отношениях между братьями.

Алейдис возмущенно поджала губы.

— Тогда зачем вы меня вообще об этом спрашиваете?

— Я не утверждаю, что знаю о вашем муже больше, чем вы, но у меня есть источники, которые рассказывают мне много чего интересного.

— Что именно они вам рассказывают?

— Скажем так, сведения, — ушел от ответа ван Клеве.

— Рада за вас.

Его спесивость уже начинала действовать ей на нервы.

— Я бы на вашем месте не особо радовался. Не исключено, что вам угрожает опасность, госпожа Алейдис.

— Опасность?

Она с испугом уставилась на ван Клеве.

— Скажем, кто-то может счесть, что именно вы виноваты в том, что наследство было распределено так, а не иначе. Впрочем, основания на то имеются. Ведь Николаи сделал вас главной наследницей после непродолжительного брака и тем самым не только оскорбил брата, но и поразил весь Кельн. Так что при должном старании можно обвинить вас в определенной корыстности. Не говоря уже о том, что и у вас был мотив убить мужа.

— Да что вы такое говорите?

Потрясенная, она вскочила с кресла.

— Вы предполагаете, что я сама убила своего мужа, чтобы унаследовать его имущество? Вы что, из ума выжили?

— Я не обвинял вас в этом, госпожа Алейдис, но вы хорошо знаете, какими злыми могут быть языки в Кельне, и понимаете, как быстро подозрения могут распространиться по городу. К счастью для вас, их легко опровергнуть, поскольку есть достаточно свидетелей, которые видели вас в другом месте в момент убийства и могут подтвердить ваше алиби. А то, что вы могли кого-то нанять для грязной работы, также легко опровергнуть, я бы сказал, особенностями вашей натуры и обстоятельствами иного рода.

Она медленно опустилась на кресло.

— Вы считаете, что я слишком глупа и невежественна, чтобы замыслить, а затем осуществить такое злодеяние?

Он саркастически улыбнулся.

— Полагаете, что вы слишком глупы? Боже упаси, нет. Лично я так не думаю. Но вы слишком мягкосердечная, госпожа Алейдис. Слишком хорошая.

Она уставилась на него, не находя, что ответить.

— Вы не можете ни сказать маленькой девочке, этой, как ее, Марлейн, что ее вышивка на самом деле ужасна, ни выставить за дверь суеверную старуху, которая, как я понял, давно вам надоела.

— Эльз — отличная кухарка.

— Коих в Кельне несчетное множество.

— Ей было бы трудно...

— Найти себе других добрых хозяев с ее-то поганым языком? Я даже не сомневаюсь.

— Она не злой человек. А Марлейн огорчится и обидится, если я отругаю ее за то, что у нее ничего не выходит. Ведь она так старается, и если немного похвалить и направить ее, то однажды из нее может получиться сносная вышивальщица. — От возмущения Алейдис потемнела лицом. — А вы что, подслушивали, господин ван Клеве? Как вам не стыдно?

— О да, мне очень стыдно. Но это помогло мне составить представление о вашей натуре. Что-то я сомневаюсь, госпожа Алейдис, что вы бы раскрыли ее мне по собственной воле. И если вас это возмущает, учтите, что благодаря подслушанному разговору я исключил вас из перечня подозреваемых.

— О, так я должна быть еще и благодарна вам за это?

— В действительности, было бы неплохо. Потому что в итоге именно я отвечаю за то, чтобы вынести приговор и наказать убийцу.

И правда, это обстоятельство совершенно вылетело у нее из головы.

— Сегодня днем двое шеффенов придут к вам, чтобы подробно допросить каждого члена вашей семьи, а также слуг. Полагаю, вы захотите присутствовать при этом.

— Да, непременно. Катрейн попросила меня присмотреть за ее девочками, чтобы они не испугались.

— Детей вообще не будут допрашивать, госпожа Алейдис. Или вы думаете, что кто-то из них может помочь в раскрытии убийства?

— Нет, конечно, нет.

— Если они заметили что-то, что кажется вам важным, в свое время можете поделиться этим со мной.

— Вы имеете в виду, что я могу сама расспросить девочек?

— Ну вы же не хотите, чтобы это сделал я.

Она бросила на него красноречивый взгляд.

— Вот и славно, значит, это сделаете вы.

— Хорошо. — Алейдис облегченно вздохнула. — Какие еще шаги предпринимаются? Нашли ли свидетелей, которые видели, как мой муж выходил за Петушиные ворота?

— Городские стражи стараются, но найти на такой оживленной улице человека, который запомнил бы, как ломбардец проходил мимо него в одиночку либо бог знает с кем в самый разгар дня...

— Я и сама понимаю, что это бесполезная затея, — она беспомощно опустила взгляд на руки. — Но что еще можно предпринять? Убийца наверняка уже давно спрятал концы в воду.

— Вероятность этого велика. С другой стороны, этот человек может чувствовать себя в такой безопасности, что ему не хочется покидать город.

Алейдис с любопытством подняла голову.

— Почему вы так думаете?

— Есть достаточное количество людей, у кого были веские причины для убийства, но кто не стал бы просто так бросать свое дело или мастерскую. Список в книге, которую вы мне дали, длинный. Даже длиннее, чем я мог предположить. По крайней мере у половины Кельна есть основания радоваться, что вашего мужа больше нет в живых.

Алейдис с мрачным видом стала теребить перстень мужа, который взяла накануне вечером и теперь носила на серебряной цепочке на шее.

— Из ваших слов следует, что Николаи был чудовищем.

— Не чудовищем, госпожа Алейдис, а не знающим жалости дельцом и человеком, который никогда не останавливался перед тем, чтобы продемонстрировать свою власть.

— Он был умным, любящим, начитанным человеком, обладавшим множеством прекрасных качеств. — Слишком расстроенная, чтобы дать волю поднимающемуся в ней гневу, Алейдис взглянула в лицо жестокому судье. — Я хочу, чтобы убийца понес справедливое наказание. И неважно, сколько людей в Кельне хотели бы станцевать на могиле Николаи.

— Тогда давайте вместе наведаемся к еврею Левину. Как я понимаю, вы знакомы с ним и его женой.

— С Левином-младшим и его женой Сарой. — Она медленно поднялась. — Вы хотите пойти прямо сейчас?

— Поскольку позже у меня есть неотложные дела, сейчас наилучшее время для визита в еврейское гетто. Вы ведь настояли на том, чтобы присутствовать при допросе лиц, которые у меня под подозрением.

— Это мое законное право, господин ван Клеве.

Она выдержала небольшую паузу.

— Вы думаете, Левин действительно может быть причастен к смерти Николаи?

— Неужели всякий раз, отправляясь на встречу с кем-то, упомянутым в книге Николаи, вы будете задавать мне этот вопрос?

Она смиренно пожала плечами.

— Пойду, скажу Эльз, что ухожу, а Зимону — чтобы он нас сопроводил.

— Вы хотите взять с собой евнуха?

— Зимо́н — преданный и надежный слуга. Я беру его всякий раз, когда иду по делам. — Она с подозрением взглянула на судью. — Надеюсь, вы не против?

— С чего бы мне быть против? Если вы чувствуете себя в большей безопасности, когда рядом с вами Зимон, я не буду вам препятствовать.

— Вы думаете, что я боюсь оставаться с вами наедине, господин ван Клеве?

— А это не так? — В его взгляде, который остановился на ней, сквозила уже привычная смесь насмешки и раздражения.

— Нет, не так, — слишком быстро ответила она. — Но если вас это затруднит, я могу пойти с вами и без Зимона.

— Берите его с собой, госпожа Алейдис. Если мне не придется провожать вас до дома после визита к Левину, это сэкономит мне кучу времени.

# Глава 10

— Да, не сказать, чтобы Левин был рад нашему визиту, — заметила Алейдис, когда они спустя два часа, выйдя из дома еврея в начале Юденгассе, переходили через Обермарспфортенгассе.

— Вас это удивляет? — холодно откликнулся ван Клеве. — Ему придется продать дом и все, чем он владеет, и не позднее октября перебраться в Дойц. Ваш муж, как никто другой, повлиял на решение Городского совета навсегда изгнать евреев из Кельна. И после этого вы ожидали, что он встретит вас с распростертыми объятьями?

— Нет, наверное, — согласно кивнула она. — Я и не подозревала, что Николаи обрек Левина и его отца на такие лишения. Когда они были у нас в гостях, они общались вполне доброжелательно.

— Охотно верю.

Услышав за спиной грохот, судья оглянулся через плечо и жестом приказал ей перейти на другую сторону улицы, чтобы уступить дорогу веренице телег, запряженных волами.

— Эти оба Левина, несомненно, тоже попортили вашему мужу немало крови. Это обычное дело, особенно среди влиятельных кредиторов, и его не стоит путать с враждебностью.

— Вы говорите, основываясь на собственном опыте?

— Разумеется. Мне тоже приходилось сталкиваться с Левинами. Например, старший Левин без зазрения совести переманивает чужих клиентов. Он ставит процент по займу значительно ниже, чем у конкурентов, а потом, когда деньги уже выданы, накручивает его до небес.

— Разве это не мошенничество?

— А вы бы стали поднимать шум, если бы по уши погрязли в долгах и уже израсходовали весь кредит, чтобы погасить займы в других местах?

— Нет, наверное, — немного поразмыслив, ответила Алейдис. — Но это же неправильно.

Она с любопытством скосила глаза на судью.

— А вы столь же безжалостны к своим клиентам?

— Думаете, я признаюсь вам в этом? — весело подмигнув, парировал ван Клеве. — Я не ростовщик, госпожа Алейдис. Как христианин я не могу нарушать определенные правила. Некоторые законники склонны запретить вообще всем крещеным мужчинам и женщинам иметь дело с деньгами.

— Но вам на это наплевать.

— И Николаи было тоже.

Ван Клеве остановился, чтобы пропустить стадо коз, которых гнал по улице мальчик-подросток.

— И вам стоит быть менее щепетильной, если собираетесь впредь давать в долг деньги другим людям.

— Я бы никогда не смогла быть такой беспринципной... Ой!

Алейдис испуганно схватилась за плечо, в которое ударился какой-то твердый предмет.

— Госпожа, вы в порядке?

Зимон в два прыжка оказался подле нее и принялся настороженно оглядываться по сторонам.

— Кто-то запустил в меня камнем.

— Вот там! — Зимон указал на бородатого мужчину, плечи которого покрывал плащ с гербом цеха ткачей. — Это был он. Осторожно, госпожа!

Не успел Зимон произнести это, как в их сторону полетел еще один камень. На этот раз удар пришелся не по Алейдис, которая испуганно пригнула голову, а по судье, который успел встать на пути нападающего. Он сделал шаг вперед, но ткач, кипя от ярости, подбежал ближе и оттолкнул ван Клеве в сторону.

— Ты! — Он злобно схватил Алейдис за руку и дернул ее на себя. — Ты, грязная ломбардская шлюха! Из-за тебя я остался ни с чем. Ты заплатишь за это, слышишь?

Зимон попытался закрыть собой Алейдис, но в следующее мгновение ван Клеве схватил ткача за шкирку и оттащил того в сторону.

— Отпустите! Я убью всех ломбардцев одного за другим. И начну с этой шлюшки.

Вокруг них уже стали собираться любопытствующие зеваки.

— Прекрати, Лейневебер!

Полномочный судья так сильно тряхнул разбушевавшегося мужчину, что тот вскрикнул от боли. Алейдис, спрятавшись за спиной Зимона и затаив дыхание, наблюдала, как ван Клеве приводит ткача в чувство.

— Вы Хиннрих Лейневебер, верно? Как вы смеете нападать на эту почтенную вдову на улице посреди бела дня! Я прикажу посадить вас в колодки.

— Зачем вы защищаете эту сучку? Отпустите меня! — Лейневебер отчаянно сопротивлялся железной хватке ван Клеве, впрочем, без особого успеха. — Из-за этих чертовых Голатти я потерял дом и мастерскую! Пусть теперь она заплатит за это. Я хочу вернуть свое имущество!

Алейдис осторожно сделала шаг вперед, но тут же отступила, когда ткач попытался пнуть ее. За это он получил от ван Клеве удар такой силы, что едва устоял на ногах.

— Поднимете руку на нее еще раз, и этот удар покажется вам детской забавой.

Видя, что его грозный тон не возымел на ткача нужного воздействия, ван Клеве обратился к Зимону.

— Сбегай-ка в ратушу, скажи, я велел прислать сюда стражников. Пусть захватят с собой кандалы для рук и ног.

— Да, но э-э-э... — Зимон робко оглянулся на хозяйку. — Я не могу оставить вас одну.

— Иди, черт тебя побери! — рыкнул ван Клеве.

— Все в порядке, Зимон, можешь идти. Со мной все будет нормально.

Алейдис спокойствия ради сделала еще шаг назад, так, чтобы разбушевавшийся ткач не смог дотянуться до нее ни рукой, ни ногой, и непроизвольно потерла ушибленное плечо.

— Хорошо, госпожа, я мигом, одна нога здесь, другая там.

Зимон припустил так быстро, как только мог.

— Ты вернешь мне все, слышишь! — не успокаивался Хиннрих Лейневебер. — Все, что отнял у меня этот дьявол-ростовщик. Он угрожал переломать мне все кости, если я не отдам ему деньги. Теперь я переломаю кости тебе, клянусь Богом и всеми святыми!

Он выплюнул эти слова с такой злостью, что из уголка его рта потекла струйка слюны.

— Молчи, идиот, черт бы тебя побрал! — прохрипел ван Клеве, которому приходилось напрягать все силы, чтобы не дать ткачу вырваться и наброситься на Алейдис. Их крики привлекали все больше зевак. Среди них было несколько слуг из соседних контор и мастерских. Обступив их, они пытались помочь Лейневеберу. Алейдис была поражена, когда какая-то грузная служанка схватила ее за руку и выкрикнула в лицо оскорбление. Тут же подскочил слуга и попытался дотянуться до чепца. В страхе она отпрянула в сторону и чуть не попала ногой в сточную канаву. В тот же миг о бедро разбился склизкий ком грязи.

— Это она, маленькая ломбардская вдова! — заорала служанка, которая уже практически повисла на руке Алейдис.

— Ломбардская шлюха! — подхватили вокруг.

На Алейдис посыпался град комьев грязи, гнилых капустных кочерыжек, мелких камней и всего того, что можно было найти в сточной канаве. Она закрыла руками лицо, защищаясь.

— Врезать ей хорошенько, как она заслуживает!

— Содрать с нее это красивое платье! Пусть почувствует, каково это — остаться ни с чем!

— Все ломбардцы одним миром мазаны! Вытащить эту богатую суку голой на рыночную площадь и выпороть на лобном месте.

— Мы еще покажем тебе твое место, ломбардская шлюха!

Служанка яростно дернула Алейдис за юбку, а слуга все-таки добрался до чепца и резким движением сорвал его с головы. Алейдис кричала и сопротивлялась изо всех сил. Она ударила горничную в бок и носком туфли пнула в голень одного из слуг. Однако она не смогла освободиться, потому что на нее уже набросились двое других мужчин, огромных и сильных, как медведи.

— Сейчас ты узнаешь, чертова сука! Давайте-ка посмотрим, что так понравилось в тебе старому козлу!

Швы ее платья жалобно затрещали, когда один из парней дотянулся до декольте и сильно рванул на себя ткань.

— Оставьте меня, прекратите!

Она неистово заколотила ногами и руками.

Вокруг нее раздавался смех, но сквозь него она сумела разобрать спасительный крик.

— Ну все, вам конец, проклятый сброд!

Она отшатнулась в сторону, когда слуга, пытавшийся сорвать с нее сюрко, резко отпрянул и рухнул на землю. Это ван Клеве приложил его кулаком и тут же бросился на второго громилу. Когда тот тоже был вынужден отпустить Алейдис, она что было силы ударила локтем в бок злобную служанку. Женщина вскрикнула и попятилась назад. Разъяренная толпа хотела снова взять в тиски Алейдис и Винценца, но когда он решительно выхватил короткий меч, висевший у него на поясе, все замерли. Крики сменились приглушенным ропотом.

— Назад, грязные паразиты! — Ван Клеве внимательно обвел глазами толпу. — Только посмейте еще раз приблизиться к госпоже Алейдис, и это будет последнее, что вы увидите в своей никчемной жизни.

Некоторые из зевак стали расходиться. Но другие остались стоять, видимо, не веря, что судья исполнит угрозу. Алейдис торопливо огляделась по сторонам в поисках пути к бегству, но не решилась покинуть поле боя. Ее взгляд упал на ткача, который корчился на земле, очевидно, после сильного удара. Сердце Алейдис бешено заколотилось, и на мгновение она испугалась, что он не дышит.

— Вдохните глубоко и снова выдохните, — обратилась она к лежащему.

Ван Клеве бросил на нее взгляд, в котором читались ярость и беспокойство, затем перевел его на нападавших, кольцо которых снова стало сжиматься. Один из них попытался схватить Алейдис, но тут же взвыл от боли. Меч отхватил кусок мяса из его плеча и в следующий момент оказался у сонной артерии нападавшего. Грузный мужлан замер, тяжело дыша и глядя на кровоточащую рану.

— Попытайся еще раз, и я отправлю тебя к Создателю, сукин ты сын, — рявкнул ван Клеве.

— Госпожа, госпожа, вы в порядке? Боже мой, я не должен был вас оставлять одну!

Совершенно запыхавшись, Зимон прорвался сквозь толпу и встал перед Алейдис, закрыв ее массивным телом. За ним следовали два стражника. Они несли кандалы и железные цепи. Когда они увидели, что происходит, один из них развернулся и побежал назад тем же путем, которым пришел. Видимо, за подкреплением.

— Надень кандалы на ткача, — приказал ван Клеве, не отводя взгляда от слуги, которого держал на острие короткого меча. Приказ был немедленно исполнен. После чего стражник встал рядом с ван Клеве и тоже достал меч. Несколько человек поспешно удалились. Их примеру последовали и остальные, когда отряд городской гвардии, свернув с Юденгассе, показался на Обермарспфортенгассе. Затаив дыхание, Алейдис наблюдала, как пятерых или шестерых зачинщиков схватили и, подгоняя пинками и тычками в спину, увели прочь. Короткий меч полномочного судьи с шорохом вернулся в ножны.

— Черт возьми! — Медленно повернувшись к ней, ван Клеве внимательно осмотрел ее с головы до ног. — Вы в порядке.

Это было скорее утверждением, чем вопросом, поэтому Алейдис не стала отвечать.

— Зимон, отведи госпожу домой кратчайшим путем.

— Да, господин, конечно.

Зимон энергично затряс головой. Его лицо выражало ужас и в то же время вину. Видимо, он все еще считал, что подвел Алейдис.

— Простите меня, госпожа. Я не должен был уходить.

В его тонком голоске слышалась дрожь.

— Все в порядке, Зимон, ничего страшного.

Она положила ладонь на мускулистую руку верного слуги. Успокоив Зимона, она сама, наконец, пришла в себя.

— Но все могло бы закончиться скверно, если бы господин полномочный судья не так мастерски владел мечом.

Зимон был впечатлен силой и выдержкой ван Клеве. И Алейдис могла его понять. Она и подумать не могла, что Винценц ван Клеве сможет в одиночку справиться с превосходящими силами нападавших. Впервые она порадовалась внушительной внешности этого человека и его зловещей харизме, которая становилась еще более пугающей, когда он был в гневе.

Она еще раз сжала руку Зимона.

— Ты все сделал правильно. Никто не мог знать, что здесь соберется толпа.

Она повернулась к ван Клеве, который наблюдал за тем, как солдаты уводят задержанных по Юденгассе.

— Кто это был, этот ткач? Что он имел в виду, говоря, что Николаи забрал у него все?

— Хиннрих Лейневебер, — ответил он, глядя исподлобья. — Николаи выдал ему заем, который он не смог вернуть. Поэтому ваш муж конфисковал у него ткацкие станки и другое движимое имущество. Когда этого оказалось недостаточно для погашения долга, он, вероятно, забрал также дом и выставил семью на улицу. Семья уехала в Бонн, а сам Хиннрих уже больше недели торчит здесь, в Кельне.

Алейдис снова потерла ушиб на плече.

— Мог ли он убить Николаи?

— Мочь-то мог, — скривил рот судья. — Разозлился он не на шутку.

— Но вы не думаете, что это его рук дело?

— Я как раз собираюсь это выяснить.

— Каким образом?

Алейдис озабоченно посмотрела туда, куда несколько минут назад промаршировала городская стража, уводя арестованных.

— Ступайте домой, госпожа Алейдис.

Судья неожиданно поднял руку и коснулся ее левой скулы. Когда он отнял ладонь, на пальцах остались уже почти засохшие комочки грязи. Она от неожиданности отпрянула и сама схватилась за скулу. В кожу точно вонзились сотни маленьких иголочек, а сердце снова забилось быстрей, но то, что она чувствовала на этот раз, не имело ничего общего с паникой, которая охватила ее ранее. Впрочем, это чувство было не менее пугающим. Ван Клеве еще раз осмотрел ее с головы до ног.

— Мы поговорим об этом завтра. Займитесь своими делами. Кроме того, к вам сегодня придут шеффены, чтобы допросить всех домашних.

Она вымученно кивнула.

— Я могу вернуть ему деньги. Ткачу, я имею в виду.

— Нет, — отрезал ван Клеве, сердито покачав головой, — вы этого не сделаете.

— Но...

— Ступайте, госпожа Алейдис.

Он решительно провел рукой по волосам.

— Я сопровожу вас до дома. Идемте.

Он махнул рукой Зимону, чтобы тот шел вперед. Алейдис судорожно вздохнула.

— Вам не нужно этого делать, господин ван Клеве. Зимон меня защитит.

Полномочный судья ничего не ответил, а просто зашагал рядом с ней.

Когда они дошли до дома на Глокенгассе, он подождал, пока она отопрет дверь, затем молча повернулся и исчез.

— Госпожа Алейдис? Госпожа? Вы здесь?

Громко топая башмаками, Ирмель поднялась по лестнице на верхний этаж.

— Представляете, лиса утащила курицу. Средь бела дня! Что мы будем делать?

Алейдис затянула шнуровку серого платья и завязала ее, затем взяла испачканное сюрко и сунула его в руки горничной, чья голова как раз кстати возникла из-за полуоткрытой двери.

— Отнеси это вниз вместе с другими вещами, которые мы в пятницу отправим прачке.

— Да, госпожа.

Ирмель недоуменно посмотрела на сюрко.

— А как же курица? Лиса украла ее и, вероятно, уже съела, а я заметила это слишком поздно, потому что Руфуса здесь больше нет. Он бы прогнал лису, госпожа. Нам нужен новый Руфус. Новая сторожевая собака, я имею в виду.

Вздохнув, Алейдис последовала за служанкой на первый этаж.

— Я поспрашиваю, нет ли у кого щенков на раздачу.

— Но курица! Она была одной из лучших. Каждый день несла по яйцу!

— Ну, тут уж ничего не поделаешь, Ирмель. Тебе просто придется чуть чаще выходить во двор и приглядывать за всеми.

— Эльз говорит, что нас преследуют несчастья, потому что Марлейн считала сорок. Сначала господин Николаи, — Ирмель спешно перекрестилась, — потом Руфус, а теперь еще и наша лучшая курица. И там было четыре сороки, так что нас ждет еще одна смерть, и я даже не хочу знать, кто это будет, потому что...

— Я тоже ничего не хочу об этом знать! — раздраженно воскликнула Алейдис. — Какая чушь, Ирмель! Пара сорок довели нашего дворового пса до смерти от старости и науськали лису украсть у нас курицу.

Ирмель побледнела.

— Но Эльз сказала, что господин Николаи...

— Сороки тут тоже ни при чем. Поэтому хватит разносить всякие небылицы, и лучше собери яйца, которые снесли сегодня те четырнадцать кур, которые у нас еще остались. Или ты хочешь, чтобы их украла куница?

— Нет, конечно, нет. Уже бегу.

Служанка резко повернулась и вышла.

Алейдис со вздохом закатила глаза. Через несколько мгновений Ирмель вернулась и скрылась на кухне.

— Забыла корзинку для яиц, — объяснила она, пробежав мимо Алейдис.

Дверь черного хода захлопнулась за ней.

— Госпожа, два шеффена пришли в меняльную контору и хотят поговорить с вами, — сообщила Герлин, возникнув в дверях парадных покоев. Она закатала рукава платья выше локтей, на ее коричневой юбке темнели пятна воды.

— Спасибо, Герлин, — сказала Алейдис и направилась к двери. — А что это ты вся какая-то мокрая?

Герлин взглянула на забрызганный подол.

— Ах, это! Мы с девочками моем окна, как вы приказали.

Удивившись, Алейдис остановилась.

— Когда я это приказала?

— Так как же, на прошлой неделе. Разве вы не помните? Вы сказали мне, что как выдастся свободный час, помыть окна. Но потом были похороны и все такое, времени не было. Но сейчас...

— Понятно.

Алейдис не помнила, чтобы давала служанке такие распоряжения.

— Ладно, иди домывай.

— Мы немного поплескались.

— Да я вижу.

— Вы сердитесь из-за этого?

Алейдис пожала плечами.

— Не переусердствуйте там.

В конторе она застала шеффенов Рихвина ван Кнейярта и Иоганна Хюсселя. Оба стояли и увлеченно болтали с подмастерьями. Увидев их вчетвером, Алейдис резко остановилась. Только сейчас она задумалась о том, что эти двое — отцы ее учеников. Впервые в ее голове возникло неприятное подозрение: не связано ли как-то то, что Николаи взял сыновей шеффенов себе в подмастерья, с его незаконными делишками? До сих пор она всегда думала, что Хюссель и ван Кнейярт были просто добрыми друзьями ее мужа. Но что, если она ошиблась? Что, если и здесь скрывается какое-то обстоятельство, к которому она непричастна, но которое могут поставить ей в вину? Однако оба шеффена были богатыми купцами, и ни одного из них Николаи не лишал состояния. Уж об этом бы она знала.

— Добрый день, госпожа Алейдис.

Иоганн Хюссель — он был старшим из двоих — тут же обернулся к ней с доброжелательной, хотя и обеспокоенной улыбкой.

— Надеюсь, у вас все хорошо? Мы слышали о подлом нападении на вас сегодня в полдень. Какая удача, что с вами оказался господин полномочный судья. Слава богу, Винценц ван Клеве способен поставить на место зарвавшееся отребье. Нападение на почтенную вдову прямо на улице посреди бела дня — ни Совет, ни шеффены этого просто так не оставят, уж будьте уверены.

— Спасибо, господин Хюссель, — поблагодарила его Алейдис с самой любезной улыбкой, на какую только была способна, а про себя с облегчением подумала, что, судя по всему, ни он, ни ван Кнейярт не питают к ней неприязни. — У меня все хорошо.

— Господин полномочный судья сказал, что в вас попали камнем. — Лицо ван Кнейярта выражало глубокую обеспокоенность. — Надеюсь, вас не сильно задело.

— Могло быть и хуже.

— Да уж, могло, но, к счастью, ван Клеве смог предотвратить это. И ваш добрый Зимон также храбро защищал свою госпожу.

Алейдис удивленно вскинула голову.

— Это господин ван Клеве вам так сказал?

— Он подробно описал все, что произошло, и подал иск. Поскольку он сам является заинтересованным лицом, судьей будет выступать Георг

Хардефуст. Полагаю, вы также хотите выдвинуть обвинения, госпожа Алейдис?

Она подумала и кивнула.

— Думаю, что мне стоит это сделать.

— Справедливо, что вы требуете возмещения ущерба и, конечно же, наказания виновных. — Хюссель ободряюще ей улыбнулся. — Если хотите, можете рассказать нам о том, что произошло, прямо сейчас. Тогда вам не придется лишний раз ходить в ратушу. А потом мы допросим ваших слуг и домашних.

Алейдис согласилась и пригласила шеффенов в гостиную. Эльз принесла кувшины с вином и элем и тарелку с маленькими сладкими медовыми булочками из мелко просеянной белой муки.

Изложить свою версию произошедшего оказалось для Алейдис проще, чем она думала. Первоначальный шок прошел, и осталось лишь желание узнать больше о том, что толкнуло Хиннриха Лейневебера на такой поступок. И хотя после того, что поведал ей ван Клеве, она могла понять этого беднягу и даже где-то посочувствовать ему, она согласилась с шеффенами, что за нападение на нее он должен быть наказан плетьми или розгами. И те, кто напал на нее потом, тоже должны понести наказание, причем куда более суровое, ведь они действовали исподтишка и без всяких явных на то причин.

Шеффены провели в доме остаток дня и откланялись, лишь когда колокола возвестили окончание вечерни. Они подробно расспросили каждого проживавшего в доме Алейдис о событиях последних двух недель. Алейдис присутствовала при допросе, лишь изредка отлучаясь в меняльную контору. Когда все, наконец, завершилось, она вздохнула с облегчением. Шеффены почти не упоминали о незаконных делах Николаи, а если и упоминали, то говорили об этом обиняками. Алейдис убедилась, что лишь Вардо и Зимон были в курсе всего. Ирмель была слишком тупа, а Герлин — слишком молода, чтобы задумываться, как именно их покойный господин сколотил состояние. Из Лютца не удалось выжать ни единого слова. Но он так давно служил семейству Голатти, что либо предпочитал держать язык за зубами из уважения к другим домашним, либо просто закрывал на все глаза. А Эльз так много разглагольствовала о несправедливости мира, в котором больше нет такого доброго и честного человека, как Николаи, что и здесь могло сложиться впечатление, что она не имеет ни малейшего представления о том, чем он занимался на самом деле.

С неохотой Алейдис пришлось признать, что ее муж очень умело поддерживал реноме респектабельного хозяина меняльной конторы. Если даже большинство слуг ничего не заподозрили или были настолько преданны, что не нарушили молчания даже перед лицом его насильственной смерти, то не свидетельствует ли это в пользу доброй стороны его натуры? Она предпочитала не задумываться о худшем варианте, а именно о том, что и на слуг с горничными у него что-то было. Ей не хотелось полностью расставаться с тем образом Николаи Голатти, который сложился у нее за время брака. Муж всегда был добр и щедр к ней, а также справедливо и доброжелательно относился к слугам. Он не был чудовищем! Затем Алейдис снова вспомнила гневные обвинения ткача. Как гнусно поступил Николаи, когда отнял у него мастерскую и дом и даже угрожал переломать ноги. Почему он так поступил? Что побудило его, презрев милосердие, бросить целую семью на произвол судьбы? Эти неприятные мысли потянули за собой другие. Лежа на новом, пахнущем свежей соломой матрасе, положив голову на подушку, набитую свежим пухом, она думала о том, сколько еще на свете людей, с которыми Николаи обошелся так же плохо. Кто нападет на нее следующим? Кто может появиться на ее пороге посреди ночи и потребовать возмездия?

Дождь принес прохладу, и Алейдис дрожала, несмотря на теплое одеяло, которое она натянула до кончика носа. Она чувствовала себя беспомощной и одинокой. Ужасно одинокой. Хуже того, в голову ей лезли воспоминания о том, как смутил ее Винценц ван Клеве, коснувшись на миг ее скулы. Как только она представляла себе эту картину, ее охватывало жгучее чувство стыда. Николаи не было в живых всего неделю, а она будто уже предала его. Но она вовсе не хотела этого делать. Когда он был жив, она и подумать не могла о том, что другой мужчина может вызвать в ней нечто большее, чем мимолетную мысль. И уж точно ее бы не заинтересовал такой мужчина, как полномочный судья, который явно был не слишком высокого мнения о ней и тем более дал понять, что намеренно пользуется своим превосходством. И ради чего? Чтобы защитить ее? Или чтобы обуздать?

Разумеется, она понимала, насколько наивным кажется ему ее план занять место Николаи в мире менял. А его фривольные намеки вгоняли ее в краску. Неужели он действительно думал, что она пытается подыграть ему, специально дразнит или даже соблазняет его? Разве он еще не понял, что она на это совсем не способна? Во-первых, у нее нет ни изящества, ни умений, которых требуют игры подобного рода. Во-вторых, Винценц ван Клеве был бы последним мужчиной во всем мире, с кем она решилась бы заигрывать. Он был одним из тех мужчин, которых женщины обходят стороной, так как они не вызывают ничего, кроме раздражения, слез и горести. Как ван Клеве совершенно справедливо заметил, он пугал ее.

Так почему он просто не прекратит это? Почему он настаивает, что это она его спровоцировала? Ведь все же как раз наоборот! Его вызывающая манера поведения, его двусмысленные речи, которыми он умело обволакивал и сбивал с толку, казалось, запускали в ней какой-то внутренний механизм, толкавший ее к необдуманным словам и поступкам. Ее ответные выпады были настолько спонтанными, что она не могла с ними совладать. Это было опасно, ибо кто знает, что творится в голове у этого человека и что он способен предпринять, когда почувствует, что ему брошен вызов.

Ей следует научиться вести себя с ним осмотрительно и не поддаваться эмоциям. С ним и, разумеется, со всеми другими мужчинами, с которыми ей придется иметь дело в будущем. Ведь именно мужчины устанавливают правила в мире, в который она вступила, открыв двери меняльной конторы. И если она хочет удержать позиции, ей придется иметь дело с представителями противоположного пола, научиться оценивать их сильные и слабые стороны и — она также знала об этом — использовать их.

Но одно она знала совершенно точно: она никогда не возьмется за те дела, которые Николаи проворачивал в своем подпольном королевстве. Эту часть его жизни она должна похоронить вместе с ним. Для подобного ремесла она не обладала ни достаточной силой, ни беспринципностью и вообще не понимала, какая ей от всего этого польза. Хиннрих Лейневебер уже достаточно ясно дал ей понять, сколько зла и страданий способен был причинить Николаи посторонним людям. Она понимала, что, скорее всего, никогда не узнает, насколько далеко простирались его влияние и власть, и могла лишь надеяться, что те, кто пострадал от рук ее мужа, не захотят свести счеты и с ней. Она поймала себя на мысли, что по ее щекам текут слезы и подушка уже намокла от них. Слезы, которых, как ей казалось, у нее больше не осталось.

С тяжелым сердцем она повернулась на бок и посмотрела в закрытые ставни, в которые стучался нарастающий ветер, предвещавший усиление дождя. Издали доносились слабые раскаты грома. Как бы ей хотелось, чтобы ее любимый Николаи — тот Николаи, которого она хорошо знала, — был сейчас рядом. Но он ушел, ушел навсегда, и самое страшное, что, возможно, его никогда не существовало. В глубине душе она понимала, что их совместная жизнь не была соткана исключительно из лжи, но и правды в ней было немного. Ей так хотелось, чтобы кто-то взял ее за руку, направил, дал совет и сопровождал в пути. Но такого человека не было. Даже отец не мог ей помочь. Он оказался так же беспомощен и беззащитен перед лицом правды о Николаи, как и она, и, кроме того, он никогда не был особенно энергичным человеком. По крайней мере, если дело не касалось торговли тканями. У нее не было ни братьев, ни других родственников мужского пола, а значит — никого, кому она могла бы доверять.

Вновь перед ней встало лицо судьи, угловатое, с четко очерченными скулами, острым подбородком и пронзительными глазами. Ей захотелось крикнуть ему, чтобы он исчез. Довериться ван Клсве было рискованным шагом. Она не смогла бы, да и он не был бы в восторге от свалившейся на его плечи ответственности. Он был вынужден поддержать ее и оказался достаточно благороден, чтобы не пренебречь этим долгом. С другой стороны, он не испытывал никакого сочувствия к ее переживаниям и страданиям. Не в силах отвлечься от мучительных мыслей, Алейдис некоторое время беззвучно плакала, пока наконец не погрузилась в беспокойный сон. Она то и дело просыпалась в ночи, потому что ей казалось, что в нее угодил камень.

# Глава 11

— Стоять, шалопай! Что ты здесь забыл?

До слуха Винценца донесся голос его младшего привратника Людгера, но он не оторвал глаз от бухгалтерской книги.

— Мне нужно к мастеру Винценцу, отпусти меня.

— Для тебя он господин ван Клеве, понял меня, мышиный помет?

— Перестань меня щипать. У меня для него сообщение. И он учит меня фехтовать, так что он мой мастер фехтования, и он сказал, чтобы я называл его мастером Винценцем. Ой! Я укушу тебя, если ты еще раз меня ущипнешь.

— Что еще за сообщение?

— Не твоего ума дела, я передам его только господину... Господину ван... Ой, полномочному судье!

— Ради всего святого, ты укусил меня, ублюдок!

— Я ведь тебя предупреждал.

Когда привратник принялся ругаться последними словами, Винценц со вздохом захлопнул бухгалтерскую книгу.

— Впусти уже парня, Людгер.

Ему показалось, что он услышал торжествующее «Ага!». Через несколько мгновений в меняльную контору вошел мальчик с волосами цвета спелой пшеницы.

— Ленц! — Винценц смерил мальчугана строгим взглядом. — Опять злишь моих слуг?

— Тупица Людгер первый начал.

— Прояви хоть немного уважения к старшим, парень!

— Он его не заслуживает.

Винценц проглотил ухмылку.

— Что ты хотел мне сообщить?

Ленц оглянулся через плечо на открытую дверь и подошел к столу, за которым сидел Винценц с бухгалтерской книгой. Он с любопытством протянул руку к серебряным весам, но под суровым взглядом Винценца тут же отдернул ее.

— Я сегодня утром был на Глокенгассе. Навещал сестру и купил медовую булочку. — Мальчик смачно облизал губы, улыбнулся и тут же посерьезнел. — Поинтересовался, как дела у госпожи Алейдис, и все такое.

— И?

— Герлин говорит, она держится неплохо. И делает все возможное, чтобы в доме все было... ну, как и раньше.

— И что?

Мальчик закусил нижнюю губу.

— Я не любитель разнюхивать. Госпожа Алейдис всегда была добра ко мне. Она разрешает мне помогать в конюшне и оставаться там на ночлег, если мне не удается найти другого места.

— Ты ничего не разнюхиваешь, парень. Просто рассказываешь мне, чем она занимается.

— А есть разница?

Винценц не стал отвечать на этот вопрос.

— Что ты собирался мне сообщить?

Ленц пожал плечами.

— Сегодня утром она ходила на Сенной рынок и в дом цеха «Железный рынок». Когда она выходила, я заметил у нее в руках бумагу или что-то в этом роде.

— Вероятно, она все-таки оформила на себя печать мужа.

Ван Клеве предполагал, что она сделает это довольно быстро.

— После этого она вернулась домой?

— Нет, сначала она отправилась на Юденгассе.

— Что ей там было нужно? — обеспокоенно поинтересовался судья.

— Я не знаю, она зашла в ратушу и вскоре вышла оттуда. После этого пошла домой.

На мгновение ван Клеве подумалось, что она могла искать там его, но он тут же отбросил эту мысль. Если бы она хотела поговорить, то пришла бы к нему домой. Вопрос в том, что Алейдис забыла в ратуше.

Он благосклонно кивнул мальчику.

— Благодарю, Ленц. Какое вознаграждение ты хотел бы получить за эти сведения? Моя кухарка только что приготовила рагу.

— Спасибо, я сыт. Но час фехтования мне не помешает.

— Максимум полчаса.

— Но на этот раз настоящим мечом, а не этой дурацкой деревяшкой.

Винценцу оставалось только усмехнуться.

— Договорились. Сегодня после вечерни в университетской школе фехтования.

— Боюсь, туда меня больше не пустят.

— Тогда приходи чуть пораньше и подожди снаружи, я выйду за тобой. А сейчас иди и смотри в оба.

— Будет сделано.

В дверях Ленц снова обернулся.

— Я делаю это только ради вас и госпожи Алейдис. Она мне нравится, и вы обещали за ней присматривать.

С этими словами он исчез за дверью. Сразу же после этого вошел Людгер.

— Вы же не будете на самом деле учить этого шкета фехтованию? — спросил он, критически сдвинув брови.

— Ленц — прилежный ученик, — сказал ван Клеве. — Но он едва ли сможет поднять длинный меч, — добавил он, широко улыбнувшись.

— Куда ему, он сам еще от горшка три вершка!

— Но он неплохо владеет коротким мечом.

— Почему?

— Полагаю, он тайно тренируется с деревянной палкой.

Людгер покачал головой.

— Нет, господин ван Клеве, я имел в виду, почему вы учите мальца пользоваться мечом? Он из этой уличной шушеры.

— Как будто ты не был таким, пока я тебя не нанял.

Людгер поморщился.

— Этот недомерок сядет вам на шею.

— Сперва ему придется до нее дорасти.

Винценц снова потянулся к бухгалтерской книге.

— Ленц — славный малыш, и соображает он неплохо.

— Но уроки фехтования...

— Ему это нравится, и пока он не голоден, волен выбирать способ платы за оказанные услуги, какой сочтет нужным.

— Вы слишком мягкосердечны, господин ван Клеве.

Винценц слегка поднял бровь.

— Впервые об этом слышу.

— Этот ваш славный малыш укусил меня.

Людгер поморщился и указал глазами на левую руку.

— Тебе это будет напоминанием, что стоит воспринимать его всерьез. Он ведь предупреждал тебя.

— Мерзавец заслуживает хорошей взбучки.

— Возвращайся на свой пост, Людгер.

Винценц уже хотел было снова заняться расчетами, как услышал сзади тихие шаги.

— Опять подслушиваешь, Альба?

Сестра подошла к столу, держа в руках наволочку с цветочной вышивкой на белом полотне. Она осторожно воткнула иглу в ткань.

— В этом не было необходимости, так как вы говорили достаточно громко. Ваши голоса разносятся по всему дому.

— Да, если ты оставляешь все двери открытыми.

Винценц недовольно взглянул на сестру, одетую в синее бархатное платье и чепчик того же цвета.

— Ей не терпится овладеть ремеслом менял.

— Алейдис? — уточнила Альба, едва склонив голову. — А ты, значит, за ней шпионишь. Подсылаешь к ней маленького оборванца.

— Я приглядываю за ней.

Она тихонько засмеялась.

— Тебя беспокоит, что она может что-то предпринять, братец?

— Совсем недавно на нее уже напали.

Ее лицо тут же приобрело серьезное выражение.

— И правда, вы попали в очень опасную заварушку. А ты не задумывался, откуда там взялась разъяренная толпа? Ведь это же не Лейневебер их всех привел?

— Конечно, нет. — Винценц снова захлопнул книгу. — Оба случая произошли подряд друг за другом, но причины у них разные. Народ взбаламутил явно кто-то другой.

— Получается, Алейдис пытались припугнуть.

— Похоже, она пропустила это предупреждение мимо ушей, иначе не пошла бы сегодня утром в цех «Железный рынок», чтобы заверить печать Николаи.

— Если она действительно была там из-за этого. Возможно, у нее там иные дела, — задумчиво произнесла Альба.

Винценц покачал головой.

— Она утвердилась в намерении взять в свои руки дела в меняльной конторе. Но для этого ей нужно получить право на печать. Та принадлежит ей как вдове Николаи, но требуется, чтобы печать заверили.

— Все понятно, — подытожила Альба и со вздохом добавила: — Жаль мне ее.

— Оттого что она потеряла мужа и теперь вынуждена вести его дела?

Альба холодно улыбнулась.

— Нет, потому что ей теперь придется отбиваться от тебя и нашего батюшки.

— У меня нет намерения причинить ей вред, Альба.

— Разве? — Ее улыбка стала еще шире. — Не знала, что ты так великодушен к конкурентам.

— В нынешнем положении она вряд ли может составить конкуренцию мне или отцу.

— Но она может наверстать упущенное.

— Для этого ей придется многому научиться, — фыркнул Винценц.

— Думаешь, она не способна?

— Нет, я как раз думаю, что способна.

Альба смерила его удивленным взглядом и рассмеялась.

— Так вот почему ты за ней приглядываешь. Ты собираешься сам вручить ей меч в руки. Неужели тебе недостаточно каждодневной борьбы за хлеб насущный и ты хочешь взрастить новый источник раздоров?

— Не хочу, чтобы она попала в беду. Дела, которые Николаи проворачивал с преступным миром, могут ударить и по ней.

— И ты делаешь это без задней мысли, братец? — Альба многозначительно склонила голову набок.

— Задние мысли исключительно в твоей голове, сестрица, а не моей.

Будучи достаточно мудрой женщиной, чтобы правильно истолковать гневные нотки в его голосе, Альба оставила эту тему и шагнула к двери.

— Сюда направляются Хюссель и ван Кнейярт. Думаю, хотят поделиться с тобой тем, что им удалось вчера узнать в доме Голатти.

Тяжело вздохнув, он отодвинул бухгалтерскую книгу в сторону.

— Оставь нас одних, Альба, и на этот раз закрой за собой двери.

— Интересно, что Алейдис понадобилось в ратуше? — Альба поднесла вышивку к свету и окинула ее изучающим взглядом. — Если бы она хотела найти тебя, то пришла бы сюда, правда?

Она медленно проплыла мимо Винценца, преувеличенно сильно дергая за нитку.

— Я бы посоветовала тебе присматривать за ней в оба глаза. В противном случае она может подвергнуть опасности не только себя, но и тебя.

Прежде чем ван Клеве успел ответить, сестра уже вышла в гостиную, захлопнув за собой дверь.

Сразу же после этого вошли шеффены ван Кнейярт и Хюссель и склонились перед судьей в вежливом поклоне. Поскольку уже наступило время обеда, Винценц закрыл входную дверь, чтобы показать, что в меняльной конторе перерыв. Людгеру и Аильфу было поручено стоять у входа и просить посетителей зайти попозже, когда он закончит беседу с шеффенами. Как и ожидалось, допрос слуг Алейдис не принес ничего нового. А если учесть, что не удалось найти и свидетелей того, как Николаи Голатти попал в день убийства к Петушиным воротам, картина складывалась неутешительная. Винценц склонялся к мысли, что расследование, видимо, стоило бы уже завершить. Маловероятно, что им каким-то чудом удастся найти новые зацепки. Однако ему не хотелось сдаваться слишком быстро. Оставлять убийство нераскрытым противоречило его натуре. Он поручил обоим шеффенам допросить соседей Голатти по Глокенгассе.

— Могу ли я попросить вас об услуге? — спросил Рихвин ван Кнейярт, когда шеффены, получив распоряжения, поднялись и собирались уходить. — Это не имеет никакого отношения к расследованию, но в определенной мере связано с этим делом. Я знаю, что это прозвучит бессердечно и расчетливо, но так сложились обстоятельства...

— Вы ищете нового мастера для сына?

Винценц не ожидал, что ван Кнейярт обратится к нему с такой просьбой, но он достаточно хорошо знал этого купца и шеффена, чтобы понять ход его мыслей с полуслова.

— Тоннесу осталось меньше года до завершения ученичества.

Шеффен неловко откашлялся, чтобы создать видимость смущения.

— Конечно, я могу оставить его в доме Голатти еще на некоторое время. Госпоже Алейдис сейчас понадобится помощь знающих людей. Но я должен думать о будущем сына. У вас же сейчас нет подмастерьев, господин ван Клеве?

— Я в скором времени намерен взять к себе сына сестры, как только закончится его пребывание у мастера Юнгганса.

— Но это будет, разумеется, не в нынешнем году?

— Следующей весной или летом.

Рихвин ван Кнейярт подошел поближе.

— Тогда все отлично сходится. Тоннес — умелый меняла. Вам останется лишь довести его навыки до совершенства. Голатти прекрасно его выучил, и я бы и не стал его забирать, если бы не... Ведь госпоже Алейдис просто нечему его обучить.

— Ну да, нечему.

Винценц задумался. Просьба ван Кнейярта влекла за собой для него новые неудобства. Во всяком случае, объяснений со вдовой будет не избежать.

— Я поговорю с госпожой Алейдис, чтобы взять Тоннеса к себе.

Он перевел взгляд на Иоганна Хюсселя, который молча торчал у двери.

— Ну а вы нашли, куда пристроить своего сына?

— Пристроить? — кашлянув, робко подал голос Хюссель.

— Только не делайте вид, что вас это не касается.

Винценц поднялся и тоже шагнул к двери.

— Ваше молчание говорит о том, что вы уже все решили.

— Зигберт скоро отправится в Бонн. Роберт де Пьяченца готов взять его к себе до конца ученичества.

— Роберт де Пьяченца? — встревоженно переспросил Винценц после недолгой паузы.

Хюссель развел руками.

— Знаю, что вы хотите сказать, но вы ошибаетесь. Роберт — кузен покойного мужа госпожи Катрейн, и его семья уже много лет дружна с нашей. На самом деле он был очень удивлен, что мы отдали Зигберта в обучение не к нему, а к Николаи Голатти. Но тогда это было для меня, м-м-м... лучшим решением. Но теперь я не вижу причин, почему бы мне не отправить сына к доброму другу.

— Стало быть, Голатти вы добрым другом не считали? — спросил Винценц, буравя шеффена пристальным взглядом.

Хюссель снова откашлялся.

— У Николаи Голатти было не так уж много хороших друзей, господин ван Клеве. Вероятно, вы об этом знаете. Однажды он оказал мне услугу, я отплатил ему тем же. Если это считается основанием для дружбы, то нас вполне можно было бы назвать друзьями. Но теперь, когда он умер, я, как и господин ван Кнейярт, обязан найти подходящую замену, чтобы мой сын закончил обучение должным образом.

— И в этом нет ничего дурного, — заметил Винценц, кивком головы давая понять обоим шеффенам, что разговор закончен. — Завтра я зайду в ратушу, чтобы узнать результаты ваших дальнейших розысков.

Шеффены удалились. Когда за ними захлопнулась дверь, Винценц опустился на кресло и в раздумьях откинулся на спинку. Его взгляд блуждал по отполированным до блеска весам для серебряных, медных и золотых монет и гирькам разного веса, которые были аккуратно разложены по ящичкам.

Над Алейдис уже кружили стервятники, и ему было интересно, как она отреагирует, когда заметит это. С улицы донеслись мужские голоса. Он быстро поднялся и толкнул входную дверь. Перед домом собралась группа иностранных купцов. Некоторых из них он знал лично, поэтому поздоровался с ними на их языке и приветливо помахал им рукой, приглашая войти.

— Садитесь, господа.

Он жестом указал на мягкие скамейки, стоявшие вдоль стены у входа.

— Я прикажу подать вина, если вы хотите пить.

Не дожидаясь ответа, он открыл дверь, которая вела в жилые покои, и позвал кухарку. Затем подошел к одному из сундуков и достал из него пачку векселей, которые, как он знал, посетители собирались обналичить. На следующие полчаса он отбросил все мысли о свидетелях и подмастерьях и полностью сосредоточился на клиентах. Однако вопрос, что же все-таки Алейдис делала в ратуше, затаился где-то глубоко в голове и грыз его изнутри. Он бы с радостью послал к чертям все предупреждения Альбы насчет того, что и ему может угрожать опасность. Вдруг она сгущает краски. Однако он уже давно сделал вывод, что к словам сестры стоит прислушиваться. Ван Клеве лишь надеялся, что ей не придет в голову безумная идея провести самостоятельное расследование.

Алейдис аккуратно убрала копию свидетельства о признании печати в один из сундуков и воспользовалась случаем, чтобы вынуть пачку векселей, которые вскоре предстояло обменять. Речь шла лишь о тех операциях, которые она сама за последние несколько недель внесла в бухгалтерские книги. Поскольку она делала это уже и раньше, еще когда вела бухгалтерию отца, она не видела здесь никаких трудностей. Это были непогашенные долговые обязательства, внесенные клиентами в качестве оплаты по выданным им ранее незначительным займам. С этой кипой бумаг он отправилась в меняльную контору, в которой сейчас работал лишь Зигберт. Он менял медные монеты небольшого достоинства для странствующего негоцианта. Тоннеса она отправила в порт, поручив узнать, прибыли ли в Кельн торговые суда, которых она ожидала. С их капитанов или владельцев требовалось взыскать непогашенные проценты или векселя по договорам залогового обеспечения на случай потери товаров от непогоды или грабежа. Такие договоры регулярно заключали купцы. Риск был велик для обеих сторон, но Николаи объяснил ей, что благодаря довольно запутанной системе распределения обязательств сторона, предоставлявшая залог, почти всегда оказывалась в выигрыше. Для особо ценных товаров он даже выделял охрану, чтобы обеспечить безопасность перевозки. В ближайшее время ей придется подробно изучить записи, чтобы получить представление о том, как обстоят дела с корабельными залогами.

— Добрый день, госпожа Алейдис.

Знакомый голос заставил ее оторваться от бумаг. Перед ней стоял тощий купец с крючковатым носом, облаченный в костюм в желто-зеленую клетку. На его лице расплывалась любезная улыбка.

— Я только что прибыл в город и услышал о вашей ужасной утрате. Какое несчастье, какой ужас. Позвольте выразить вам искренние соболезнования.

Купец протянул ей обе руки, и она быстро поднялась с кресла.

— Сигурт Вайдбрехер, добро пожаловать. — Алейдис улыбнулась, позволив гостю сжать ее ладони. — Благодарю за сочувствие. У вас была долгая дорога? Могу я предложить вам что-нибудь выпить?

— Нет-нет. Продолжайте. Я ненадолго. Не хочу вас отвлекать. — Его улыбка стала еще шире. — Как всегда в это время года, я собираюсь кое-куда вложить деньги, и поэтому я хотел бы обналичить два непогашенных векселя, которые Вольф Гундхаген оставлял для меня, когда в последний раз был в Кельне.

Алейдис наморщила лоб.

— Вы говорите, два векселя?

В этот момент в меняльную контору бесшумно вошел Вардо. Он стоял на страже за дверью и, очевидно, подслушал часть разговора. Он сдавленно кашлянул и легонько покачал головой. Алейдис сделала вид, что не замечает его, но когда торговец отвел глаза, также едва заметным движением головы указала слуге на дверь. Тот снова выскочил за порог и исчез. Из рассказов Николаи она знала, что с Вайдбрехером следует держать ухо востро. Он мог запросто обвести вокруг пальца деловых партнеров, какими бы искушенными они ни были. Ей уже приходилось иметь дело с подобного рода людьми в доме отца.

— Позвольте мне заглянуть в книги, мастер Вайдбрехер.

Ничем не выдав своей обеспокоенности, она открыла учетную книгу, в которую были записаны все операции за последние шесть месяцев.

— А вы не подскажете, когда именно Гундхаген сюда наведывался? Я всего несколько дней как приняла дела мужа и еще не составила полной картины.

Она лихорадочно листала книгу, незаметно следя за выражением лица Вайдбрехера. Если внимательно приглядеться, под маской учтивой любезности на нем можно было разглядеть его истинную физиономию прожженного мошенника.

— Ну, это было два или три месяца назад. Вскоре после того как он прислал мне весточку, что передал оба векселя вам на хранение.

— На какие суммы?

Она снова принялась озабоченно листать книгу, хотя давно уже нашла нужную запись.

Вайдбрехер назвал ей две разные суммы, одна из которых совпала с ее записью с точностью до пфеннига.

Она с улыбкой подняла голову.

— Вот она.

И указала на запись в книге.

— Но боюсь, здесь какая-то ошибка. Вы уверены, что Гундхаген передал нам оба векселя? Может быть, один — нам, а второй — Гирцелину, Адухту или Рихмодису? Или, возможно, даже Аарону Левину или... — она сделала паузу, — ван Клеве?

— Нет-нет, разумеется, сюда, госпожа Алейдис. Ваш покойный супруг... — тут он поспешно перекрестился, — к нему Гундхаген приходил с такими делами в первую очередь.

— Однако, к сожалению, я могу подтвердить лишь один вексель — на меньшую сумму.

Она снова ткнула пальцем в книгу, на этот раз — в графу, где была прописана сумма.

— Видите, эту запись я сделала собственной рукой.

Улыбка Вайдбрехера померкла.

— Что вы хотите сказать, госпожа Алейдис? Вы хотите сказать, что не можете выплатить мне мои деньги?

Алейдис приготовилась защищаться.

— Нет, почему же. Могу, если найду соответствующую запись в книгах. Если вы будете так любезны показать мне соответствующий документ, я быстро посмотрю, смогу ли найти дубликат.

— Дубликат? — удивленно сдвинул брови купец.

— Николаи всегда делал дубликат любой бумаги во избежание недоразумений. Уж вам ли этого не знать, вы бывали здесь чаще, чем кто бы то ни было.

Мысленно она поблагодарила мужа за эту предусмотрительность. Теперь у нее был аргумент.

— Мне никогда не приходилось предъявлять документы, чтобы получить свои деньги у Николаи.

— Ну, тогда он, должно быть, полностью доверял вам. Но поскольку я новичок в этом ремесле, мне предстоит самостоятельно убедиться в благонадежности клиентов и деловых партнеров. Разумеется, вы это понимаете.

— Так вы не выплатите мне мои деньги?

Улыбка на лице купца сменилась яростной гримасой.

— Ту сумму, о которой есть запись, разумеется, выплачу.

Она подошла к одному из сундуков, достала шкатулку и отсчитала на столе столько, сколько было нужно.

— Вам следует подтвердить получение, расписавшись или поставив крестик собственной рукой, если вдруг не умеете писать.

Она придвинула к нему чернильницу и перо и указала на графу рядом с записью в книге.

— Черта с два я это подпишу! Вы сейчас же отдадите мне все мои деньги, госпожа Алейдис. В противном случае я привлеку вас к суду за мошенничество.

— Я не мошенница, мастер Вайдбрехер.

Она сделала глубокий вдох, стараясь сохранять спокойствие и не выказывать нервозности.

В дверях снова появился Вардо и вопросительно посмотрел на нее. Она знала, что, если Вайдбрехер начнет распускать руки, слуга придет ей на помощь.

— Возможно, вы просто ошиблись. Подумайте еще раз хорошенько. Нередко такие крупные суммы делят между разными менялами, если у одного из плательщиков нет в доме всей суммы сразу.

— Гундхаген открыл счет только здесь и больше нигде, и я не уйду отсюда, пока не получу все деньги.

Вайдбрехер сложил руки на груди и неожиданно вновь заговорил вкрадчиво.

— Вы только делаете первые шаги в этом ремесле, госпожа Алейдис, и, верно, еще не успели во всем разобраться. Мы с Николаи были добрыми друзьями, и мое слово много значило для него. Он никогда не отказал бы мне в деньгах, на которые я имел право, лишь потому, что в одну из его книг закралась ошибка. Вы же сами сказали, что это вы сделали эту запись.

Он ткнул пальцем в книгу.

— Возможно, вы по ошибке пропустили один из векселей. Такое случается, и я, конечно, буду последним, кто бросит в вас камень. А теперь отдайте мне деньги. И я никому не расскажу о нашем маленьком недоразумении.

— Я не совершала ошибки, мастер Вайдбрехер. Николаи лично проверял каждую мою запись. Вы же не будете сомневаться в нем, раз уж вы были такими добрыми друзьями?

— Немедленно отдайте мне их! — рассвирепел купец. — Отдайте мои деньги. Или вы действительно хотите, чтобы я потащил вас в суд и уничтожил вашу репутацию? Ведь я именно так и поступлю, не сомневайтесь. Никто не захочет иметь дела с женщиной, особенно с мошенницей.

Вардо стал медленно приближаться к ним. Невзирая на бешеный стук сердца, Алейдис твердо взглянула в глаза купцу.

— А кто поручится, что это не вы, господин Вайдбрехер, пытаетесь меня облапошить? Я уже объяснила, что из двух векселей могу подтвердить только один. Вот деньги, которые вам причитаются. Принесите мне доказательства, что второй вексель действительно существует, и я немедленно выплачу вам оставшуюся сумму. Любой другой меняла поступил бы точно так же, вы это прекрасно знаете.

Яростно фыркнув, Вайдбрехер сгреб монеты со стола и развернулся, чтобы уйти.

— Вы еще услышите обо мне!

— Стоп!

Путь ему преградил Вардо.

— Госпожа Алейдис попросила вас расписаться.

— Прочь с дороги!

Вардо схватил разъяренного торгаша за руки.

— Делайте то, о чем вас просит госпожа Алейдис, уважаемый!

Он повернул голову в сторону двери.

— Зимон, кликни кого-нибудь из соседей, а лучше двух, пусть будут свидетелями, как этот господин пытается обмануть нашу хозяйку.

— Это я-то пытаюсь ее обмануть? Клевета! Это она не отдает мне мои деньги. Я буду жаловаться в Совет и шеффенам, можете быть уверены, Алейдис Голатти. Я не собираюсь мириться с коварством ломбардских жен!

— Что тут у вас стряслось?

В контору, сопровождаемый Зимоном и другим крепким слугой, вошел Хардвин Штакенберг, сосед, живший напротив. Это был седовласый мужчина с почтенным брюшком и кустистой бородой. Он разбогател на торговле вином и был частым гостем в доме Николаи. Похоже, он был знаком и с Вайдбрехером. Об этом говорил его не слишком приветливый взгляд.

— Мне сказали, что у вас возникли какие-то проблемы, госпожа Алейдис?

Алейдис облегченно вздохнула.

— Это, конечно, просто недоразумение. Мастер Вайдбрехер думал, что у него здесь два векселя, а на самом деле только один. Я уже выплатила ему деньги, что может подтвердить Вардо. Теперь мне нужна подпись, чтобы скрепить сделку. Ничего больше.

Штакенберг смотрел на Вайдбрехера, как на гадкое насекомое.

— Немедленно подпишитесь! Или вы хотите оскорбить почтенную женщину в ее собственном доме?

— Это со мной поступают несправедливо.

Голос Вайдбрехера звучал все так же сердито. Но поскольку все свидетельства были не в его пользу, он почел за благо уступить, схватил перо и нацарапал нечто неразборчивое рядом с записью в книге.

— Отлично. Если потребуется, я готов выступить свидетелем, госпожа Алейдис.

Вайдбрехер фыркнул и беспрепятственно вышел из конторы.

— Благодарю вас, — сказала Алейдис, с облегчением захлопывая книгу.

Штакенберг погладил бороду.

— Часто ли такое случалось? Чтобы кто-то требовал оплаты по векселю, которого даже не существует.

— До сих пор ни разу, — ответила Алейдис, покачав головой.

— Тогда готовьтесь и будьте осторожны. От Вайдбрехера этого стоило ожидать, но при большом потоке клиентов, с которыми вы будете иметь дело каждый день, вы легко можете упустить из виду такие детали. Слух о смерти Николаи разлетелся быстро, и первые стервятники уже кружат над его костями. Если вам понадобится помощь, без колебаний обращайтесь ко мне.

— Спасибо, господин Штакенберг, вы очень добры.

— Николаи не был особенно добр, — грустно улыбнулся Штакенберг. — Сдается мне, вы уже это поняли. Возможно, в нем было и что-то хорошее, дитя мое, но боюсь, что этим наследством он оказал вам медвежью услугу. Берегите себя!

# Глава 12

К счастью, с другими посетителями в тот день проблем не возникло. Все это были уважаемые купцы и торговцы, со многими из которых Алейдис уже была знакома, так как они регулярно наведывались в меняльную контору.

Работа вскоре пошла своим чередом: обменивались монеты, обналичивались и выписывались векселя. Алейдис тщательно записывала каждую сделку на восковой табличке и просила Зигберта делать дубликаты каждого важного документа. Вскоре вернулся Тоннес и принес ей новости о некоторых — но не обо всех — должниках по корабельному залогу. К двум из них юноши наведаются на следующий день, к остальным ей придется идти самой. Алейдис оставалось лишь надеяться, что они не попытаются ее надуть, как Вайдбрехер. Она подозревала, что в ближайшее время ей может прийтись непросто.

Во второй половине дня все стихло, и Алейдис решила, что настала пора воплотить в жизнь план, который она наметила еще утром. На первый взгляд он мог показаться неразумным, но с учетом своего шаткого положения она была готова рискнуть в обмен на новые знания. Поэтому Алейдис поручила подмастерьям на время вести дела самостоятельно, а девочкам — помочь Эльз приготовить ужин. Зимону она повелела сопровождать ее в город. На этот раз мускулистый слуга держался к ней ближе обычного, бросая предупреждающие взгляды на прохожих, даже на тех, кого вряд ли можно было заподозрить в дурных намерениях. Она была благодарна ему за это. В его сопровождении она всегда чувствовала себя в безопасности, так как знала, что, если потребуется, Зимон будет защищать ее до последнего вздоха. Конечно, она молилась, чтобы до этого не дошло.

— Куда мы идем, госпожа? — поинтересовался Зимон, то и дело настороженно поглядывая то налево, то направо, то через плечо. — Этот путь ведет не на Старый рынок и не в порт.

— Разве я говорила, что собираюсь туда? — улыбнулась Алейдис.

— Я думал, вы собрались за покупками или решили навестить судовладельцев.

— Нет, на сегодня у меня другие планы. Мы идем к Франкской башне.

— Что вам там делать? Вроде бы никто из ваших клиентов не сидит там в тюрьме.

— Нет, я не к клиентам. Георг Хардефуст сообщил мне, что туда заключили Хиннриха Лейневебера.

— Того ублюдка, что напал на вас вчера? — Зимон удивленно уставился на нее. — Что вам от него нужно? Вам нельзя в тюрьму!

— Скажи на милость, кто может мне это запретить?

— Но он вам угрожал!

— У него были на то причины, ты не находишь? Мой муж плохо с ним обошелся. Нет ничего удивительного, что он и меня считает причастной. Ведь я жена Николаи Голатти, то есть была ей. А то, что я ничего не знала о его темных делишках, звучит настолько неправдоподобно, что вряд ли кто-то поверит, пусть даже это чистая правда.

— Но что вам нужно от Лейневебера?

Она пожала плечами.

— Ответы на вопросы.

— Какие вопросы?

Она ничего не ответила слуге, потому что к этому времени они уже почти дошли до площади, на которой возводился собор. Здесь было полным-полно народу. Строители и ремесленники спешили по своим делам. Между ними сновали слуги и служанки с поручениями от господ. Собаки, кошки, гуси и свиньи носились без всякого присмотра среди визжащей детворы, которая играла в догонялки, катала деревянные обручи и мячи. Уличные торговцы громкими голосами предлагали с лотков всякую всячину. Ближе к месту строительства собора под открытым небом или в шатрах расположились пекарни и переносные кухни, обеспечивавшие вечно голодных работников едой и питьем. В воздухе пахло каменной пылью, горячими пирогами и жареной кровяной колбасой. Грохотали и скрипели краны и тали, поднимавшие на верхние ярусы внушительного здания собора камни и инструменты. Повсюду слышались крики, смех и ругань. Кто-то довольно мелодично насвистывал «Песнь Марии». Алейдис всегда нравилась суета кельнских улиц. Особенно она любила бывать здесь, на строительстве собора. Но сейчас поймала себя на мысли, что пристально вглядывается в лица людей, ища в них признаки недоброжелательства и готовности напасть на нее. И лишь убедившись, что здесь никто не обращает на нее внимания, смогла расслабиться.

Когда они ненадолго остановились, чтобы пропустить вереницу мужчин, которые толкали перед собой тачки, нагруженные песком, она с любопытством обернулась и случайно увидела маленького Ленца. Она помахала ему рукой, но он, очевидно, не заметил ее, потому что унесся прочь, как ветер. Пожав плечами, она обернулась к Зимону.

— Смотри, как высоко уже поднялась новая башня. Кажется, мастер Клайвс намерен добиться своей цели.

— Ваша правда! — раздался у нее за спиной грубый мужской голос, заставивший ее обернуться. — Если я добьюсь своего, то однажды на башне появятся великолепные колокола, к установке которых я намерен сам приложить руку.

— Доброго вам дня, мастер Клайвс!

Обрадованная, она подошла к крепкому, широкоплечему мужчине с темно-русой бородой и такого же цвета волосами. И в бороде, и в волосах уже проглядывалась проседь. Ему было около сорока лет, и его рост, а также мозолистые руки говорили о том, что когда-то он зарабатывал на хлеб насущный каменщиком, прежде чем три или четыре года назад стал временным управляющим строительством. Насколько было известно Алейдис, его прочили на официальную должность архитектора — строителя собора. Алейдис знала этого человека с детства: он был добрым другом ее отца.

— Как вы? Наверное, дел невпроворот?

— Благодарю за заботу, Алейдис. Или госпожа Алейдис. О, я до сих не пор не могу привыкнуть, что ты... то есть вы уже замужняя женщина, — он смущенно замялся. — Я хотел сказать, вдова. О боже, простите мне мой глупый язык, я сам не знаю, что несу. Мне очень жаль, что так вышло.

— Ничего страшного, мастер Клайвс. У меня все хорошо. И ради бога, давайте без этих формальностей, называйте меня, как и раньше, по имени. В конце концов, вы качали меня на коленях, когда я еще не умела ходить.

— Очень точно подмечено, Алейдис. Но позволь мне выразить тебе мои глубочайшие соболезнования. Меня не было на похоронах, поскольку на прошлой неделе я отправился в Зигбург по делам. И о твоем горе узнал лишь в конце недели. У меня еще не было возможности тебя навестить. Говорят, муж сделал главной наследницей тебя.

— Так и есть, — вздохнула она. — Вероятно, он хотел как лучше.

— Для тебя? Разумеется, хотел. Он был так влюблен в тебя, что это видели даже слепые и слышали даже глухие. У тебя все хорошо? Я хочу сказать, что ты, конечно, работала в конторе отца, а потом в меняльной конторе, но Николаи ушел от нас так внезапно, и теперь тебе приходится управляться с этим одной. Не самая простая задача для молодой женщины, я полагаю.

— Вы правы, непростая. Но я делаю, что могу.

Она с облегчением отметила про себя, что мастер Клайвс до сих пор ни словом не обмолвился о темных делишках Николаи.

— Ты выдвинула иск против убийцы, да? Ну разумеется. Я надеюсь, что его поймают и накажут по всей строгости. — Мастер Клайвс несколько неуклюже похлопал ее по руке. — Ужасное преступление. Это просто уму непостижимо.

— Благодарю за добрые слова, мастер Клайвс. Я вам очень благодарна.

Она улыбнулась, изо всех сил стараясь, чтобы улыбка вышла как можно более непринужденной.

— Возможно, вы захотите заглянуть к нам... я имею в виду, на обед? Уверена, отец будет рад увидеть вас снова, и мы отобедаем все вместе, как в старые добрые времена.

— С удовольствием. Пришли мне весточку, Алейдис, и я приду. А теперь мне пора вернуться на стройку. У меня там три новых каменщика, за ними нужен глаз да глаз.

Он уже повернулся, собираясь уйти, но вдруг остановился.

— По городу гуляет много слухов, ты знаешь?

— Что за слухи?

Алейдис нерешительно огляделась по сторонам. Ее взгляд на мгновение задержался на копне соломенно-светлых волос уличного мальчишки, который отирался за лотком. Мастер Клайвс потер подбородок.

— Не самые приятные слухи о твоем муже. Говорят, он нажил бесчисленное множество врагов, и было лишь вопросом времени, когда один из них отправит его к Создателю. — Он снова легонько коснулся ее руки. — Надеюсь, все это не заставит тебя опустить руки, дитя мое. Я считаю, ты должна знать настоящее положение дел, ибо только тогда сможешь дать должный отпор. Даже если во всей этой болтовне нет ни капли правды.

Она снова вздохнула, на этот раз от всего сердца.

— Боюсь, в этих слухах больше правды, чем просто личной неприязни, мастер Клайвс. Судя по всему, Николаи был не тем, за кого он всегда себя выдавал передо мной, да и перед отцом тоже.

Мастер Клайвс смущенно склонил голову и шаркнул ногой в пыли.

— Я могу немного поспрашивать, если тебе это поможет. Может быть, мне удастся выведать что-то, что может оказаться для тебя полезным.

— Это очень любезно с вашей стороны. — Она снова выдавила из себя улыбку. — Давайте поговорим об этом в другой раз. Я пришлю вам приглашение, да?

— Договорились, — улыбнулся он ей в ответ. — Не дай всему этому одолеть тебя, Алейдис. Ты найдешь свой путь, я в этом уверен. А теперь извини, мне нужно работать.

Он резко развернулся и быстро зашагал прочь.

Алейдис поняла, что он сейчас сильно переживает. Какими бы бесчувственными и грубыми ни были некоторые мужчины, мастер Клайвс — из тех, у кого под внешней твердой оболочкой скрывалось мягкое, как масло, сердце. За это она его и любила.

— Ладно, идем дальше, — она махнула, призывая Зимона следовать за ней. До Транкгассе, на которой находилась Франкская башня, было уже рукой подать.

У входа в тюремную башню стояли два стражника. Еще двое караулили у ворот, ведущих к Рейну, и досматривали проезжавшие мимо повозки торговцев и крестьянские телеги.

— Вы действительно хотите туда войти, госпожа Алейдис? — Зимон окинул вход скептическим взглядом. — Тюрьма не лучшее место для почтенной вдовы.

— Я знаю, Зимон, поэтому ты идешь со мной.

Она расправила плечи и подошла к старшему из стражников.

— Я хочу видеть Хиннриха Лейневебера.

Тот удивленно посмотрел на нее.

— Вы его родственница?

— Нет.

— Тогда какое у вас к нему дело?

— Вас это не касается. В ратуше мне сказали, что посещать заключенных разрешено.

— Это так, но я теряюсь в догадках, что вам от него нужно. Он слегка, м-м-м... приболел. С утра получил взбучку и теперь чувствует себя неважно. Ему потребуется несколько дней, прежде чем он сможет ходить не сгибаясь.

Алейдис передернуло от ужаса и отвращения, но она тут же взяла себя в руки.

— Так вы пустите меня к нему или нет?

— Только вас? — взгляд стражника двусмысленно скользнул по ее фигуре. — В тюрьме не слишком безопасно.

— Поэтому меня сопровождает слуга.

Алейдис достала из кошелька монету и протянула ее стражнику. Он взял ее, рассмотрел с обеих сторон и попробовал на зуб.

— Следуйте за мной, — мотнув головой в сторону прохода, он развернулся и быстрым шагом направился внутрь.

Алейдис поспешила за ним по крутой винтовой лестнице на второй этаж, подбирая на ходу юбки.

— Осторожно, он в камере не один. — Охранник открыл тяжелый засов и пропустил ее и Зимона вперед. После этого дверь за ними захлопнулась. — Как соберетесь уйти, крикнете.

Превозмогая омерзение, Алейдис огляделась. Камера была шагов пять или шесть в длину и почти столько же в ширину. Прислонившись к стенам на полу сидели четверо бородатых мужчин со свалявшимися волосами, в грязной и потрепанной одежде. Хиннрих Лейневебер, голый по пояс, лежал в углу на тонком соломенном тюфяке. Его спину покрывала зеленовато-коричневая жижа, которая, вероятно, должна была способствовать заживлению кровавых следов от кнута. Рядом с ним стояло ведро для фекалий, прикрытое крышкой, из-под которой распространялось ужасное зловоние.

На негнущихся ногах Алейдис направилась к тюфяку, не обращая внимания на других мужчин, которые с любопытством наблюдали за ней. Двое из них принялись нарочито чмокать, изображая поцелуи, но из-за цепей на руках и ногах их можно было не опасаться. К тому же свирепая физиономия и настороженный взгляд Зимона явно произвели на них впечатление.

Ткач лежал, отвернувшись к стене, поэтому Алейдис откашлялась и произнесла его имя, сначала тихо, потом чуть громче. Не дождавшись ответа, она осторожно коснулась его ребра носком туфли.

— Хиннрих Лейневебер!

Наконец он повернул голову. Узнав ее, он попытался встать, но застонал. Рубцы и ссадины напомнили ему о наказании, которому он подвергся несколько часов назад.

— Вы!

По крайней мере, сейчас он обращался к ней не так грубо, как накануне.

— Да, я, — склонила голову она.

— Что вы здесь делаете? Пришли порадоваться моим страданиям?

Он попытался дотянуться до нее, но Зимон тут же оказался рядом и перехватил руку.

Алейдис отступила назад.

— В ваших страданиях вам следует винить лишь себя. Это вы напали на меня, а не я на вас.

— Это вы виноваты в моем несчастье, чертовы ломбардцы, все вы!

— Я никоим образом к этому не причастна. Это все мой муж, но не я.

— Вы все заодно!

— Нет, вы неправы.

Не обращая внимания на предостерегающий жест Зимона, она опустилась на корточки рядом с ткачом и попыталась заглянуть ему в глаза.

— Я ничего не знала о вашем займе и о том, как именно муж взыскал его с вас.

— Жалкая лгунья!

— Придержи язык и не смей оскорблять мою госпожу!

В ярости Зимон схватил мужчину за плечо и так тряхнул его, что тот застонал от боли.

— Оставь, Зимон, я хочу спокойно поговорить с Лейневебером, — вмешалась Алейдис.

— Убирайтесь прочь, ломбардка. С подобными вам я не хочу больше иметь дел.

— Я не ломбардка, это мой покойный муж был ломбардцем, Хиннрих Лейневебер.

Она снова попыталась поймать его взгляд.

— Муж посвящал меня не во все свои дела. Я хочу, чтобы вы ответили на мои вопросы.

— Черта с два!

— Почему вы пошли за кредитом к Николаи?

Лейневебер взглянул на нее с лютой злобой.

— Оставьте меня в покое!

— Вы задолжали в других местах? У вас были долги в других местах? Или муж, возможно, заставил вас взять деньги?

Ткач сплюнул перед ней.

— Зачем спрашиваете, если сами знаете?

Она слегка подалась вперед.

— Знаю о чем?

— Что он навязал мне этот заем. Мне нужно было купить новые станки. Те, что достались мне от отца, уже разваливались на глазах. И вот однажды Голатти появился в моей мастерской и предложил мне столько денег, что на них можно было купить три станка! Целых три! До этого у меня было только два. Процент оказался грабительский, но, боже правый, три станка. Благодаря им я мог бы наткать столько полотна, что быстро отдал бы долг. По крайней мере, я так думал.

Ткач снова сплюнул.

— И что же случилось дальше?

— Через год Голатти удвоил процент.

Лейневебер со злостью дернул за цепь, которая мешала ему встать.

— А когда я пожаловался, его слуга сломал один из моих станков.

Алейдис подняла глаза на Зимона.

— Вардо?

Зимон пожал плечами.

— Уверена, он сделал это не по своей охоте.

— И мне понадобились деньги, чтобы отремонтировать станок. — Ткач, казалось, немного успокоился, но теперь выглядел еще более плачевно. — Проценты по новому кредиту были еще выше. Я вообще не хотел больше брать у него никаких денег. Я зарабатывал достаточно, чтобы держаться на плаву. Но Голатти... он сказал...

— Чем он вам пригрозил?

Алейдис почувствовала, как холодная дрожь пробежала по позвоночнику.

Лейневебер сполз на сырой каменный пол.

— Он угрожал, что приведет в негодность и другие станки, и тогда мне точно понадобятся его деньги, ведь я не смогу покрыть понесенный ущерб.

— Какой ущерб он имел в виду?

— Он говорил о том, как опасны кельнские улицы, и о том, что не может поручиться за жизнь моих дочерей, если я не согласен платить за их защиту.

Он тяжело вздохнул.

— То есть он не просто брал с вас проценты... Он грабил вас, — заключила Алейдис. — Как долго это продолжалось?

— Четыре года.

Теперь и Алейдис вздохнула.

— И настал день, когда вы больше не могли выплачивать долг?

— Да, на меня слишком много навалилось. Старшенькая заболела и больше не могла помогать в мастерской. Пока она лежала, мне пришлось посадить за станок младшую. Но ей всего девять, она еще почти ничего не умеет. А потом у Магды случился выкидыш, и она тоже слегла. А Голатти угрожал мне... — Глаза ткача наполнились гневными слезами. — Ваш муж был негодяем! В конце концов он забрал у нас все, даже наш дом. А теперь я лежу здесь в цепях и больше не могу прокормить семью...

— Вас отпустят, как только раны немного заживут.

— Это не вернет ни мой дом, ни мои ткацкие станки. Убирайтесь отсюда, ломбардка! Это таких, как вы, нужно заковывать в кандалы и пороть, а не почтенных работяг вроде меня!

Вновь вспыхнув от гнева, Алейдис немного отошла назад и позвала стражника. Выйдя через минуту из Франкской башни, она не могла не признать, что по крайней мере часть сказанного Лейневебером — чистая правда. Николаи должен был понести наказание за все, что натворил. Суровое наказание. Он был богат, успешен, пользовался всеобщим уважением. Что толкнуло его на эти злодеяния, она при всем желании не могла понять. Вероятно, кто-то был того же мнения, что и Лейневебер, и взял правосудие в свои руки. Как бы она ни скучала по Николаи, она начинала испытывать нечто похожее на болезненную симпатию к его убийце.

Она как раз свернула к месту строительства собора, когда сзади послышался стук копыт. В следующий миг к ней на крупном гнедом жеребце подскакал Винценц ван Клеве. Приблизившись, он осадил коня и ловко соскочил с него.

— О чем, во имя всех святых, вы думаете?

— Добрый день, господин ван Клеве, что вас сюда привело? — удивилась Алейдис.

— Что меня сюда привело? — фыркнул ван Клеве. — Это вы что здесь делаете?

— Я была у Хиннриха Лейневебера.

— Ради бога, кто подал вам эту дурацкую идею? Лучше держитесь от него подальше.

— Я должна была с ним поговорить, господин ван Клеве. И это касается только нас двоих.

— Этот человек хотел напасть на вас вчера, возможно, покалечить вас. — Винценц замолк и провел рукой по волосам. — Вы ведь не предложили вернуть ему деньги?

Алейдис скрестила руки на груди.

— Возможно, я бы так и поступила. Мне невыразимо жаль этого человека. Наверняка вам трудно это понять, но это так.

— Я могу понять, но...

— Я не предлагала ему ничего подобного. Просто хотела, чтобы он ответил на несколько вопросов.

Она сделала несколько шагов в сторону собора, и он последовал за ней, ведя лошадь за поводья.

— На какие именно вопросы мог ответить вам Лейневебер? Он ведь не имеет никакого отношения к убийству вашего мужа.

— Я знаю, но он был одним из тех... — Алейдис помедлила, подбирая правильные слова. — Одним из тех, кого Николаи несправедливо преследовал и шантажировал. Я хотела узнать, как это было.

— И он вам рассказал?

— Да, рассказал. Он был не особо любезен, но его можно понять, вы не находите? Николаи разрушил его жизнь и обрек его семью на голод и нужду. — Алейдис остановилась и взглянула в лицо ван Клеве. — Почему Николаи так поступил? Выходит, он был жестоким, коварным и... подлым.

Она прикрыла глаза, пытаясь унять боль, которая внезапно запульсировала в висках, а когда она вновь подняла веки, ее мир слово вылинял, лишился прежних красок.

— Ведь в этом не было никакой необходимости. Даже без этих махинаций он был бы одним из самых богатых и уважаемых граждан Кельна.

Полномочный судья какое-то время молчал с серьезным, задумчивым выражением лица, а потом произнес:

— У меня нет ответа на этот вопрос. Его мог дать лишь ваш муж. — Ван Клеве замолчал, а потом медленно продолжил: — Отец всегда говорил, что Николаи Голатти приобрел влияние и стал внушать всем ужас лишь благодаря этим тайным махинациям. Возможно, он был прав.

— Внушать всем ужас, — повторила Алейдис и потерла плечи, чтобы унять в них дрожь. — То есть вы считаете, что все это началось не тогда, когда он уже был влиятелен, а...

— Что он обрел власть и влияние в первую очередь благодаря своим преступлениям? Да, возможно, так и было. — Винценц пожал плечами. — Это многое объяснило бы.

— Но почему он не остановился, когда достиг цели? Почему он продолжал грабить и шантажировать людей?

— И на это у меня ответа нет. Я не так хорошо знал вашего супруга. — Ван Клеве снова замолчал, погрузившись в свои мысли. — Но, вероятно, он уже настолько привык к такой власти, что не мог от нее отказаться. Так он продолжал обманывать добропорядочных граждан Кельна и использовать их в своих целях.

— И все эти обманутые, измученные и обиженные люди теперь хотят отыграться на мне? — спросила Алейдис и задрожала — настолько ужасной показалась ей сама мысль об этом.

— Вопрос в том, чего именно они хотят. Отомстить или добиться возмещения убытков... Госпожа Алейдис, вы не должны позволить себе забыться и пожать руку хотя бы одному из них. Дайте им понять, что не намерены продолжать преступное дело мужа. Но ради бога, не пытайтесь возместить то, что отнял у них Николаи.

— Но именно так Господь велит поступать нам, добрым христианам, господин ван Клеве.

— Этим поступком вы обречете себя на гибель.

Алейдис испуганно округлила глаза.

— Вы что, не понимаете, что случится, если вы вернете Лейневеберу его станки, вернее те деньги, которые Николаи за них выручил? Или, того лучше, его дом, если его еще не продали.

— Я понятия не имею, что он сделал с домом. Для этого мне придется просмотреть все его книги и документы. Пока у меня не было такой возможности.

Ван Клеве раздраженно махнул рукой.

— Да забудьте вы уже об этом доме и послушайте меня, госпожа Алейдис. Подумайте! И ответьте на мой вопрос.

Она смотрела перед собой — на оживленную улицу, на сидящих у стен домов нищих, которые требовательно протягивали руки, когда мимо них проходил кто-то, и жадно хватали монеты, которые им время от времени бросали. По ее спине пробежал озноб.

— Вы хотите сказать...

— Именно! К вам будет приходить все больше и больше людей. И они будут ощипывать вас, как ваша кухарка ощипывает гуся, пока на вас не останется ни единого перышка. Как разобрать, кто имеет право на возмещение, а кто — нет? У вас доброе сердце, и в этом нет ничего плохого, если мы говорим о христианских добродетелях. Но в данном случае стоит забыть об этом и думать только о себе, госпожа Алейдис. Иначе вы потеряете все быстрее, чем успеете прочесть «Отче наш».

Алейдис была вынуждена признать, что в его речах есть здравое зерно.

— Вы, конечно, приехали сюда вовсе не для того, чтобы объяснить мне все это, господин ван Клеве. Скорей всего, вы приехали меня отчитать. И откуда вы вообще узнали, что ходила во Франкскую башню?

Он смущенно кашлянул.

— Я заехал к вам на Глокенгассе...

— Не лгите мне, я не говорила слугам, куда пойду, — сказала она, сдвинув брови. — За мной шпионят, да?

Алейдис подозрительно огляделась вокруг, и вдруг до нее дошло.

— Ленц! Это вы послали его шпионить за мной. Зачем вы это делаете?

— Неужели так трудно догадаться?

Он глянул на ее таким пронизывающим взглядом, что сердце у нее забилось сильней. Испугавшись, она отвела глаза, чтобы прогнать нечестивые мысли.

— Госпожа Голатти! — голос полномочного судьи прозвучал сурово и резко, как карканье ворона. — Вы в опасности. Кто-то должен защищать вас, и, как видите, в основном от вас же самой.

Сердце Алейдис так резко замедлило бег, что ей показалось, будто она сию минуту упадет замертво.

— Что вас не устраивает в моем поведении? Я должна понять, что натворил Николаи. Поговорив с его... — Она сделала паузу, подыскивая подходящее слово.

— Жертвами, — подсказал ей ван Клеве.

Она с неохотой кивнула.

— Лишь поговорив с этим несчастными, я смогу узнать больше.

— Предоставьте мне добывать сведения.

Она покачала головой.

— Он был моим мужем. Я должна сделать это сама.

— Даже если тем самым вы подвергнете себя еще большей опасности? Вы с ума сошли, госпожа Алейдис. Стоит вам допустить малейшую оплошность — и даже ваш силач Зимон не сможет вас защитить.

Она бросила быстрый взгляд на верного слугу. Было видно, что тому слова ван Клеве пришлись не по нраву.

— Я всецело доверяю Зимону. Как вы думаете, почему муж поручил ему и Вардо защищать нас?

— И все же кому-то удалось выманить Николаи за Петушиные ворота, задушить, а потом повесить на дереве.

Ван Клеве поднял с земли камень и швырнул его в сторону.

— Тем, кто ведет дела с преступным миром, чтобы оставаться в живых, нужны не только сильные и выносливые слуги. Каким бы умным и хитрым ни был ваш покойный муж, даже его удалось перехитрить. Вы не имеете ни малейшего представления о том, что на самом деле происходит на кельнских улицах, которые на первый взгляд кажутся мирными и безопасными. Что вы сможете противопоставить убийце, если он решит замести следы?

Алейдис вздрогнула.

— Вы говорите так, будто я должна бояться переступать порог собственного дома. Мне что, запереться в своей опочивальне, ждать, пока я состарюсь, и надеяться, что к тому времени люди забудут, что с ними сделал Николаи?

— Я не просил вас ни о чем подобном.

— Вы хотите, чтобы я ни во что не вмешивалась, господин ван Клеве, но я так не могу. У меня есть дело, которое я не могу просто так оставить.

Она ускорила шаг, но Винценц на своих длинных ногах без труда поспевал за ней. Копыта жеребца, которого он вел под уздцы, стучали по неровной мостовой. Когда они дошли до Глокенгассе, Алейдис облегченно вздохнула. Ей не терпелось избавиться от зловещей атмосферы, которую распространял вокруг себя полномочный судья. Подойдя к дверям, она заставила себя успокоиться, обернуться и посмотреть ему прямо в лицо.

— В этом доме живут люди, которые зависят от меня и за которых я теперь несу ответственность. Две маленькие девочки, чей дедушка любил их и хотел для них только лучшего. Два подмастерья, о чьем будущем я должна позаботиться...

— Кстати, о них-то я и хотел с вами поговорить, — перебил он ее.

— О Марлейн и Урзель? — удивилась Алейдис.

— О ваших учениках. Вернее, об одном из них. Рихвин ван Кнейярт попросил меня взять его сына подмастерьем в мою меняльную контору.

Кровь прилила Алейдис к лицу.

— Вас?

— Думаю, вы догадываетесь, что Зигберт тоже недолго пробудет в вашем доме.

— И вы намерены уступить просьбе ван Кнейярта?

Очевидно, его не смутил гнев, прозвучавший в ее голосе. Он просто пожал плечами.

— Вы не сможете продолжать обучение мальчиков.

— Но из всех... — она запнулась.

— Из всех менял он выбрал вашего главного конкурента, — кивнул судья. — Думаю, нам стоит похоронить старую вражду.

— И что? Броситься друг другу в объятия и вести дела вместе? — Алейдис метнула в собеседника уничтожающий взгляд.

— Вас постоянно бросает из одной крайности в другую, госпожа Алейдис, — невозмутимо ответил судья. — Потребуйте от ван Кнейярта компенсацию за убытки, которые вы понесете. И не просите слишком мало. Тоннес умный и трудолюбивый подмастерье, не так ли?

— И что же мне делать без него и Зигберта?

Она посмотрела на связку ключей, которую только что сняла с пояса.

— Найдите себе хорошего помощника.

— О да, это проще простого, — саркастически скривила губы Алейдис.

— Я не говорил, что это будет просто, госпожа Алейдис.

— А Зигберта вы тоже заберете к себе?

Ван Клеве покачал головой.

— Иоганн Хюссель, похоже, дружен с семьей де Пьяченца в Бонне. Он отправляет сына жить к некоему Роберту, двоюродному брату покойного мужа госпожи Катрейн.

— Вот как? — удивленно распахнула глаза Алейдис. — Это как-то связано с нашим делом?

— Я уже послал человека выяснить это. Но мне кажется, здесь, скорей всего, несчастливое совпадение. Хюссель и ваш муж ведь были партнерами?

— Вроде бы да. — Она пожала плечами и вдруг испуганно ойкнула. — Николаи что, и его шантажировал?

— Я так не думаю. Но даже если он и вертел им, то делал это крайне деликатно, так что у Хюсселя не было повода его убивать. Хотя, как мне показалось, он был бы только рад сплясать на могиле вашего мужа.

Алейдис снова опустила глаза на связку ключей.

— Зайдемте в дом, господин ван Клеве. Похоже, собирается дождь. Не хочу говорить о таких вещах на пороге.

Она подала Зимону знак рукой, чтобы он позаботился о лошади, а затем отперла дверь.

В меняльной конторе они застали лишь Тоннеса, который увлеченно что-то писал на восковой табличке.

— Госпожа Алейдис, вот вы где! Мы взяли на себя смелость закрыть дверь, потому что после вашего ухода никто из клиентов не приходил.

— Все в порядке. Следуйте за мной в кабинет, господин полномочный судья.

— Я ненадолго, — сказал он, встретившись с ней взглядом. — Мне нужно быть в школе фехтования сразу же после вечерни, — он слегка улыбнулся. — Я должен выплатить долг.

— Долг? У вас что, дуэль? — удивилась Алейдис.

— Нет, я даю урок!

— Кто взыскивает долги уроками фехтования?

Улыбка на его лице расплылась до ушей.

— Ленц.

Она на мгновение задумалась, не разыгрывает ли он ее, но блеск в его глазах свидетельствовал о том, что, несмотря на идиотскую ухмылку, он говорит вполне серьезно.

— Оставьте бедного мальчика в покое!

Винценц продолжал ухмыляться так открыто и обезоруживающе, что она чуть не забылась и не ответила тем же.

— Ленц уже давно находится у меня в услужении, госпожа Алейдис. И достиг значительных высот в фехтовании коротким мечом.

— Вы что, вложили в руку ребенка меч? — всплеснула руками Алейдис.

— Пока что деревянный. Но сегодня он потребовал, чтобы я заменил его на настоящий.

Ван Клеве непринужденно устроился в удобном кресле.

— И все это время, пока он находится у вас в услужении, вы посылали его шпионить за мной?

Самодовольное выражение лица судьи настолько взбесило ее, что все попытки улыбнуться в ответ были мгновенно забыты.

— С чего бы мне это делать? — снова посерьезнел Винценц. — Нет, присматривать за вами я поручил ему совсем недавно. Кстати, вы ему очень нравитесь и ему не по душе это задание. Если бы я не уступил его требованию дать пофехтовать настоящим мечом, он бы отказался следить за вами.

Она возмущенно фыркнула.

— Посмейте только не выполнить свое обещание.

— Я думал, вам будет неприятно, что я вложу меч в руку ребенка.

— Да, но это не повод лишать мальчика обещанного вознаграждения за его услуги. Ему всего десять лет!

— Я знаю.

— Позаботьтесь о нем.

Он усмехнулся.

— Вы очень любите малыша.

— Он ужасная заноза в заднице.

— Но воли и выдержки ему не занимать, — заметил ван Клеве.

— На днях они с Урзель подрались на улице прямо перед домом.

— Что? — поднял бровь ван Клеве и тут же расхохотался: — И кто победил?

— Никто.

— Так вы успели их разнять?

— А вы хотите сказать, что я должна была позволить им делать, что им вздумается, и опозорить этот дом? — возмутилась Алейдис.

— Честная драка еще никогда и никого не позорила.

— Девочки не дерутся с уличными шалопаями.

— Вам не кажется, что вы чересчур строги, госпожа Алейдис? Вы что, никогда не дрались в детстве?

— Нет.

— Не проказничали?

Она промолчала.

— Ясно. Но что же вы делали? Может быть, прятали вещи в отцовской конторе? Или ставили подножки клиентам?

— За кого вы меня принимаете? — возмущенно потрясла головой Алейдис, но затем вздохнула. — Я лазила по соседским вишням, — призналась она, непроизвольно коснувшись шрама на подбородке.

— И набивали вишнями живот, пока он не начинал болеть? — От ван Клеве не скрылось движение ее руки. — Этот шрам — напоминание о тех веселых днях?

Алейдис снова ничего не ответила.

— Вам стоит быть чуть более снисходительной, — добавил он.

— Хорошие девочки не валяются в грязи.

— Наверное, вы правы, но вы же сами сказали, что Ленц ужасная заноза в заднице. Возможно, он сумел допечь Урзель.

— Драка не выход, всегда есть другой путь.

Он засмеялся.

— А вы не преувеличиваете? Ну что могли натворить два ребенка такого нежного возраста? Выдрать друг у друга пару волос?

— О, они натворили достаточно. Все платье у Урзель было в пыли, да еще и порвалось в нескольких местах.

Винценц широко улыбнулся.

— Ну, значит, она была настойчива в своих попытках дать отпор. Возможно, вам стоит научить Ленца пользоваться мылом, иголкой и ниткой. Он бы смог возместить ущерб.

— А Урзель, по-вашему, нужно вручить короткий меч?

— Почему бы и нет? А вдруг ей понравится?

— Ваши взгляды на воспитание несколько экстравагантны, господин ван Клеве.

— Даже среди святых мучениц были те, кто защищал свою добродетель и веру силой оружия.

— Урзель не святая и уж точно не мученица. — Теперь ей самой пришлось сделать над собой усилие, чтобы не рассмеяться. — Насколько мне известно, большинство женщин-мучениц приняли смерть от меча, а не брались за него сами.

— Этого могло бы с ними не случиться, умей они обращаться с этим оружием.

— В таком случае они не стали бы святыми.

— Но прожили бы определенно дольше, — развел руками ван Клеве.

— Но вы бы, конечно, не стали учить фехтованию на мечах девушку? Что на это сказали бы люди?

— Меня не слишком волнует, что думают обо мне люди.

Он пробежался взглядом по кабинету.

— Возможно, однажды вы и сами захотите попробовать, госпожа Алейдис. Не обязательно сразу коротким мечом. Владение этим оружием требует определенной практики. Но вам не помешало бы научиться пользоваться кинжалом.

— Защищаться от врагов Николаи? — Улыбка на ее лице погасла.

— Женщина должна уметь защитить свою жизнь и честь. Не вечно же Зимон будет ходить за вами по пятам.

— Он всегда со мной, когда я выхожу из дома. Я не беру его, только когда иду в бегинаж, до которого тут пара шагов.

— И в этот момент кто-то может устроить засаду.

— Среди бела дня?

— Днем или ночью — неважно.

— На Глокенгассе днем всегда людно, в любом случае я всегда могу позвать на помощь.

Алейдис не успела и глазом моргнуть, как ван Клеве каким-то неуловимым движением выскользнул из кресла и оказался у нее за спиной. Она почувствовала, как его ладонь зажимает ей рот, а рука держит за талию так крепко, что она не может шелохнуться.

— А теперь попробуйте крикнуть, Алейдис, — прошептал он ей на ухо.

Широко раскрыв глаза, она попыталась раскрыть рот, но железная хватка судьи не давала ей ни единого шанса. Сердце заколотилось так, что готово было выскочить из груди. И не только потому, что ван Клеве напугал ее. Его теплое дыхание касалось уха и щеки, отчего внутри все сжималось от сладостной истомы.

— Вы бы умерли, даже не успев понять, чем именно вас убили.

Он отпустил ее так резко, что она схватилась за край стола, чтобы не упасть. Совершенно спокойный, он опустился в свое кресло и окинул ее многозначительным взглядом.

— Защита своей жизни должна быть одним из основных навыков каждого человека, будь то мужчина или женщина.

Немного пошатнувшись, она сделала усилие, чтобы выровнять дыхание.

— Боюсь, с такими взглядами вы не найдете понимания в обществе.

— Это прискорбно, но не должно помешать вам признать справедливость моих слов. — Он скрестил руки на груди. — Насколько я понимаю, допрос ваших слуг прошел без происшествий.

— Да. — Алейдис заставила себя собраться и сменить тему. — К сожалению, удалось узнать не так много нового.

— Этого следовало ожидать. Вряд ли убийца кто-то из ваших слуг, да и тех, кто мог бы быть сообщником убийцы, я среди них не нахожу.

— Благодарю, — она сдавленно откашлялась. Ее голос все еще дрожал.

— За что?

— Разумеется, это вы распорядились, чтобы шеффены не задавали моим людям каверзных вопросов и не слишком копались в тайных делах Николаи.

— С чего бы мне это делать? — удивился ван Клеве.

Алейдис только пожала плечами.

— Я просто подумала, что...

— Хюссель и ван Кнейярт получили от меня инструкции провести допрос со всем тщанием. Если они проявили чрезмерную снисходительность, то не ради того, чтобы оказать услугу вам, а, вероятно, лишь потому, что хотели защитить самих себя.

— Защитить себя от чего?

— От любых подозрений, что они сами могут быть хоть отдаленно вовлечены в паутину Николаи. Что в той или иной степени соответствует истине. Хюссель сам проговорился, что, выбирая мастера для сына, он предпочел вашего мужа своему доброму другу Роберту де Пьяченце. А теперь, когда Николаи умер, он хочет это исправить. Что касается Рихвина ван Кнейярта, он всегда принимал сторону тех, кто имел наибольшие шансы на победу. Он уже несколько лет ходит в шеффенах.

— Вы полагаете, Николаи помог ему заполучить эту должность?

— Не исключено. Чтобы обеспечить себе нужные голоса при голосовании или взамен на услугу.

Полномочный судья откинулся на спинку кресла и сложил кончики больших и укпазательных пальцев вместе, так что те образовали треугольник.

— Что бы ни связывало этих двоих с Николаи, они не хотят, чтобы это всплыло.

— Стало быть, вы считаете, что никому из них нельзя доверять.

Алейдис с тревогой подумала о многих высокопоставленных горожанах, которые бывали в их доме до смерти Николаи.

— Нет, я считаю, что нужно просто скрупулезно взвешивать каждое произнесенное ими слово, а не слепо принимать все, что мы от них узнаем, на веру.

Он разомкнул руки и немного подался вперед.

— Далеко не все члены Совета и шеффены коррумпированы или питают к вам вражду, госпожа Алейдис. Но пока мы не отыскали убийцу или хотя бы не разгадали его мотив, нам приходится ходить по тонкому льду.

— Так что теперь? — грустно спросила Алейдис. — Как вы думаете, есть хоть малейшая надежда выследить преступника?

— Не буду лгать — очень слабая.

Он указан на стопку бумаг, сложенную на столе.

— Как далеко вы продвинулись в изучении переписки Николаи?

— Не так далеко, как хотелось бы.

Алейдис пододвинула к себе письма и пролистала их.

— Повседневные дела отнимают у меня слишком много времени и внимания.

— Этого следовало ожидать.

— Но я нашла три письма, в которых упоминается о делах, имеющих какое-то отношение к изгнанию евреев из Кельна. Написано так, что трудно понять, но, по-моему, Николаи предлагает одному из членов Совета долю от таможенных пошлин, которые собирают у Рильского замка.

Она протянула ему три листка.

— В Риле располагается архиепископский монетный двор, — заметил ван Клеве, изучая написанное.

— Я знаю. Насколько мне известно, таможня там очень важна, — заметила Алейдис.

— Важна и, прежде всего, очень выгодна, — кивнул полномочный судья, оторвавшись от письма, — Кельн и Риль связывает прямая дорога. По ней постоянно возят товары на рынок купцы и ремесленники. — Он поднялся. — Могу я взять эти бумаги с собой?

Не дожидаясь ответа, ван Клеве спрятал письма под плащом и встал с кресла.

— Я изучу этот вопрос. Кроме того, завтра я собираюсь нанести визит семейству Хюрт.

— Семейству госпожи Гризельды? — Алейдис тоже поднялась. — Могу я сопровождать вас?

— Нет.

— Значит, я схожу поговорю с ними в другой раз.

Он сердито сдвинул брови.

— Собираетесь взять меня измором?

— Я просто хочу раскрыть убийство Николаи. — Она решительно вздернула подбородок, хотя в его присутствии чувствовала себя не так уверенно, как хотелось бы. — Две пары глаз и ушей способны увидеть и услышать больше, чем одна.

— Упрямая женщина!

Она склонила голову.

— Мне казалось, женская непреклонность вас в некотором роде восхищает.

Его глаза округлились.

— Когда это я говорил вам нечто подобное?

— Но вы же сами говорили, что не видите ничего предосудительного в поведении Урзель.

— Мне и в голову не пришло, что вы хотите взять с нее пример.

— У меня нет намерения бросаться в драку.

— Еще как есть, разве что махать кулаками вы вряд ли решитесь, госпожа Алейдис. — Винценц раздраженно пожал плечами. — Завтра в полдень. Я за вами зайду.

— Спасибо.

— Право, не за что.

Он развернулся, собравшись уходить. Она проводила его до двери.

— Передайте Ленцу от меня привет.

Если бы взгляд, которым он ответил ей, превратился в штормовой ветер, ее бы точно сдуло.

# Глава 13

— Здравствуйте, господин полномочный судья.

Катрейн поспешно увернулась от хмурого ван Клеве, который быстро прошел мимо нее и исчез во дворе. Вскоре послышался цокот копыт. Винценц пронесся рысью на своем гнедом жеребце, даже не оглянувшись.

— Боже правый, какой грубиян!

— Здравствуй, Катрейн. Что привело тебя сюда в столь поздний час? Похоже, ради тебя госпожа Йоната проявляет просто чудеса сговорчивости.

Алейдис быстро отступила, впуская подругу в дом.

— Она понимает, что я хочу поддержать тебя, к тому же сейчас еще не так уж и поздно. Наши ворота запрут лишь через два часа, а я к тому времени уже давно вернусь.

— Проходи. Лютц наносил дров. Сейчас разожжем огонь в большом камине. Сегодня довольно зябко. Хочешь что-нибудь выпить?

По дороге в гостиную Алейдис заглянула на кухню и распорядилась, чтобы Эльз принесла им вина со специями. Когда обе удобно устроились в креслах, Катрейн сразу же поведала причину визита.

— Как ты, наверное, знаешь, Илла, Тринген и Зузе время от времени нанимаются обмывать тела усопших. За последние два дня я уже дважды присоединялась к ним, и оба раза нам доставались покойники из богатых и уважаемых семей. Я решила, что так смогу побывать у них дома и выведать какие-нибудь сведения, которые могут тебе помочь.

Алейдис испуганно схватила подругу за руку.

— Не стоило тебе этого делать. Я прекрасно знаю, что это занятие не из приятных.

— Я делала это из христианского милосердия, Алейдис, каковое однажды понадобится и мне. И хочу в свое время предстать перед спасителем чистой, если не душой, то хотя бы телом и одеждой.

— Глупости какие. — Алейдис горячо сжала ее руку. — Не такая уж ты и грешница. Всегда жила благочестиво.

— Возможно, большую часть времени так оно и есть, но мне кажется, что когда однажды мои желания и мысли взвесят на небесных весах, то перевес в пользу добра будет не слишком большим.

— Если за греховными желаниями и мыслями не последовали дела, то, чтобы снять с тебя это бремя, достаточно исповеди и покаяния. Или, — Алейдис улыбнулась, — ты увидела какой-то порочный сон и тайно воплотила его в жизнь? В таком случае, конечно, ты таким мягким наказанием не отделаешься.

— О нет! — округлив глаза, вскричала Катрейн, но тут же сама улыбнулась: — Ты иногда бываешь совершенно невозможной!

— Так что же полезного тебе удалось узнать?

Алейдис разлила вино с пряностями по кубкам и протянула один из них подруге.

Они сделали по глотку, и Катрейн ответила:

— С господами я, конечно, не говорила, но от слуг в обоих домах я узнала, что о смерти отца судачит весь город. Самые дикие слухи распространяются как эпидения ветряной оспы. Чего только не придумывают люди, когда речь идет о нераскрытом преступлении. Но кое в чем многие сходятся.

Она откашлялась.

— Ван Клеве-старший несказанно рад смерти отца. Он уже выдал займы нескольким его — то есть теперь уже твоим — заемщикам, Алейдис. Ты не должна этого допускать. Если он будет переманивать наших клиентов, мы обанкротимся.

— Я знаю, что должна позаботиться об этом. Но это не так просто, как кажется. Я пока еще плохо разбираюсь во всех этих кредитных делах.

— Значит, тебе придется научиться. Причем чем скорее, тем лучше. Иначе ван Клеве воспользуются смертью отца и выдавят тебя из дела.

— Ну, наверное, этого желают не только ван Клеве, но и любой заимодавец в Кельне, ты не находишь?

Катрейн кивнула, но тут же покачала головой.

— Но, по крайней мере по моим сведениям, ван Клеве единственные, кто хочет отнять у тебя твое дело.

— Отнять? — переспросила Алейдис, потрясенная услышанным.

— Ну, скорее поглотить. Для Грегора ван Клеве это вопрос принципа. Он просто ненавидит твоего отца всеми фибрами души.

— Насколько мне известно, они никогда не пересекались и не вели общих дел.

— Не имели, пока ван Клеве не предложил ему породниться семьями.

— Что? — чуть не подпрыгнула от неожиданности Алейдис.

— Он желал, чтобы ты вышла замуж за его сына. Только не говори, что не знала.

Алейдис яростно замотала головой.

— Отец никогда ничего не рассказывал мне об этом.

— И Винценц ван Клеве тоже?

— Нет, или... Он иногда так странно себя ведет. — Тут же в ее памяти всплыли последние несколько дней, и Алейдис судорожно вздохнула. — Нет, я просто не могу в это поверить. Как ты думаешь, он все еще хочет на мне жениться?

— Хочет он или нет, этого я не знаю. Но тот надменный ворчун, который выбежал отсюда несколько минут назад, не слишком похож на человека, который собрался свататься. — Теперь уже Катрейн прикрыла ладонью руку подруги. — Ван Клеве-старший, наверное, снова попытает счастья, особенно теперь, когда его главный соперник лежит в земле и не может этому воспрепятствовать. А нравится идея его сыну или нет, это неважно. Он поступит так, как требуют интересы дела.

Она заглянула Алейдис в глаза.

— Он тебе нравится?

— Что? — голос Алейдис дрогнул. — Нет! О чем ты только думаешь? Разве я тебе не говорила, что не могу позволить себе сейчас подобных мыслей! Если слишком рано. Да еще Винценц ван Клеве! Боже правый, да как тебе только в голову такое пришло?

— Ладно, — с заметным облегчением вздохнула подруга. Затем она слегка наклонилась вперед и многозначительно прошептала: — Ибо, как мне кажется, это не самая подходящая партия. И не только потому, что наши семьи враждуют с незапамятных времен, но еще и потому, что ван Клеве-старший ужасный человек, спесивый и злой. И его сынок, судя по тому, что о нем болтают, того же поля ягода. Говорят, что его жена покончила с собой от горя. Все это выставили как несчастный случай, но если даже половина из того, что рассказывают о его грубости и жестокости, правда, я несколько не удивлюсь, что... о, я даже не буду этого произносить, это такой ужасный грех.

Вздрогнув, Катрейн потерла руки и ладони и перекрестилась.

— Знаешь, а мне в голову пришло еще кое-что, — вдруг сказала она.

— Что именно? — встрепенулась Алейдис. — Если ты вспомнила что-то важное, ты должна сказать, Катрейн. Иначе мы с ван Клеве ничего не сможем сделать.

— Видишь ли, в том-то и проблема. Не думаю, что судья будет рыть в том направлении, ведь это затрагивает его самого. Его и его отца.

Катрейн смущенно обхватила руками колени.

— Это случилось год назад или около того. Я бы об этом и не вспомнила, но, когда задумалась о слухах про Грегора ван Клеве и твоего отца, это как-то само собой всплыло в голове. В общем, это было в декабре или ноябре прошлого года, я уже точно не помню, но это и неважно. Именно тогда Грегор ван Клеве заявился к моему отцу. Можешь себе представить, как тот удивился. Да и я тоже. Этот мерзкий человек не переступал порог нашего дома уже много лет.

Напряженно вслушиваясь, Алейдис наклонилась почти к самым губам подруги.

— Чего же он хотел?

— Хотел заключить сделку. И товаром была ты. Не знаю, откуда ван Клеве узнал, что отец сватается к тебе, но ван Клеве предложил ему Рильскую таможню, если он передумает.

— Таможню у Рильского замка? — Алейдис была озадачена. — А разве Николаи и так ей не владел?

Катрейн удивленно уставилась на подругу.

— Что ты хочешь сказать? Отец отказался от сделки. Он любил тебя и не собирался никому уступать. Тем более заклятому врагу. Когда ван Клеве ушел, отец был ярости. Я знаю об этом, потому что в тот день пришла сюда навестить девочек. Он обозвал ван Клеве жалким проходимцем и заявил, что ни за какие деньги в мире не позволит лишить себя счастья сочетаться с тобой браком. — Катрейн сжала руку Алейдис чуть крепче. — Но почему ты говоришь, что таможня принадлежала ему? Как такое возможно?

— Не знаю, — пожала плечами Алейдис. — Я нашла письмо Николаи к одному из членов Совета. В нем Николаи предлагает ему часть доходов от таможни взамен на голос за изгнание евреев из Кельна. Разумеется, Николаи мог предложить нечто подобное только в том случае, если таможня принадлежала ему, а не Грегору ван Клеве.

— Странно. — Катрейн задумчиво убрала руку. — Может быть, отец сумел как-то перехитрить ван Клеве?

— Пообещал сделать, но не сделал, ты полагаешь? — Алейдис поднялась и заходила туда-сюда по гостиной. — Я пока не нашла в бумагах Николаи никаких доказательств, что таможня в Риле принадлежала ему. Вероятно, для этого мне нужно перебрать все сундуки. Должно быть свидетельство о праве собственности или хотя бы его дубликат. Вряд ли Николаи стал бы обещать долю в том, чем он не владел.

Катрейн кивнула.

— Если он обманом отобрал у Грегора ван Клеве таможню, разумеется, тот должен кипеть от гнева. Для отца было в порядке вещей использовать силу и влияние, чтобы заполучить то, что ему было нужно. — Она замолкла и призадумалась. Вдруг лицо ее просветлело. — Скажи, если у отца есть хоть какие-то права на таможню, они должны быть заверены в Совете, правда? Почему бы тебе просто не пойти в ратушу и не попросить показать документы? Тогда, по крайней мере, мы будем знать точно, да или нет.

Алейдис кивнула, хоть на сердце у нее было тяжело.

— Ты права, я так и сделаю. Только... — Она вздохнула и снова села на кресло. — Допустим, Николаи действительно обманул Грегора ван Клеве или надавил на него. Что из этого следует? Каким бы способом Николаи ни заполучил таможню, ван Клеве это не понравилось. Возможно, он даже так разозлился, что...

Внезапно пришло озарение, от которого стало трудно дышать.

— Боже мой, а ведь таможня теперь моя! — вскричала Алейдис.

— Тише, тише! Не стоит делать поспешных выводов, — заметила Катрейн.

— Да, не стоит, — со вздохом согласилась Алейдис. — Но если Грегор ван Клеве имеет хоть какое-то отношение к смерти Николаи, я выведу его на чистую воду, обещаю.

— Тебе не кажется, что сын помогает ему? — поинтересовалась Катрейн, теребя складки юбки. — Я хочу сказать, у него как у полномочного судьи есть все возможности сделать так, чтобы все, о чем мы говорим, не всплыло в расследовании. Не то чтобы я подозреваю его в бесчестности. Возможно, лично он человек чести, но...

— Я понимаю, о чем ты. — Алейдис мрачно уставилась в свой полупустой кубок. — Наверное, лучше, если я пока не стану обсуждать с ним эту тему. По крайней мере до тех пор, пока я не буду точно знать, что на самом деле произошло между Николаи и Грегором ван Клеве.

— Но как ты собираешь это узнать?

Алейдис решительно вскинула голову.

— Спрошу у Грегора ван Клеве, как же еще?

— Вот вам, мастер Николс, вся сумма в кельнских серебряных монетах.

Винценц пересчитал монеты одну за другой на столе перед английским купцом и разложил английское золото, серебро и медь по шкатулкам.

— С вами приятно иметь дело.

— Взаимно.

Николс ссыпал монеты в кошелек.

— С вами, по крайней мере, можно быть уверенным, что тебя не обманут. А я за годы поездок насмотрелся такого, что ой. На каждом шагу меня подстерегают негодяи и фальшивомонетчики. Был я давеча во Франкфурте, так тамошний меняла хотел заплатить мне только три четверти от обменного курса. Он утверждал, что мои деньги весят меньше номинала.

— Какой позор!

— Не говорите. А в Венеции один фрукт не смог оплатить векселя, которые были выписаны ему на меня. Представьте себе, он растранжирил все деньги на выпивку и девок. Поэтому мне пришлось взять быка за рога. Я потребовал от властей закрыть контору и банк, через которые он проворачивал свои делишки.

— Banca rotta, — понимающе кивнул Винценц. — Ваше законное право.

— Но с вами, к счастью, у меня такого никогда не случается.

— И не случится.

Винценц улыбнулся и встал с кресла. Краем глаза наблюдая через распахнутую дверь за привычной для этих утренних часов суетой на Новом рынке, он разглядел между рядов ржаво-багровый плащ отца. Грегор ван Клеве быстрым шагом направлялся в меняльную контору сына.

— Могу ли я еще что-нибудь сделать для вас, мастер Николс? — поинтересовался он у клиента.

— О нет, не сегодня. Когда я продам свои товары в Кельне и получу барыш, я приду сюда снова, выпишете мне парочку векселей. Вы, случаем, не встречали в последнее время Джованни Джакомо?

— Торговца пряностями из Рима? Видел его три или четыре месяца назад. Он был тут проездом в Константинополь. Передать ему сообщение от вас, когда он поедет назад?

— Если вас не затруднит, я бы передал ему через вас письмо с векселем, — попросил Николс.

— Разумеется.

— Это будет мне чего-то стоить?

Винценц снова улыбнулся.

— Это лишнее. Письмо есть не просит, так что я передам его от вас совершенно бесплатно.

Про себя Винценц подумал, что ему все равно достанутся комиссионные, которые у мастера Николса всегда были довольно внушительными. Так что маленький знак внимания был в его интересах.

— Рад был с вами повидаться, мастер ван Клеве.

Николс отвесил поклон и повернулся к двери, но отскочил назад, чтобы не столкнуться с отцом Винценца, который влетел в дверь, красный как вареный рак. Багровый плащ трепыхался за его спиной.

— Прочь! Мне нужно поговорить с сыном. — Голос старика дрожал от гнева. — Винценц, запри дверь, нам надо поговорить.

Он метнул суровый взгляд в купца, который лишь робко отшагнул в сторону, но покидать контору не спешил.

— Вы еще здесь? Разве я сказал вам убираться отсюда?

— Прошу прощения, — промолвил ледяным тоном Николс, с любопытством посмотрев на разъяренного старика. — Есть хоть одна причина, по которой я заслужил столь грубое обращение?

Винценц тут же выбежал из-за стола и вывел клиента из конторы, не обращая внимания на Грегора.

— Тысяча извинений за моего отца. Кажется, он чем-то сильно расстроен. Простите ему его грубость.

— Что вы, что вы, ничего страшного, — замахал руками купец. — Надеюсь, он гневается не на вас. Вы, случаем, ничем перед ним не провинились?

— Скорей всего, нет, — рассмеялся Винценц, — но даже если провинился, я способен устоять перед бурей.

— Разумеется. Опытный человек способен с честью выдержать отцовскую строгость, — понимающе улыбнулся Николс. — Увидимся через несколько дней.

— Удачной вам торговли в Кельне.

Винценц проводил купца любезной улыбкой, но когда тот скрылся в толпе вместе с слугами и двумя навьюченными мулами, лицо судьи помрачнело. Он спешно вернулся в контору и запер за собой дверь.

— Отец, в чем смысл этого представления? Вы хотите распугать моих клиентов?

— У меня нет времени на расшаркивание перед ними. Тем более ты уже закончил.

— Это не повод столь нелюбезно выставлять мастера Николса за дверь. И часа не пройдет, как поползут слухи. Как вы думаете, что сделает Николс? А я вам скажу: он зайдет в ближайшую таверну и расскажет всем, что Винценц ван Клеве в ссоре с отцом. И это сейчас, когда из-за убийства Голатти наша фамилия у всех на слуху.

— Хорошо, что ты заговорил об этом, мой мальчик, — сказал старик, скрестив руки на груди. — Ведь именно поэтому я здесь. Не из-за убийства, мне до него нет дела. Можешь копаться в этом сам, если это доставляет тебе удовольствие.

— Удовольствие? — покачал головой Винценц. — Я выполняю свой долг, отец.

— Да ради бога. Но сейчас твой долг — урезонить зарвавшуюся вдову Голатти. И если ты этого не сделаешь сам, то ею займусь я.

— Алейдис? А что с ней?

— А я тебе скажу! — Глаза Грегора налились кровью. — Она осмелилась заявиться в мой дом.

Я решил, что, должно быть, зрение обманывает меня. Она задавала вопросы о Рильской таможне и о том, связан ли я как-то со смертью ее мужа. Эту наглую шлюху следует хорошенько выпороть, чтоб у нее язык отсох.

— Так, подождите! — Винценц поднял обе руки, чтобы остановить словоизвержение отца. — Когда она была у вас?

— Только что. Полчаса назад или около того. С ней был этот чертов кастрат с писклявым голоском. Он смотрел на меня так, будто это я спровадил на тот свет Николаи Голатти. Будто мне была какая-то выгода с того, что ломбардцу свернули шею. Не то чтобы он этого не заслуживал, но я не опущусь до такой низости!

Винценц с сомнением посмотрел на отца.

— Хотелось бы надеяться.

— Я не убийца, черт возьми!

— И на это я тоже надеюсь.

— Ты что, спелся с этой женщиной? Ты подослал ее ко мне?

— Зачем мне это делать? Я и понятия не имел, что она придет к вам.

Скрипнула половица. Винценц мельком оглянулся и заметил Альбу. Она стояла в проеме двери, которая вела вглубь дома.

— Что ей вообще было нужно?

— Говорю же тебе, она спрашивала про таможню под Рилем.

Винценц поднял брови.

— Ту самую, которую отнял у вас Николаи?

— Да, ту самую, которую он увел у меня из-под носа! Он подкупил своих чертовых приятелей в Совете, чтобы они отобрали у меня права на доходы. Якобы я неправильно рассчитал долю города и присваивал средства.

— Но ведь так оно и было.

— Дело не в этом. — Грегор яростно воззрился на сына. — Но это дало Голатти конкурентное преимущество. Интересно, откуда он узнал о растрате? У этого пройдохи всюду были свои соглядатаи. Чертовы ломбардцы!

— Ну-ну, вы уже заговорили, как те мужланы, которые на днях напали на Алейдис посреди бела дня на улице. — Винценц внимательно посмотрел на отца. — Я боюсь предположить, что вы могли приложить руку к этому позорному нападению.

— Эта баба подозревает меня в убийстве Голатти! Из-за этой проклятой таможенной пошлины.

— Таможня — чрезвычайно прибыльное дело, даже без учета тех денег, которые вам, отец, за это время удалось утаить от сборщиков податей и отправить к себе в карман. Я могу понять, почему она сделала такой вывод.

— Ага, значит, ты поддерживаешь ее бредни?

— Я ничего не утверждаю, отец, просто говорю, что могу понять ход ее мыслей. Итак, она узнала, что Николаи увел таможню у вас из-под носа.

Но это само по себе не причина обвинять человека в убийстве. Я ее уже успел неплохо ее изучить, чтобы понимать, что она не мыслит так примитивно. Так какова была истинная причина ее визита к вам?

Грегор провел рукой по короткой густой бороде.

— Откуда она прознала, без понятия. Может быть, у Голатти были какие-то записи, может быть, он сам ей сказал. Не имею ни малейшего представления.

— А что он такого мог ей сказать?

Винценц с подозрением взглянул на отца, который теперь казался не столько рассерженным, сколько обиженным.

— Что наш батюшка предлагал таможню Голатти, рассчитывая, что тот отступится от Алейдис, — раздался тихий и отчетливый голос Альбы. Она медленно вошла в контору и остановилась прямо перед мужчинами.

— Замолчи! — взревел Грегор, метнув уничтожающий взгляд в дочь. — Откуда ты вообще об этом прознала?

— А я и не знала, отец, просто предположила. И как видите, угадала.

— Что я слышу? — Винценц ошеломленно уставился на отца.

Альба успокаивающе коснулась его руки, но тут же отдернула ладонь, встретившись с его сердитым взглядом.

— Отец предложил Голатти таможню за то, что тот откажется от помолвки с Алейдис де Брюнкер. Догадаться было несложно, Винценц. Ты бы и сам смог. И то, что отец поступил так, чтобы увести невесту у Голатти, позволяет взглянуть на дело в совершенно новом свете. Особенно если вдова уже смекнула, что ее муженек часто использовал власть, чтобы приструнить соперников. Именно так он и сделал, да, отец? Он хотел преподать вам урок. Он забрал ту самую таможню, которой вы пытались его подкупить, и тем самым дал понять, что не потерпит такого обращения, а еще — что он сильнее вас.

Грегор долго смотрел на дочь, затем снова повернулся к Винценцу.

— Впредь держи эту проклятую вдову от меня подальше. Я не потерплю ее гнусных обвинений. Ей пора преподать урок. И если ты не приструнишь ее, я сделаю это сам, не сомневайся.

Злобно рыкнув, он развернулся и вышел из меняльной конторы. За ним с грохотом захлопнулась дверь.

Альба скривила губы.

— Ты еще хлебнешь горя с этой девицей, братец. Она осмелилась бросить вызов отцу! Похвально, но глупо. Не лучший способ помирить наши семьи.

— Заткнись, Альба!

С некоторой досадой Винценц услышал, как бьют полуденные колокола. Он вспомнил, что собирался нанести визит семейству Хюрт и что Алейдис настояла на том, чтобы его туда сопровождать.

— Ты, конечно, можешь приказать мне заткнуться, Винценц, но ты прекрасно знаешь, что я редко исполняю то, что мне велят мужчины. Что-то мне подсказывает, Алейдис слеплена из того же теста. Я бы хотела с ней познакомиться. Уверена, мы бы прекрасно поладили.

Винценц, яростно сверкнув глазами из-под кустистых бровей, схватил серый судейский плащ и накинул его на себя.

— Только этого мне еще не хватало.

# Глава 14

— Госпожа Алейдис, долго нам еще тут сидеть здесь и вышивать?

Урзель нетерпеливо дрыгала ногами и только делала вид, что занята рукоделием. Ей пришлось распустить вышивку, сделанную в тот день, и начать все заново. Но результат получился ненамного лучше. Марлейн, напротив, казалось, полностью ушла в работу. Алейдис заняла свое место за меняльным столом, но голландского купца, который хотел поменять монеты, препоручила заботе Тоннеса и Зигберта. Она внимательно изучала кредитные операции мужа и казалась довольной, потому что постепенно начинала вникать в суть его ремесла. Вздохнув, она обернулась к девочкам.

— Ты здесь всего полчаса, Урзель. Тебе нужно проявить чуть больше терпения. Как иначе ты научишься вышивать? Бери пример с сестры. Видишь, как Марлейн старается. Этот второй мак получился очень красивым.

— Но это не мак, а бабочка, госпожа Алейдис.

Марлейн протянула ей вышивку. Алейдис взглянула еще раз и, к своему смущению, была вынуждена признать, что вряд ли сможет отличить один вышитый рисунок от другого.

— Прости меня, я не всматривалась, Марлейн. Конечно, это красивая бабочка.

— Никакая это не бабочка. По мне, так это два смешных жучка, — с вызывающей улыбкой сказала Урзель.

— Вовсе нет, — решительно, но без обиды возразила Марлейн. — Ты же прекрасно видишь, что это цветок, а это бабочка. Тоннес, взгляни. Как ты думаешь?

Подмастерье встрепенулся и бросил быстрый взгляд через плечо.

— У меня нет на это времени, малышка.

— Оставь подмастерьев в покое, Марлейн. Ты же видишь, они заняты.

Услышав за дверью шаги подкованных железом сапог, она быстро обернулась. Хотя она и ожидала прихода ван Клеве, но его появление немного испугало ее. Тревогу внушал не столько визит сам по себе, сколько взгляд судьи, который казался еще более грозным, чем обычно. Винценц, очевидно, уже прознал, что она наведалась к его отцу. Так что следовало быть готовой к тому, что он не в духе. Но Марлейн, казалось, ничего не заметила. Обычно застенчивая, она вскочила со скамьи и бросилась к судье, протягивая ему вышивку.

— Доброго дня, господин ван Клеве, — приветствовала она с лучезарной улыбкой. — Вы ведь в некотором роде человек со стороны, да?

— Что? — озадаченно спросил ван Клеве, глянув на милое белокурое создание сверху вниз.

— Взгляните на мою вышивку, прошу вас. Разве она не красивая?

— Угу.

Совершенно сбитый с толку, он поискал глазами Алейдис, мысленно призвав ее на помощь. Но она не откликнулась на его зов. Слишком велико было искушение посмотреть, как он проявит себя в этой ситуации и тем самым покажет, что у него на душе. Тогда он опустил взгляд на вышивку и снова взглянул в лицо Марлейн, которая замерла в напряженном ожидании.

— Да-да, очень красивая, — пробормотал он. В его исполнении похвала прозвучало настолько неуклюже, что Алейдис едва удержалась, чтобы не захихикать.

— А вы ведь видите, что именно я вышила, господин ван Клеве? Вы же точно видите?

Ван Клеве сердито сдвинул брови, но не смог устоять перед ангельской улыбкой девочки и тоже улыбнулся. Взял ее за руку, он подошел к скамье, сел и внимательно осмотрел вышивку.

— Это ведь мак, девица Марлейн?

— Верно, — просияв, закивала она. — Вот видишь, Урзель, это вовсе не смешной жучок.

С торжествующим видом Марлейн легонько толкнула сестру локтем в бок.

— Но второй-то точно жук, а не... — начала Урзель.

— Замолчи! — Наказанием за болтливость стал еще один толчок в бок, уже гораздо более ощутимый. — Господин полномочный судья и без твоих подсказок знает, что это такое, — заявила Марлейн и вновь устремила пытливый взгляд на ван Клеве.

Наморщив лоб, он закрыл сначала левый, затем правый глаз, точно высматривая пути к отступлению, но увидев, что девочки внимательно наблюдают за его манипуляциями, насмешливо хмыкнул. В иной ситуации он бы уже давно рявкнул на детей или притворился, что ему нет до них дела, но сейчас почему-то решил сменить гнев на милость.

— Так-так, посмотрим. — Он немного повертел вышивку в руках, затем с видом знатока покачал головой. — Это явно не жук, девица Урзель. Не знаю, как только такая нелепая мысль пришла в столь светлую голову.

Он снова прищурился, на этот раз глянув в сторону Алейдис, и усмехнулся.

— Это бабочка. Определенно, бабочка.

— Ха, вот видишь! — воскликнула Марлейн, подпрыгнув на скамье. — Совершенно посторонний человек, и при этом умный, иначе как бы он стал полномочным судьей, признал, что это прекрасная бабочка.

— Да, мы все свидетели, — подтвердила Алейдис, поймав на себе многозначительный взгляд судьи, от которого ее бросило сначала в жар, потом в холод, а по спине потекли струйки пота.

Ван Клеве отвесил Марлейн галантный поклон.

— Благодарю за комплимент и высокую оценку моей персоны, барышня. Так, а у вас что?

Он склонился к Урзель, чтобы посмотреть и на ее работу.

— Что ж, девица Урзель, это не похоже ни на что, что я когда-либо видел в своей жизни.

— Я знаю, — пожала плечами Урзель — Я не очень хорошо умею вышивать. Это так скучно, и я постоянно колю себе пальцы. Просто пытка какая-то!

— Урзель, ради бога, — вмешалась Алейдис, глянув на девочку с укоризной. — Нельзя так разговаривать с гостем.

— Я думала, что нужно всегда говорить правду, госпожа Алейдис. А правда в том, что я ненавижу вышивать. Вот.

Урзель выразительно кивнула в подтверждение своих слов.

Судья ван Клеве расхохотался.

— Вы обнаруживаете просто впечатляющую честность, девица Урзель. Кое-кому стоило бы у вас поучиться.

Алейдис снова поймала на себе его многозначительный взгляд.

— А чем бы вы хотели заниматься, если не рукоделием? Вы предпочитаете танцевать, готовить, гулять?

— Я хочу быть мальчиком, — вздохнула Урзель. — Но ведь я не могу им стать, правда?

— К сожалению, нет, — покачал головой ван Клеве. — Вам придется смириться с волей Всевышнего. И с тем, для чего он вас предназначил.

— Так что, я обречена всю жизнь вышивать эти дурацкие платки?

Судья поднялся со скамьи.

— Ну, как знать, может, госпожа Алейдис найдет другое занятие, которое не будет вызывать у вас такого отвращения. Вы умеете читать или писать?

— Умею. Не так хорошо, как Марлейн, но ведь я только недавно начала учиться.

— Отлично, а считать?

— Счет только для мальчиков, разве нет?

— Напротив, любая хорошая девочка должна уметь считать, чтобы, когда придет время, она могла вести хозяйство своего мужа и не ввергать его в убытки. Как знать, может быть, однажды вы унаследуете дело вашего деда. И если вы не сильны в арифметике, вас обманут клиенты и обойдут конкуренты.

— Чем вы забиваете голову бедной девочке! — возмутилась Алейдис, поднимаясь с места и накидывая на плечи плащ.

— А что такого? — заметил ван Клеве с улыбкой. — Разве вы с детства не помогали отцу в его делах? Вам стоит подумать над тем, чтобы дать такую возможность и этим девочкам.

Алейдис удивленно уставилась на него.

— Вы хотите, чтобы я обучила их ремеслу менял?

— Я не настаиваю. Лишь цех способен дать ответ, имеете ли вы право обучать их ремеслу. Так что лучше обсудить это с ним. А хотите вы этого или нет — тут уж я вам не советчик. Решайте сами между собой. Я всего лишь высказал благое пожелание, ибо то, что я вижу, — он махнул рукой в сторону, — свидетельствует о том, что данная юная особа не проявляет особого рвения в рукоделии, как, наверное, и в других домашних делах.

— Вы удивляете меня, господин ван Клеве.

— Вас удивляет, что я указываю вам на очевидные вещи. После смерти мужа вы унаследовали его ремесло и положение в обществе. Если вы не планируете выйти замуж за другого менялу, вам стоит подумать о будущем. И не только о вашем собственном, но и будущем этих девочек. Или вы уже подыскали им женихов, которые ждут не дождутся, когда они повзрослеют, и их не заботит, умеют ли они обращаться с иголкой и ниткой?

— Прекратите, ради всего святого! Разумеется, я об этом еще не думала. Они еще совсем дети.

— Четыре или даже шесть лет пролетят быстро.

— А вы бы сосватали свою дочь в столь нежном возрасте, если бы она у вас была?

— Мы говорим здесь не о том, что сделал бы я.

Алейдис направилась к двери.

— Урзель, Марлейн, заканчивайте вышивать и ступайте помогите Герлин и Ирмель прибраться в конюшне.

— Да, госпожа, — хором сказали девочки. Они тут же опустили головы и принялись хихикать и перешептываться.

— Ну вот, вы дали им пищу для девичьих пересудов, — вздохнула Алейдис. — Теперь они не успокоятся, пока не грянет Судный день.

— Пищу для чего? — удивленно переспросил ван Клеве, выходя за ней из дома.

— Для девичьих пересудов. Как-нибудь я покажу вам, что это такое, чтобы вы могли составить представление. Готова поспорить, вы не выдержите больше получаса.

— Вы говорите загадками, госпожа Алейдис.

— У Тоннеса и Зигберта терпения хватает на пару минут.

— Вы сомневаетесь в моей мужественности?

— Отнюдь. Как раз поэтому вы вряд ли стали бы терпеть бабскую болтовню.

— Бабскую болтовню, — задумчиво пробормотал ван Клеве. — При случае спрошу у сестры.

— Либо приходите к нам на ужин и убедитесь сами.

Он удивленно скосил на нее глаза.

— Вы что, только что пригласили меня на ужин?

Алейдис пожала плечами.

— Вы все равно откажетесь, когда вспомните, какая нужда привела вас в мой дом.

— Вы достаточно умны, чтобы понимать, почему я здесь, — сказал он, коротко улыбнувшись. — Возможно, внезапный интерес девицы Марлейн к моей скромной персоне был всего лишь уловкой, чтобы отвлечь меня и выторговать себе немного снисхождения.

— Ну это вряд ли, — сухо хохотнула Алейдис. — Сомневаюсь, что у вас хватит доброты душевной, чтобы купиться на эту уловку.

— С чего вы решили, что у меня она вообще есть? — сказал он с таким видом, будто был до глубины души уязвлен этим предположением.

— А как, по-вашему, это называется? Совсем недавно вы подвергли меня осуждению, что я была недостаточно строга с Марлейн, когда она вышила нечто несуразное. Теперь выясняется, что вы в этом вопросе ушли не дальше меня.

— Я просто брал пример с вас.

— Да что вы говорите!

— Если вы подозреваете моего отца, почему сперва не поделились этим со мной?

— Можно подумать, вы не заткнули бы мне сразу же рот, — с неприкрытым сарказмом в голосе парировала Алейдис.

— Разумеется, не заткнул бы.

Винценцу пришлось отступить на шаг назад, поскольку навстречу им двигалась, растянувшись по дороге, вереница повозок, запряженных лошадьми и волами. Но как только снова представился случай, судья нагнал Аледис.

— Вы все еще не доверяете мне, госпожа Алейдис?

— А вы бы на моем месте доверились? Ведь речь идет о вашем отце?

— Вы полагаете, это удержит меня от расследования?

— А разве нет?

Он издал приглушенный вздох.

— Я мог бы объяснить вам, сколь мала вероятность, что отец хоть как-то причастен к этому убийству.

— Пусть вероятность небольшая, но она есть.

Алейдис смахнула с лица прядь волос, которая выбилась из-под чепчика, и попыталась заправить ее на место.

— У вашего батюшки было множество причин желать смерти Николаи. И одну из них я вам привела.

— Предоставьте это мне, госпожа Алейдис. Из нас двоих судья — я, если вы до сих пор этого еще не поняли. Вести разбирательство моя непосредственная задача.

— А я истица, и мой долг помочь вам установить истину. Если вы утверждаете, что рассматриваете все возможные версии.

— Я не просто это утверждаю, я действительно рассматриваю все возможные версии.

— Но той, что у вас под носом, вы в упор не хотите замечать.

Она сомкнула руки в замок, выразив этим жестом одновременно сердитость и крайнее отчаяние.

— Вы знали о сделке, которую ваш отец пытался заключить с Николаи? Как он пытался купить меня, пообещав моему на тот момент будущему мужу Рильскую таможню?

— И да, и нет, — ответил он, неловко откашлявшись. — Разумеется, я знал, что отец хотел заключить сделку с вашей семьей. Но о таможне я и сам узнал лишь недавно.

— Сделку? Вы так это называете?

— Но это и была бы сделка, не более и не менее.

— Значит, вы женились бы на мне, потому что так было угодно вашему отцу?

— Нет.

Она недоуменно вскинула голову.

— Отчего нет?

— А вы бы вышли за меня замуж?

— Нет.

— Отчего же?

Она почувствовала, как щеки заливаются румянцем.

— Я бы подумала, что у нас с вами нет ничего общего.

— Кроме того, что я раздражаю вас так же, как вы меня, вы хотели сказать? Что поделать, придется потерпеть, мучиться осталось недолго.

Он бережно тронул ее за руку.

— Посторонитесь, скачут рыцари архиепископа.

Они остановились и пропустили колонну рыцарей, гарцевавших на мощных скакунах, затем двинулись дальше, миновали арсенал, в котором хранилось оружие городского ополчения, и вскоре свернули в сторону церкви Святого Гереона. Прямо за церковью стоял дом семейства Хюрт.

Арнольд Хюрт, брат покойной Гризельды, был пожилым сутулым мужчиной с русыми волосами, маленькими серыми глазами и необычайно длинным изогнутым носом. Он любезно поприветствовал визитеров и провел их в гостиную, обставленную тяжелой темной мебелью. Окна были крошечными и закрывались от сквозняков шторами из выскобленных свиных шкур, так что в комнате было бы почти совсем темно, если бы не пара масляных ламп, озарявших ее тусклым светом. Алейдис с трудом удержалась от того, чтобы не поморщиться от ударившего ей в нос неприятного запаха плесени и затхлости. Арнольд послал служанку, которая на вид была едва ли моложе его самого, за кувшином пива и кружками, а затем с кряхтением устроился на одном из стульев.

— Присаживайтесь, господин полномочный судья, и вы тоже, госпожа Алейдис. Надеюсь, у вас все хорошо в это печальное время. Чем я обязан вашему визиту?

— Повод у нас не самый приятный, — быстро ответил ван Клеве, опередив Алейдис, которая даже не успела открыть рта.

— Как вы, я уверен, знаете, вдова Голатти подала иск против убийцы своего мужа, так что теперь мне предстоит его разыскать.

— Вы хотите найти его здесь, в моем доме? — хохотнул старик. — Умно придумано, но вы, к сожалению, напрасно потратили время, придя сюда. Я не убивал своего зятя. На что мне это? Он был всегда добр к моей сестре. Даже когда она теряла одного младенца за другим, он не отрекся от нее, как сделали бы многие другие мужчины.

— Как я слышал, причиной тому, вероятно, было огромное приданое госпожи Гризельды.

Полномочный судья выжидающе посмотрел на Арнольда.

Старик снова захихикал.

— Да, в это есть большая доля правды. Сестрицу мою, как вы, наверное, знаете, Господь обделил красотой. Боюсь, в нашей семье и не было особо красивых. Но у нее было доброе сердце и умная голова. К сожалению, это не имеет большого значения для замужества, поэтому приходится искать другие аргументы. Достойное приданое превратило ее в завидную невесту.

— Значит, он терпел ее ради приданого и связей вашего семейства с Советом и самыми влиятельными дворянскими родами Кельна.

— Это была выгодная сделка, с какой стороны ни посмотри, — согласился Арнольд. — К сожалению, мы уже не так влиятельны, как прежде. И в силу определенных обстоятельств наш кошелек заметно полегчал.

— Я полагаю, отчасти это связано с тем, что вам пришлось дать приданое не только за госпожой Гризельдой, но и за остальными вашими сестрами, племянницами, дочерями и так далее.

Арнольд улыбнулся.

— Брак — недешевое удовольствие. Давайте выпьем.

Хозяин поднял кружку, Алейдис и ван Клеве последовали его примеру.

— Николаи был расчетливым человеком. Он нажил себе много врагов и завистников. Признаюсь, госпожа Алейдис, мы все были очень удивлены, когда узнали, что он посватался к вам. Не поймите меня неправильно, вы красивая женщина и, конечно же, были ему хорошей женой и хозяйкой, но этим браком Николаи ничего для себя не приобрел. Ваше приданое, сколь бы щедрым ни был ваш отец, ничто по сравнению с богатством Николаи.

Значительными связями ваша семья также похвастаться не может. Мы долго гадали и в конце концов пришли к выводу, что милейший Николаи, должно быть, к старости, как бы это получше сказать, размяк сердцем.

Алейдис едва удержалась от того, чтобы сорваться на грубость.

— Что же в этом плохого? — вместо этого спросила она.

— Плохого? Ровным счетом ничего. Просто никто этого не ожидал, — ответил Арнольд, улыбнувшись. — Вы уж простите, госпожа Алейдис. Я не хотел вас обидеть.

— Вы продолжали общаться с зятем после его нового брака? — вернул разговор в прежнее русло ван Клеве.

— Нет. Мы лишь порой виделись на пирах. В остальном каждый из нас шел своей дорогой.

— Стало быть, у вас нет никаких подозрений, которыми вы могли бы поделиться со мной и госпожой Алейдис?

Арнольд покачал головой.

— Ничего конкретного. Я знаю, что за Николаи числилось много грешков. Но он был не первым и не последним, кто преступает закон. Я всегда держался в стороне от его дел, мне было достаточно собственных забот, личных и семейных. И сейчас я, кстати, тоже довольно сильно занят и не могу уделить вам достаточно времени. Надеюсь, я убедил вас, что убийцу следует искать не в нашей семье. Оглянитесь вокруг: то, чем мы владеем, и в сравнение не идет с богатством моего покойного зятя. Возможно, после смерти сестры наши отношения с Николаи не отличались особой теплотой, но причин убивать его не было. И его новая жена вовсе не вбила клин между нами, как это можно было бы предположить. Николаи мечтал о сыне и наследнике. Моя сестра не смогла ему этого дать, и он предпринял еще одну попытку, — взгляд Арнольда скользнул по животу Алейдис. — Как я подозреваю, без желаемого результата. Его смерть печалит меня, господин ван Клеве, и его вдове я желаю только наилучшего. — Он поднялся и отвесил гостям поклон. — Если я услышу или вспомню что-нибудь, что может быть вам полезно, я дам вам знать.

— Это было бы весьма любезно с вашей стороны, — сказал, также вставая, ван Клеве. — Благодарю за угощение и беседу.

Быстро попрощавшись, Алейдис последовала за судьей. Когда они немного отошли от дома, ван Клеве с любопытством взглянул на свою спутницу.

— Куда девалась ваша словоохотливость? Я думал, что вы забросаете доброго Арнольда вопросами. Конечно, как по мне, вряд ли мы получили бы на них правдивые ответы.

— С чего вы так решили? — фыркнула Алейдис.

— Разве вы не видели их дом? Там воняет так, будто у них поселилась орда варваров, но мебель изготовлена лучшими столярами Кельна, подушки на стульях обиты тонким венецианским шелком и расшиты золотыми нитями, а пиво — наилучшего качества. Если Хюрты хоть наполовину так бедны, как изображает Арнольд, я готов съесть метелку, которой Ирмель чистит стойло.

— Вы ничего не потеряете, если не отведаете этого блюда.

— Вы весьма наблюдательны, — рассмеялся ван Клеве. — Арнольд хочет нас уверить, что он не принимал никакого участия в делах Николаи. Я подозреваю, что дело обстояло скорее наоборот. И Хюрты все еще очень влиятельны.

Алейдис задумчиво закусила нижнюю губу.

— Вы полагаете, Хюрты как-то связаны с незаконными делами Николаи?

— Возможно, они его к ним и приобщили. Меня бы это не удивило.

— Может быть, именно поэтому он и не мог оставить Гризельду.

— Если не считать того, что развод — дело хлопотное и дорогостоящее и мог бы нанести ущерб его репутации, — сказал он и, немного помолчав, добавил: — Арнольд вас на дух не переносит.

— Я знаю.

— Вероятно, он надеялся вернуть приданое Гризельды. Но теперь даже его племянница Катрейн получила лишь самую малость. И то, что он пока не начал против вас открытую войну, возможно, объясняется лишь его надеждами на то, что хотя бы его внучкам Марлейн и Урзель повезет больше. Ведь Николаи уже внес в Совет процентную ренту на их приданое. Так что у Арнольда есть все основания так думать.

— Вы думаете, мне из-за этого может грозить опасность? — испугалась Алейдис. — Ведь он может попытаться...

— Он не настолько глуп, — быстро перебил ее Винценц. — Ваш муж официально не оставлял никаких письменных указаний, но я уверен, что он принял меры против жадных охотников за наследством на случай, если вы умрете не своей смертью. Так что Хюрты не представляют для вас никакой опасности. Вы слышали, что Арнольд желает вам всего наилучшего, и поскольку в остальном у него связаны руки, вы окажете ему большую услугу, если передадите это наилучшее двум девочкам. Даже если это будет только лишь прибавка к и без того богатому приданому.

Внезапно пришедшая в голову мысль поразила Алейдис своей ужасающей простотой.

— Он хочет выдать их за кого-то из своей семьи?

— Да, и это тоже.

— Но Марлейн и Урзель не могут выйти замуж ни за кого из Хюртов! Это было бы кровосмешением и противоречило бы всем христианским заповедям.

— О нет, эту коллизию можно было бы разрешить, прибегнув к некоторым хитроумным уловкам и пожертвовав кругленькую сумму архиепископу.

— Вы меня пугаете.

Алейдис вздрогнула и попыталась плотнее закутаться в плащ.

— Я указываю на подводные камни, которые могут таиться на вашем пути, госпожа Алейдис. Поэтому всегда будьте настороже и молитесь, чтобы прожить как можно дольше и пережить наихудших представителей этого семейства.

Какое-то время они шагали молча, каждый думал о своем. Лишь когда они прошли половину пути по Ланггассе и перед ними уже виднелся перекресток с Глокенгассе, Алейдис снова заговорила.

— Кого вы хотите допросить следующим? Мне кажется, что пока все попытки добиться ясности ни к чему не привели.

— Этого следовало ожидать, госпожа Алейдис. Кто бы ни стоял за этим, он потрудился хорошо замести следы.

— И все же вы не хотите сдаваться.

— Да и вы тоже не хотите, — улыбнулся полномочный судья. — Что вполне объяснимо. Но мне совсем не нравится, что появляется все больше указаний на причастность моей семьи. Не хочу, чтобы из нас сделали козлов отпущения. Как вы узнали о Рильской таможне?

— Мне рассказала об этом Катрейн.

— А она откуда об этом узнала?

Алейдис пожала плечами.

— По ее словам, в тот день, когда ваш отец пришел к Николаи и предложил ему таможню, она была в доме и подслушала их разговор. Она сказала, что вспомнила о нем совсем недавно и сразу же пришла ко мне.

Ван Клеве задумчиво качнул головой.

— Интересно, почему она так предана вам? Ведь вы же заняли место ее покойной матери.

Она посмотрела на него с удивлением.

— Мне кажется, она никогда не думала об этом в таком ключе. Мы были знакомы до моего замужества, а потом и вовсе подружились. Катрейн — женщина с добрым сердцем, и она тоже прошла через многое.

— Муж был жесток с ней.

— Да, и пусть это не совсем по-христиански, она рада, что он мертв.

— В этом я с вами согласен.

На перекрестке с Глокенгассе он пропустил ее вперед, но тут же догнал.

— Меня смущает то, что Якоб де Пьяченца также погиб при невыясненных обстоятельствах.

— Вы хотите сказать, что убийца Якоба мог убить и Николаи? Что эти два убийства связаны? — остановилась как вкопанная Алейдис.

— Я этого не говорил и так не думаю. Скорей всего, эти убийства никак не связаны. Если только Николаи и впрямь не отправил Якоба на тот свет или не нанял кого-нибудь для этой грязной работы. А теперь кто-то в семье де Пьяченца узнал и решил отомстить. Мы уже говорили об этом.

Он жестом призвал ее продолжить путь, чтобы не мешать оживленному движению по Глокенгассе, и продолжил:

— Но даже если в этом нет ни капли правды, два нераскрытых убийства бросают тень на семью Голатти.

— Вчера я спросила Катрейн, поддерживает ли она связь с кем-либо из семьи мужа. Она сказала, что не видела никого из них после его смерти. Она тогда приехала из Бонна и вскоре после этого поселилась в бегинаже. Она не хотела, чтобы кто-то из родственников Якоба навещал ее или приближался к девочкам. Николаи позаботился о том, чтобы ее желание было исполнено.

— Тогда, я надеюсь, вы уже подготовились к тому, что семья де Пьяченца может дать о себе знать?

Алейдис снова резко остановилась и уставилась на него.

— Я даже не думала об этом! Вы действительно считаете, что они попытаются повлиять на девочек?

— Бабушка и дедушка, если они еще живы, — конечно.

— Святая Варвара, что же мне делать?

В отчаянии Алейдис закрыла лицом ладонями.

— Катрейн очень пострадала от рук Якоба. Она не хочет больше иметь ничего общего с его семьей, потому что никто из них и пальцем не пошевелил, чтобы помочь ей.

Алейдис почувствовала, как рука ван Клеве коснулась ее спины, и рывком вскинула голову. Однако, похоже, он хотел лишь попросить ее идти дальше. До ее дома было уже недалеко.

— Вам придется собрать всю свою волю в кулак, госпожа Алейдис. Семья, состоящая из одних женщин, и без того многими воспринимается как легкая добыча. Пусть отец поддержит вас, насколько это в его силах.

— Но что он может сделать против двух семей, которые имеют право на девочек? И Хюрты, и де Пьяченца...

— Будем надеяться, что из-за этого они рассорятся и перережут друг друга.

— А если нет?

Совсем пав духом, Алейдис опустила голову. Казалось, перед ней громоздилась такая гора проблем, которую ей не разгрести до конца своих дней.

— Значит, готовьтесь сражаться, — пожал плечами ван Клеве. — Или выйти замуж. Вам будет легче отстаивать свои права, если сможете опереться на мужское плечо.

Она покачала головой.

— Вы хотите, чтобы я вышла замуж, чтобы решить свои проблемы?

— Браки заключались и по менее значительной причине.

— И кого же мне присмотреть себе в женихи, господин полномочный судья? Возможно, в вашей котомке сомнительных советов есть подходящий и для этого случая?

Ван Клеве бросил на нее мрачный взгляд и желчно усмехнулся.

— А вы дайте понять, что заинтересованы в повторном браке, и посмотрите, что из этого выйдет. Готов поспорить, и часа не пройдет, как к вам заявятся на смотрины первые претенденты.

Она смерила его сердитым взглядом.

— Эта перспектива может только побудить меня принять постриг.

Ван Клеве рассмеялся.

— Вы не примете постриг, госпожа Алейдис. Пусть святая Урсула хранит наши монастыри и их почтенных обитательниц от такой напасти.

— Вы издеваетесь надо мной? — обиженно воскликнула она, сомкнув руки на животе.

— Нет, отнюдь. Мне просто не приходилось встречать женщину, которая менее предназначена для жизни в монастыре, чем вы.

— Вы меня совсем не знаете, господин ван Клеве.

Он снова засмеялся.

— Я знаю так много, что при необходимости сам готов жениться на вас, чтобы удержать вас от столь неразумного шага.

Алейдис закатила глаза, но он махнул рукой и снова посерьезнел.

— Не волнуйтесь, до этого не дойдет. В конце концов, вы же дали понять, что заинтересованы поддерживать раздор между нашими семьями, не так ли? А что может помешать этому больше, чем брак между враждующими сторонами? А теперь ступайте домой и продолжайте изучать бумаги вашего мужа. Я сообщу вам, когда у меня появятся новости от двух шеффенов, которых я отправил в Бонн расспросить семью де Пьяченца. А завтра после вечерни приходите с Зимоном в школу фехтования.

— Это еще зачем? — удивленно вскинула брови Алейдис, обернувшись в дверях.

— Хочу научить вас обращаться с кинжалом, госпожа Алейдис. Ибо, если у вас еще раз возникнет мысль самостоятельно сунуть нос в чужие дела — а это, я уверен, рано или поздно произойдет, — вам очень пригодится этот навык.

Алейдис, утратив дар речи, проводила его взглядом, когда он, даже не попрощавшись, развернулся и исчез в толпе слуг и ремесленников, которая текла по улице.

# Глава 15

На входе в портовую таверну «У черного карпа» Винценц дал знак Людгеру держаться позади него. Парнишка остановился у двери и в следующее мгновение практически растворился на фоне грубо оштукатуренных стен, чахлых кустов и подступающей тьмы.

Солнце уже село, и жизнь вокруг гавани с ее кораблями, баржами, грузовыми кранами и плавучими лавками, казалось, замерла. Однако Винценц знал, что эта тишина обманчива. После захода солнца район кельнской гавани напоминал выжидающего хищника, который мог резко раскрыть пасть и сожрать как неосторожного прохожего, так и зазевавшегося озорника. Винценц не любил бывать здесь в это время суток и наведывался сюда нечасто. Его излучающие уверенность манеры в сочетании репутацией искусного фехтовальщика вызывала определенное уважение к нему. Тем не менее он не зря захватил с собой Людгера, который, как ему было известно, вырос в этих темных переулках и знал их, как никто другой.

Сегодня Винценц хотел разыскать двух мужчин, которые часто снабжали его полезными сведениями будь то в связи с очередным расследованием или касательно какого-нибудь из его деловых партнеров. В этот четверг вечером в таверне было довольно много посетителей. Места на обитых тканью скамьях за тремя длинными столами почти все заполнены. Воздух был теплым и спертым от пылавшего в огромном камине огня, над которым на длинном вертеле жарились цыплята и свиной окорок. Аппетитные ароматы жареного мяса смешивались с запахом прокисшего пива и зловонным дыханием портовых рабочих и их спутниц — преимущественно проституток. Сапоги Винценца липли к деревянным половицам, грязным от пролитых напитков и засохших остатков еды. Стоял довольно громкий гул: из-за каждого стола доносились смех, шутки, болтовня и даже пение. В целом, все было достаточно мирно, что судью вполне устраивало. У него не было желания ввязываться в драку. Сначала он спокойно стоял у входа и глядел по сторонам. Три коренастые служанки сновали между гостями, разнося кувшины с вином, пивом и едой или собирая грязные миски, чашки и хлебные корки. То, что падало на землю, подхватывали лохматые собаки хозяина.

Наконец он высмотрел двух осведомителей — Кленца и Биргеля, двух братьев, которые часто нанимались на разгрузку кораблей. Эта изнурительная, надрывающая здоровье работа хорошо оплачивалась и поэтому пользовалась большим спросом. Она наложила отпечаток на тела этих мужчин: оба были жилистыми, под серыми рабочими робами бугрились мышцы. Похоже, они только пришли, поскольку, когда Винценц подошел, пышнотелая белокурая служанка как раз ставила перед ними две кружки медовухи. Винценц тронул ее за руку, прежде чем она успела уйти, и тоже заказал себе выпить. Бросив взгляд на двух мускулистых парней, он попросил принести большое блюдо с жареной птицей и овощами. После этого опустился на скамью напротив Биргеля.

— Смотри-ка, господин полномочный судья пожаловал. — Кленц широко улыбнулся, обнажив ряд зубов, в котором в правом углу одного не хватало. — Вы так щедры сегодня?

— Мне кажется, вы голодны.

Винценц оперся локтями на стол и окинул братьев доброжелательным, но пристальным взглядом. Ему и раньше бросалось в глаза, что, несмотря на разницу в два-три года, они казались почти близнецами. У обоих были лохматые черные волосы и густые бороды, и оба с любопытством смотрели на него наглыми голубыми глазами.

— Ну, как дела?

— Неплохо.

Кленц шумно втянул ноздрями воздух, подхватил свою кружку и одним глотком осушил ее наполовину.

— Кажется, Густе стоило оставить нам весь кувшин.

— Колесо на грузовом кране рядом с большими кораблями теперь наше, — гордо выпятил подбородок Биргель.

— Другими словами, вы успешно прогнали всех остальных работников?

— Пусть они только посмеют лишить нас куска хлеба, — пригрозил Кленц, потирая правой рукой левый кулак. — Колесо наше. Мы работаем на нем посменно, и оно не останавливается с первых лучей солнца и до заката.

— Усердие есть добродетель, — понимающе кивнул Винценц. — Но надеюсь, эта работа не мешает вам внимательно наблюдать за тем, что происходит в Кельне. Я прав?

— Разумеется. Тут все по-прежнему, — ответил Биргель нетерпеливо постукивая пальцами по столешнице и скользя взглядом по пробегающим мимо служанкам.

— Очень хорошо, потому что мне поручено расследовать одно дело, которое кажется довольно непростым.

— Вы расследуете убийство ломбардца? Голатти, того самого, которого повесили за Петушиными воротами? — поинтересовался Биргель, почесав подбородок. — Об этом говорит весь город. Болтают, что он оставил жене все, то есть прямо-таки все, что у него было. Это правда?

— Да, жена стала его главной наследницей.

— Она, наверное, чуть не померла от радости, когда об этом услышала, — хохотнул Кленц.

— Нет, не особо.

— Отчего же нет? Теперь она богата, как сам Господь. Ради этого стоило погреть постель старика, а теперь она может найти кого-то, кто согреет ее, если вы понимаете, о чем я. Как пить дать старик уже не справлялся.

— Похоже, она любила его, а он — ее, иначе не оставил бы ей такого наследства, — сказал как бы между прочим Винценц и посмотрел на братьев.

— Любила старика? Ни в жисть не поверю, — возразил Биргель, смачно рыгнув. — Впрочем, что я знаю о женщинах? У меня самого жены нет, а девушки у мастера Ляпса непривередливы и о любви не болтают.

— А зачем им болтать, они и без слов так тебя полюбят, что родную мать забудешь, — хохотнул Кленц. — А вы собираетесь поймать убийцу, господин ван Клеве? И сюда за этим пожаловали?

— А где я, по-твоему, его должен искать?

— Понятия не имею, — удивленно пожал плечами Кленц. — Но у богатеев было достаточно причин убрать ломбардца с дороги. И ваша семья в их числе.

— Эй, за языком следи! — испуганно воскликнул Биргель, толкнув брата в бок. — Не обижайтесь, господин полномочный судья.

— Все в порядке, — махнул рукой Винценц. — Я в курсе, о чем судачат за моей спиной. Но как вы думаете, стал бы я искать убийцу, если бы нанял его сам?

Под его немигающим пристальным взглядом оба испуганно замотали головами. Винценц удовлетворенно кивнул.

— Хорошо, на том и сойдемся.

— Вы думаете, Голатти порешил кто-то из его должников? — спросил Кленц. Он широко улыбнулся служанке, которая появилась, неся блюдо с закуской и выпивку для Винценца, и заказал кувшин медовухи для себя и брата.

Винценц помедлил с ответом, пока служанка не удалилась.

— Вряд ли кто-то из них стал бы пачкать руки. Труп Голатти был выставлен на всеобщее обозрение со вполне конкретным намерением, поэтому разумно предположить, что тот, кто несет ответственность за его смерть, сперва все рассчитал. И, конечно же, сделал это не своими руками.

— Так вы полагаете, что кому-то заплатили за убийство ломбардца?

Биргель взял куриную ножку и с наслаждением вгрызся в нее зубами. По подбородку потекла струйка жира, которую он вытер тыльной стороной ладони.

Кленц также активно заработал челюстями.

— О да, господин полномочный судья, в Кельне сыщется довольно мерзавцев, по которым виселица плачет и которые готовы на все ради денег.

Братья многозначительно переглянулись, что не осталось незамеченным для Винценца. Он отпил глоток медовухи и снова внимательно посмотрел на обоих.

— Какое имя только что пришло вам в голову?

Биргель небрежно швырнул обгрызенную кость на пол. Тут же ее подхватила одна из сидящих под столом собак.

— Есть один тип, который отлично подходит для этого дела, — сказал Кленц, накладывая горку овощей на лепешку. — Бальтазар.

— Бальтазар? — поднял брови Винценц. — А как его полное имя?

— Просто Бальтазар, — пожал плечами Биргель. — Его иногда Резаком кличут. Он как-то одной шлюхе располосовал ножом щеку и шею. Славится тем, что всегда пускает в ход нож, когда ему кто-то не по нраву.

— Но Голатти не зарезали.

На это Биргель только кивнул.

— Бальтазар и голыми руками управляется неплохо, если вы понимаете, о чем я. Говорят, он ими многих отправил на тот свет, но никто ничего не смог доказать. И его нанимают выполнять грязную работенку для богатых и знатных.

— А почему вы считаете, что именно он лучше всех годится на роль преступника? У него что, были какие-то дела с Голатти?

Мужчины снова молча переглянулись.

— Не с Голатти, — ответил Кленц. — По крайней мере, если у него с ним и были дела, нам о том неизвестно. Но он знается с его слугой Вардо. Эти двое — родные братья.

— Очень хорошо, Матис. Теперь, делая выпад, возьмись второй рукой за рукоять меча и подними его вертикально.

Винценц продемонстрировал ученику последовательность движений с полутораручным мечом, и тот несколько раз повторил их, пока не усвоил. За ними уже с четверть часа наблюдали два зрителя. Алейдис стояла с Зимоном у входа в зал, который сегодня опять использовался для занятий, потому что из-за сильного дождя упражняться во дворе стало невозможно. Обычно Винценц не придавал значения случайным зевакам и не обращал на них внимания. Но присутствие вдовы его немного напрягало. Ее взгляд, неодобрительный и в то же время любопытный, не отпускал судью, и он невольно задавался вопросом, что сейчас творится в ее хорошенькой головке. Не желая, чтобы его уличили в рассеянности, он старался не замечать Алейдис. И от кого он не ожидал в этот миг предательского удара в спину, так это от верного ученика.

— Похоже, у вас появилась поклонница, мастер Винценц, — заметил Матис, выполнив выпад еще раз. Меч угрожающе просвистел в воздухе.

— Что ты хочешь этим сказать?

Винценц специально встал перед молодым человеком так, чтобы не видеть Алейдис.

— Вдова Голатти. Разве вы не заметили ее? Она давно за вами наблюдает.

Винценц упорно избегал оборачиваться, чтобы не встретиться с Алейдис взглядами.

— Тебе лучше внимательней следить за мечом, а не глазеть на всяких женщин.

Матис рассмеялся.

— Ну я бы не назвал вдову всякой женщиной. Интересно, что она здесь забыла?

— Это я ее пригласил, — сказал Винценц, заняв позицию. — Эй, точнее хват, и убирай левую руку сразу же, как только сделал выпад.

Он еще раз выполнил последовательность движений в замедленном темпе, затем повторил с необходимой скоростью. Взгляд Алейдис вызывал странное покалывание в области шеи. Он отдал бы все на свете, чтобы только избавиться от этого неприятного ощущения.

— Вы? Пригласили? Сюда? Зачем?

Матис так удивился, что на мгновение замер, но тут же пришел в движение, как только поймал на себе сердитый взгляд Винценца.

— Мне нужно кое-что с ней обсудить.

Он тщательно скрывал истинную причину, а именно, что он собирался преподать ей урок самообороны. Хотя в целом ему было безразлично, что говорят люди лично о нем, он не хотел, чтобы Алейдис стала объектом слухов и клеветы.

— Вы что, хотите к ней посвататься?

Матис взмахнул мечом, но тут же застонал, потому что Винценц ловким встречным выпадом выбил оружие у него из рук.

— Ой, черт, снова по запястью!

— Тебе надо быть внимательнее.

Винценц поднял меч и протянул его ученику.

— Так чего я хочу?

— Посвататься к ней... Ой!

Матис едва успел отступить назад, когда Винценц нанес ему сильный удар.

— Простите. Я не имею права спрашивать об этом, — в глазах молодого человека загорелись озорные огоньки.

Винценц метнул в него еще один сердитый взгляд.

— Во-первых, это не твое дело. Во-вторых, с чего у тебя возникла такая абсурдная идея?

— Я просто подумал... — Матис усмехнулся. — Она ведь красива и богата. Я вовсе не считаю, что это абсурдная идея. Вы занимаетесь тем же ремеслом, что и она, и вообще.

— Что вообще?

— Да она, как только вошла, глаз с вас не сводит.

— Это говорит лишь о ее интересе к фехтованию, а не ко мне, Матис.

— Уверены, мастер Винценц? Тогда почему она смотрит так сурово? Вы ведь неплохо управляетесь с мечом?

— Смотри, как бы тебе не выронить свой.

— Так вы не сватаетесь к ней?

— Ни в коем разе!

— Тогда о чем вам с ней говорить?

— О предмете, о котором тебе, сопляку, знать не полагается. Я ведь расследую убийство мужа госпожи Алейдис. Ты не находишь, что это достаточный повод увидеться с ней?

— Вечером в школе фехтования?

— Дело не терпит отлагательств.

— Тогда почему вы заставили ее стоять там и ждать почти полчаса? — спросил Матис и добавил с усмешкой: — Да еще и смотреть, как вы упражняетесь.

— Я не упражняюсь, мальчик, это ты упражняешься. И позаботься о том, чтобы следующее упражнение, которое я для тебя приготовил, не стоило тебе головы и шеи!

Без предупреждения Винценц нанес серию ударов, которые немало удивили Матиса. Но он умело защищался.

Вскоре Винценц объявил, что урок окончен. Ему нужно было выкроить время для Алейдис до прихода следующих учеников. В ожидании, пока Матис соберет свои вещи и уйдет, Винценц вернул мечи в закрепленные на стене держатели, затем подошел к скамье, на которой лежала его одежда, и взял удобный кинжал с гладкой рукояткой, которая хорошо ложилась в руку, и острием длиной примерно с ладонь. Он пристегнул неприметное оружие к поясу и наконец подошел к Алейдис, которая смотрела на него внимательно и выжидающе, но все же с оттенком неодобрения.

— Госпожа Алейдис, — приветствовал он ее коротким поклоном. — Простите, что заставил вас ждать. Но теперь я в вашем распоряжении, и у нас есть целый час.

Алейдис взглянула на слугу. Казалось, они безмолвно что-то обсудили между собой. Наконец, Зимон едва заметно пожал плечами, после чего она повернулась к Винценцу.

— Ну, пока я ждала, я сумела составить о вас определенное впечатление.

— Да? И какого рода?

Он жестом пригласил ее пройти в зал, освещенный бесчисленными факелами на стенах. Свет также проникал и сквозь окна, но он был тусклым из-за нависших над городом туч.

Алейдис окинула зал быстрым взглядом.

— Истории, которые рассказывают о вашем мастерстве владения мечом, теперь не кажутся преувеличенными. Вы чуть не раздробили бедному мальчику руку, когда выбили у него оружие.

— Я едва коснулся руки Матиса, уверяю вас.

— По-моему, это очень опасно.

— Фехтование мечами — это не хоровод в утренней росе, леди Алейдис. Если вы хотите умело обращаться с колющим и режущим оружием, нужно много практиковаться. И тут без травм и порезов не обойтись.

— И к тому же это ваше любимое занятие, — заметила она, внимательно, но с почтительного расстояния рассматривая короткие, средние и длинные мечи, выстроенные у стены. Вдруг она улыбнулась. — Да они же из дерева!

Она указала на круглую стойку, из которой торчали отполированные до блеска деревянные рукояти.

— Вы их используете, когда обучаете Ленца?

Он быстро подошел к стойке и вытащил один из деревянных мечей.

— Не только его, но и любого новичка, который приходит в зал. В прошлый раз я, как и обещал, дал Ленцу пофехтовать настоящим коротким мечом. Но только после строгого инструктажа.

С деревянным мечом в руке он направился к Алейдис.

— Хотите?

— Чего? — удивленно спросила она, отступив назад.

— Подержать меч.

Винценц протянул ей оружие рукоятью вперед.

— Он не кусается, и им нельзя никого проткнуть. Максимум, что вы сможете сделать, это кого-нибудь оглушить, но даже для этого вам придется стать чуть больше и сильнее.

Алейдис робко взялась за рукоять, глянув на меч так, будто он сейчас оживет и набросится на нее.

— Если вы решили поразить кого-то деревянным мечом, лучше всего будет ударить противника рукояткой. — Ухмыльнувшись, он шагнул к ней. — Вам не стоит бояться.

— Я и не боюсь, — озорно улыбнулась она. — Ладно, раз уж я пришла... В нашу последнюю встречу вы что-то говорили о кинжале.

— Этим, — он указал на оружие, подвешенное к поясу, — мы займемся чуть позже. А сейчас я покажу вам кое-что другое. Встаньте прямо, не сутультесь, ноги на ширине плеч.

Поскольку подол ее голубого платья опускался до самых ступней, он не мог проверить ее стойку, но не стал заострять на этом внимание.

— Теперь возьмитесь за рукоять обеими руками. Для начала так проще. Поднимите немного локоть.

Он коснулся ее локтя рукой, придав ему нужное положение, затем показал ей два простых фехтовальных приема. Когда она их запомнила, он тоже взял деревянный меч, встал напротив нее и научил ее простой стойке.

— Я чувствую себя глупо, — сказала она, опустив меч и протянув его ван Клеве.

Он с улыбкой принял меч из ее рук и засунул обратно в подставку вместе со своим.

— У вас от природы прямая осанка, госпожа Алейдис. Добавьте к этому толику внимательности, и вы на полпути к успеху.

— Что вы хотите этим сказать? — непонимающе наморщила лоб Алейдис.

Не вдаваясь в объяснения, он шагнул к ней, стремительно зашел ей за спину. Одной рукой он зажал ей рот, а другой обхватил ее талию так, чтобы она не смогла вырваться. Она оказалась прижатой спиной к его груди. Вуаль, которую она носила поверх сетки для волос, задевала его лицо, щекоча щеку. Вопль ужаса вырвался у нее. Она принялась извиваться, пытаясь выскользнуть из захвата. Он проклял себя за необдуманное нападение. Не потому, что он напугал ее этим, а потому, что сам не ожидал реакции своего тела на ее близость. От нее исходил греховный аромат роз и дорогого лимонного масла. Зимон встревоженно вскочил со скамьи у стены, но приближаться не стал. Он насупился и снова сел. Прежде чем Винценц успел подумать о странном поведении слуги, каблук Алейдис ударил его по голени. Он подавил проклятие и разжал руки. Он попытался придать лицу невозмутимое выражение, когда она повернулась к нему.

— Как вы смеете, господин ван Клеве? Как вы смеете...

— Задайте этот вопрос тому, кто на вас нападет. Думаю, ответ не заставит себя ждать.

Она тяжело дышала, щеки раскраснелись, а глаза яростно блестели.

— Никогда больше так не делайте!

— Научитесь это предотвращать.

Не обращая внимания на ярость в ее глазах, он снова шагнул к ней.

— Я же вас предупреждал, не так ли? Я просил быть настороже.

— Откуда я могла знать, что вы наброситесь на меня, как дикий зверь?

Он улыбнулся.

— Потому что именно так и поступают злоумышленники. Они не ждут разрешения, чтобы подойти. Теперь встаньте очень спокойно и прямо и... — он на мгновение замешкался. — Снимите вуаль. Поначалу лучше упражняться без этого препятствия.

— Препятствия?

Она растерянно потянулась к изящному головному убору.

— Позже вы сможете попрактиковаться с вуалью, но только после того, как я покажу вам, как противостоять тому, кто попытается вас ею задушить.

— Боже мой!

Дрожащими пальцами она стала возиться с тонкой тканью, вытащила несколько заколок и наконец сняла вуаль с головы. На голове осталась только сетка из золотых и серебряных нитей, державшая ее светлые, с медовым отливом волосы. Она свернула вуаль и положила ее на скамейку рядом с Зимоном, туда, где уже лежал ее плащ.

— Это не совсем правильно, господин ван Клеве, — сказала она, вернувшись, и дотронулась рукой до головы: — Вы не имеете права видеть меня с непокрытой головой.

— В обществе тоже не всегда носят вуаль.

Она тщетно попыталась затолкать в сетку крошечную прядь волос у виска.

— Но мы здесь не в обществе.

— Зимон за вами приглядит.

Она бросила быстрый взгляд на слугу и, казалось, что-то хотела ему сказать, но промолчала. Винценц услышал, как она шумно втянула ноздрями воздух.

— Что теперь?

— Нападайте на меня.

— Что? — с ужасом и удивлением воскликнула Алейдис.

— Повторите то, что я только что сделал. Попробуйте внезапно напасть на меня сзади.

— Но я намного меньше вас!

— Я учту это.

— Что вы учтете?

— Так вы будете нападать или нет, госпожа Алейдис? — устало вздохнул судья. — У меня сегодня еще другие ученики.

Он демонстративно отвернулся спиной.

На долгое время воцарилась полная тишина, но потом он услышал тихое шелестение. В следующий момент она уже врезалась ему в спину, да так, что он чуть не упал. Про себя он похвалил ее за то, что ей удалось подобраться почти бесшумно. Винценц использовал инерцию ее разбега, перехватил руку нападающей и крутанул. А чтобы падение не было чересчур болезненным, он, не ослабляя хватки, замедлил его весом собственного тела. Тем не менее Алейдис достаточно неуклюже плюхнулась на пол. Винценц опустился на одно колено рядом с ней и еще несколько секунд продолжал удерживать ее в неудобном положении. Молодая женщина бросила на него взгляд, полный удивления и испуга.

— Как у вас это получилось?

Винценц встал на ноги и рывком поднял ее с пола.

— Вес и противовес. Очень простое движение, которое вам нужно усвоить, госпожа Алейдис.

— Усвоить? Да я вообще не поняла, что именно вы сделали.

Она торопливо одернула нижнюю юбку и подол сюрко, которые задрались при падении.

— Я покажу еще раз. На этот раз атакуйте медленно, чтобы вы могли увидеть и понять мою реакцию.

Они повторили всю комбинацию, но теперь он не дал ей упасть, заблаговременно подставив руку. После двух повторений она запомнила последовательность движений.

— Теперь вы.

Алейдис покачала головой.

— Ни за что. Вы намного сильнее и тяжелее меня. Вряд ли я смогу так же уронить вас.

— Сможете, если воспользуетесь моей силой. Представьте, что это вопрос жизни и смерти. А теперь попробуйте.

Она нерешительно встала спиной к нему. Видя, что она слишком напряжена, он сменил тактику.

— Что вы знаете о своих слугах, госпожа Алейдис?

— О слугах?

Она удивленно оглянулась, но он взмахом руки призвал ее отвернуться.

— Большинство слуг и служанок живут в этом доме уже много лет. Все, кроме Герлин. Мы взяли ее полтора года назад, когда умерла ее предшественница. Почему вы спрашиваете? Мне казалось, вы никого из них не подозреваете, господин ван Клеве

Он на мгновение замолчал, чтобы усыпить ее бдительность, затем набросился на нее сзади. Приглушенно ойкнув, Алейдис попыталась перебросить нападающего через бедро, как он ей показывал. И ей почти это удалось, подвел недостаточно сильный захват.

— Еще раз, — скомандовал судья и вернулся к ней за спину.

Алейдис громко откашлялась.

— Я же говорила, вы слишком тяжелый.

— Вы можете справиться с нападающими даже намного тяжелее меня, если используете элемент неожиданности.

Он атаковал. На этот раз она схватила его за руку крепче и резко выдохнув, рванула на себя. Удар о пол мог бы лишить его дыхания, если бы он с раннего детства не научился группироваться при падении. В поединке с равным противником он мгновенно вскочил бы на ноги, но сейчас, чтобы дать ей почувствовать вкус победы, остался лежать на спине с блаженной улыбкой.

— Видите?

Алейдис смотрела на него непонимающими глазами.

— Но как?.. Боже мой, неужели я это сделала! — Она покачала головой. — Нет, вы мне поддались.

— Нет, не поддавался, — возразил Винценц, поднимаясь и отряхиваясь. — Еще раз, госпожа Алейдис. Чуть больше решимости. Помните, речь идет о вашей жизни. Вас не должно волновать, что случится с нападающим.

— Но вы же не настоящий противник.

— Сегодня да.

Не давая ей отдышаться, он снова атаковал. Ей снова удалось, пусть и чуть более топорно, повалить его. На этот раз он сразу же вскочил на ноги.

— Очень хорошо. Эти движения должны войти у вас в привычку. Этого можно добиться, только если много практиковаться. Пусть Зимон поможет вам в этом. В случае нападения вы должны действовать не раздумывая.

Они повторили еще несколько раз. Винценц показал ей и другие способы отражать нападение сзади под разными углами. Он был приятно удивлен, что она схватывала все на лету и тут же пускала полученные знания в ход. Она осваивала простые защитные приемы даже быстрее, чем Альба, которую он учил много лет назад. Наконец, он вернулся к прерванному разговору.

— Я не подозреваю ваших слуг, просто хотел бы получить более полное представление о тех, с кем вы живете в одном доме. Связи и отношения между людьми проливают свет на то, каким человеком был Николаи.

Алейдис на мгновение задумалась.

— Я знаю, почему он однажды взял Зимона к себе, когда тот был еще мальчиком.

— Эта история известна всем в Кельне.

— Правда?

Винценц кивнул.

— Это один из поступков, которые, бесспорно, красят вашего мужа.

Он бросил быстрый взгляд на слугу, который внимательно смотрел на них, сидя на скамье. Внешне, казалось, он был совершенно спокоен. Нельзя было с уверенностью сказать, вслушивается ли он в разговор.

Алейдис с особой тщательностью разгладила складки на сюрко.

— Не знаю, где раньше служила Эльз, знаю только, что она работала на Николаи с незапамятных времен. А наш старый слуга Лютц стал прислуживать мужу, когда тот был еще мальчиком. А Ирмель, я полагаю, состоит в дальнем родстве с Лютцем.

— Ирмель — это та глуповатая баба, которая с трудом отличит бадью от серебряного кубка?

Поймав на себе удивленный взгляд Алейдис, он улыбнулся.

— Люди разное болтают. Интересную компанию собрал вокруг себя ваш муж. Что не дурочка, то кривоножка.

— Герлин не кривоножка. Это правда, она немного косолапит, потому что правая нога у нее короче левой. Но это почти не мешает ей. Я даже подумываю попросить сделать ей правый башмак с чуть более высоким каблуком...

— Ну что ж, поправлюсь: две дурочки.

— Что? — возмутилась Алейдис, упершись руками в бока.

Он засмеялся.

— Вы действительно слишком мягкосердечны, госпожа Алейдис. Какое вам дело до того, что у вашей служанки что-то не так с внешностью, если саму ее это не заботит?

— Возможно, это облегчит ей жизнь и избавит от насмешек.

— Хорошо, если так. Ладно, идем дальше. Здесь и старый слуга, который до сих пор кажется мне самым нормальным из всех, и суеверная старуха, и евнух с лицом и характером младенца, и бывший висельник. Глядя на них, можно было бы подумать, что Николаи занимался коллекционированием разных человеческих типов. А вы стали последним трофеем в его коллекции, за вашей кукольной внешностью скрывается удивительно острый ум.

— Никакой я вам не трофей, господин ван Клеве.

— Мастер Винценц.

— Что-что?

— Ну, поскольку вы теперь моя ученица, называйте меня мастер Винценц.

Он снял кинжал с пояса и протянул ей.

— И раз уж мы здесь, давайте перейдем к основным защитным приемам с кинжалом.

— Я не трофей, — сердито повторила она. — Николаи не взял меня в коллекцию, как вы выразились. Что это вообще значит?

— Это значит, что он собирал вокруг себя любопытные типажи и по характеру, и по внешности. Возможно, он делал это не задумываясь, но скорей всего, у него были какие-то причины, о которых он предпочитал не распространяться. Никто из слуг, кроме Лютца, не смог бы так легко найти работу в другом месте. На первый взгляд это выглядит как благородный, щедрый поступок: так, видимо, считали и люди, которых он брал в услужение. Однако в итоге ваш муж просто купил их верность под видом благотворительности. Подумайте об этом, госпожа Алейдис. Теперь крепче возьмитесь за рукоятку кинжала и сделайте вид, что нападаете на меня с ним. Сначала бейте прямо.

— Это слишком опасно. А что, если я вас задену?

— Не заденете. Я покажу несколько уклонов, которые позволят вам убежать от тех, кто нападает с оружием.

Алейдис неохотно подчинилась его требованию. Винценц с легкостью предугадывал момент и направление ее ударов. При первой попытке он умело увернулся от лезвия, а во второй обезоружил ее так быстро, что она лишь раскрыла рот от удивления. Постепенно он начинал входить во вкус. Он терпеливо обучил ее последовательности движений, дал немного попрактиковаться, а затем показал, как уворачиваться от ударов сзади. Винценцу нравилось быть рядом с ней, касаться ее, чувствовать на себе ее дыхание. Это беспокоило его, но он усилием воли заставил себя не думать об этом. Спустя почти час он решил, что урок пора заканчивать.

— Вы славно поработали, госпожа Алейдис. В вас скрыт талант бойца.

— Не думаю, что могу воспринимать это как комплимент, — скептически скривила губы Алейдис. — Женщина вряд ли может быть бойцом.

— Неужели? Значит, у нас очень разные представления о мире.

Он снова протянул ей кинжал.

— Вот, возьмите и потренируйтесь. Уверен, Зимон с радостью составит вам компанию, а на следующую пятницу придете сюда снова и покажете, чему научились.

— На следующей неделе?

Она с некоторой опаской взяла кинжал и ножны и осмотрела их со всех сторон.

— Носите его всегда на поясе. Один только вид его отпугнет многих бандитов, если они подойдут слишком близко.

— Благодарю.

Она закрепила ножны на поясе рядом с кошельком и связкой ключей.

— Лучше перевесить его на другую сторону, — сказал он, не раздумывая схватил ее за пояс и потянул кинжал влево. Лишь заглянув в ее побледневшее лицо, он осознал, насколько непристойным было его прикосновение. Он неторопливо поправил ножны и лишь после этого отпустил пояс.

— Если вы хотите его достать, берите его правой рукой. Это удобнее делать, когда кинжал висит слева.

— Вы хотите сказать, как меч.

В ее голосе чувствовалось напряжение, и она поспешила сделать шаг назад.

— Да, вы правы, как меч.

Она быстро подошла к скамейке и взяла плащ.

— Благодарю вас, мастер Винценц, за то, что уделили мне время.

Она улыбнулась, но улыбка получилась немного вымученной.

— Однако за пределами фехтовальной школы предпочитаю обращаться к вам как к полномочному судье, согласно установленному порядку.

Она вдруг замолчала, и на ее лицо легла тень.

— Вы сказали, что среди слуг Николаи есть бывший висельник. Кого вы имели в виду?

Зимон, который уже поднялся со скамейки, вполголоса кашлянул.

— Он говорит о Вардо.

Алейдис недоуменно посмотрела на слугу, потом снова на Винценца.

— Почему Вардо? Что с ним?

Снова отозвался Зимон.

— Ну, раньше... раньше он был...

— Вардо раньше принадлежал к кельнскому преступному миру, — закончил за него Винценц. Он проводил их до двери, ведущей во двор. Издалека уже слышались голоса и смех. Это шли на занятия его следующие ученики, отряд солдат и несколько дворянских сыновей. Дождь утих, камни на неровной мостовой во дворе блестели, пронизывающий ветер яростно терзал кусты и ветви деревьев.

— Преступный мир, — задумчиво проговорила Алейдис, остановившись в дверях. — Вы хотите сказать, что он был не в ладах с законом?

— Водился с разными нехорошими людьми, — сказал Зимон, бросил нерешительный взгляд на Винценца и продолжил: — В детстве, я хотел сказать. Он рано потерял родителей, и у него было только два старших брата. Один из них умер от черной оспы, другой — головорез.

Винценц кивнул слуге.

— Что ты знаешь о Бальтазаре?

— То же, что и все. Он ужасный тип. Ворует, грабит, обманывает, ну и... — он робко глянул на Алейдис. — Иногда отправляет людей на небеса.

— Пресвятая Богородица! — всплеснула руками Алейдис. — И Вардо тоже?

— Промышлял ли он воровством и тому подобным? Да, — кивнул Зимон, и на лице его появилось встревоженное выражение. — Я думал, вы знаете. Но он не убийца, это наверняка. Господин Николаи забрал его, когда он был еще совсем мальчишкой, ему было четырнадцать или пятнадцать. Я думаю, он с радостью пошел в услужение к господину Николаи, чтобы держаться подальше от брата. Они с Бальтазаром не очень-то ладят, но брат есть брат, а семья есть семья. Просто так от них не отделаешься.

Алейдис с подозрением взглянула на ван Клеве.

— А с чего вы вообще об этом заговорили, господин полномочный судья? Вы думаете, брат Вардо может быть как-то связан с убийством? Или что Вардо что-то об этом знает?

— Если он что-то и знает, то не знает, что он это знает.

— Ага, — согласился Зимон, нервно переступая с ноги на ногу. — Вардо — хороший парень. Немного грубоват и неотесан, но мухи не обидит.

Поймав на себе недоверчивый взгляд хозяйки, он откашлялся.

— Гм, я хотел сказать — без необходимости. Господин Николаи иногда просил нас делать разные вещи... лучше вам о них не знать, госпожа. Но мы их делали лишь потому, что не могли отказать. Господин Николаи вытащил нас из грязи, дал нам еду, одежду и крышу над головой. Он был нашим хозяином, и он был добр к нам. Но нам не нравилось делать эти... вещи. И Вардо тоже. Если бы он знал что-нибудь об убийстве нашего хозяина, давно бы уже сказал об этом.

— Даже если бы пришлось выдать брата? — усомнился Винценц.

— Даже тогда, — не колеблясь подтвердил слуга.

— Завтра мне нужно будет поговорить с ним еще раз.

Алейдис склонила голову.

— Ну, раз уж это необходимо.

Он пристально посмотрел в ее обеспокоенное лицо.

— Возможно, вы предпочли бы сделать это сами?

Она просияла.

— Если позволите.

— При всем желании я бы не смог вас остановить. Ладно, в таком случае я загляну к вам завтра в полдень, и вы расскажете, что удалось узнать.

В этот момент во двор ввалилась компания из девяти или десяти молодых людей, поэтому он быстро сменил тему разговора.

— Вы также можете воспользоваться этой возможностью, чтобы поведать, что еще вам удалось обнаружить в бумагах мужа. Надеюсь, вы уже просмотрели большую их часть.

— Далеко не все, — призналась она. — Их так много, что трудно вникнуть во всё за столь короткий срок.

— Тогда не буду больше вас задерживать. До свидания, госпожа Алейдис.

— До свидания, господин ван Клеве.

Она повернулась и ушла, не оглядываясь. Слуга не отставал от нее ни на шаг.

Винценц махнул рукой и любезно улыбнулся, приветствуя учеников, и на время заставил себя забыть о молодой вдове и убитом ломбардце.

# Глава 16

Было уже довольно поздно, когда Алейдис отправилась в спальные покои. Она чувствовала себя измученной, но в то же слишком возбужденной, чтобы уснуть. Она изо всех сил пыталась прогнать мысли об этом дне, но ей это не удавалось. Стоило ей снять пояс и опустить глаза на кинжал, как на нее нахлынули воспоминания и чувства.

Как непристойно она вела себя сегодня! Позволить мужчине подойти к себе так близко, уже само по себе было вопиющим нарушением правил приличия. И то, что это был Винценц ван Клеве, который всего лишь учил ее защищаться, служило слабым утешением. Зачем ему вообще это понадобилось? Ладно, пусть его заботила ее безопасность. Но он с чего-то решил, что женщина должна уметь постоять за себя, и это поразило ее до глубины души. Что скажет отец, когда прознает об этом? Наверное, лучше держать это при себе. Как, спрашивала она себя, испытывая щемящую грусть, отреагировал бы на это Николаи? Он никогда бы не одобрил такого поведения. Она и сама не одобряла. Что заставило ее принять приглашение Винценца ван Клеве? Стоило отказаться и поставить его на место. Зато она теперь знала, что способна дать отпор даже такому мускулистому мужчине, как он, и при необходимости повалить его.

Одна мысль о том, что у нее может возникнуть такая необходимость, потрясла Алейдис до глубины души. Никогда прежде, даже в самых страшных фантазиях, ей не приходило в голову, что ей может грозить опасность. Конечно, она никогда не выходила из дому одна, ведь даже маленьким девочкам внушали, что не следует расхаживать по улицам одним. Поэтому Алейдис всегда брала с собой кого-то из слуг. С тех пор как она вышла замуж за Николаи, за ней неотступно ходил Зимон. Иногда к нему присоединялся и Вардо. Николаи это устраивало, возможно, подозревала она теперь, он специально так все устроил.

Алейдис подошла к открытому окну и выглянула в темную прохладную ночь. Дождь прекратился, но ветер гулял по крышам домов, возвещая о приближении осени. Справа виднелась часть двора, слева — Глокенгассе. Было тихо, близилась полночь. Лишь издалека доносились смех и голоса. Видимо, это загулявшие выпивохи возвращались домой. Казалось, что весь Кельн уснул, ну или по крайней мере большинство его жителей.

Она, конечно, знала, что это ощущение обманчиво. В городе, где жило около тридцати тысяч человек, жизнь не затихала ни на минуту. По темным закоулкам, грязным тавернам и борделям шатались, обделывая свои темные делишки, всякие сомнительные личности, от которых она предпочитала держаться подальше. Такие, как брат Вардо. Ее передернуло, когда она вспомнила разговор с ворчливым слугой. Сразу же после возвращения она отвела его в сторону и расспросила о семье и детстве. Алейдис осознала, что, несмотря на некоторые трудности, которые выпали на ее долю, ей повезло родиться в любящей и довольно состоятельной семье. Поражающий откровенностью рассказ Вардо напомнил ей, что бесчисленному множеству людей судьба благоволит гораздо меньше. Многие из них живут впроголодь, скитаются и мерзнут, не имея крыши над головой и даже самой необходимой одежки. Вардо оказался очень убедителен в своей прямоте. Алейдис немедленно захотелось помочь всем бедным и несчастным. Но как? Конечно, она раздавала остатки еды нищим, после каждой мессы вкладывала монеты в руки, которые тянулись к ней за милостыней, дарила поношенную одежду лепрозориям и больницам, а по праздникам щедро жертвовала сиротским приютам и богадельням, как это некогда делал Николаи. Не ради репутации, которая, вероятно, больше заботила ее покойного мужа, а потому что она действительно хотела творить добро. И еще потому, что ее грызла совесть.

Алейдис хотелось облегчить страдания, которые Николаи причинил должникам. Однако понимала, что Винценц прав. Это станет началом ее конца. Ну вот: в своих мыслях она уже называет его Винценцем, а не полномочным судьей, каковым он и был для нее на самом деле.

Почувствовав неприятный укол совести, Алейдис отвернулась от окна и заходила по спальне, освещенной тусклым светом масляной лампы. Затем, повинуясь внезапному импульсу, вышла на лестницу и спустилась на первый этаж. Прихватив с кухни кружку сидра из летних яблок, который так превосходно умела делать Эльз, она отправилась в тайную комнату и открыла сундук с алфавитным замком.

Большую часть его содержимого она уже перенесла наверх, в кабинет. Здесь оставалось лишь то, что ни при каких обстоятельствах не должно было попасть в посторонние руки. Она просмотрела далеко не все бумаги, но достаточно, чтобы понять, что незаконный промысел Николаи был куда более запутанным, чем она предполагала вначале. Каким-то шестым чувством она понимала, что где-то здесь скрыты еще какие-то улики. Где именно, она, возможно, никогда не узнает. Впрочем, она не была уверена, что хочет это знать.

Как ей ни хотелось предать забвению эту часть жизни Николаи, вздохнув, она принялась листать бумаги. Она разложила их по стопкам: векселя, кредитные договоры, права на собственность, письма.

Она забыла попросить Винценца — не Винценца, господина Ван Клеве — вернуть ей книгу, в которой Николаи вел учет должников. Было бы полезно сверить ее с перепиской, большая часть которой была зашифрована, и выяснить, кого именно и как подкупил ее муж или иначе убедил проголосовать нужным образом.

Когда среди пачки векселей ей на глаза попался документ с фамилией Лейневебер, сердце ее забилось. Это была купчая на ткацкую мастерскую. Она заставила себя прочесть несколько первых предложений, из которых явствовало, что новым владельцем дома и всего имущества стал Николаи Голатти. Значит, теперь им владела она, Алейдис Голатти, вдова. На душе у нее заскребли кошки, а к горлу подкатил ком. А ей что делать с этим домом? Не оставлять же себе? Он слишком напоминал ей о том отчаявшемся бедняге в тюрьме, который не смог совладать с постигшим его несчастьем. Возможно, этот ткач не слишком приятный тип, но что это меняет? Николаи унизил и растоптал его, а она не в силах возместить ему ущерб.

От долгого сидения на корточках заныли ноги, поэтому Алейдис села на пятки. Растерянно взирала она на письма и документы. Перед ней, нанесенная на бумагу и пергамент, лежала целая жизнь, полная преступлений, подлости и несправедливости. Вот что оставил после себя Николаи. Эти бумаги и бесчисленное множество людей, чьи судьбы он держал в своих руках. Людей, которые боялись и, конечно, ненавидели его.

Но она продолжала его любить. Ведь Николаи был ее мужем. Он всегда был добр к ней, ни разу не повысил голос, даже когда у них возникали разногласия. Такое случалось редко: Алейдис ценила его огромный жизненный опыт и с радостью прислушивалась к его советам и наставлениям. И от этого теперь чувствовала себя довольно глупо. Неужели она действительно была просто трофеем? Еще одним любопытным экземпляром в его пестрой коллекции людей? Как низко со стороны судьи было подозревать такое. Николаи любил ее, об этом говорили все, кто его знал, даже те, кто недолюбливал.

Тем не менее ее грыз червь сомнения. Трофей. Милая маленькая куколка. Конечно, можно любить и куколку, но Алейдис не хотелось ею быть, и Николаи знал это. Он ценил ее за быстрый ум и способности, не колеблясь давал важные поручения в меняльной конторе. Но он утаивал от нее правду. Больше всего Алейдис мучило то, что она не могла спросить мужа, почему он скрывал от нее, кем был на самом деле и зачем оставил ей все свое состояние. Может быть, он хотел сказать, но так и не решился? И надеялся искупить вину, щедро одарив ее после своей смерти? Или на то были другие причины, о которых она так никогда и не узнает? Что-то ей подсказывало, что сделал он это вовсе не из раскаяния, которое вряд ли когда-либо испытывал на протяжении своей жизни. Однако она не могла его ненавидеть. Возможно, Николаи заслуживал ненависти, не ей судить. Для нее он не был злодеем, которого в нем справедливо видели многие.

Алейдис скорбела о нем, но помимо скорби ее одолевал стыд за то, что она на могла совладать со странными и прямо-таки возмутительными ощущениями, которые охватывали ее, когда полномочный судья ван Клеве оказывался рядом. Одно его присутствие уже вызывало у нее смятение, а урок в школе фехтования ясно дал понять, что от этого человека ей не стоит ожидать ни душевного спокойствия, ни спасения. Она никогда раньше не встречала никого, кто был бы похож на него. Его зловещий взгляд и мрачный ореол равным образом пугали и завораживали ее. Но, похоже, это была лишь одна сторона его личности. Как она могла наблюдать сегодня, когда он брал в руки меч, темное облако, окружавшее его, рассеивалось. В эти моменты Винценц излучал неотразимую мужественность, страсть, упоенность жизнью и уверенность в себе, которые притягивали ее как магнит. Однако она даже не смела представить, что случится, если она позволит себе поддаться этой странной харизме. Слишком много тайн, слишком много неразрешимых вопросов таилось в его красивой голове, в этом у нее не было сомнений. Сближаться с Винценцем ван Клеве столь же опасно, как совать руку в костер. Пусть даже этот костер почти догорел и превратился в груду тлеющих углей, от которых исходит слабый жар. Никогда не знаешь, что произойдет, если поддать в угли воздуха. Иногда достаточно дуновения ветерка, чтобы превратить маленький огненный язычок во всепоглощающее пламя.

Совершенно измученная лезущими в голову мыслями, Алейдис сложила документы обратно в сундук и защелкнула на нем замок, оставив лишь бумагу, удостоверявшую право собственности на мастерскую. Но она не отнесла документ в кабинет, а взяла с собой в спальню. Там она сунула его под подушку, затем закрыла ставни, разделась и забралась под одеяло. Ее одолевал холод: руки и ноги на ощупь были ледяными, но внутри, казалось, все горело. И чем упорнее она сопротивлялось, тем хуже ей становилось. Комок в горле мешал ей дышать. В отчаянии Алейдис уткнулась лицом в подушку и заплакала. Горло и сердце сдавливало болезненными спазмами.

— Мне так жаль, Николаи! — Она пыталась заглушить рыдания подушкой и одеялом. — Мне так жаль. Я знаю, что поступаю неправильно. Но и ты поступил со мной плохо. Я доверяла тебе, Николаи, а ты лгал мне.

В этот момент она испытывала страстное желание, чтобы кто-то облегчил ее боль, поддержал, вернул ей почву, которая ушла у нее из-под ног после смерти Николаи. Но такого человека не было и не предвиделось. «В вас скрыт талант бойца», — эхом отозвались в голове слова судьи.

— Всё ложь, — пробормотала она, даже не пытаясь унять озноб. — Как я вообще теперь могу кому-то доверять?

Когда Алейдис очнулась от беспокойного сна, было еще темно. За окном бушевали дождь и ветер, и сначала ей показалось, что она проснулась от их шума, как вдруг что-то ударилось о ставни. Алейдис обратилась в слух. Откуда-то снаружи доносилось то ли поскребывание, то ли скрежетание. Сердце у нее заколотилось. Она поднялась с постели. Время от времени к ним забредали нищие в поисках ночлега или еды, но это редко случалось посреди ночи. Кем бы ни был злоумышленник, если бы Руфус был жив, весь дом был бы уже на ушах от его лая. Снова что-то стукнуло в ставни. Кто-то хотел привлечь ее внимание? Стоит ли ей кликнуть Зимона или Вардо? Алейдис тихо поднялась, надела сорочку и халат. Она не стала зажигать свет, не желая себя выдать, но быстро повязалась поясом с кинжалом. Стараясь не шуметь, спустилась по лестнице, подошла ко входной двери и прислушалась, а затем проделала то же самое у черного хода. Никаких звуков, кроме стука дождя и завывания ветра в дымоходе.

Решив, что уж нищих ей точно бояться не стоит, она отодвинула засов на двери и выглянула во двор. Никакого движения. Она уже собиралась вернуться в дом, когда услышала, как что-то лязгнуло и тут же скрипнула дверь сарая для повозок. Волоски на ее руках встали дыбом, а по спине пробежала неприятная дрожь. Там явно кто-то прятался. Алейдис бросила неуверенный взгляд на кинжал, вытащила его и смело вышла во двор. Тут же порыв ветра растрепал ей волосы, а по лицу хлестнуло ледяным дождем. Тем не менее она направилась дальше к сараю. Его дверь действительно была приоткрыта. Мысленно отругав себя, что не взяла ни лампы, ни хотя бы свечки, она толкнула дверь и прислушалась. С удивлением она заметила, что в самом дальнем углу сарая мерцает крошечный тусклый огонек. Сделав шаг вперед, она почувствовала за спиной какое-то шевеление. Она не слышала ни звука, но знала, что сзади кто-то есть. Ее рука крепче сжала кинжал.

— Кто там! Покажись, кто бы ты ни был!

Ее голос подрагивал, но, к счастью, не передавал и сотой доли охватившего ее испуга. Резким рывком она обернулась и тут же с ужасом отскочила, увидев высокую темную фигуру, появившуюся в дверном проеме.

— Назад! — крикнула она, угрожающе наставив на нее кинжал. — Убирайся или пожалеешь!

— Вы еще глупее, чем я предполагал, госпожа Алейдис.

Насмешливый голос жестокого судьи заставил ее вздрогнуть.

— Господин ван Клеве? Что вы здесь делаете?

— Ничего. Как и вы.

Он спокойно прошел мимо нее и через мгновение вернулся с источником света — маленькой масляной лампой — в руке.

— Вы что, с ума сошли — выходить из дома посреди ночи одной?

Возмущенно фыркнув, она засунула кинжал обратно в ножны и уперла руки в бока.

— Я услышала подозрительные звуки и пришла посмотреть, что здесь происходит.

— Почему бы вам не попросить об этом кого-либо из слуг? — в его голосе звучало раздражение.

— Эта могла быть просто лиса.

— Которая швыряла камушки в ваши ставни? Очень талантливая, надо признать, лиса.

— Или нищий.

— Лисы и нищие, швыряющие камни в окно. Сколько я ни силюсь, мне не понять женский разум.

Покачав головой, он поставил лампу на перекладину. Затем он приблизился к Алейдис так быстро, что она почти ничего не заметила. В следующее мгновение он схватил ее и ловко вывернул ей руку за спину.

— Да еще и кинжал выпустили из рук, — с досадой воскликнул он. — Глупо, очень глупо.

Ловким движением он расстегнул ее пояс так, что тот соскользнул на землю вместе с кинжалом.

— Если не хотите умереть до следующего вдоха, во имя всех святых, сопротивляйтесь, Алейдис!

От его голоса, прозвучавшего у самого ее уха, сердце ее бешено заколотилось, а по всему телу пробежала дрожь. Она отчаянно пыталась вспомнить защитный прием, который он ей показывал несколько часов назад. Помедлив, она начала извиваться и брыкаться, пытаясь заставить его отступить. Его движение в сторону дало ей возможность воспользоваться его силой. Таким образом, хотя ей и не удалось сбить его с ног, она смогла вырваться. Она оглянулась в поисках кинжала, но сделала это слишком поздно, потому что ван Клеве снова схватил ее и всем телом прижал к дверному косяку. Покачав головой, он взглянул ей в лицо.

— Слишком медленно и неловко. Вам не следовало позволять мне разоружить вас. Если кто-то поджидает вас в темноте, нужно сначала нанести удар, а потом задавать вопросы. Иначе рано или поздно вы окажетесь именно в такой ситуации. И поверьте, в вашем нынешнем положении я мог бы сделать с вами что угодно.

«Уже сделал», — подумалось ей. Сердце колотилось так часто и громко, что ей казалось, что и он его слышит. Его тело, закаленное в бесчисленных тренировочных схватках, держало ее в плену без малейших усилий, и от этого ей было жарко и безумно страшно. Резко ослабив хватку, он коснулся кончиками пальцев пульсирующей вены на ее шее.

— Полагаю, этим я смог убедить вас, что вы слишком беспечны и неосмотрительны.

Ван Клеве задумчиво отшагнул назад, поднял пояс с кинжалом и протянул ей.

— Почему вы просто не позвали на помощь? Я ведь не зажимал вам рот.

Она смущенно повязала пояс.

— Как бы я объяснила ваше присутствие слугам? Вардо и Зимон убили бы вас еще до того, как вы начали бы говорить.

— В этом-то и смысл, госпожа Алейдис. Для этого вам и нужны они оба, чтобы защищать вас, если вы не в состоянии сделать этого самостоятельно.

— Вы поднялись посреди ночи, чтобы позволить Вардо отправить вас на тот свет?

Она с трудом совладала с желанием коснуться шеи, на которой горел след, оставленный его пальцами.

Он сухо рассмеялся.

— Да я вообще-то и не поднимался. Пришел к вам прямо из преисподней.

— Что?

От удивления она не знала, что и сказать.

— Я встречался с людьми, которые наводили для меня справки о том, что происходит в городе и имеет отношение к убийству Николаи.

Винценц скользнул по ней взглядом и только сейчас, кажется, заметил, что на ней лишь сорочка и халат, а волосы растрепаны. Изменившись в лице, он сделал еще один шаг назад. Было такое чувство, что он пытается удержать себя от чего-то. Он поднял правую руку, но не коснулся ее снова, а лишь провел себе по волосам.

— Ну и что вам удалось узнать? — Алейдис с облегчением почувствовала, что ее голос больше не дрожит.

— Ничего, что могло бы вам понравиться. Но мне удалось установить тех, кто подбил слуг на вас напасть.

— И кто же это был? — испугалась она.

— Мясник и бондарь с Шильдергассе. Думаю, у обоих имелся счет к вашему мужу. Я прикажу арестовать и допросить их.

— Вы выражаетесь недостаточно ясно.

— Это потому, что я и сам пока мало что знаю. — Он повернулся к двери, собираясь уходить. — Не думаю, что кто-то из них совершил или заказал убийство. Тогда какой смысл им было нападать на вдову и привлекать к себе внимание? — сказал он и добавил, бросив на нее суровый взгляд через плечо: — Возвращайтесь в постель, госпожа

Алейдис, и не смейте больше выходить из дома ночью без слуг.

Она возмущенно скрестила руки на груди.

— Я бы не стала этого делать, если бы у вас не возникла вздорная идея швырять камни в мои ставни посреди ночи.

Полномочный судья улыбнулся, не разжимая губ.

— Я просто возбудил ваше любопытство, но теперь вы знаете, что оно может привести к печальным последствиям. Так что научитесь держать его в узде или хотя бы пользоваться кинжалом.

Она достала из ножен оружие и осмотрела острый клинок длиной с ладонь.

— Вы действительно думаете, что кто-то может прийти за мной и заманить меня в ловушку таким коварным способом, как это сделали вы?

Он долго молчал, прежде чем ответить:

— Я считаю, что муж оставил вам в наследство болото, населенное ядовитыми гадами. И теперь вы бродите по этому болоту как в тумане, да еще и с полузакрытыми глазами.

Она смущенно опустила взгляд.

— Я была не готова ко всему этому. Откуда я могла знать, что со мной произойдет нечто подобное? Еще несколько дней назад я вела спокойную и счастливую жизнь рядом с богатым и всеми уважаемым человеком. А теперь...

— Теперь все это оказалось ложью. — Впервые его лицо немного смягчилось, и при тусклом свете масляной лампы в них даже можно было разглядеть нечто похожее на сочувствие. — Всевышний иногда подвергает нас испытаниям, но я не думаю, что он не стал бы этого делать, если бы не был уверен, что мы сможем их пройти.

— Вы в это верите? — со вздохом спросила она.

— Я это знаю.

Хотя он немного отстранился, но все еще стоял достаточно близко, чтобы легко коснуться ее, и на этот раз он действительно сделал это. С удивительной деликатностью он положил палец ей под подбородок и заставил поднять голову. При этом она избегала смотреть ему в глаза.

— Рано или поздно вы это тоже поймете, Алейдис, и лучше рано, чем поздно.

Слабая улыбка заиграла на его губах, когда он убрал руку.

— Ваш разговор с Вардо что-нибудь дал? — вдруг поинтересовался он.

Алейдис была немного сбита с толку тем, что разговор изменил направление. Борясь с ознобом, который овладел каждой клеточкой ее тела, она тщетно пыталась придать лицу невозмутимое выражение.

— Он давно не видел своего брата. Обычно он встречается с ним раз или два в месяц, но в последние несколько дней Бальтазар словно сквозь землю провалился, — сказала она.

— Он мог уехать, ничего не сказав Вардо?

Она пожала плечами.

— По крайней мере, Вардо так думает. Его брат часто ходил... в набеги. Так это он назвал. Но никогда не пропадал больше чем на несколько дней. Поэтому Вардо считает, что Бальтазар скоро должен объявиться.

Алейдис беспокойно потерла локти и продолжила:

— Думаю, что он не верит, что его брат как-то причастен к смерти моего мужа, впрочем, полной уверенности нет. Я по лицу вижу: чувствует он себя ужасно. Ведь если брат имеет к этому какое-то отношение, то он тоже...

— А вам не приходило в голову, что Вардо пытается выгородить брата или даже...

— Нет, не говорите так! — вскричала Алейдис и в ужасе замотала головой. — Вардо никак не связан с убийством.

— Надеюсь на это, ради вашего блага, да и его тоже. — Он вздохнул. — Не смотрите на меня, точно увидели призрака, госпожа Алейдис.

— А как мне еще на вас смотреть? Если верить вам, мне стоит бояться всех вокруг — слуг, друзей, даже собственной семьи. — На ее глаза навернулись слезы. — Ступайте и оставьте меня в покое.

Вместо того чтобы подчиниться ее требованию, он снова приблизился к ней.

— Мне кажется, в данный момент в этом нет необходимости, госпожа Алейдис. Возьмите себя в руки. Слезы ни к чему не приведут.

— Почему бы вам уже не уйти, тогда вам не придется их терпеть. — Она яростно вытерла глаза, но слезы текли против ее воли. — Убирайтесь с моего двора! Не могу вас больше видеть! Когда вы рядом, весь мир кажется мне опасным, коварным и...

Ее голос оборвался, когда он энергично и не слишком деликатно привлек ее к себе.

— И каким еще? — прозвучал над ней его резкий голос.

— Неприятным.

— Вы хотели сказать, таким же неприятным, как я?

— Да, как вы.

Всхлипнув, она уткнулась лицом ему в грудь.

— Мир опасен и коварен, или, по крайней мере, люди в нем таковы. И временами неприятен, — тихо произнес Винценц.

Алейдис почувствовала, как его рука гладит ее по волосам, затем по шее. На ладонях у него были мозоли, вероятно, от регулярных упражнений с мечом. Такие мозоли вряд ли могли появиться у обычного менялы или судьи. Но они были под стать его натуре. Она так и представляла себе его: грубым и шершавым, как снаружи, так и внутри. Его прикосновения успокаивали и придавали сил. И хоть ее немного пугала эта внезапно возникшая близость, она не спешила ее нарушить. Ей казалось, будто со слезами камзол судьи впитал в себя часть бремени, лежавшего на ее сердце. Но все закончилось так же стремительно, как и началось. Откашлявшись для приличия, он резко отстранился от нее.

— Все, полно вам, госпожа Алейдис. Не глупите, слезы ничего не изменят в вашей ситуации. И я, наверное, последний человек в этом мире, от кого вам стоит ждать утешения. Подозреваю, что вам мое утешение и ни к чему.

Она смущенно вытерла слезы рукавом халата.

— Вы жестокий человек, господин ван Клеве. Если бы я знала...

— Это не имело бы ровным счетом никакого значения, потому что вы всего лишь плаксивая чувствительная женщина.

В два шага он оказался у двери сарая и снова обернулся.

— Берегите себя, госпожа Алейдис, и не позволяйте мне больше приближаться к вам.

Она испуганно вскинула голову, и их взгляды встретились. Он мрачно склонил голову.

— В следующий раз зовите на помощь.

Потрясенная двусмысленностью его слов, она смотрела вслед, пока его фигура не растворилась в ночной тьме.

— Сукин сын! — сердито пробормотала она, схватила масляную лампу и направилась обратно в дом.

# Глава 17

— Вот, держите.

Громко звякнув, на стол в меняльной конторе высыпалась горсть серебряных монет. Некоторые из них покатились и, вероятно, упали бы на пол, если бы Алейдис не успела их подхватить. Мужчину, который стоял перед ней, звали мастер Шуллейн. Он был сапожником и держал мастерскую неподалеку от Фильценграбен.

— Здесь вся сумма, которую я вам должен, включая проценты. Я больше не хочу иметь с вами никаких дел, поэтому дайте мне расписку, что заем погашен, и впредь не приближайтесь ко мне.

Алейдис положила монеты на серебряные весы и открыла книгу со списком должников, в котором, как она подозревала, было имя Шуллейна. Пролистав несколько страниц, она нашла нужную запись.

— Эта большая сумма, и вы хотите внести ее за раз, мастер Шуллейн. Могу я поинтересоваться, откуда у вас неожиданно появились деньги? Ведь, согласно записи, сделанной моим покойным мужем, следующий платеж ожидался ко Дню святого Мартина.

— Не ваше собачье дело.

На щеках сапожника выступил едва заметный румянец.

— Я вернул вам деньги раньше срока, и это единственное, что имеет значение. Разве вам не плевать, откуда они взялись?

Она задумчиво кивнула. За сегодня это был уже третий клиент, который досрочно погасил долг.

— Я подозреваю, что деньги на это дал вам Грегор ван Клеве.

Сапожник посмотрел на нее с испугом, тем самым подтвердив ее подозрения.

— Не хочу больше иметь дел с ломбардцами. Все вы свора обманщиков.

— Ну, в таком случае удачи вам с другими кредиторами, мастер Шуллейн. Смотрите, вот договор, я сейчас подпишу его и попрошу подмастерье сделать копию, которую он передаст вам завтра. Будьте добры, распишитесь здесь, — она ткнула пальцем в правый нижний угол документа и протянула ему перо. Нахмурившись, сапожник нацарапал крестик, а затем небрежно бросил перо на стол.

— Возмутительно, что вдовам мошенников, каковым был ваш муж, позволяют вести дела.

— Мой муж вас в свое время обманул или как-то обидел?

Шуллейн раздраженно поморщился.

— Нет, но кто знает, что бы он сделал, если бы не отправился к Творцу. — Он замялся, видимо, сообразив, что сказал что-то неуместное. — Хорошенькое наследство он вам оставил, госпожа Алейдис. Вам стоит стыдиться, что вы были женой такого человека, как Николаи Голатти. Если слухи о том, что он творил, продолжат распространяться, вы в своей конторе долго не усидите, это уж как пить дать. Никто не захочет иметь ничего общего со всяким сбродом.

Резко развернувшись, он вышел. Алейдис, вздохнув, проводила его взглядом и закрыла бухгалтерскую книгу.

— Ой-ой-ой, кто-то тут сильно расстроен! Никогда не видела Шуллейна таким хмурым.

Услышав голос Катрейн, Алейдис подняла голову. Визит подруги был ей в радость.

— Здравствуй, Катрейн, что привело тебя сюда? Садись-ка рядом со мной. Тут на скамье новые подушки, которые вышили твои дочери.

— Красота какая! — воскликнула Катрейн, опустившись на скамью и рассматривая одну из подушек. — Какие замечательные жучки.

— Это маки и бабочки, — улыбнулась Алейдис. — Лучше тебе не спрашивать. Марлейн так гордится этой работой.

— Боюсь признаться, но мои выглядели бы не лучше.

Катрейн положила подушку обратно на скамью и указала на закрытую тканью корзину, которую принесла:

— Это свежие травы из нашего сада для Эльз. И мне хотелось узнать, как у вас дела. Особенно у тебя. Ты выглядишь бледной — плохо спала?

— Очень плохо, — ничуть не кривя душой, призналась Алейдис. — Полномочный судья ван Клеве выяснил, кто стоит за нападением на меня.

— Правда?

— Бондарь и мясник. Он не считает, что они как-то связаны со смертью отца, но думает, что следует ожидать подобных нападений и в будущем.

— Ужас какой!

Алейдис кивнула.

— Весь мир хочет мне отомстить. По крайней мере, он так думает.

— Он не самый любезный человек, этот Винценц ван Клеве. Зачем он тебя пытается тебя запугать?

— Он недалек от истины. Сегодня меня уже посетили три клиента. Все трое досрочно погасили займы.

— Откуда у них только деньги взялись? — заинтересованно подалась вперед Катрейн.

— От других менял. И в двух из трех случаев заимодавцем выступил Грегор ван Клеве.

— Надо же, какое совпадение! — Тонкие губы Катрейн скривились от досады. — Я так и знала, что от этого гнилого семейства не стоит ждать ничего хорошего. Как жаль, что судьей по делу назначили именно молодого ван Клеве. Он, конечно же, передаст отцу все, что знает о твоих делах. Или воспользуется этими сведениями сам.

— Нет, Катрейн, не верю, что он на такое способен.

— Не веришь? — фыркнула Катрейн. — Ладно, тогда я поверю за тебя. Ван Клеве, сколь бы высоко ни было их положение в обществе, коварные негодяи. Отец не уставал это повторять, а его словам я верю. Иначе зачем еще старику ван Клеве уводить у тебя должников? Ты хотя бы взяла с них штраф?

— Что? — удивленно подняла бровь Алейдис.

— Штраф за досрочное погашение. Разве ты не знала?

— Впервые слышу, — смущенно покачала головой Алейдис. — Но думаю, что это уже чересчур. Все трое погасили займы со всеми процентами.

— Как бы там ни было, ты имеешь право на штраф, дорогая. Смотри не забудь об этом в следующий раз.

— Ладно, — кивнула Алейдис, хотя не была уверена, что ей стоит об этом помнить. Но подруга тут же сменила тему.

— Сегодня я встретила твоего отца, он просил передать, что хотел бы пригласить тебя сегодня на ужин. Я пообещала, что передам. Отправь к нему кого-нибудь из служанок или малыша Ленца. Пусть скажут, что ты придешь.

— О да, я с радостью! Мне не помешает немного отдохнуть и развеяться! — просияла Алейдис и кивнула вошедшей в контору молодой женщине. — Добрый день, госпожа. Чем я могу вам помочь?

Женщина, точнее еще девушка — непокрытые волосы указывали на то, что она не замужем, — подошла ближе и улыбнулась.

— Меня зовут Адельгейд. Меня прислал мой отец, мастер Антон Лангхольм. Вы жена Николаи Голатти?

— Я вдова. Мой муж недавно скончался.

— О! — удивленно захлопала ресницами Адельгейд. — Мои соболезнования. Я не знала... Когда скончался господин Николаи? Мы только прибыли в город и ничего об этом не слышали.

— Несколько дней назад, — спокойно объяснила Алейдис. — Полагаю, вам нужно обналичить вексель?

— Нет, не это. Я здесь, только чтобы поменять наши деньги на кельнские. Завтра мы будем торговать здесь нашими кастрюлями и сковородками. Вот. — Адельгейд выложила на стол увесистый кожаный кошелек. — К сожалению, мы не озаботились этим ранее. Мы только приехали из Франкфурта, и у нас не было возможности обменять деньги в другом месте.

Алейдис открыла кошелек и осторожно высыпала содержимое в медную чашу.

— Почему бы вам не присесть с госпожой Катрейн?

Она жестом указала на скамейку.

— Мне понадобится время, чтобы разложить и взвесить монеты.

Проделав все это, Алейдис выплатила девушке соответствующую сумму в кельнских монетах, проводила ее до дверей, а потом вернулась к разговору с подругой.

— Это было первое любезное лицо за сегодня, не считая твоего.

— Скоро все изменится, Алейдис, я в этом уверена. Люди расстроены, и их можно понять. Но в конце концов все уляжется, и ты сможешь спокойно вести дела.

— Спокойно? — вздохнула Алейдис. — Боюсь, это будет не так просто. Николаи причинил вред слишком многим людям, и, видимо, все они теперь винят меня.

— О нет, я уверена, что все не так плохо. — Катрейн сочувственно протянула к ней руку, но затем опустила ее. — Есть ли какие-то новости об убийце?

— Нет. Прошло уже столько дней, а у нас ни малейшей зацепки.

Разведя руки, Алейдис поднялась и потянулась, разминая затекшую от долгого сидения спину.

— Господин ван Клеве, однако, подозревает, что для убийства Николаи могли нанять одного ужасного злодея. Знала ли ты, что брат Вардо готов ради денег на самые гнусные преступления?

— Бальтазар? — поморщилась Катрейн. — Я как-то встретила его однажды. Уродливый, заросший грязью. На него было противно смотреть, и вонял он, как сотня дохлых крыс. Брат его терпеть не мог. С тех пор как отец подобрал Вардо в закоулках доков, слуга не отходил от него ни на шаг и был верен, как пес.

— Говорят, что Бальтазар исчез несколько дней назад.

Губы Катрейн искривились в мрачной ухмылке.

— Судя по тому, что я о нем знаю, невелика потеря.

— Нечасто от тебя услышишь такие слова, — изумилась Алейдис.

— Это сущее исчадие ада. И если его в Кельне больше нет, это означает лишь то, что наши улицы стали намного безопаснее.

— Наверное, ты права, — немного помолчав, сказала Алейдис. — Но что, если он как-то связан с убийством и сбежал, чтобы замести следы?

— Тогда Божий гнев рано или поздно поразит его.

Алейдис подошла к открытой двери и окинула взглядом оживленную улицу.

— Похоже, ты смирилась с тем, что убийцу, возможно, никогда не поймают.

После секундного молчания Катрейн кивнула.

— Если нам не суждено узнать, от чьей руки пал отец, на то воля Божья, и мы не можем ее изменить. Вместо этого нам, а вернее тебе, лучше подумать о будущем и сделать все, чтобы сохранить и преумножить его наследие. По крайней мере, ту его часть, которой тебя никто не сможет попрекнуть. Раз в меняльную контору приходят люди, это вопрос времени, когда они попросят о займе. Наберись терпения и не сомневайся в своих силах, Алейдис. Ты сможешь выдержать конкуренцию, хотя тебе стоит тщательней выбирать тех, кто заслуживает твоего доверия.

— Ты снова о ван Клеве? — Алейдис подошла и села на скамью рядом с подругой. — В том, что касается Грегора, я с тобой полностью согласна, ему доверять нельзя. И даже Винценц более или менее ясно дал мне понять, что не одобряет поведение отца.

— Винценц? — Катрейн пристально посмотрела на подругу. — С каких это пор ты зовешь его просто по имени?

Алейдис почувствовала, что заливается краской.

— Да нет же, ты все не так поняла. Ну хочешь, буду называть его мастер Винценц, если...

Она сбилась с мысли, еще больше сконфузилась и замолчала.

— Если что? Мастером Винценцем его величают только в школе фехтования.

— Ну, видишь ли, какое дело... Я тут брала у него уроки.

— Он учил тебя фехтовать? — брови Катрейн поползли на лоб.

— Нет, конечно же, нет, — нервно хохотнула Алейдис. — Он решил, что мне стоит научиться постоять за себя, и показал мне пару приемов.

— Приемов? — брови Катрейн взмыли еще выше.

— Ну, скажем, как повалить нападающего, использовав его силу против него самого. Или как уберечься от внезапного нападения с помощью кинжала. Разумеется, мне нужно еще тренироваться, чтобы...

— Он обучил тебя всему этому? Когда?

— Вчера. Он пригласил меня в школу фехтования и...

— Вы были там одни?

— О чем ты только думаешь? Разумеется, меня сопровождал Зимон.

Искривленный рот Катрейн недвусмысленно выдавал ее опасения.

— Ты понимаешь, как странно это звучит? Ты уверена, что у него на уме не было ничего другого, кроме этих приемов?

Алейдис заколебалась.

— Что у него может быть на уме, кроме моей безопасности? После того как на меня напали, он только об этом и говорит. И еще его заботит, что я лезу в его расследование. Он боится, что это еще больше настроит людей против меня.

— Возможно, в этом он прав. Но уроки, Алейдис! Он позволял себе какие-то вольности?

Взгляд Катрейн беспокойно забегал по ее телу.

Алейдис снова заколебалась, пытаясь подавить воспоминания об ощущениях, которые уже несколько раз вызывал у нее Винценц ван Клеве.

— Зависит от того, что именно ты называешь вольностями. Разумеется, ему приходилось до меня дотрагиваться, иначе он просто не смог бы обучить меня своим приемам. Но, как я уже сказала, все время с нами был Зимон. Винценц, мастер Винценц, не скомпрометировал меня, если ты об этом.

Про себя Алейдис задалась вопросом, почему это заявление прозвучало как ложь, хотя оно было чистой правдой.

— И тем не менее я беспокоюсь. Его отец уводит у тебя клиентов, а сам он ухлестывает за тобой, причем делает это очень странным образом.

— Нет же, это неправда, он и не думает за мной ухлестывать, Катрейн!

— Ты уверена?

Подруга задумчиво провела пальцем по губам.

— А мне кажется, что он просто ищет предлога оказаться поближе к тебе. Возможно, так он пытается тебя соблазнить.

Алейдис замерла, сердце отчаянно колотилось о грудную клетку.

— Какая чушь! Он никогда бы не опустился до такой низости.

— Низостью это было бы лишь в том случае, если бы он действовал принуждением.

Алейдис вскочила со скамейки.

— Ты намекаешь на то, что я сама даю ему повод?

— Возможно, сама не зная об этом. Алейдис, ты слишком добра к людям. И к нему тоже. В этом нет ничего плохого, но такие мужчины, как он, могут истолковать это превратно. Слияние ваших меняльных контор было бы для него крайне выгодным. А если учесть, что ты молода и недурна собой...

— Нет, Катрейн, прекрати! — Алейдис вскинула руки, точно защищаясь от удара. — Это не так. Он заверил меня, что никогда на это не пойдет, и прекрасно знает, что и я не соглашусь.

— Он знает?

— Я дала ему это ясно понять, — решительно кивнула головой Алейдис.

— Значит, в какой-то момент он все же пытался.

Рассудительный тон Катрейн действовал Алейдис на нервы.

— Нет. Ну или, может, самую малость. Точнее, так, произошло недоразумение. Он думал, что это я с ним заигрываю. И мы в запале наговорили друг другу всякого. — Она медленно опустилась на скамью. — Зачем ты так? Ты уже спрашивала, нравится ли он мне, обижает ли он меня, давала ли я ему повод. Нет, ничего такого не было и нет. И все равно ты меня подозреваешь.

— Потому что я волнуюсь за тебя, Алейдис. Винценц ван Клеве и его отец были злейшими врагами отца. И я уверена, что сейчас ван Клеве-старший спит и видит, как бы заполучить тебя в невестки. Тогда бы он смог прибрать к рукам дело отца со всеми его клиентами и быстро стать самым влиятельным и богатым менялой во всем Кельне. И не обманывай себя, что сын хоть чем-то лучше отца. Когда дело касается денег, мужчины готовы на все. Даже жениться на вдове конкурента, а до чувств им и дела нет. Я только хочу, чтобы ты была осторожна, Алейдис. Ты можешь добиться успеха и без брака по расчету. Многие вдовы сами продолжают дело почивших мужей. Значит, и ты сможешь. Не позволяй усыпить себя изысканными речами, прошу тебя, Алейдис!

Катрейн схватила Алейдис за руки и с мольбой заглянула ей в глаза. Тронутая убежденностью подруги, та ответила ей тем же.

— Не волнуйся, Катрейн. Можешь быть спокойна: я хорошо научилась отличать друзей от врагов.

Но дело в том, что сейчас Винценц ван Клеве для меня и враг, и друг. Но он мудр и благороден. Он не причинит мне вреда и не воспользуется мной, чтобы обрести еще больше власти или умножить состояние. У него и в мыслях нет свататься ко мне, раз уж ты завела об этом речь. Мне он нужен, чтобы раскрыть убийство, и думаю, ему можно доверять. Но во всем остальном он для меня чужак, странный, немного жутковатый. Ни больше ни меньше.

Выговорившись, Алейдис почувствовала облегчение. Но червь сомнения грыз ее изнутри. Что-то подсказывало ей, что все не так однозначно, как она пыталась представить. Много еще оставалось такого, о чем не только говорить, но и помыслить было страшно, поскольку она не знала, как с этим совладать. Пускай даже это существовало лишь в ее воображении.

— Ладно, если ты и правда так думаешь, значит, я спокойна, — уступила Катрейн и нежно, по-матерински, погладила ее по щеке. — Знаешь, я бы не вынесла, если бы кто-то или что-то толкнуло тебя на необдуманный поступок. В один прекрасный день ты захочешь снова выйти замуж, и тебе стоит хорошенько все взвесить. В Кельне для тебя наверняка сыщется много достойных партий. Все они выстроятся в очередь у твоего порога.

— То же самое сказал мне и господин ван Клеве.

Про себя Алейдис с удовлетворением отметила, что снова начала называть Винценца так, как полагалось. Это придало ее мыслям успокаивающую отстраненность. Вспомнив о недавнем разговоре с ним, она вздохнула:

— И еще он говорил, что вскоре к тебе может наведаться семья покойного мужа. И твои родичи по матери тоже. На днях мы ходили к ним узнать, могут ли они помочь в расследовании. У нас сложилось впечатление, что твой дядя может претендовать на твоих дочерей.

— О боже! — побледнела Катрейн. — Ведь они же не станут забирать их у тебя? Не пойми меня неправильно, они, в сущности, неплохие люди. Но я считаю, что Марлейн и Урзель будет лучше с тобой.

— Нам остается только ждать. Господин ван Клеве сказал, что они могут согласиться на то, чтобы девочки воспитывались у меня взамен на право голоса при выборе женихов.

— Думаешь, это было бы разумно? — поинтересовалась Катрейн, разгладив складку на юбке. — Ведь они же будут действовать в интересах девочек?

— Да, и своих собственных, — заметила Алейдис. — Не хочу тебя пугать, но ты как мать девочек обязана знать, что обе семьи могут предъявить на них свои права.

— Семья матери всегда была добра ко мне, но меньше всего на свете я хочу, чтобы к моим девочкам приближался кто-то из родичей Якоба. — Голос

Катрейн слегка дрогнул. — Я ни за что не позволю этому случиться. Я скорей заберу детей и сбегу.

— Ну и куда же ты пойдешь? — Алейдис положила руку ей на плечо, желая успокоить. — Николаи никогда не подпускал родственников твоего мужа к девочкам. И мы, разумеется, сделаем все возможное, чтобы так и было впредь. Но мы никак не можем проникнуть к ним в головы и узнать, замышляют ли они что-нибудь, и если да, то что. Опять же, нам остается только ждать, ну и придумать, как дать им отпор, если они все же решатся заявить о своих правах. Я попрошу отца нам помочь.

— Благодарю, Алейдис, я очень ценю то, что ты делаешь. — Подбородок Катрейн слегка дрогнул, и она потупилась, будто ей было стыдно. — Какой ужас, что мы можем так мало. Пока отец был жив, я не беспокоилась об этом. Но сейчас...

— Мужчинам проще, — понимающе кивнула Алейдис. — Их голос имеет больший вес. Господин ван Клеве уже дал мне понять, что, если бы я снова вышла замуж, мне было бы легче отстаивать интересы свои и девочек.

— Тебе не кажется, что это намек?

Алейдис пожала плечами.

— А еще он сказал, что у меня талант бойца. У меня начинает складываться впечатление, что, хоть я и не нравлюсь ему, он один из тех мужчин, которые ценят в женщине смелость и ум.

— Но такие мужчины встречаются крайне редко, Алейдис. Поэтому ты должна бороться с еще большей решимостью и за девочек, и за дело отца, — заявила Катрейн, изобразив на лице некое подобие улыбки. — Будь у меня хотя бы половина твоего ума и смелости, я бы смогла поддержать тебя больше. Но я ушла в бегинаж к госпоже Йонате не просто так. Я боюсь мужчин, неважно, кто они и откуда родом. У меня не хватит сил выдержать этот бой, но я рада, что ты делаешь это вместо меня. Я полностью доверяю тебе, Алейдис, и, насколько смогу, буду поддерживать тебя.

Тронутая признанием подруги, Алейдис заключила ее в объятия.

— Мы найдем способ. Возможно, я смогу убедить цех взять Урзель и Марлейн в подмастерья. Тогда они будут привязаны к этому дому не только семейными узами, но и цеховыми законами.

— О, какая замечательная мысль!

Впервые в глазах Катрейн блеснул радостный огонек.

— Не могу поверить, что я сама до этого не додумалась. Нам действительно стоит попробовать. Ведь девочек же обучают другим ремеслам. Так почему бы им учиться не у тебя? Ведь как вдова отца ты можешь претендовать на звание мастера. Ты ведь уже используешь его печать.

Алейдис улыбнулась, но поспешила скрыть, что на самом деле эту идею ей подал неугомонный полномочный судья. Чтобы отвлечь подругу от грустных мыслей, она перевела разговор на другую тему.

— Скажи, ты не хочешь сходить отнести травы на кухню к Эльз? Мне еще нужно поработать с книгами. Я отправила Тоннеса и Зигберта с поручениями. Они скоро вернутся и, надеюсь, принесут добрые вести. Кстати, девочки тоже на кухне. Уверена, они будут рады тебя увидеть.

— Ты права. Совсем я заболталась с тобой, а у меня еще столько дел.

Катрейн быстро поднялась, взяла корзину и исчезла за дверью, ведущей на кухню.

Когда на пороге появился Тоннес, Алейдис вдруг вспомнила, что он и Зигберт недолго еще пробудут в ее доме. Нужно обязательно сходить в цех — поговорить о судьбе девочек и узнать, не подыщут ли ей в контору толкового помощника. Возможно, отец тоже сможет ей в этом помочь. Поэтому она тут же отправила с Тоннесом сообщение, что принимает приглашение на ужин.

# Глава 18

— Милое мое дитя, как я рад, что ты так быстро откликнулась на мое приглашение. Криста говорила, что, наверное, неприлично отрывать тебя от собственного стола, но ты ведь не сердишься на меня за это? Разве отцу нельзя простить эту внезапную тоску по любимой дочери и внезапное желание увидеть ее?

Йорг сел за стол в гостиной напротив Алейдис и взял ее за руку.

— Ты выглядишь бледной и измученной, дочь моя. Могу ли я что-нибудь для тебя сделать?

Второй раз за этот день Алейдис испытала приступ умиления.

— Нет, отец, у меня все хорошо. На меня просто так много всего навалилось, что никак не получается выспаться. Но как только я разберусь со всеми делами в меняльной конторе, все изменится.

— Ты всегда можешь рассчитывать на мою помощь, помни об этом.

— Я очень благодарна тебе, отец, и обязательно обращусь, если понадобится. И я не сержусь, что ты пригласил меня. Напротив, небольшая перемена обстановки пойдет мне на пользу. Но скажи мне, разве Грете и Беле не присоединятся к нам сегодня?

Она уже предвкушала встречу с дочерями Кристы, с которыми была дружна.

— Они гостят у моей сестры и вернутся только в следующий понедельник, — ответила вместо него хозяйка, вошедшая в этот момент в гостиную.

Криста налила в кубок Алейдис немного вина.

— Вот, попробуй. Вино у нас сегодня отличное. Это Горхард Вингерт его нам прислал.

Тут раздался стук в дверь.

— О, а вот и наш второй гость, — обрадовалась Криста. — Уверена, Алейдис, ты тоже обрадуешься. Я встретила мастера Клайвса сегодня, когда шла на рынок. Он обмолвился, что ты хотела как-нибудь позвать его к нам отужинать. Вот я и подумала: а зачем откладывать? Выяснилось, что он этим вечером свободен, так что не сомневаюсь, мы отлично проведем время все вместе.

Когда она договорила, в дверях в сопровождении служанки появился гость. Все бросились к нему, стали жать ему руки, обнимать и хлопать по плечам. Конечно, Алейдис была рада, ведь мастер Клайвс был ей почти как дядя.

— Пожалуйста, сядьте рядом со мной, — попросила она.

Криста кликнула кухарку и приказала подавать ужин.

— Давно мы так хорошо не сидели вместе, — заметил Йорг де Брюнкер, протягивая гостю тарелку с куском жаренной свинины, источавшей соблазнительные запахи. — Как жаль, что Николаи больше не с нами. Возможно, кому-то покажется неприличным, что мы собираемся такой веселой компанией так скоро после его смерти, но, уверен, он не стал бы держать на нас зла. Особенно на тебя. — Отец улыбнулся Алейдис. — Независимо от того, что мы узнали о нем за это время, он был предан тебе всем сердцем, в этом я абсолютно уверен.

— О да, и я тоже, — согласилась Криста. — Даже слепому было видно, как он тебя любил. Но... — тут ее лицо внезапно помрачнело, — ума не приложу, как такой добросердечный человек, как он, мог скрывать от нас свою истинную сущность.

Йорг с озадаченным выражением лица кивнул.

— Здесь я прежде всего должен корить себя. Наверное, мне стоит попросить у тебя прощения, дитя мое. Мне следовало присмотреться к нему повнимательнее. Мы с Николаи были друзьями, очень хорошими друзьями. Мне и в голову не приходило, что он может делать что-то незаконное. И никто из наших общих знакомых не давал мне этого понять. Очевидно, я был ужасно слеп и доверчив.

— Нет, отец, не терзай себя, — сказала Алейдис, пытаясь выдавить ободряющую улыбку. — Я не сомневаюсь вашей дружбе. Я верю, что и он ценил тебя так же высоко, как и ты его. Я долго думала об этом и пришла к выводу, что, вероятно, он жил двумя жизнями. И мне, как вы, наверное, знаете, известна лишь та, в которой он был добрым, достойным, уважаемым человеком. Именно таким я и хочу его запомнить.

Она наложила себе мяса и вареной репы.

— Вот, возьми еще луковой подливки, — предложила Криста, протягивая ей тарелку. — В этот раз получилось особенно хорошо. Я уже успела отведать.

— Благодарю, — сказала Алейдис, напила себе немного соуса и передала тарелку мастеру Клайвсу.

— Мне бы хотелось, чтобы уже настал тот день, когда нам не нужно было бы начинать каждый разговор и каждую встречу с оплакивания смерти Николаи, — печально вздохнула она. — Но, к сожалению, этому не видно конца.

— Но, дитя, еще и двух недель не прошло, как он умер, — возразил Йорг, нарезая ножом кусок жаркого, что лежал на его тарелке. — И то, что его убийца до сих пор гуляет на свободе, не дает нам забыть о его смерти. Скажи-ка, Алейдис, полномочный судья ван Клеве сообщил тебе, как продвигается его расследование? Имеется ли хоть малейшая возможность найти преступника? Боюсь, чем больше времени проходит, тем меньше шансов.

Алейдис запихнула в рот порцию овощей и принялась старательно пережевывать, выиграв себе несколько минут на раздумья.

— Я стараюсь помогать судье, как могу. Даже присутствовала на некоторых допросах, которые он вел.

— Разве это не обязанность шеффенов или стражей? — удивилась Криста.

— Да, наверное. Но я не готова сидеть сложа руки, так что ему ничего не оставалось делать, как привлечь меня к своему расследованию. Думаю, будь я мужчиной, вряд ли кто-то стал бы возражать.

— Это правда, — кивнул мастер Клайвс. — Но для женщины это может быть опасно. Хотя мне кажется, что в обществе Винценца ван Клеве ты можешь чувствовать себя как за каменной стеной. Я знаю его как благородного и богобоязненного человека. Он точно не допустит, чтобы с тобой случилось что-нибудь скверное. Однако я удивлен, что он не возражает против твоего участия в расследовании по иной причине. Судя по тому, что я о нем слышал, не похоже, чтобы он запросто смирился с тем, что женщина вмешивается в мужские дела. Как ты и сказала, Алейдис, мужчине в этом отношении доверяют больше, и неважно, оправданно это или нет. Конечно, ты у нас исключение, ведь у тебя такой острый ум. Но даже это вызывает у многих моих знакомцев неудовольствие. Я всегда считал, что Винценц ван Клеве относится к тому типу мужчин, которые если и терпят женщин подле себя, то лишь покорных и молчаливых, и исключительно для удовлетворения телесных потребностей, а в остальном не замечают, не придают значения их словам и поступкам.

— У некоторых действительно может сложиться такое впечатление, мастер Клайвс. Хотя, по правде говоря, оно мало соответствует действительности. Меня трудно назвать фантазером, я принимаю реальность такой, какая она есть, даже если в ней мне приходится иметь дело со своенравными или вздорными женщинами.

Появление судьи застало всех присутствующих врасплох. Все глаза как по команде обратились к двери. Винценц ван Клеве вошел в гостиную, прикрыв за собой дверь. Он был облачен в темно-коричневый камзол и такого же цвета штаны. Поверх камзола было наброшено чуть более светлое шеке[13], покрой которого подчеркивал его рост и широкие плечи.

Изумлению Алейдис не было предела.

— Господин ван Клеве? Что вы здесь делаете? — Ее голос прозвучал более неприязненно, чем она рассчитывала.

Отец Алейдис был удивлен не меньше, но решил проявить гостеприимство.

— Господин полномочный судья, какой сюрприз. Садитесь и отужинайте с нами.

Криста мигом вскочила на ноги и принесла посуду и приборы. Ван Клеве отстегнул короткий меч,

---

[13] Приталенная мужская куртка.

который всегда носил на поясе, и положил на крышку сундука рядом с дверью. После этого, коротко кивнув хозяину, уселся за стол. И лишь оказавшись напротив Алейдис, ответил на ее вопрос, обращаясь, впрочем, к ее отцу.

— Простите мое неожиданное вторжение, но, когда я пришел сюда, ваш слуга как раз выходил из дома, поэтому я попросил его впустить меня и позволить мне самому пройти к вам.

Сказав это, он перевел взгляд на Алейдис.

— Я обещал разыскать вас сегодня, чтобы сообщить кое-какие сведения, но смог сделать это лишь этим вечером. У вас дома мне сказали, что вас можно застать у отца.

— Так у вас есть известия? — На мгновение Алейдис забыла о дискомфорте, который доставил ей приход судьи. — Какого они рода?

— Они того рода, который заставляет меня как судью, отвечающего за следствие, одновременно испытывать радость и неудовольствие. Сегодня утром на берегу Рейна из рыболовных снастей было извлечено тело мужчины. Судя по внешнему виду, оно пробыло в воде с неделю. Однако портовые рабочие все же узнали этого человека. Хотя я все же хотел бы пригласить вашего слугу Вардо, если он согласится, взглянуть на тело, в котором уже несколько свидетелей опознали потерявшегося Бальтазара.

— Потерявшегося? — подняла брови Алейдис.

— Ну мы-то его искали, — пожал плечами ван Клеве. — Хотя вы правы, его, кроме нас, больше никто не хватился.

— Так он утонул в Рейне? — уточнила Алейдис.

— Я бы так не сказал. Ведь из его сердца торчал кинжал.

Над столом повисла мертвая тишина. В голове у Алейдис царил полный сумбур.

— Так Бальтазар был убит? И вы предполагаете, это как-то связано со смертью Николаи?

— Я ничего не предполагаю.

Вежливо склонив голову, ван Клеве принял из рук Кристы протянутое блюдо с жарким и подцепил ножом кусок мяса.

— Если бы я увлекался бесплодными предположениями, то вообще не смог бы раскрыть ни одного убийства. Но у меня есть веские основания считать, что эти два преступления связаны. Поэтому, рассмотрев кинжал поближе, я сегодня днем отнес его к мастеру Фредебольду.

— К оружейнику? — бросил Йорг, протянув ему корзину с нарезанным хлебом.

— К нему самому.

Полномочный судья ван Клеве взял ломоть хлеба, разломил его пополам и обмакнул одну половину в соус.

— Я вспомнил, как госпожа Алейдис упоминала, что кинжал ее мужа пропал. Его не нашли рядом с телом, из чего я заключил, что его украли. Возможно, что это сделал убийца.

— Вы хотите сказать, что Бальтазара закололи кинжалом Николаи? — удивленно воззрилась на него Алейдис.

— Мастер Фредебольд узнал клинок. Должно быть, его сделали на заказ не так давно. Кроме того, на нем было клеймо мастера, так что ошибка практически исключена.

— Боже правый! — охнула Криста, отодвинув свою тарелку в сторону. — Значит, на совести убийцы Николаи теперь две загубленные жизни? Но почему он убил Бальтазара? Может быть, тот видел, как он убивал Николаи?

— Это не исключено, — ответил ван Клеве, с задумчивым выражением лица поглощая кусок жаркого. — Вполне возможно, убийца боялся, что Бальтазар выдаст его или станет шантажировать.

— Разве это не очевидно, учитывая, какая репутация была у брата Вардо? — сказала Алейдис, вздрогнув.

— Так и есть, — согласился судья. — Но есть и другая версия, если вдуматься, столь же правдоподобная.

— И какая же? — спросил мастер Клайвс с другого конца стола, устремив заинтересованный взгляд на непрошеного гостя.

Ван Клеве немного помолчал, и Алейдис показалось, что его глаза потемнели, когда взгляд устремился с нее на мастера Клайвса.

— Нельзя исключать, что Бальтазара наняли убить Николаи, а затем он сам пал от руки наемного убийцы. В таком случае второе убийство было совершено, чтобы замести следы первого.

Алейдис принялась за еду, хотя есть уже не хотелось. Тем не менее она отправила в рот небольшой кусочек мяса, так как не хотела расстраивать Кристу.

— Вы только что сказали, что это известие заставило вас испытать радость, и неудовольствие.

— Я рад, что обнаружение тела несколько оживило наше застопорившееся расследование, — на губах ван Клеве появилась угрюмая улыбка. — Независимо от того, был ли Бальтазар нежелательным свидетелем или наемным убийцей, оружие, которым он был убит, дает нам новую зацепку. Но в том, что мы теперь не можем его допросить, мало радости. А теперь задайтесь вопросом, почему именно кинжал вашего мужа был использован для убийства Бальтазара. Если бы этот громила был случайным свидетелем, можно было бы предположить, что у убийцы не нашлось под рукой другого оружия. Но если нет, то мы должны выяснить, зачем этот кинжал похитили. Ведь с тела вашего мужа больше ничего не сняли, не так ли? Даже кошелька.

Алейдис наморщила лоб, пытаясь уловить ход его мыслей. Наконец, она испуганно вскинула голову.

— Вы думаете, убийца мужа мог взять его кинжал на память?

— Жуткое напоминание, да, — кивнул полномочный судья. — И это наводит меня на мысль, что убийца мог быть близок с вашим супругом. — Он помолчал и продолжил: — А это, в свою очередь, возвращает меня к подозрению, что преступника следует искать в вашей семье или среди близких родственников.

— Но кто бы это мог быть? — с ужасом посмотрела на него Криста. — Не могу себе представить, чтобы у кого-то из родственников Николаи поднялась на него рука.

— Нам нужно еще раз пройтись по семейным связям, — заявил ван Клеве. — Полагаю, и вам тоже.

Алейдис печально потупилась. Она даже не могла вообразить, что убийцей может быть кто-то из ее семьи. В этот момент кто-то коснулся ее руки. Она взглянула направо и увидела ободряющую улыбку мастера Клайвса. Не убирая руки, он повернулся к судье.

— То, что вы делаете, господин ван Клеве, очень важно и не вызывает вопросов. Но я надеюсь, вы проявите должную деликатность. Госпожа Алейдис уже многое пережила, и не в последнюю очередь потерю мужа. Я не хочу, чтобы злые языки, которые распространяют самые нелепые слухи о ней и ее семье, удвоили свои старания и досаждали ей больше обычного.

— Мастер Клайвс прав, — поддержал строителя Йорг. — Благополучие моей дочери превыше всего. Пожалуйста, не забывайте об этом в своей работе, господин полномочный судья.

Винценц ван Клеве спокойно посмотрел сначала на мастера Клайвса, затем на Йорга. Лишь Алейдис, которая лучше других разбиралась в его мимике, заметила, что глаза его сузились. Когда он заговорил, ее подозрение подтвердились: в его голосе зазвучали стальные нотки.

— Я принял к сведению вашу озабоченность, мастер Клайвс, а также ваше наставление, господин де Брюнкер. Однако должен заметить, что в мои обязанности не входит защищать госпожу Алейдис от душевной боли или злобных нападок людей. Я не намерен потакать ни тому, ни другому, но я так же не собираюсь воздерживаться от принятия мер, которые считаю необходимыми, чтобы найти убийцу ее мужа. Ведь именно она настояла в Совете на том, чтобы ее иску был присвоен наивысший приоритет. Ей следовало с самого начала отдавать себе отчет, что расследование убийства будет иметь определенные последствия, даже если они касаются исключительно ее душевного покоя. Поэтому простите меня, если я не буду ограничивать себя в своих полномочиях.

Алейдис уставилась на него, на мгновение утратив дар речи. Затем в ней вскипел гнев. Однако она не успела вымолвить и слова, как мастер Клайвс вскочил с места и, опершись руками на стол, грозно навис над судьей.

— Что вы такое говорите, господин ван Клеве? Мне кажется, слух меня поводит. Я ничего не сказал об ограничении ваших полномочий. Я просто попросил не расстраивать молодую скорбящую вдову больше, чем требуется для раскрытия убийства. Я знаю Алейдис с детства и, смею полагать, имею право попросить вас отнестись к ней с чуть большим тактом. Учитывая, что и ее отец просит о том же.

Выразительно медленно ван Клеве отложил нож, отодвинул оловянную миску и вытер руки о скатерть.

— Очевидно, вы считаете себя не только другом семьи де Брюнкер, но и в некотором роде защитником госпожи Алейдис. Простите меня, если этим я вызвал ваш гнев. Я понимаю вашу озабоченность, но мне не в чем себя упрекнуть. И даже госпожа Алейдис до сих пор не высказала мне своего неудовольствия.

Внезапно он посмотрел Алейдис прямо в глаза, и она поразилась, увидев разлитую в его взгляде ярость, которая, как она поняла, была направлена не только на мастера Клайвса, но и на нее.

— Или вам вдруг захотелось схорониться за стеной защитников и позволить им говорить за вас, а не отстаивать свое мнение?

— У меня нет подобных намерений, господин ван Клеве, — ответила Алейдис, и поскольку мастер строительства все еще нависал над ним, готовый вцепиться ему в горло, она поспешила унять старого друга, положив руку ему на плечо. — Прошу вас, мастер Клайвс, успокойтесь и сядьте. Я не желаю раздоров за столом моего отца. Разумеется, господин ван Клеве отдает себе отчет, что он делает и что необходимо для продолжения расследования. Однако я была бы признательна вам, если бы вы не говорили обо мне в таком тоне в моем присутствии. Я действительно в состоянии говорить за себя. — Это и к тебе относится, — бросила она отцу.

— Разумеется, ты можешь говорить за себя, дитя мое, — закивал Йорг. — Ты умная женщина и вольна поступать, как тебе будет угодно.

— И все же мне не хотелось бы, чтобы это дело причинило вам еще больше горя, — не отступал мастер Клайвс. — Конечно, если мне еще дозволено делиться своими опасениями.

— Вы можете делиться чем угодно, — улыбнулась ему Алейдис, постаравшись вложить в улыбку всю теплоту, какой заслуживала его забота. — И я рада, что у меня есть такой верный друг и защитник.

— Как я уже говорил, — сказал ван Клеве, сложив руки на груди, — я принял к сведению ваши опасения. — Он повернулся к Алейдис. Выражение его лица не предвещало ничего хорошего. — Но должен заметить, вы меня удивляете. Хотя, если разобраться, не так уж и сильно. — Его взгляд снова переместился на мастера Клайвса и вернулся к ней. — Да, не так уж и сильно.

— Я понятия не имею, о чем вы! — недоуменно воскликнула Алейдис. — Тем не менее мне хотелось бы прекратить этот спор. Я надеялась сегодня провести приятный вечер с семьей.

— И мое вторжение лишило вас этого удовольствия?

Лоб его прорезала глубокая складка. Она сердито взглянула на него.

— Это совершенно очевидно.

— Ну тогда, наверное, мне будет лучше откланяться. Я хотел попросить вас позже взглянуть на кинжал. Ибо кто, как не вы, сможет подтвердить, что он действительно принадлежал вашему мужу. За исключением мастера Фредебольда, я хотел сказать. Но, видимо, придется отложить это до лучших времен.

Он уже собрался подняться, как Алейдис прошипела:

— Останьтесь. Ведь госпожа Криста пригласила вас на ужин. Неучтивостью вы вроде бы не страдаете. Хотя она как нельзя лучше подошла бы к вашей склочной нелюдимой натуре. Где сейчас кинжал? У вас дома?

— Нет, — все еще сохраняя некоторую настороженность во взгляде, ответил ван Клеве. — Я отнес его в ратушу, точнее в одну из комнат, которую там выделили для моих нужд.

— Если хочешь, я могу тебя проводить, — предложил отец.

— Или я. По дороге домой я не прочь завернуть на рынок, — сказал мастер Клайвс, взглянув исподлобья на Винценца ван Клеве.

Алейдис покачала головой.

— Мне не нужны защитники. Я пришла сюда с Зимоном. Он и сопроводит нас с судьей в ратушу.

— На том и порешим, — заключил ван Клеве, послав многозначительный взгляд мастеру Клайвсу. От Алейдис не укрылся победный огонек, полыхнувший в его глазах.

Какое-то время все продолжали есть в полном молчании. Чтобы разрядить обстановку, Алейдис решила сменить тему.

— Мы сегодня поговорили с Катрейн о ее дочерях. Она согласилась, чтобы я взяла их подмастерьями в меняльную контору. Но сначала мне стоит выяснить, дозволено ли мне цеховыми правилами вообще кого-то либо брать в обучение.

— Значит, вы решили последовать моему совету и привязать к себе девочек более прочными узами закона, — улыбнулся полномочный судья.

— Вашему совету? — удивленно переспросил Йорг, отвлекшись от тарелки.

— Да-да, — быстро кивнула Алейдис. — Господин ван Клеве обратил мое внимание на то, что семейство Катрейн или даже семья ее покойного мужа могут претендовать на девочек, а затем предложил это решение.

— Боже правый, неужели вы думаете, что они так и сделают? — воскликнула Криста, бросая испуганные взгляды то на судью, то на Алейдис.

— Такая вероятность, безусловно, существует, — ответил ван Клеве, который к этому времени уже опустошил тарелку и отодвинул ее от себя. — После разговора с Арнольдом Хюртом у нас обоих осталось впечатление, что он считает себя вправе распоряжаться судьбой внучек Николаи. Я пока ничего не могу сказать о семействе де Пьяченца, так как все еще жду известий из Бонна. Однако разумно будет предположить, что они также считают детей частью своей семьи и, возможно, хотят получить над ними опеку.

— Мы не допустим этого ни при каких обстоятельствах, — заявила Алейдис. — Ведь правда же? — обратилась она к отцу. — Я обещала Катрейн сделать все, что моих силах, чтобы Марлейн и Урзель остались со мной. Надеюсь, ты мне в этом поможешь?

— Само собой, милое мое дитя, — не колеблясь, согласился с ней Йорг. — Это даже не обсуждается. Я помню, ты рассказывала мне о покойном муже Катрейн. Каким же чудовищем нужно быть, чтобы так мучить ее и детей. Меня удивляет, что Божий гнев не настигает мгновенно таких людей. — Он призадумался, и на лице его мелькнула грустная улыбка. — Хотя, возможно, именно это и произошло. Он же был убит, да?

— Вы говорили, что, по словам госпожи Катрейн, к этому убийству мог быть причастен ее отец, — вновь вмешался в беседу ван Клеве.

— Так она мне сказала, — вздохнула Алейдис, сообразив, куда он клонит. — Неужели кто-то из семьи де Пьяченца убил Николаи, а затем выкрал его кинжал? Но зачем? Вряд ли они желали бы сохранить память о нем.

— Ну, они могли взять кинжал как трофей.

От этих слов по спине Алейдис побежали мурашки.

— Как я уже говорила вам вчера, ход ваших мыслей вызывает у меня беспокойство. Слушая вас, перестаешь доверять всем на свете, даже тем, с кем, казалось бы, тебя связывают тесные узы.

— Ну, если вы верите, что вас связывают с кем-то тесные узы, но не знаете этого наверняка, то стоит проявить некоторую осторожность, — бросил полномочный судья, с вызовом глянув ей в глаза.

Однако она проигнорировала его выпад и снова быстро перевела разговор на другую тему.

— Я хотела бы обратиться в цех, и мне не помешало бы, если бы кто-нибудь замолвил за меня словечко.

— Ну конечно, Алейдис, — решительно кивнул Йорг. — Так как я тоже состою в цехе «Железный рынок», я охотно поручусь за тебя. — Он повернулся к архитектору: — Уверен, что и ты тоже.

— Разумеется, — подтвердил мастер Клайвс. — Пусть я отношусь к другому цеху, к счастью, мое слово имеет в этом городе определенный вес. — Он заинтересованно посмотрел на ван Клеве. — А вы не могли бы замолвить словечко за Алейдис?

На лице судьи не дрогнул ни один мускул. Лишь глаза полыхнули яростным огнем.

— Нет.

— Отчего же? — В голосе Алейдис прозвучало не столько удивление, сколько разочарование.

— Потому что это не в моей компетенции. Я не ваш родственник, и наши семьи не дружны. Напротив, о вражде между ван Клеве и Голатти говорит весь Кельн, по крайней мере с тех пор, как убили вашего мужа.

— Но вы только подумайте, — вдруг оживился мастер Клайвс. — Если за Алейдис вступится даже ее конкурент, разве цех сможет ей отказать?

— Ход ваших мыслей мне понятен, но нет, я не буду вмешиваться, — покачал головой полномочный судья. — У госпожи Алейдис, очевидно, есть те, кто способен замолвить за нее слово. На мой взгляд, лучшую поддержку ей мог бы обеспечить лишь муж, будь он у нее.

— Прошу прощения, — возмутилась Алейдис, также отодвинув тарелку. — Вы снова предлагаете решить мои проблемы замужеством? Вы только что упрекнули меня, что я прячусь за стеной защитников, а теперь советуете мне именно так и поступить?

— Я вам вообще ничего не советую, — проворчал ван Клеве, протягивая руку к кубку с вином и делая глоток. — Черта с два я влезу в эту кабалу. Я просто еще раз выразил свое мнение, что у замужней женщины больше шансов на успех, чем у незамужней.

— Я вдова, — прошипела Алейдис.

— А вдова — это и есть незамужняя женщина. Разве не так? И если она стала вдовой, значит, она уже заставила какого-то мужчину погрузиться в бездну, каковой может оказаться брак. Во всяком случае, если в качестве приданого идут острый язык и дух противоречия.

— Дух чего?

— Противоречия, — насмешливо фыркнул ван Клеве. — Только не притворяйтесь, что не понимаете, о чем это я.

— Тогда почему вы хотите выдать меня замуж, если считаете, что я ввергну любого мужчину в бездну?

— Я вовсе не хочу выдавать вас замуж, госпожа Алейдис, а лишь хочу объяснить вам то, что вы и сами давно знаете, а именно, что брак может избавить вас от проблем или, по крайней мере, облегчить их решение. Вы не первая женщина, потерявшая супруга, и не последняя. Пока устои, на которых держится мир, не изменятся, все женщины, не исключая вас, рано или поздно будут оказываться перед этой дилеммой.

— Тогда скажите на милость, господин ван Клеве, — сказала супруга Йорга с нарочитой веселостью, которая Алейдис не понравилась, — что именно вы посоветуете делать мой падчерице, раз уж вы настаиваете, что ей лучше быть замужем? Есть у вас на этот счет какие-то соображения?

Глаза ван Клеве превратились в щелочки. Он скрестил руки на груди.

— Нет уж, будьте уверены. Мне абсолютно безразлично, выйдет госпожа Алейдис замуж или нет. И уж точно я не стану давать никаких советов. То, что нужно, я уже сказал. Решив взять в подмастерья обеих девочек, она, по крайней мере, доказала, что способна на время забыть о своем упрямстве и принять разумное решение.

— Ну-ну, — усмехнулась Криста.

— Хватит уже называть меня упрямой! — возмутилась Алейдис.

— Вы предпочитаете слово «строптивая»?

— Нет, ни то, ни другое. Если бы я была мужчиной, вы с готовностью признали бы за мной право иметь и высказывать свое мнение.

Угрюмость на его лице сменилась возмущением.

— Когда это я отказывал вам в праве высказывать свое мнение? Я просто говорю о впечатлении, которое вы производите. А вы производите впечатление упрямой женщины. И у меня есть сильные подозрения, что такую женщину мало кто из мужчин захочет ввести в свой дом. По крайней мере, если он не выжил из ума.

Его многозначительный взгляд снова переместился на мастера Клайвса, который неожиданно громко расхохотался, чем крайне удивил Алейдис.

— Возможно, вы правы, господин ван Клеве. Строптивые женщины — это бедствие, с которым можно совладать только ловким маневром, на что способен исключительно мужчина с острым умом. Но это не значит, что такой мужчина не может получать определенного удовольствия от строптивости, приняв вызов, брошенный его уму и проницательности. Но ему следует быть настороже. Горячность, особенно если ее проявляют обе стороны, плохо сказывается на способности принимать верные решения и оценивать себя со стороны.

На лбу ван Клеве прорезалась крутая складка.

— На что это вы намекаете?

— Я говорю вполне очевидные вещи, — широко улыбнулся мастер Клайвс, — но ради мира предлагаю оставить эту тему. Мне не хотелось бы прерывать нашу душевную беседу, но если вы собрались в ратушу взглянуть на кинжал, советую вам отправиться прямо сейчас. Если вы хотите извлечь какую-либо пользу из своих выводов, не стоит терять времени.

Ван Клеве, казалось, хотел было что-то ответить, но вдруг выражение его лица смягчилось, и он медленно поднялся.

— Вы правы. Двери ратуши пока еще не заперты, так как сегодня вечером там собирается Совет, включая Сорока Четырех[14].

Алейдис также поднялась.

— Мне жаль, отец, что мы так мало побыли все вместе.

— Ничего страшного, дитя, — великодушно махнул рукой Йорг. — Мы наверстаем упущенное в другой раз.

Когда она наклонилась, чтобы обнять его и поцеловать в щеку, он на мгновение задержал ее и прошептал:

— Интересный мужчина этот Винценц ван Клеве. Тебе стоит присмотреться к нему, Алейдис.

— Брось, в этом нет никакой необходимости.

Криста тоже вскочила на ноги и крепко обняла Алейдис. Понизив голос так, чтобы ее слышали только падчерица и муж, она сказала:

— Он ревнует, и только.

— Криста! — возмутилась Алейдис, энергично покачав головой. — Это полная чушь!

---

[14] Имеются в виду 44 представителя кельнских цехов (по два от каждого цеха), которые участвовали в заседаниях Совета по особо важным поводам.

Супруга Йорга тихонько хихикнула.

— Да-да, к мастеру Клайвсу. Какой сюрприз! Ты лучше расскажи ему, как тесно связан с нашей семьей архитектор-строитель. Если, конечно, тебя не смущают его выпады.

— Ты ошибаешься, — возразила Алейдис, избегая смотреть на ван Клеве, который пристегивал к поясу меч. — Он просто пытается показать мне, сколь глубоко он меня презирает. И делает он это с нашей первой встречи.

Криста засмеялась тихим шелестящим смехом.

— Прости, дитя мое, но поверь моему опыту, на тех, кого презирают, не смотрят такими глазами. Однако если тебе удобнее думать, что он ведет себя так, потому что недоволен тобой, я не буду тебя переубеждать. Как вдова ты имеешь полное право оплакивать покойного супруга, сколько сочтешь нужным. И, разумеется, противиться каким бы то ни было ухаживаниям. Особенно со стороны мужчины со столь непростым нравом и противоречивой репутацией.

Алейдис вздохнула. Слова мачехи пробудили в ней чувство тревоги.

— Ты действительно заблуждаешься. Между нами вообще ничего нет. Ни с его стороны, ни с моей, если ты об этом.

— Хорошо, раз так, — сказала Криста и с любовью расцеловала ее в обе щеки. — В таком случае тебе следует быть осторожной, не позволять ему себя провоцировать и самой не подливать масла в тлеющие угли.

Не дожидаясь ответа, она разжала объятия и подозвала Зимона, который возник перед ними в мгновение ока с плащом Алейдис в руке.

# Глава 19

Поскольку дом Йорга де Брюнкера стоял на улице Перленграбен за площадью Вейдмаркт, они сначала дошли до перекрестка с Ханненштрассе, стараясь избегать темных переулков. Отсюда рукой было подать до Шильдергассе, где им нужно было свернуть на восток. Не в силах унять переполнявший его гнев, Винценц напряженно молчал. Как он мог позволить себе так увлечься? То, что архитектор усомнился в его здравомыслии или, что еще хуже, упрекнул в скрытых мотивах, было неудивительно, учитывая, как бестактен и несдержан на язык он был сегодня за ужином. Такое поведение не красило его ни как гостя, ни тем более как полномочного судью. Обнаружив в тесном семейном кругу де Брюнкера мастера Клайвса, он испытал странную неприязнь, которая и сейчас подпитывала его недовольство. Алейдис молча шагала рядом, и он надеялся, что она не будет продолжать эту тему. Однако тишина продлилась недолго. Когда они достигли перекрестка с Ханненштрассе и свернули, Алейдис резко остановилась и сердито нахмурилась.

— Прекратите.

Не совсем понимая, что именно в нем вызвало у нее возмущение, ван Клеве тоже остановился.

— Что вы имеете в виду?

— Оставьте мастера Клайвса в покое. Что вы к нему прицепились? Он добрый друг нашей семьи и заслуживает, чтобы с ним обращались со всем уважением. Особенно это касается гостей, которые являются без приглашения на ужин к моему отцу.

Он смерил ее ледяным взглядом.

— Я советую вам сменить тон и впредь тщательней выбирать слова. Я не напрашивался на ужин, а всего-навсего хотел оказать вам услугу, о которой вы сами меня попросили, и поведать о ходе расследования. Если бы я этого не сделал, самое позднее завтра вы обвинили бы меня в пренебрежении вашими желаниями или даже вашей персоной.

— Хороша услуга. Вы приходите в чужой дом, бросаетесь на других мужчин, как сорвавшийся с цепи пес, так что даже моя мачеха начинает подозревать, что вы просто ревнуете меня к мастеру Клайвсу. Я вполне могу обойтись без таких услуг.

Винценц остановился.

— Ваши отношения с мастером Клайвсом, какова бы ни была их природа, мне абсолютно безразличны, госпожа Алейдис.

— Так ли это?

— Раз я говорю, значит, так.

— Значит, неоднократные упоминания о вашей излюбленной панацее никак не были связаны с его присутствием?

— Упоминания о чем, если позволите?

— О панацее от всех бед, которые могут постигнуть женщину.

— Брак— это ни в коем случае не панацея.

— Ага, значит, вы прекрасно понимаете, о чем я, — торжествующе улыбнулась она. — Существует ли мужское подобие Цирцеи?

— Ничего не понимаю.

— Правда? Значит, мне придется задуматься, стоит ли называть вас так в будущем. Хотя мне не нравится, как вы демонстрируете свое мужское превосходство, его оказалось достаточно, чтобы вызвать интерес у моих родителей. И теперь мне интересно, чувствуете ли вы себя вынужденным, возможно, из-за желания вашего отца, использовать склонность, пусть даже притворную, для достижения мира, который вы недавно провозгласили между нашими семьями.

Ему потребовалось мгновение, чтобы уловить, к чему она клонит.

— Да вы, верно, спятили! — негодующе фыркнул судья. — Неужели вы полагаете, что я соблазнюсь на такое непотребство?

— Если дело касается денег или власти, люди без труда идут на любые гнусные ухищрения.

— Как и прежде, вы приписываете мне только самые низменные побуждения.

Она медленно тронулась с места.

— Вероятно, я начинаю перенимать вашу способность видеть мир и людей в нем исключительно в черном цвете.

— А вы хотели бы, чтобы я был добреньким и говорил лишь то, что вам приятно?

— Ради всего святого, не пытайтесь притворяться, что вас заботит, чего бы я хотела, господин ван Клеве. А то напугаете меня еще больше.

— Вы говорите мне о страхе? — он схватил ее за руку.

— Отпустите меня!

Ван Клеве пропустил ее требование мимо ушей.

— Так вы все еще боитесь меня.

— Я этого не говорила!

Алейдис бросила быстрый взгляд на Зимона, который следовал за ними на почтительном расстоянии, но тот не спешил вмешаться.

Она попыталась высвободиться, но Винценц сжимал ее руку как клещами.

— Я просто приняла близко сердцу ваше недавнее предупреждение и стараюсь держаться подальше от огня, с которым, по вашим словам, не могу совладать. Я не знаю, почему вы все время пытаетесь разжечь его подле меня. Возможно, хотите досадить мне, возможно, вами движет скрытая корысть, о которой я упоминала ранее. Но не упрекайте меня в том, что я делаю именно то, что вы сами мне посоветовали.

Уловив волнение в ее глазах, которые изо всех сил стремились уклониться его взгляда, он испытал приступ ярости.

— Вы правильно делаете, что избегаете меня, Алейдис, — сказал он и мысленно чертыхнулся, поскольку его голос прозвучал слишком мягко, чем чуть не перечеркнул весь нравоучительный пафос. — Однако не потому, что в ваших опасениях есть хоть доля правды. Отец не приказывал мне ухлестывать за вами, и сам я к этому не стремлюсь. Уж поверьте, если бы я того желал, я нашел бы способ сломить ваше упрямство — здесь я нисколько не кривлю душой. Но вы точно что-то испытываете ко мне. Привязанность это, или отвращение, или чувство, что лежит в промежутке между этими двумя, мне неведомо. И прямо сейчас вы пытаетесь гладить меня против шерсти. И это вторая причина, почему вам стоит обходить меня стороной.

— Итак, мы подошли к тому единственному, что у нас есть общего. Ведь вы тоже пытаетесь гладить меня против шерсти, господин ван Клеве.

Она перестала сопротивляться его хватке, но по выражению ее лица и голосу было ясно, что она предпочла бы, чтобы их разделяло по меньше мере несколько саженей. Одно то, как поднималась и опускалась ее грудь, выдавало ее внутреннее напряжение, которое передавалось и ему.

— Если это вторая причина, то какова же первая?

Винценц наморщил лоб. Он знал: одно неверное движение — и Зимон тут же бросится на защиту своей госпожи. Но невзирая на грозящую ему опасность, он привлек Алейдис еще ближе, пока их тела не соприкоснулись. Все его тело словно пронзило ударом молнии. Как и ожидалось, слуга шагнул по направлению к ним, но внешне оставался спокоен. Алейдис остолбенела. Ее взгляд бегал то вправо, то влево, лишь бы не встретиться с ним глазами. Он заметил, как на ее шее пульсирует жилка, почувствовал, как колотится ее сердце. Возможно, их сердца бились в унисон. Он знал, что совершает ошибку, но все же осторожно приподнял ее за подбородок, чтобы она наконец посмотрела ему в глаза. Ее голубые глаза потемнели, зрачки расширились.

— Вот почему...

Пытаясь не утратить над собой контроль, он ослабил хватку на ее руке. Но Алейдис не отстранилась от него, а продолжила стоять, не шелохнувшись. Близость ее тела сбивала Винценца с толку и навевала опасные мысли. В то же время он заметил, что она почти перестала дышать и в глазах у нее заплясали панические огоньки. И чтобы не совершить еще одну ошибку, он решительно отпрянул.

— Вот почему вам следует держаться от меня подальше, госпожа Алейдис.

Он услышал ее облегченный вздох, когда, сделав еще один шаг в сторону, пошел по направлению к Шильдергассе так, словно ничего и не произошло. Она поравнялась с ним, стараясь держаться на расстоянии вытянутой руки, и опасливо оглянулась назад, не наблюдал ли кто за этой неловкой сценой. Но, кроме них и Зимона, в этот час на улице никого не было.

Бросив взгляд через плечо, Винценц понял, что ему едва удалось избежать вмешательства слуги, которое могло стать для него весьма плачевным. По мрачному лицу Зимона можно было безошибочно понять, чем заняты сейчас его мысли. Случись что, он будет защищать госпожу даже ценой собственной жизни. Винценц кивнул слуге, чтобы показать, что он осознает опасность, после чего тот немного расслабился. Однако едва заметная улыбка, появившаяся на круглом детском лице евнуха, вызвала у Винценца большее беспокойство, чем прежнее настороженное, мрачное выражение.

Огромным усилием воли Алейдис подавила в себе желание убежать от мужчины, который сейчас шел рядом с ней. Она не могла унять сердцебиение. Как ван Клеве посмел прикоснуться к ней? И почему, во имя Богоматери, она не остановила его? Он, конечно, застал ее врасплох, но она могла бы в любой момент... Алейдис вздохнула. Ей следовало закричать.

Разве он не предупредил ее лишь только вчера? Она не совсем понимала, о чем он говорит, или не хотела понимать? Может, это и правда игра с огнем? Ужасное, болезненное чувство вины нахлынуло на нее. Николаи не стало всего две недели назад. Как могло случиться, что какой-то мужчина, которого она к тому же боялась как огня, вызвал в ней столь сильное влечение? Очевидно, что и Винценца влекло к ней, и это тоже злило. И он вовсе не стремился разжечь в ней это чувство, а, наоборот, пытался совладать со своим. Ведь он желал ее не больше, чем она его. И все же... Алейдис чувствовала, что могла раствориться в его черных глазах, если бы он вовремя не отвел взгляд. Чувства взяли над ней верх, и даже ее собственное тело оказалось ей неподвластно. Что может быть ужаснее? Разбитая и подавленная, она молча брела, глядя перед собой. На кельнских улицах сгущались сумерки. На город медленно опускалась ночь, размывая очертания домов, улиц, кустов и фонтанов. Из-за тумана, стоявшего над Рейном, казалось, будто на мир с небес опустилась тонкая призрачная пелена.

— Я бы хотел показать вам не только кинжал, — нарушил молчание Винценц.

Алейдис вздрогнула, но не повернула головы, чтобы не встретиться с ним глазами.

— Почему вы не сказали об этом в доме отца?

— Чем меньше людей знают, тем лучше.

Он бросил взгляд на Зимона, который послушно притворился глухим.

— Когда палач осматривал тело Бальтазара, он нашел ещё кое-что кроме орудия убийства. — Судья выдержал короткую паузу. — Украшение.

— Ворованное?

— Возможно, — кивнул он. — Это кольцо. Бальтазар, вероятно, проглотил его.

— Проглотил? — недоуменно воззрилась на его Алейдис. — Так оно было в его желудке? А вы его?.. О боже!

— Вскрывали ли мы тело? Нет. Вряд ли архиепископ дал бы на это согласие. Особенно если речь идет о всякой уличной швали вроде Бальтазара. Возможно, ваш муж и был влиятельным, но курфюрст[15] все равно не станет вмешиваться в раскрытие убийства.

— Он задолжал Николаи.

— Значит, тем более не будет. Он будет надеяться, что вдова либо не знает об этих долгах, либо не будет настаивать на их погашении. Это был тайный заем или официальный?

— Боюсь, что оба, — ответила Алейдис и с облечением вздохнула, чувствуя, что сердце постепенно замедляет свой галоп.

---

[15] Кельнское курфюршество управлялось епископом, обладавшим правами курфюрста — князя с правом выбирать императора Священной Римской империи.

— Ну тогда пусть это подождет до лучших времен, пока все не прояснится.

— Если вообще прояснится.

— Да, если, — кивнул Винценц. — Кольцо обнаружили в его брэ[16].

— Вы хотите сказать...

— В момент насильственной смерти кишечник часто опорожняется. Часть испражнений смыла вода Рейна, но палачу все равно пришлось вымыть тело. Так кольцо и попало ему в руки. Я хочу, чтобы вы на него взглянули.

Тем временем они уже дошли до Хоэштрассе и свернули на Обермарспфортенгассе. Винценц толкнул перед Алейдис створку дверей в ратушу и указал налево.

— Туда.

Повозившись с ключами, он отпер кабинет. Алейдис с любопытством оглядела маленькую прямоугольную комнатку.

Вдоль стен были расставлены шкафы, в которых стояли вперемешку книги в кожаных переплетах, толстые тетради и коробки, полные документов. Дополняли обстановку простой письменный стол, кресло и два табурета. Винценц принес из коридора сосновую лучину и зажег фитиль масляной лампы. Затем вставил лучину в поставец рядом с дверью, а лампу водрузил в центр стола. Из запертого

[16] Средневековое мужское нижнее белье.

сундука, стоявшего под единственным окном, он достал небольшую шкатулку, которую поставил рядом с лампой. Откуда-то донеслись голоса — видимо, закончилось заседание Совета. Его участники спускались по лестнице и, оживленно беседуя, направлялись к выходу.

— Закрой дверь, — приказала Алейдис Зимону. К ее удивлению, слуга не только исполнил приказ, но и сам встал за дверью, так что она оказалась наедине с ван Клеве. Она бросила встревоженный взгляд на единственный выход из крошечной каморки. Однако Винценц, похоже, не собирался снова приближаться к ней. Вместо этого он быстро откинул крышку шкатулки и указал ей на содержимое.

— Это кинжал Николаи, — сдавленным голосом подтвердила она. Она протянула руку к оружию, но тут же отдернула ее.

— Вы уверены?

Судья взял кинжал в руку и поднес к лампе. На клинке не было никаких следов крови. Очевидно, его вычистили, после того как вынули из трупа. Со смешанным чувством скорби и ужаса она смотрела на украшенную драгоценными камнями рукоятку и тонкое прямое лезвие.

— Ошибки быть не может. Я видела этот кинжал на поясе Николаи почти каждый день.

— Я позабочусь о том, чтобы вы получили его обратно, когда он перестанет быть нужным в качестве улики.

— Я даже не знаю. Я что, должна оставить его себе? После того, как им убили человека?

— Это вам решать.

Он положил кинжал обратно в шкатулку и достал из нее маленький бархатный мешочек.

— А это вам знакомо?

Она взяла у него мешочек и, развязав тесемку, осторожно перевернула его. На стол выпало удивительно большое кольцо. Она тщательно осмотрела его со всех сторон.

— Это перстень Николаи. Вот его личный знак — звезда с семью разновеликими лучами.

Она достала кольцо с печаткой, которое носила на цепочке, спрятанной под платьем, и положила его на ладонь вместе с находкой. Найденный перстень был немного больше, звезда на нем была более рельефной и остроконечной. Винценц подошел поближе и взглянул на оба украшения.

— Вряд ли это кольцо с печатью. Звезда слишком рельефная, сургуч с нее либо растечется, либо весь останется в выемках. — Ван Клеве взял находку с ладони Алейдис, и она ощутила легкий укол от его прикосновения. — Скорее всего, это какое-то особенное украшение. Возможно, внутри звезды что-то было.

— Вы полагаете, драгоценный камень? — Алейдис задумчиво посмотрела на перстень, который судья поднес к свету.

— Судя по форме, если это был камень, то достаточно мягкий, который легко поддается обработке.

Возможно, янтарь. Я также встречал агаты, которым удавалось придать необычную форму.

— Вы полагаете, Бальтазар вытащил камень?

Винценц пожал плечами.

— Как бы там ни было, его нигде не нашли. Возможно, он лежит на дне Рейна или Бальтазар продал его.

— Но почему он продал камень, а кольцо оставил себе? — Алейдис перевела вопрошающий взгляд на кинжал в шкатулке, потом снова на украшение. — Ведь кольцо с камнем можно было бы продать гораздо дороже.

— Безусловно.

Винценц положил кольцо обратно в мешочек и завязал его.

— Возможно, камня в нем не было изначально. Ведь мы только предполагаем, что он там был. Я не вижу ни царапин, ни других следов, которые указывали бы на то, что Бальтазар или кто-то другой повредил кольцо.

— А с чего он вдруг решил его проглотить? Ведь он же мог подавиться!

Винценц положил мешочек обратно в шкатулку и спрятал ее в сундук.

— Хороший вопрос. Воры иногда делают так, чтобы спрятать драгоценности. Поскольку кольцо наверняка принадлежало Николаи, вероятность того, что его убил именно Бальтазар, возрастает. Возможно, потому он и украл у него кольцо.

Алейдис задумчиво кивнула, затем рывком подняла голову.

— Может ли быть так, что наниматель убил Бальтазара именно из-за кольца?

— Вы хотите сказать, из-за того, что Бальтазар не захотел его отдать?

— А вдруг он затем и нанял Бальтазара, чтобы похитить кольцо?

— Это чистые домыслы, — возразил Винценц. — Однако этого нельзя исключать. Вероятно, что-то такое было в этом кольце, иначе зачем Бальтазару глотать его. Пусть это украшение из чистого серебра, оно не настолько ценно, чтобы ради него подставлять себя под кинжал убийцы. Тем более без драгоценного камня, который предположительно в нем был.

— А если камень остался в желудке Бальтазара?

— Мы этого никогда не узнаем. Тело завтра должны предать земле, и мы не успеем получить разрешение на вскрытие.

Алейдис вздрогнула.

— Неприятно даже думать о таком. Вскрывать тело, чтобы посмотреть, что там внутри!

— В иных случаях это бывает полезно. Но опасность понести суровое наказание либо в этой жизни, либо в загробной отодвигает соображения пользы на второй план. На самом деле я могу пересчитать по пальцам случаи, когда архиепископ давал согласие на вскрытие. Все они произошли много лет назад, да и интерес в каждом из случаев был куда серьезнее, чем в нашем.

— Так что вы собираетесь делать?

Не дожидаясь приглашения, Алейдис села на табурет и взглянула в окно. За ним город полностью поглотила ночь.

Винценц опустился в кресло, стоявшее рядом.

— Я постараюсь навести справки. Может быть, кто-нибудь из моих осведомителей что-то слышал о кольце или даже о кинжале. Если Бальтазар хотел продать кому-то либо кольцо, либо кинжал, либо камень в форме семиконечной звезды, об этом должны знать.

— Как вам удается связываться с людьми из преступного мира, которые снабжают вас этим сведениями?

Он улыбнулся.

— Ну, во-первых, далеко не все из этих людей мужчины.

Увидев, что она подняла бровь, он улыбнулся еще шире.

— Один из самых надежных источников — это публичные дома. Особенно тот, что держит Эльзбет на Швальбенгассе.

— Так вы действительно наведываетесь туда? — Алейдис вдруг покоробило от самой этой мысли, но она быстро одернула себя. В конце концов, какое ей дело?

— Я слышу в вашем голосе какое-то возмущение или даже осуждение.

— Я уже говорила вам. — Алейдис непроизвольно выпрямилась. — Не мне судить, как вы проводите свободное время. И если находите компанию продажных женщин приятной, господин ван Клеве, меня это нисколько не заботит.

— Ну, общество красотки действительно может быть приятным. В любом случае необременительно. Ты что-то берешь, а что-то отдаешь. Даже в браке отношения между людьми не могут быть яснее и проще.

Внутри нее вдруг пробудились ярость и отвращение.

— А вы подобным образом и перед покойной супругой оправдывали свои визиты в бордель?

Его улыбка померкла, а лицо потемнело так, что она чуть не ахнула. На лбу Винценца снова появилась резкая морщина, свидетельствующая о гневе.

— Может быть, вы объясните мне, с чего вдруг решили обвинить меня в супружеской неверности?

Его голос был обманчиво бесстрастным, но острым, как отточенное лезвие ножа.

— Не стоило мне этого говорить, — смешалась Алейдис. — Но в ваших словах звучало такое самодовольство, что я предположила, что вы вели себя так всегда, даже когда были в браке. И это объясняло бы те зловещие слухи, которые, как паутина, опутывают вашу персону.

— Ага, значит, и до вас дошли эти слухи, — гнев в его голосе нарастал. — Я полагаю, они касаются того, как погибла Аннелин. Так расскажите, госпожа Алейдис, что же вы слышали?

Его ледяной взгляд заставил ее запаниковать. Она понимала, что вряд ли ей удастся избежать назревающей бури, которую она неосмотрительно спровоцировала.

— Все, что я знаю, это то, что ваша супруга была найдена мертвой в Мельничном пруду, — Алейдис судорожно вдохнула. — И злые языки утверждают, что она утопилась в нем, потому что...

— Так отчего же? — холод в его голосе уступил место зловещим раскатам грома.

— Потому что она больше не могла вас выносить.

— И какая же сторона моей натуры была настолько невыносимой, что лишь самоубийство могло подарить вожделенное освобождение, пусть и ценой вечного проклятия ее души? Вам не составит труда ответить на этот вопрос. Ведь мы уже определили меня как мрачного, неприятного и пугающего типа.

— Временами вы именно такой, господин ван Клеве. Я даже смею подозревать, что вы намеренно ведете себя подобным образом, чтобы придать себе больше веса. Но именно поэтому люди и сторонятся вас. — Алейдис помолчала немного и продолжила. — Говорят, ваша супруга была очень молода, когда вышла за вас. Точнее будет сказать, она была еще совсем дитя. И она, вероятно, не смогла совладать с вашей сложной натурой.

— Ей было пятнадцать. Не такое уж и дитя, если учесть, что мне было двадцать три.

Озадаченная и слегка раздраженная этим заявлением, Алейдис сузила глаза, но он лишь махнул рукой.

— Брак был согласован и заключен по решению наших родителей. Есть множество причин, приведших к столь трагическому концу, но ни одна из них не имеет ничего общего с моим недостойным или даже жестоким обращением с женой, не говоря уже о нарушении супружеского обета.

Горечь, с которой он произнес эти слова, навела Алейдис на еще одно подозрение. Однако она не осмелилась высказать его, потому что это было так же неприятно, как и мысль о том, что Винценц изменял молодой жене с проститутками. Но было еще кое-что, что взволновало ее гораздо больше.

— Значит, это правда: она покончила с собой?

В глазах ван Клеве вспыхнуло что-то помимо гнева, который она по неосторожности вызвала.

— Она не утопилась.

Алейдис внимательно вгляделась в его лицо, которое в этот момент напоминало каменную маску.

— Полагаю, что слухи о причинах ее смерти известны вам гораздо лучше, чем мне. Если это был несчастный случай, как гласит официальная версия, то, судя по выражению вашего лица, часть вины за то, что случилось с вашей супругой, лежит и на вас.

— Допустим, это так. Что дальше?

Она призадумалась.

— Тогда ради сохранения своего доброго имени вы вряд ли станете распространяться об истинных обстоятельствах ее гибели.

— Радуетесь, что вам удалось меня уличить?

— Нет.

Она поднялась в мерцающем свете масляной лампы, подошла к одному из шкафов и окинула взглядом ряды книг и бумаг.

— Смерть молодой женщины едва ли может быть поводом для радости, независимо от того, при каких обстоятельствах она произошла или чем была вызвана. — Алейдис помедлила. — Вы скорбите по ней?

— Нет.

Он ответил так быстро, и голос его прозвучал так резко, что она чуть не подпрыгнула на месте от неожиданности. Обернувшись, она увидела, что он тоже поднимается и собирается уходить.

— Это оттого, что вы настолько жестоки или просто были к ней равнодушны?

— По той самой причине, по какой я с тех пор предпочитаю общество шлюх.

С непроницаемым лицом он сделал несколько шагов по направлению к ней.

— Это проще. — Его брови слегка дернулись вверх. — И честнее. — Он жестом указал на дверь. — Однако нам пора.

— Вы правы.

Когда судья открыл дверь и пропустил ее вперед, Алейдис, облегченно вздохнув, поспешила покинуть его каморку. Винценц погасил масляную лампу и запер дверь на ключ. Перед ратушей горело много факелов. Зимон взял один из них, подпалил от него сосновую лучину, и они молча направились на Глокенгассе.

# Глава 20

Ван Клеве проводил Алейдис до дома, но расстались они холодно. И сейчас Винценц раздумывал, а не отправиться ли ему и в самом деле в публичный дом на Берлихе сбросить напряжение, которое накопилось в нем за этот вечер. И лишь поздний час и скверное настроение заставили его отказаться от этой идеи.

Ночь выдалась бессонной. Он метался в постели, терзаемый воспоминаниями о неудачном браке и осознанием того, что его общение с Алейдис Голатти вовсе не способствует душевному спокойствию, которое он старательно восстанавливал после смерти Аннелин. Он не любил свою жену, но уважал ее. И пусть он был не самым терпеливым и внимательным мужем, это не оправдывает той боли и унижения, которые он испытал из-за Аннелин. Он имел полное право не оплакивать ее и полагать, что в своей смерти по большому счету виновата она сама. Но Алейдис была права в одном: если дело касается денег или власти, люди без труда идут на любые гнусные ухищрения, и это было самое отвратительное. Еще и поэтому он считал себя вправе никогда не позволять женщине обрести власть над его жизнью, натурой или сердцем. Последнее он держал под замком еще с младых ногтей. Но даже если ему удавалось успешно противиться любви, его сердце все же не было куском горной породы. Аннелин нанесла ему серьезный урон, а позор и скандал, которые повлекла за собой ее смерть, полностью легли на его плечи.

И чем дольше он бодрствовал этой ночью, тем больше понимал, что в какой-то степени поступает несправедливо по отношению к Алейдис, постоянно твердя ей о преимуществах замужества. Она мало походила на тех ушлых женщин, которых привлекают мужчины вроде Николаи Голатти. Он уже почти поверил, что она действительно испытывала к покойному нечто похожее на любовь и ничего не знала о его манипуляциях. И он мог бы позавидовать мужчине, который когда-нибудь захочет взять ее в жены, если бы не понимал, что большинство мужчин решатся на этот шаг не потому, что ценят ее ум или красоту, а по куда более низменным причинам. Для них она лишь возможность преумножить свое богатство и влияние. Однако если это произойдет, она окажется в том же положении, в каком некогда оказался он по отношению к Аннелин. Даже если Алейдис, возможно, не до конца понимала это, ей хватало ума и интуиции осознать свое затруднительное положение и справедливо выступать против повторного брака. И у него не было никакого права подталкивать ее к этому.

Мысль о том, что Алейдис все же может выйти замуж за первого попавшегося кандидата, который умело прольет елей на ее отзывчивое сердце, была ему неприятна. Последнее он объяснял исключительно тем, что, помимо того что его собственный брак потерпел крах, ему пришлось стать свидетелем несчастья сестры. В этих вопросах он позволял себе некоторую мягкосердечность, которая раздражала, но не умаляла его общего мнения о самом себе. А видел он себя хищником, который брал то, что ему нужно, и в то время, когда этого хотел. Он привык командовать и принимать решения и не терпел, когда кто-то пытался делать это за него. Пока у него было преимущество, он мог контролировать и свой вспыльчивый характер. Но с Алейдис ему это давалось все труднее и труднее. Именно поэтому он неоднократно предупреждал ее держаться от него подальше.

Если бы она была более опытной и, главное, более расчетливой, такая предосторожность была бы излишней, и ему самому пришлось бы меньше беспокоиться о том, чтобы не задеть ее чувства. Но чем дольше он был с ней знаком и чем внимательнее за ней наблюдал, тем больше приходил к выводу, что для вдовы она как-то уж чересчур неиспорченна. Винценц даже представить себе не мог, что там происходило на супружеском ложе Алейдис и Николаи.

Она решительно стояла на своем: ее муж, вопреки тому, что болтали злые языки, не утратил мужской силы. Но, судя по ее реакции в тот вечер — и неоднократно до того, — она не имела ни малейшего представления о том, что может произойти между мужчиной и женщиной, когда жаркое пламя страсти овладевает разумом. Почти панический страх, мелькнувший в ее взгляде, когда он подошел к ней слишком близко, ранил его больше, чем ужас от собственного жгучего желания обладать ей. Он смог усмирить в себе хищника, но только потому, что недоумение, с которым она отреагировала на него, подействовало на него, как ушат холодной воды. Вполне возможно, что Николаи не опозорил себя перед молодой невестой. Но то, что она, тем не менее, вела себя как нетронутая дева, сказало Винценцу об интимной жизни этой пары больше, чем ему хотелось бы знать. Безусловно, у него не было никакого намерения знакомить ее с этой стороной жизни. Но мысль о том, что любой другой мужчина может проявить гораздо меньше щепетильности в этом отношении и без колебаний сорвать, использовать и растоптать нежный цветок, каковым она казалась Винценцу, доводила его до исступления.

Злясь на себя за то, что эти мысли лишили его сна, он встал в воскресенье с первыми петухами, оделся и отправился на поиски Кленца и Биргеля. Шагая по улице, он думал, что отсутствие страсти и взаимопонимания в отношениях с женами могло побудить Николаи добиваться власти на другом поприще. И это касалось не только его брака с Алейдис. Его подпольное королевство существовало с тех времен, когда он был женат на Гризельде Хюрт. Видимо, рассуждал Винценц, ему стоит поподробней расспросить об этом отца. Впрочем, Гризельда и сама была из семьи ростовщиков и купцов, которые использовали методы, схожие с теми, что применял Николаи. Так может, действительно, это Гризельда, как они и предполагали вначале, толкнула его на этот путь? И те дела с преступным миром, которые вел Николаи, в действительности были частью ее приданого? Насколько можно было судить по описаниям Алейдис, в жизни Николаи был достаточно мягким человеком. Сам Винценц знал ломбардца лишь как заимодавца, озабоченного исключительно умножением своего состояния, но он не замечал за Николаи особой жестокости. В конце концов, будь он жестоким деспотом, Алейдис разглядела бы его истинную личину гораздо раньше. Ей хватило бы для этого проницательности, позволяющей видеть людей насквозь, до некоторой степени даже его, Винценца ван Клеве.

Пока он шел сквозь зябкий утренний туман, эта новая идея обретала конкретные очертания. Если Николаи создал подпольное королевство не из-за чрезмерной жажды власти и его брак с Гризельдой был всего лишь способом достичь более высокого положения в обществе, то вполне возможно, что именно она или ее семья были движущей силой его последующих махинаций. Алейдис утверждала, что жестокость противоречила натуре Николаи. И тем не менее много лет он умножал свои богатство и влияние с помощью жестокости и обрек бесчисленное множество людей на несчастье. Он был в определенной степени холоден душой, но, возможно, эта черта развилась у него лишь с годами, ибо того требовали от него супруга и ее семья. Возможно, он черпал силу и уверенность в себе, которых ему не хватало в браке, из власти, которую постепенно накапливал. После рождения Катрейн Гризельда больше не смогла подарить ему детей: все, кого она родила, умерли в младенчестве. И хотя молва обычно перекладывала вину за это на женщину, Николаи, видимо, тоже страдал, считая себя неспособным оплодотворить жену. Вряд ли они обсуждали это с Гризельдой, это было ниже их достоинства.

Тем временем Винценц дошел до грузового крана, на котором работали Биргель и Кленц. В воскресный день они, конечно же, отдыхали, но должны были околачиваться где-то неподалеку. Высматривая их, Винценц продолжал размышлять. Семья Йорга де Брюнкера была одной из немногих в кельнских деловых кругах, которые никогда не соприкасались с подпольным королевством Николаи. Случайно ли это? Возможно, Николаи нашел в Йорге и его дочери людей, в общении с которыми мог проявить ту часть своей натуры, которую был вынужден подавлять в собственном доме. В таком случае не вызывает большого удивления, что он пылинки сдувал с Алейдис и сделал ее единственной наследницей.

В таверне «У черного карпа» две служанки выметали мусор в переулок и грузили его на тачку. Чуть поодаль звонили к первой мессе колокола. Винценц внимательно огляделся по сторонам и, заприметив знакомого скупщика краденого у причала для барж, решительным шагом направился к нему.

Этим воскресным утром Алейдис, как обычно, металась по лестнице между кухней, гостиной и комнатой девочек, следя за тем, чтобы все домашние оделись к мессе. Она то и дело сталкивалась с Эльз, которая готовила завтрак и накрывала на стол. Герлин, собрав плащи Алейдис, детей и подмастерьев, выколачивала их во дворе.

— Госпожа Алейдис, я не могу найти свои выходные башмачки.

Урзель спускалась по лестнице в деревянных сабо, в которых она обычно помогала по саду. Они совсем не шли к ее красивому желтому платью. Алейдис, которая в этот момент как раз осматривала плащ, повернулась к девочке.

— Где ты снимала их в последний раз?

— Не помню, — смущенно ответила девочка, приподнимая подол.

— Их всегда нужно относить в спальню.

— Просите. Я не могу вспомнить, куда их поставила.

— Я знаю, где они, — сообщила Марлейн, облокотившись на перила лестницы. — В конюшне, у стога сена. Ты что, забыла, мы играли там с Ленцем, — она покосилась на Алейдис. — То есть я хотела сказать, мы помогали ему складывать сено.

— И ты сняла башмачки и оставила их там, — заключила Алейдис, смерив многозначительным взглядом сначала Марлейн, затем Урзель.

— Наверное, — пролепетала Урзель, пригнув голову.

— В конюшне.

— Ага.

— Там, где грязно и животные могут их испортить.

— Нет, я так не думаю. Теперь я вспомнила. Я поставила их на балку рядом с загоном Финчена. Ослы ведь не едят обувь, да?

— Хотелось бы надеяться. Тогда иди и принеси башмаки. Если они запачкались, тебе придется быстро их помыть. Завтрак через минуту, а потом нам пора выходить, если мы хотим занять хорошие места в церкви.

— Да, я мигом! — крикнула Урзель и, сверкнув пятками, умчалась через черный вход. Почти в тот же миг раздался громкий стук во входную дверь. Лютц, который тащил корзину с дровами на кухню, быстро поставил свою ношу и побежал встречать раннего гостя. Алейдис проводила его взглядом и была крайне удивлена, когда в прихожую, чуть не сбив Лютца с ног, ворвался ее деверь Андреа.

— Алейдис, вот ты где! Черт возьми, кто-нибудь может объяснить, почему уже несколько дней я не получаю от тебя никаких вестей? От тебя или от этого чертового судьи — неважно. Сдается мне, что воз и ныне там. Николаи как-никак был моим братом, посему я рассчитывал, что вы, по крайней мере, окажете мне любезность, если будете время от времени извещать, как продвигаются поиски убийцы.

Алейдис не успела ответить, как он снова затараторил:

— Но вместо этого совершенно незнакомые люди на улице поносят меня последними словами, якобы из-за того, что их обидел Николаи. Так что мне приходится помалкивать, что я Голатти, а мою жену на рынке оскорбляют служанки. Этот город — какой-то сумасшедший дом! И мало того, в последнее время ко мне постоянно обращаются богатые купцы, которые хотят, чтобы я замолвил словечко за них или их сыновей. Скажи мне, ты снова собралась замуж? Так быстро? Я думал, что ты приличия ради подождешь хотя бы полгода или даже больше. Или ты таким образом рассчитываешь отмыться от фамилии Голатти? Вот женщины! Вам только волю дай! Мигом сыщете себе нового мужа, поменяете имя — и хоп, все скандалы позади!

— Андреа, ради бога, успокойся! — воскликнула Алейдис, оторопело глядя на разъяренного деверя. — Что ты такое говоришь? У меня нет ни малейшего желания снова выходить замуж. И уж точно не для того, чтобы избавиться от фамилии Голатти. Как тебе такое в голову могло прийти?

— Разве я тебе только что не объяснил? — Андреа шагнул к ней. Он все еще кипел, как котел на огне, но хотя бы немного понизил тон. — Претенденты на твою руку не дают мне прохода, все на улицах твердят лишь о том, что в твоей ситуации нет ничего более разумного, чем как можно скорее пойти под венец. В принципе, я бы мог с ними согласиться, но в данном случае у меня есть право голоса.

— У тебя? — скептически подняла бровь Алейдис. — Если у кого и есть право голоса, то только у моего отца.

— Но ему лучше сначала посоветоваться со мной. Ты не можешь просто так подпустить постороннего человека к управлению наследством.

— Этого не случится, Андреа. Как я уже сказала, в ближайшем будущем я не планирую вступать в брак. А о чем болтают люди, не должно тебя заботить. Можешь смело давать от ворот поворот всем, кто расспрашивает тебя обо мне.

— Правда? А то ходят слухи, что семейство ван Клеве запустило в тебя когти.

— Нет! — воздела глаза к потолку Алейдис. — И даже если бы они решились, последнее слово за мной. Так что тебя так расстроило?

— Для меня невыносима сама мысль, что женщина, которая была замужем за моим братом и, мало того, унаследовала все его имущество, тут же собралась вручить его другому. Наследником по праву должен был стать я! Вместо этого я должен смотреть, что все утекает в руки постороннего мужчины. Если бы Николаи уже не был мертв, я бы сам свернул ему за это шею. И при этом у вас еще хватает наглости даже не ставить меня в известность о том, как идут поиски его убийцы.

— Мне жаль, Андреа, — ласково заговорила Алейдис, пытаясь достучаться до сознания деверя. — Я вовсе не хотела тебя обидеть. Просто за последние несколько дней произошло так много всего, что у меня не было возможности навестить тебя или отправить весточку. Скажи, не хочешь ли ты разделить с нами завтрак? Эльз готовит нам яичницу и поджаренные ломтики хлеба, а добрый сидр из наших летних яблок наверняка придется по вкусу и тебе.

— Я уже позавтракал, — пробурчал в бороду Андреа. — Впрочем, для яичницы место в животе всегда найдется.

— Проходи и посиди с нами в гостиной. Девочки вот-вот... Ради всего святого! — вдруг оборвала себя она, услышав снаружи детские крики. — Что там происходит?

Она выбежала на улицу, оставив Андреа одного. Крики доносились со двора, и первые зеваки уже остановились у ворот. Одни неодобрительно качали головой, другие смеялись. Заподозрив недоброе, Алейдис протиснулась сквозь растущую толпу и в следующее мгновение с подавленным проклятием бросилась во двор. Урзель и Ленц катались по земле, тянули и рвали друг друга за одежду и волосы, визжали и плевались.

— Немедленно прекратите это! Урзель, вставай. Ленц, отпусти Урзель!

Алейдис приблизилась к дерущимся детям. Никто из них даже не обратил на нее внимания. Тогда она схватила Ленца за соломенно-светлую шевелюру, а Урзель — за запястье и что было силы развела руки, да так, что Урзель упала на спину. Ленц, напротив, удержался на ногах, лишь негромко вскрикнув.

— Что на вас двоих нашло? Урзель, иди сюда и объяснись!

Девочка вскочила на ноги и принялась смущенно отряхиваться. Ее платье было безнадежно испачкано пылью и грязью. Подбородок слегка дрожал, но она мужественно подавила слезы.

— Это Ленц во всем виноват. Он набил ослиный навоз в мои башмачки, и я не смогла его вытащить. А он посмеялся надо мной.

— И что, это повод, чтобы кувыркаться с ним в грязи? — покачала головой Алейдис.

— Он заслужил взбучку.

— Я всего лишь пошутил, тупая ты коза, — прошипел Ленц, вытирая тыльной стороной ладони нос, из которого текла струйка крови.

Алейдис огляделась и заметила среди зевак Ирмель, которая, забыв о делах, стояла, держа в руках корзину с яйцами.

— Ирмель, принеси ведро воды и чистую тряпку. Мы должны осмотреть лицо Ленца. А ты, неряха Урзель, ступай переоденься. Святые угодники, ты только посмотри на себя. Это ведь твое лучшее платье. В наказание ты выстираешь его сама, поняла?

— Но ведь я не умею.

— Значит, когда в следующий раз придет прачка, поможешь ей и заодно научишься.

Алейдис бросила на девочку самый суровый взгляд, на какой только была способна.

— А ты, Ленц, вычистишь эти башмаки внутри и снаружи. И не дай бог от них будет хоть немного пахнуть ослиным навозом.

— Но это и правда была шутка. Сухой навоз не воняет.

Надувшись, как мышь на крупу, мальчик подобрал оба башмака, которые разлетелись по двору во время драки.

— Посмотри на меня, — Алейдис еще не закончила. — Разве я смеюсь? В таких глупостях нет ничего смешного. Почему бы тебе просто не оставить Урзель в покое? Ты прекрасно знаешь, чем всегда закачиваются ваши ссоры. Негоже приличной девочке валяться в грязи и уж тем более драться. А тебе не помешало бы быть чуть более разумным.

Когда мальчик только демонстративно выпятил нижнюю губу, она подошла к нему, взяла за подбородок и посмотрела в лицо.

— А теперь сядь на край колодца и дай мне осмотреть свой разбитый нос.

Тем временем Ирмель принесла воду и чистую холстину. Отправив служанку на кухню, Алейдис принялась смывать кровь с лица Ленца и осматривать полученные им ссадины. На этот раз, вынуждена она была признать про себя, Урзель одержала верх.

— Разве ты не собираешься наказать их построже?

Алейдис оглянулась. В нескольких шагах за ее спиной стоял, сложив руки, деверь и с явным неодобрением взирал на то, как Алейдис пытается привести лицо мальчика в божеский вид.

— Они заслуживают хорошей порки. Не говоря уже о том, что этому маленькому шалопаю вообще не стоит здесь ошиваться. Выгони его и запрети впредь здесь появляться, тогда эти безобразия прекратятся сам собой.

Алейдис повернулась к Ленцу и приглушенно вздохнула.

— Ты прав, Андреа. — Она в последний раз провела по лицу мальчика мокрой тряпкой. — Ленц заслуживает наказания. Чистки башмаков недостаточно. Целую неделю он не будет получать остатков со стола и лакомиться медом из сот за работу в конюшне. Этим он покроет расходы на прачку.

— Но ночевать-то я здесь могу? — голос мальчика задрожал.

— Только если пообещаешь больше не хулиганить. И держись подальше от Урзель. То, что ты ее постоянно дразнишь, ничем хорошим не заканчивается, как видишь.

— Урзель — тупая коза и сама виновата, если так расстраивается из-за всего.

Теперь в голосе Ленца зазвучало некое подобие вызова, но Алейдис на это лишь усмехнулась. Очевидно, Ленц влюблен в Урзель и дразнит ее намеренно, чтобы привлечь ее внимание. Но наверняка он в этом не признается, поэтому и настаивать не стоит. Она снова обернулась к Андреа.

— Эти два чудовища уже достаточно пострадали. Не вижу смысла причинять им еще больше боли. Я, конечно же, серьезно поговорю с Урзель, потому что девочка не должна себя вести так неприлично, — она перевела дух. — Николаи наверняка согласился бы со мной, будь он жив.

— Мой брат всегда позволял своим женщинам вить из себя веревки.

Алейдис не видела смысла подливать масла в огонь гнева своего деверя, поэтому просто сказала:

— Пойдем завтракать.

Вернувшись в дом, она убедилась, что все домашние и слуги умылись и оделись как следует. Урзель все еще была в своей опочивальне, и Алейдис велела Марлейн передать младшей сестре, чтобы та не спускалась, пока все не отправятся на мессу. В гостиной она лично взяла с полки чашку, тарелку и столовые приборы для Андреа и предложила ему место рядом с ней.

— Так все-таки, что выяснил наш прыткий полномочный судья? — как бы между прочим поинтересовался он, когда собравшиеся за столом прочли молитву и принялись за яичницу. — Что-то мне подсказывает, что все эти его расследования — просто пустая трата времени и денег.

— Мы проверили несколько версий, — ответила Алейдис, наливая ему сидра. — К сожалению, ни одна из них нас пока никуда не привела. У многих людей был мотив навредить Николаи. Слишком многих... Не исключая тебя, — добавила она, помолчав.

— Что ты такое говоришь? — вспыхнул Андреа, покрываясь багровыми пятнами.

Вокруг раздались негромкие покашливания, но никто не осмелился вмешаться в разговор.

— Я обязана была это сказать, Андреа, потому что лишь ты сам можешь отвести от себя подозрения. Все, что мы выяснили за это время, — это то, что убийца, вероятнее всего, был членом нашей семьи или, по крайней мере, очень тесно с ней связан.

Алейдис вкратце поведала ему, как они пришли к такому умозаключению. Она колебалась, не рассказать ли ему и о кольце, но, немного подумав, решила пока повременить. Винценц сказал, что лучше, если пока об этом будут знать как можно меньше людей, — значит, так тому и быть. Однако она подробно рассказала о Бальтазаре и кинжале, при этом внимательно следя за реакцией и мимикой Андреа. Он выглядел удивленным и раздосадованным, но ничто не указывало на то, что он имеет какое-то отношение к этому головорезу.

— Стало быть, господин полномочный судья полагает, что кто-то из нас или не столь близкой родни нанял эту свинью, чтобы убить Николаи, а потом сам прикончил убийцу, чтобы тот его не выдал?

— Из-за этого или потому, что Бальтазар представлял для него опасность иного рода. То, что он использовал кинжал Николаи, говорит о том, что он либо отнял его у Бальтазара, либо тот с самого начала отдал оружие ему, потому что таково было условие сделки.

— И все же бросать тень подозрения на наших родичей — неслыханная наглость, — нахмурился Андреа. — Как знать, может, ван Клеве просто пытается отвести подозрения от себя. В конце концов, он уже наживается на смерти Николаи. Я слышал, что его отец отбивает у тебя заемщиков.

— Да, он уже переманил к себе некоторых, — подтвердила Алейдис, немного помолчав. — Причем действует он довольно агрессивно.

— Вот видишь. А разве он когда-то не желал заполучить тебя в невестки? Одного этого хватает, чтобы додумать все остальное. Я считаю, это большая ошибка, что Совет назначил Винценца ван Клеве расследовать это убийство. Ему это только на руку. Теперь они могут спрятать концы в воду и найти козла отпущения, на которого и свалят всю вину за смерть Николаи.

— Я так не думаю, — решительно покачала головой Алейдис, отгоняя сомнения, которые пробудили в ней слова Андреа. — Винценц ван Клеве не посмел бы злоупотреблять служебным положением.

— Ты уверена? Кто сможет его обвинить? Убийца настолько хорошо замел следы, что выйти на него невозможно. Судье остается только потянуть время или, чтобы задобрить Совет, подсунуть ему другого виноватого. Что может быть очевиднее, чем выбрать кого-то из семьи жертвы? Но только со мной такое не пройдет, Алейдис, говорю тебе. Я не собираюсь мириться с подобными вещами! — Андреа яростно запихнул кусок яичницы в рот. Все остальные за столом ели молча, притворяясь невидимыми. Нехорошо было затевать этот спор на глазах у девочек и слуг, но сейчас уже ничего не поделать.

Выждав момент, Алейдис сказала:

— И все же я не считаю, что ван Клеве как-то к этому причастны. У Николаи было не счесть врагов, Андреа. Столько, что это даже трудно представить. Мы еще ждем известий из Бонна. Туда направились два шеффена, чтобы допросить семью Пьяченца. Возможно, кто-то из них решил поквитаться за смерть Якоба.

— Николаи не имел к ней никакого отношения.

— Откуда тебе знать? Катрейн утверждает, что за смертью Якоба стоял ее отец.

— Катрейн ошибается. И кто, скажи на милость, будет ждать пять или шесть лет, чтобы отомстить? Это полная ерунда, — заявил Андреа, махнув рукой. — Я чувствую, мне придется заняться этим вопросом самому и серьезно поговорить с ван Клеве. И если ему есть что скрывать, я вытащу из него все, поверь мне.

Он взял ломоть хлеба и откусил большой кусок. Тщательно прожевав его, сделал глоток сидра и сменил тему:

— А с тобой, Алейдис, мы еще не закончили. Если ты и правда не собираешься приманивать на свое наследство нового мужа, я хотел бы знать, что ты намерена предпринять, чтобы защититься от конкурентов. Долго это длиться не может. Грегор ван Клеве, вероятно, не единственный, кто положил глаз на твою клиентуру. Если все они набросятся, как саранча, на твоих заемщиков, ты окажешься в большой беде.

Алейдис была вынуждена признать правоту Андреа.

— Мне не так просто привыкнуть к работе с займами. Я никогда прежде не имела с ними дела. С обменом денег проблем нет, но я не ожидала, что наши должники бросятся выкупать векселя. Мне нужно время, чтобы во все вникнуть.

— Ты должна начислять штрафные проценты.

— Да, Катрейн уже посоветовала мне это делать.

— Если хочешь, я могу взять на себя часть дел.

В голове Алейдис зазвонил тревожный колокольчик.

— Не думаю, что это то, чего желал Николаи, Андреа, иначе он завещал бы дело тебе.

— Но вряд ли он хотел, чтобы его неопытная жена растратила все его состояние из-за того, что недостаточно осведомлена, как обращаться с должниками. Думаю, он был совершенно не в себе, раз даже не оставил тебе знающего помощника. Разве оба твоих подмастерья не покидают твой дом в ближайшее время?

— Тоннес и Зигберт уедут через неделю или две. Сейчас они просто навещают свои семьи, чтобы утрясти все дела перед сменой мастера.

— Вот видишь, значит, скоро у тебя не останется помощников в меняльной конторе, — торжествующе улыбнулся Андреа. — Я пришлю Маттео, пусть он тебе поможет хотя бы с обменом. Хоть его обучали ремеслу купца, у него живой ум, и он быстро вникнет в суть дела. Что касается твоих заемщиков, Алейдис, я приду сюда завтра утром и первым делом просмотрю пропущенные платежи по договорам.

Алейдис подняла руки, точно защищаясь.

— Спасибо, Андреа, но не стоит. Я не пойду против воли мужа.

Резким движением Андреа отодвинул от себя тарелку и встал так быстро, что чуть не опрокинул стул.

— Мне ты перечить тоже не будешь, Алейдис, ибо я забочусь исключительно о твоих интересах.

Алейдис тоже поднялась, подчеркнуто медленно. В такие моменты она прекрасно понимала, почему Николаи не ладил с братом.

— О моих интересах или своих собственных?

— Ах вот как ты запела! Я не потерплю такой наглости. Немедленно извинись за это оскорбление!

— И не подумаю, Андреа. Это ты должен просить у меня прощения. С чего ты решил, что я нарушу последнюю волю моего супруга? Она совершенно законна, и это подтвердит любой суд. Мы семья, Андреа, и тебе как гостю всегда рады в этом доме. Но я не дам тебе доступа к деньгам Николаи или его делам, как бы тебе этого ни хотелось.

— Так вот оно что! — яростно зашипел Андреа и бросился к двери. — Ну вот увидишь, что из этого получится, когда твоя клиентура рассеется, как дым, а состояние превратится в прах. Ты приползешь ко мне на коленях, умоляя о помощи. Но не думай, что к тому времени я забуду о твоем высокомерии.

Дверь за ним захлопнулась с такой силой, что звук разлетелся по всему дому. Алейдис бессильно опустилась на место. Только что она была спокойна и держала себя в руках, но теперь ее сердце вдруг учащенно забилось. Она несколько раз вздохнула, борясь с подступающей тошнотой, и осторожно потерла горящие щеки.

Над столом повисло неловкое молчание.

— Госпожа Алейдис, с вами все в порядке? — малышка Марлейн осторожно коснулась ее.

— Принести вам кубок вина? — спросила Герлин и, не дожидаясь ответа, выбежала из гостиной.

— Дерьмо собачье, ничтожество! — ворчал себе в бороду Вардо.

— Вы справитесь с этим, госпожа, — уверенно заявил Зимон. — Мы вам поможем.

Вошла Герлин с кубком вина со специями и поставила его перед Алейдис.

— Вот, госпожа, выпейте. Эльз подогрела вино и еще добавила в него успокаивающие травы.

— Спасибо.

Алейдис отпила горячего напитка и поджала губы: вино оказалось резковато на вкус.

— Дедушка Андреа злится на тебя, — задумчиво заметила Марлейн, поигрывая ложкой.

Алейдис вздохнула.

— В основном он злится на вашего дедушку за то, что тот лишил его наследства. И самое ужасное, что мы никогда уже не узнаем, почему он это сделал.

Герлин быстро убрала со стола посуду, которой пользовался Андреа, и отнесла ее на кухню. После еще нескольких глотков вина со специями сердцебиение у Алейдис выровнялось, и она, наконец, смогла перевести дух.

— Ну что, все закончили завтрак? Тогда поторопитесь, нам пора выходить. Скоро начнется месса.

# Глава 21

Вернувшись спустя два часа из церкви, Алейдис с облегчением захлопнула за собой дверь. Она отдала Герлин плащ и провела отца, его супругу, а также Катрейн, которых они встретили по дороге домой, в гостиную. По дому уже распространялись аппетитные запахи воскресного жаркого, которое Эльз предусмотрительно поставила на плиту. Кухарка всегда стремилась попасть на первую, самую раннюю воскресную мессу, чтобы осталось время на стряпню.

Алейдис с нетерпением ждала возможности полакомиться жареным каплуном, потому что сегодняшняя месса явно отняла у нее больше сил, чем дала взамен. Как бы она ни была расстроена наглой попыткой Андреа силой влезть в ее дела, сейчас она вполне могла понять его гнев. Поход в церковь и вся месса стали настоящим испытанием. Люди смотрели на нее с плохо скрываемым любопытством и перешептывались за спиной. Знатные и богатые мужчины вились вокруг, как мухи вокруг патоки, подходя чуть ли не вплотную. К счастью, Вардо и Зимон стояли на страже ее неприкосновенности. Как по дороге туда, так и на обратном пути на нее неоднократно шипели и даже открыто кричали совершенно незнакомые люди. Тайные дела Николаи перестали быть секретом, теперь о них говорили на каждом углу, а Алейдис обвиняли в том, что она-де была в сговоре с этим ужасным кровопийцей. Эта странная и нервирующая смесь настойчивых ухаживаний и злобных нападок заставила ее глубоко задуматься. С одной стороны, ее обличали в преступлениях, о которых она до недавнего времени даже не подозревала, а с другой — целая орава дворянских и купеческих семей теперь надеялась на возможность нажиться именно на этих преступлениях, пытаясь обмануть вдову человека, который их совершал.

«Если так пойдет и дальше, — думала Алейдис, — то я не смогу показаться на улице».

Вздохнув, она направилась в гостиную, где за столом уже сидели родители и Катрейн. Она не задумываясь позвала их к себе на обед. Ей так хотелось в этот день увидеть хотя бы несколько приветливых и родных лиц.

— Разве раньше люди вели себя со мной так бесцеремонно и проявляли такую неприкрытую злобу? — озвучила Алейдис свои мысли. — За последние несколько дней не могу припомнить ничего подобного.

— Какое-то брожение началось уже давно, — сказал Йорг. — Но все это стало настолько явным из-за того, что в святое воскресенье на площадях и церквях собираются толпы народу. Ты же говорила, что Андреа уже сталкивался с подобным отношением, вот теперь пришел и твой черед.

— А на вас тоже нападают? — с тревогой спросила Алейдис у отца и мачехи.

— Нет, до сих пор нас никто не тревожил, — ответила Криста и, чтобы успокоить падчерицу, положила ладонь на ее руку. — Не волнуйся, у нас все будет хорошо. После всего, что мы узнали о Николаи за это время, вероятно, следовало ожидать, что люди будут искать козла отпущения, на которого можно излить презрение и злобу. Боюсь, тебе придется какое-то время с этим мириться, Алейдис. Но в конце концов все успокоится.

— Уверена, так оно и будет, — согласилась с ней Катрейн. — А до тех пор мы все будем держаться заодно и следить за тем, чтобы дело моего отца жило и процветало, правда? Ты умна и способна, и рано или поздно люди это оценят. Скоро ты станешь такой же успешной, как отец.

Алейдис скривила губы.

— Ты действительно думаешь, что это так просто? При жизни Николаи люди не посмели бы открыто поносить меня. Мы были уважаемой семьей.

— Да, на твою репутацию брошена тень, — склонил голову Йорг. — Эта мысль и мне некоторое время не давала покоя. И чтобы люди поняли, что ты не продолжательница дела своего мужа, я полагаю, потребуется нечто большее, чем рвение и упорство.

— Ты говоришь о запятнанной репутации, — сказала Криста, — но я бы выразилась яснее. Пятно лежит на фамилии Голатти. Людей отвращает именно она, а не сама Алейдис. Судья уже подал вчера мысль, что эту проблему можно решить путем замужества.

Алейдис удивленно вскинула голову.

— Ага, теперь вы будете упрашивать меня выйти замуж!

— Нет, Алейдис, вовсе нет, — замахала руками Криста. — Если ты только сама не захочешь, но в настоящее время, полагаю, об этом не может быть и речи.

— Так и есть.

Криста кивком дала понять, что понимает, и тут же продолжила:

— Но кто сказал, что нужно обязательно выходить замуж, чтобы что-то существенно изменить? Если ты хочешь, чтобы тебя воспринимали как самостоятельную фигуру в твоем ремесле, есть более простые решения.

— Ты права! — просветлел лицом Йорг. — И цех не будет против, ведь ты не меняешь род занятий. Возможно, только придется немного переделать герб, но это несложно.

Алейдис переводила взгляд то на отца, то на мачеху и, наконец, кивнула.

— На самом деле именно эта мысль и пришла мне в голову сегодня во время мессы. Андреа навеял мне ее своей истерикой. Он сказал, что ему приходится помалкивать, что он Голатти.

— Так может, пока стоит прекратить использовать эту фамилию, хотя бы на время, пока все не уляжется? — улыбнулась Криста. — Насколько я могу судить, не существует никаких препятствий, чтобы ты вела дела под своей девичьей фамилией.

— У фамилии де Брюнкер хорошая репутация в Кельне. Нас знают и уважают с незапамятных времен, — добавил Йорг. — Возможно, это чересчур смелый шаг, но в данной ситуации он кажется мне целесообразным.

— Ты что, хочешь отказаться от фамилии Голатти? — воскликнула Катрейн, широко раскрыв глаза.

Обеспокоенная выражением лица подруги, Алейдис быстро схватила ее за руку.

— Но я имею на это право. Многие вдовы возвращаются к девичьей фамилии после смерти мужа.

— Обычно из-за того, что чувствует большую привязанность к своей собственной семье, чем к семье мужа, — голос Катрейн дрогнул, и она побледнела. — Или потому что ее собственная семья более уважаемая и богатая, и это дает ей больше возможностей еще раз выйти замуж. Но не в нашем случае.

Не будет ли это выглядеть так, будто ты пытаешься отвернуться от всех нас?

— Нет, вовсе нет! — поспешила успокоить ее Алейдис, тут же вскочив на ноги и обняв подругу за плечи. — Так будет лучше для дела, ведь ты же хотела, чтобы оно жило и процветало. Если я оставлю все как есть, клиенты рано или поздно разбегутся от меня. Ты знаешь, на что способны зависть и дурная молва. Я должна разобраться с этим сейчас, пока на нас не набросились стервятники. Ничто не нарушит мою связь с тобой или девочками. Так же как и с Андреа, хотя видит бог, он не тот человек, с кем я предпочла бы сейчас оказаться рядом.

— Хорошо, если так, — слегка пошатнувшись, со вздохом проговорила Катрейн. — Должно быть, ты знаешь, что делаешь.

Она взглянула на Йорга и Кристу.

— Впрочем, что мне до этого?

— Давайте наслаждаться отличным воскресным обедом, — заключила Алейдис и одобряюще улыбнулась Катрейн. — А теперь мне стоит рассказать тебе о последнем проступке твоей дочери Урзель. И о ее ухажере, который по глупости своей тоже натворил бед.

— У Урзель есть ухажер? — вскинулась Катрейн.

— И еще какой, — усмехнулась Алейдис, довольная, что ей удалось перевести разговор на более приятную тему. — Они опять подрались.

— Ты не о Ленце, часом? Что опять натворил этот маленький негодник?

— Давайте подождем, пока все, включая твою дочь, сядут за стол, и устроим ей еще одну исповедь с покаянием.

— Как-то это жестоко, Алейдис. Тебе не кажется? — засмеялась Криста.

— А вот и нет. Как иначе она поймет, что девочке не стоит кататься в пыли, если не через стыд и смущение?

— Так ты считаешь, что маленький негодяй дразнит Урзель, чтобы покрасоваться перед ней?

— И чтобы привлечь ее внимание, — подтвердила Алейдис.

— Интересно.

— По мне, так это ребячество и отсутствие воспитания. Мальчику еще многое предстоит узнать о том, как можно себя вести, а как — нет.

— Возможно, но мне кажется, что и взрослые мужчины иногда ведут себя подобным образом, — язвительно улыбнулась Криста.

Алейдис недоуменно взглянула на нее, но та лишь со смехом махнула рукой.

— Не будем об этом. Надеюсь, Урзель задала ему хорошую взбучку.

— Криста, ради бога! — возмутился Йорг. — Юной особе неприлично так себя вести.

— Ты прав, — похлопала она его по плечу. — Неприлично, но иногда все же приходится.

— Если бы только от этого не страдала хорошая одежка, — вздохнула Алейдис.

— О, это пустяки, — махнула рукой Криста. — Одежку можно заштопать.

— Ты меня удивляешь, женщина!

Как ни старался Йорг сохранить страшное выражение лица, он не смог удержаться от ухмылки. Когда за дверями послышались шаги и голоса, Алейдис нарочито громко откашлялась и сказала:

— А вот и наша маленькая преступница. Урзель, садись сюда и молчи. Ты все еще в опале. А ты, Марлейн, помоги Герлин накрыть на стол.

Алейдис отправилась на кухню сообщить Эльз, что пора подавать жаркое. По дороге она размышляла над предложением Кристы впредь вести дела под фамилией де Брюнкер. Отец прав: это смелый шаг. Но сложные ситуации требуют решительных мер. Лишь время покажет, принесут ли они желаемые плоды, но, по крайней мере, впервые за последние дни она увидела проблеск света в кромешной тьме, в которую превратилась ее жизнь со смертью Николаи. И если она хотела снова прийти в себя, нужно принять решение. И хоть ей больно отказываться от фамилии человека, которого любила, это решение казалось ей правильным. Возвращаясь в гостиную, Алейдис задумалась над тем, одобрил бы такой поступок Николаи или нет. Как бы там ни было, он не оставил ей другого выбора. Завещав ей все состояние и свое ремесло, он полностью переложил на нее ответственность. Он должен был предвидеть, что это обернется для нее проблемами, часть из которых она не в состоянии решить. Или, возможно, он как раз на это и рассчитывал — что, оказавшись в тупике, она примет решение, которое подсказали ей отец и мачеха. И что это рано или поздно положит конец его подпольному королевству? Чем больше она думала, тем больше эта мысль казалась ей убедительной. Но в цепочке ее умозаключений не хватало одного очень важного звена — ответа на вопрос «почему». По какой причине Николаи мог пойти таким путем, чтобы покончить со своими грязными делами и раз и навсегда закрыть эту главу в истории семейства Голатти? И сколько она ни задавала себе этот вопрос, не могла придумать ничего правдоподобного.

# Глава 22

Скупщик краденого не рассказал Винценцу ничего полезного. Сказал лишь, что он не слышал, чтобы Бальтазар пытался продать камень в виде семиконечной звезды или кольцо. Ни о чем подобном не знали и Кленц с Биргелем, которых он спустя какое-то время отыскал в церкви Святой Марии в Лизкирхене. Воскресная месса пробудила в портовых рабочих зверский аппетит, в чем Винценц убедился лично, пригласив их в таверну на Фильценграбен. А может быть, они просто воспользовались случаем взыскать с него дополнительную оплату за сведения, которые для него добыли.

— У Бальтазара есть сын, — сообщил Биргель, не переставая обгладывать куриную ногу. — Ему сейчас лет четырнадцать, может, пятнадцать. Он красивый парень, по крайней мере внешне. Но внутри такой же гнилой, как и его папаша. В основном трется рядом с большими шишками и оказывает им особые услуги, если вы понимаете, о чем я. А одевается и ведет себя так, что по нему и не скажешь.

Судя по всему, именно он подыскивал для отца новых клиентов. Умно придумано, ничего не скажешь. Кто заподозрит мальчугана с такой невинной мордашкой в чем-то подобном? Хотя со своей невинностью он уже распрощался. Насколько я слышал, сейчас этот мальчуган рвет и мечет, что кто-то порешил его отца.

— Кстати, у него и жена, оказывается, была. Только представьте себе, — сказал Кленц, уминая жирный пирог с мясом. От одного вида этого пирога Винценцу стало дурно. — Но ведь должно же было это отродье как-то появиться на свет. Она тоже плачется, что Бальтазара убили, хотя на самом деле, должно быть, рада, что избавилась от него. Не похоже, чтобы он относился к жене с большой любовью. По крайней мере, она выглядит так, будто он регулярно ее поколачивал. Но как бы там ни было, и мамаша, и сынок жаждут мести. На их месте я бы затаился, потому что вам, судьям, ничего не стоит выковырять эту семейку из их логова, как грязь из-под ногтей, и отправить на виселицу.

— Прискорбные известия, — заметил Винценц, потягивая заказанное им пиво, которое, к удивлению, оказалось довольно сносным. — Но ничего, что бы могло мне помочь в поиске убийцы.

— Ну не эти, так другие помогут.

— А именно?

Винценц быстро отставил кружку в сторону и обратился в слух.

— Поговаривают, что некоторое время назад Бальтазара видели с женщиной.

— Некоторое время?

— Недели три, может, четыре, — уточнил Биргель с набитым ртом. — Как я слышал, женщина была недурна собой. Блондинка с милой мордашкой.

— И вовсе она не блондинка, — возразил Кленц, покачав головой. — Волосы у нее были каштановые.

— Светло-каштановые.

— Один черт.

Биргель снова вгрызся в пирог, прожевал и продолжил:

— Как бы там ни было, она была красоткой, а какие у нее там волосы, если уж на то пошло, разглядеть было невозможно, ведь на ней был чепец.

— Дальше что? — спросил Винценц, закатив глаза.

— В общем, красивая женщина в черной накидке и чепце, — резюмировал Биргель, поднося кружку к губам. — Платье вроде как под цвет глаз. Люди плохо запоминают такие подробности. Но все в один голос говорят, что женщина была красива. По крайней мере, казалась таковой на расстоянии, а приближаться к Бальтазару ни у кого желания не было.

Винценц сжал кулаки. У него возникло нехорошее предчувствие.

— Так, он разговаривал с женщиной. Что еще?

— После этого у него откуда ни возьмись появился кошелек с серебром, и он хвастался, что скоро разбогатеет. Очевидно, рассчитывал, что женщина отсыплет ему еще монет.

— Рассчитывал да прогадал, — подхватил Кленц, — должно быть, его отбрили. Если Хардвин знал о деньгах, немудрено, что он сейчас так бесится.

— Хардвин? — с вопросительным выражением лица вскинул голову Винценц.

— Сынок Бальтазара, — пожал плечами Кленц. — Должно быть, он уже раскатал губу на те деньги, а остался у разбитого корыта. Серебро, полученное ранее, Бальтазар, конечно, уже промотал.

— А что такого должен был сделать Бальтазар, за что ему посулили богатство? На этот счет ничего не слышно?

— Нет, — ответил Биргель, потянувшись за другой куриной ножкой. — Он о таком не трепался. Как я слышал, он делал грязную работу для многих высокопоставленных господ. Они бы не потерпели, что кто-то распускает язык.

В голове Винценца закипела напряженная работа.

— Можете описать мне эту женщину поточнее? Была ли она высокой, низкой, коренастой, миниатюрной? Кто-нибудь узнал ее или хотя бы заподозрил, кем она могла быть?

— Неа, — с сожалением покачал головой Биргель. — Только вот платье: то ли коричневое, то ли черное, то ли еще бог весть какое. Но такие платья носят только знатные. Бархат, шелк, все дела, да и чепец к тому же. Именно этим она и обратила на себя внимание. Ведь какая богатая особа станет якшаться с оборванцем вроде Бальтазара? Она была одна, но и у нее при себе был длинный нож. Не кинжал, а одна из тех штуковин, которыми повара режут мясо.

— Точно, — поддакнул Кленц. — Кто-то говорил, что это было то еще зрелище: такая маленькая хрупкая женщина с таким огромным ножом. Наверняка она боялась Бальтазара. Он был не самым приятным человека, а с ней никого не было... Ну то есть она была бы легкой добычей. Не только для Бальтазара, для любого негодяя.

Желудок Винценца свело мучительно судорогой.

— Возможно ли, что эта женщина была Алейдис Голатти? Она высокого роста, светлые волосы, ну точней, цвета меда. Всегда красиво одета.

Кленц и Биргель переглянулись и одновременно развели руками.

— Все возможно, — сказал Биргель и рыгнул, прикрыв рот рукой.

— Мы, конечно, еще поспрашиваем, но не думаю, что услышим что-то дельное. Прошло слишком много времени, три или четыре недели. Теперь, когда ломбардец и Бальтазар мертвы, у людей есть дела поважнее, чем запоминать лица женщин. Может, она вообще не имеет к этому отношения, кто знает?

Винценц как раз не был в этом уверен. Слишком много совпадений и слишком очевидна вероятность того, что таинственная женщина и есть заказчик убийства. Однако подозрение, что это может быть Алейдис, причиняло ему почти физическую боль. Неужели он так сильно в ней ошибся? Может ли быть так, что она все это время водила его за нос? Была ли она виновна в смерти своего мужа? Если да, то ему будет нелегко это принять. Он поблагодарил братьев, бросил на стол пригоршню монет и размашистым шагом вышел из таверны.

Проводив отца и его супругу, Алейдис пошла в кабинет поработать с бухгалтерскими книгами. Катрейн осталась в гостиной с дочерями. Но спустя какое-то время Алейдис услышала, что Герлин завет девочек в огород пропалывать сорняки. Чуть позже в дверях возникла Катрейн.

— Я не помешаю?

— Конечно же нет, заходи, присаживайся, — с улыбкой ответила Алейдис, указав на кресло напротив себя. Она уже держала в руках бухгалтерскую книгу, собираясь ее открыть, но заметив, что подруга чем-то озабочена, отложила книгу в сторону. — Ты выглядишь обеспокоенной, Катрейн. Что-то не так с девочками? Я слишком строга с Урзель или, может быть, наоборот, недостаточно строга?

— Нет, причина не в этом. Меня беспокоит другое.

Катрейн опустилась в кресло и сцепила руки на коленях.

На ее бледном лице выступили два красных пятна, указывающих на сильное волнение.

— Я потрясена и разочарована в тебе, Алейдис.

Пораженная ее словами, Алейдис выпрямилась.

— Разочарована?

— Да, мне трудно поверить, что ты задумала отказаться от фамилии моего отца. Мне кажется, что ты стыдишься его, и для меня это нестерпимо.

— Но Катрейн! — в ужасе воскликнула Алейдис. — Ты же знаешь, что это не так. Конечно, вернуть себе девичью фамилию — шаг смелый, но это не имеет никакого отношения к тебе или моим чувствам к твоему отцу. Я любила его, и ты это знаешь.

— Я тоже так считала. Но теперь... Как ты можешь так легко взять и отступить перед сплетниками? Имя Голатти всегда произносилось людьми с уважением. И в твоих силах вернуть эти времена. Но вместо этого ты предпочитаешь сдаться. Отказываясь быть Голатти, ты предаешь и отца, и меня.

Озадаченная резким тоном подруги, Алейдис попыталась ее успокоить.

— Я не отказываюсь ни от тебя, ни от твоего отца. Пойми, я просто хочу дать всем ясно понять, что вместе с Николаи умерло и его подпольное королевство, и мне будет проще это сделать, если на каждом углу не будут трепать мое имя. Потому что чем больше людей слышат его, тем больше обвинений и лжи выливается на нашу семью.

— Те же люди будут надсмехаться и поносить тебя, если ты вдруг вернешь себе девичью фамилию.

— Возможно, так оно и будет. Но этот шаг — послание. Если я и дальше буду именоваться вдовой Голатти, люди подумают, что все, боже упаси, осталось по-прежнему.

— Может, подумают, а может, и нет. Но ты опозоришь наш род, если отречешься от него.

— Нет, Катрейн, это не так, — возразила Алейдис, глубоко вздохнув, и замолчала, пытаясь разобраться в собственных мыслях. — Как бы мне ни было больно говорить, но это сам Николаи опорочил имя Голатти. Это была его воля и его решение создать себе подпольное королевство, причинять боль и страдания хорошим людям, чтобы умножить собственное богатство и влияние. Я никогда не смогу понять, как он дошел до такого и как эта темная сторона его натуры могла оставаться для меня тайной. Ты знала об этом, но ничего мне не сказала. И все же ты никогда не сомневалась, что творимое им шло вразрез с законом человеческим и Божьим. И даже если я когда-нибудь смогу простить Николаи за это, то, продолжив вести дела под его фамилией, я не смогу примириться с собственной совестью.

Катрейн оскорбленно отвернулась.

— По-твоему, отец был злым жестоким чудовищем? Но он делал немало добра, помогал беднякам и приютам, жертвовал церквям. И он был добр и щедр к тебе, Алейдис.

— Это так, Катрейн, и я буду всегда об этом помнить. Но много из этого, похоже, было всего лишь ширмой. Откуда мне знать, что из этого он делал от всего сердца, а что — для отвода глаз, чтобы люди не узнали, каков он на самом деле. И если мне это трудно понять, каково должно быть жителям Кельна!

Сказав это, Алейдис поняла, сколько горькой правды было в ее словах.

— Если бы ты действительно любила его, ты бы боролась за то, чтобы очистить его имя! — Катрейн рывком поднялась и направилась к дверям. В дверном проеме она обернулась. — А я так надеялась! Это я упросила отца сделать тебя наследницей, потому что знала, что ты достаточно умна и сильна, чтобы справиться с этим. И вот как ты меня отблагодарила. Отвернулась от нас и отреклась от фамилии отца! — Отрывистым движением она вытерла слезу в уголке глаза. — Я очень разочарована, Алейдис, я была о тебе лучшего мнения.

— Катрейн!

Алейдис тоже поднялась, чтобы остановить подругу, но та уже вышла из кабинета, захлопнув за собой дверь. Преодолев секундное замешательство, Алейдис последовала за ней, но, распахнув входную дверь, отпрянула. Прямо перед ней стоял Винценц ван Клеве, который уже поднял руку, собираясь постучать. Он взглянул на нее, и в его и без того мрачном взгляде появилось что-то угрожающее.

— Госпожа Алейдис, — он прошел в дом, не дожидаясь приглашения. — Мне нужно с вами поговорить.

Удивленная его тоном и все еще не пришедшая в себя от обвинений Катрейн, она закрыла дверь на засов и повернулась к Винценцу, который замер посреди меняльной конторы. Сердце ее готово было выпрыгнуть из груди, а в горле застрял комок.

— Ну, говорите! Зачем пожаловали? Тоже хотите обвинить меня в ненадлежащем поведении? Сегодня вы в этом не одиноки, так что можете не сдерживать себя.

Брови ван Клеве поползли вверх.

— Понятия не имею, о чем это вы. Просто хочу задать несколько вопросов и ожидаю, что вы ответите на них правдиво.

И все же его взгляд был настолько грозен, что Алейдис невольно сделала полшага назад.

— Когда это я отвечала вам неправдиво?

— Надеюсь, ради вашего блага, что никогда, госпожа Алейдис. Однако сегодня я узнал кое-что, что может поставить под сомнение все, что когда-либо было сказано между нами. Поэтому вы окажете себе услугу, если немедленно расскажете правду.

— Госпожа, что-то случилось?

В дверях задних покоев, видимо, привлеченный гневным голосом судьи, появился Зимон. За его спиной маячил Вардо, взиравший на гостя с той же озабоченностью и настороженностью.

— Вы двое, стойте на месте! — повелительно крикнул Винценц слугам, подняв руку, и вновь обратился к Алейдис. — Имеется ли у вас коричневое или черное платье и чепчик того же цвета?

Она посмотрела на него ничего не понимающим взглядом.

— У меня есть платья и чепчики всех возможных цветов.

— Надевали ли вы одно из них, когда три или четыре недели назад искали Бальтазара, чтобы заказать ему убийство мужа?

— Эй, да как ты смеешь! — Вардо выскочил из-за спины Зимона и бросился к Алейдис, но тут же отпрянул назад, когда Винценц выхватил короткий меч.

— Назад, я сказал! Госпожа Голатти, отвечайте!

Алейдис пораженно перевела взгляд с оружия на лицо Винценца. Он впился в нее глазами, и ни один мускул на его лице не выдавал того, что им движет.

— Я заказала Бальтазару убийство мужа? Как вы себе это представляете, во имя всего святого? Я никогда не встречала этого человека и даже не подозревала о его существовании. Вы из ума выжили! — Ее голос дрожал от изумления и гнева.

— Значит, это не вы та женщина со светлыми волосами, которая вручила ему кошелек с серебряными монетами и пообещала еще, после чего он хвастался среди дружков, что скоро разбогатеет?

— Нет же, я этого не делала, — ответила она, обхватив щеки ладонями. — И кто вам только сказал такое?!

Винценц, казалось, был тронут ее реакцией и немного смягчил тон.

— Сегодня я узнал, что три или четыре недели назад с Бальтазаром была замечена блондинка прелестной наружности и в дорогой одежде. Она была одна, но при себе держала довольно большой мясницкий нож, вероятно, для защиты. На тех, кто это наблюдал, зрелище произвело неизгладимое впечатление, настолько разительным был контраст между миниатюрной фигурой и огромным ножом. Вряд ли вы станете отрицать, что эта женщина вполне подходит под ваше описание, госпожа Алейдис.

Она возмущенно вскинула голову.

— В Кельне сотни, а может быть, тысячи женщин, которые подходят под это описание. Вы действительно верите, что я способна на такой ужасный поступок?

— Во что я верю или не верю, здесь не обсуждается. Я должен основывать свое расследование на доказательствах и свидетельских показаниях.

Она тяжело перевела дух.

— Вы говорите так, как будто вам очень хочется доказать, что я виновна в смерти Николаи.

Повисла долгая, неловкая пауза, которую прервал шумный вздох ван Клеве.

— Нет, это не так, госпожа Алейдис. Наоборот. Мне... мне было бы очень жаль так ошибиться на ваш счет.

Его взгляд потеплел, а вот она, напротив, почувствовала легкое подташнивание.

— Я не нанимала Бальтазара убить Николаи. Я была счастлива рядом с мужем. Он был добр ко мне, и даже если это означало, что я пребывала в иллюзии, мне жилось в ней намного счастливее, чем сейчас. Я никогда не желала его смерти. Она не принесла мне никакой пользы, а только море проблем, которые я могу разрешить, лишь принимая решения, которые могут пойти во вред моей семье и добрым друзьям.

Она вытерла глаза тыльной стороной ладони, но не смогла удержать несколько слезинок, которые скатились по щекам. Со слоновьей грацией ван Клеве взял ее за руку и провел к скамье, стоявшей у меняльного стола.

— Сядьте, вы вся дрожите.

— А вы удивлены? — Она стряхнула его руку. — Думаю, будет лучше, если вы покинете этот дом прямо сейчас.

— Я бы так и сделал, если бы нам не нужно было искать убийцу.

Не спрашивая разрешения, он уселся рядом с ней, и тут же оба слуги подошли к ним поближе, бросая настороженные взгляды на судью. Но поскольку он сел в некотором отдалении, они, вероятно не увидели причины вмешиваться. Винценц прислонился к стене и некоторое время смотрел в потолок.

— Откуда вам вообще стало известно о таинственной женщине, которая искала Бальтазара? — прервала молчание Алейдис.

— Из двух надежных источников. Они вращаются в тех же кругах, что и Бальтазар.

— Люди из преступного мира?

Боковым зрением он уловил, как от удивления широко раскрылись ее глаза.

— Не совсем. Они работают в доках, на одном из грузовых кранов. Многое видят и слышат. Они надежные ребята, и у меня нет оснований сомневаться в их словах.

— Так может, они говорили правду?

От этого замечания Зимона Алейдис чуть не подпрыгнула на месте. Слуга слегка склонил голову, поймав холодный взгляд судьи, а потом продолжил:

— Возможно, кто-то пытался выдать себя за нашу хозяйку. В Кельне действительно полным-полно блондинок. Пусть они и не такие красавицы, как госпожа Алейдис.

— Цвет волос точно разглядеть не удалось. То ли светлые, то ли золотисто-каштановые.

— И все же вы сразу заподозрили меня? — нахмурила лоб Алейдис.

— Я должен был исключить ту версию, которая напрашивалась сама собой. — Ван Клеве перевел взгляд на потолок. — Возможно, я немного перегнул палку.

— Возможно?

— Если извинения уместны, я готов их принести.

— Я принимаю ваши извинения, господин ван Клеве.

— Вот и славно, — кивнул он. — На днях мы говорили о том, что, возможно, именно госпожа Гризельда подтолкнула вашего мужа к созданию подпольного королевства.

— Подтолкнула?

— Не исключено, что она принесла в качестве приданого первый камень для фундамента, на котором было воздвигнуто это королевство.

— Вы подозреваете семейство Хюрт? — Алейдис задумчиво постучала пальцем по губам. — Я тоже, по крайней мере с тех пор, как мы побывали у Арнольда. Значит, вы хотите сказать, что, когда Николаи женился на Гризельде, ее семья уже вела дела с преступным миром? — Она призадумалась. — Если не ошибаюсь, это был 1394 год. По времени, кажется, все совпадает. Влияние на Совет Николаи приобрел, правда, годом позже.

— Вы всегда говорили, что жестокость и обман не были присущи его природе. Возможно, он обманывал вас, но вы многие годы знали его только с лучшей стороны. Если бы все это было неправдой, ваш отец рано или поздно что-нибудь заподозрил бы. Так что идея, что не он изначально стоял у создания подпольного королевства, не лишена смысла. Хотя и у него явно были амбиции, иначе он не смог бы так успешно заниматься своим ремеслом. Женитьба на женщине из богатой, влиятельной семьи была ему на руку. С другой стороны, семья Хюрт выбрала ломбардца из множества других претендентов на руку Гризельды. Возможно, он был именно тем, кто им нужен. Перспективная меняльная контора, чьи возможности они могли бы использовать в собственных целях. В конце концов, они внесли немалую лепту в свержение старого Совета.

— Но все это домыслы, — с сомнением заметила Алейдис.

— Которые вносят ясность, почему ваш муж являл миру и вам столь разные личины.

Ненадолго воцарилось молчание. Алейдис попыталась сопоставить услышанное с тем, что уже знала.

— Как вы думаете... — начала она, но вдруг замолчала.

— Что вы хотите спросить? Продолжайте.

— Возможно, вы сочтете меня чересчур наивной, поскольку я все еще тешу себя надеждой, что мой муж не был воплощением зла... — Поймав на себе нетерпеливый взгляд судьи, она вздохнула. — Как вы думаете, если судить по поведению Николаи, был ли он счастлив в своем подпольном королевстве? По-моему, нет. Катрейн убедила его изменить завещание в мою пользу. Это было очень необычное решение. Вы сами говорили, что ему было кому передать дело, даже если исключить Андреа. Если Николаи решил возложить всю ответственность на меня, то он наверняка знал, что я никогда не соглашусь продолжить его незаконный промысел. Конечно, он понимал, что рано или поздно я разберусь с тем, как вести дела в меняльной конторе. В конце концов, я долгое время помогала отцу и многому научилась. Но он должен был знать, что я никогда не смогу вымогать деньги за покровительство или навязывать займы. И я никогда не пойду на то, чтобы подкупить члена Совета деньгами или обещаниями.

Она перевела взгляд на слуг.

— Зимон, Вардо, возвращайтесь к работе. Нечего тут торчать и присматривать за мной!

— Вы уверены, госпожа? — с сомнением спросил Зимон.

— Я не причиню вашей госпоже вреда, так что делайте то, что она вам велит, — сказал Винценц, улыбнувшись. — Но в крайнем случае она всегда может кликнуть вас на помощь, не так ли?

— Это не смешно, — нахмурилась Алейдис.

— Я и не собирался шутить.

Когда слуги удалились, он продолжил:

— Значит, вы тешите себя надеждой, что Николаи изменил свою последнюю волю, чтобы вы разорвали его связь с преступным миром?

— Это глупо с моей стороны, да?

— Нет, отчего же, с вашей стороны это выглядит вполне правдоподобно.

Она удивленно подняла глаза.

— А с вашей?

— Это объяснение позволило бы пролить свет на один из вопросов, ответ на который до сих пор ускользал от меня. Вы слишком мягкая...

— Я знаю.

— И у вас слишком доброе сердце, чтобы Николаи разглядел в вас преемницу. Но если взглянуть на это с другой стороны, то возникает вопрос, кому такой шаг был бы как удар в подбрюшье?

Алейдис вздохнула так, что ее горло сжало тисками.

— Семейству Гризельды? Может быть, кто-то из них и нанял Бальтазара? Конечно, вряд ли их обрадовало бы, если бы паутина связей и обязательств, которую Николаи плел годами или даже десятилетиями, порвалась в клочья.

После недолгого размышления Винценц покачал головой.

— Однако описание женщины, которую видели с Бальтазаром, говорит не в пользу этой версии. Если она действительно заплатила за убийство, вряд ли она из семейства Хюрт.

— Отчего же нет?

Винценц мрачно улыбнулся.

— Очевидцы в один голос утверждают, что женщина была настоящей красавицей, а ни одна из представительниц этого семейства не может похвастаться красотой.

Алейдис попыталась вспомнить, как выглядят Хюрты.

— Вы преувеличиваете. В конце концов, дети Арнольда и его братьев и сестер, как, впрочем, и их внуки, гораздо симпатичнее своих родителей.

Мысль, которая пронеслась в этот миг в ее голове, была настолько ужасна, что она пошатнулась.

— Боже правый!

— А ведь именно Катрейн уговорила отца изменить завещание, — заметил ван Клеве.

— Ни слова больше!

Голос, которым Алейдис это произнесла, походил скорей на сдавленный писк.

— По какой причине она это сделала? Она должна была раскрыть ее вам.

Горло Алейдис сжалось еще сильнее, и она быстро и часто задышала, прежде чем смогла заговорить.

— Она надеется, что я успешно продолжу дело ее отца. Но она всегда подчеркивала, что я должна заниматься лишь его официальным ремеслом, то есть менять деньги и выдавать обычные займы.

Винценц поднялся и сделал несколько шагов к двери, затем повернул назад.

— Какова вероятность, что и семья Хюрт когда-то убедила Николаи теми же доводами? Может ли быть такое, что они тоже поначалу просто пообещали ему необходимую поддержку, которая позволит расширить дело? И постепенно, шаг за шагом, увели его на кривую дорожку?

— Пресвятая Богородица! — быстро осенила себя крестом Алейдис.

— По-вашему, насколько велико влияние на вас вашей лучшей подруги? Вы ведь целиком ей доверяете, не так ли? Возможно, пройдет совсем немного времени, и Арнольд или, может быть, одна из женщин его клана предложит вам помощь. Среди них ведь есть те, кто причастен к успеху своих мужей.

Алейдис в ужасе закрыла лицо руками.

— А Катрейн так разозлилась, что я... О нет, это не может быть правдой!

— Из-за чего же она разозлилась?

Он быстро сел рядом с ней и отнял ее руки от лица.

— О чем вы говорите?

— Она была здесь сегодня. Вы, наверное, видели, как она выходила. Я пригласила ее и родителей на обед после церкви. Мы обсудили проблемы и пришли к мнению, что мне стоит вести дела в меняльной конторе под моей девичьей фамилией.

— И вы додумались до этого только сейчас?

Она рывком подняла голову.

— Я давно хотел дать вам этот совет, если бы вы не были так глубоко потрясены смертью мужа. Значит, Катрейн не очень хорошо восприняла это известие?

— Она сильно разозлилась. Никогда ее такой не видела. Она обвинила меня в том, что я хочу предать Николаи и всю семью. А я не знала, что ей ответить. Но сейчас...

— Могла ли она догадаться, что Николаи разгадал ее замысел? Мог ли он понять, что его дочь пытается повлиять на вас через семью своей матери, как когда-то они повлияли на него? Он исполнил желание Катрейн, назначив вас главным наследником, но, возможно, лишь потому, что понимал, что вы никогда не продолжите его преступный промысел. Не исключено, что он собирался обо всем вам рассказать, но, к сожалению, не успел.

Алейдис удивленно подняла брови, потом поняла и с трудом перевела дыхание.

— Катрейн была так счастлива, когда вскрыли завещание. — Она снова перекрестилась и вдруг в ужасе замерла. — Вы хотите сказать, что она убила отца, чтобы я раньше времени вступила в права наследства и он не смог меня предупредить?

Алейдис почувствовала, как к горлу подкатывает тошнота.

— Это безумие. Катрейн не убийца!

— Нам предстоит это выяснить. Насколько она хладнокровна и расчетлива, я смогу понять, лишь когда допрошу ее. Пойдемте.

Винценц поднялся, и Алейдис тоже поспешно вскочила на ноги.

— Нет, пожалуйста... Позвольте мне поговорить с ней. Она натерпелась ужасов от покойного мужа. Она даже не осмеливается выйти из бегинажа.

Алейдис быстро последовала за ним к двери. И сердце заколотилось бешеной дробью, когда ее осенила еще одна страшная мысль.

— А ведь у Катрейн есть темно-коричневое бархатное платье и шелковый чепчик такого же цвета. Она хранит его в память о прежней жизни...

Винценц остановился и многозначительно посмотрел на нее.

— Жизни, которая была настолько ужасной, что она искала убежища от нее в бегинаже?

Алейдис уставилась в пол, не зная, что ей ответить.

— Она моя подруга.

— Значит, вам удастся вывести ее на откровенность.

Никогда еще Алейдис не чувствовала себя такой несчастной.

— Я очень на это надеюсь.

# Глава 23

Они как раз подошли к воротам бегинажа, когда увидели, что к ним приближается Андреа в сопровождении нотариуса Эвальда фон Одендорпа. Разглядев сердитое и решительное выражение лица деверя, Алейдис сразу же поняла, что эта встреча не сулит ей ничего хорошего.

— Куда это ты собралась? — бросил Андреа вместо приветствия и остановился перед ней. Сузив глаза, он окинул презрительным взглядом сначала ее, потом Винценца.

— Ты ходишь с ним? Это недопустимо. Почему тебя не сопровождают слуги или хотя бы горничная? Неужели ты хочешь навлечь на себя сплетни еще и потому, что разгуливаешь по городу с посторонним мужчиной?

— Господин ван Клеве не какой-то там посторонний мужчина, а полномочный судья, и мы не разгуливаем, а направляемся к Катрейн, — возмутилась Алейдис. — А вы, господин Эвальд, — поинтересовалась она у нотариуса, — какими судьбами здесь оказались? Неужели мой деверь не дает вам покоя даже в воскресный день?

— Воскресенье или понедельник, нотариусу все едино, если свершается неправда, которую нужно разоблачить, — с апломбом провозгласил Андреа и тут же попытался схватить Алейдис за руку. — Пойдем со мной, у меня к тебе серьезный разговор. Ты немедленно предоставишь мне доступ ко всем документам, имеющим отношение к меняльной конторе и выдаче кредитов. Как брат Николаи я имею право знать, как идут дела. Не так ли, господин Эвальд?

Нотариус смущенно втянул голову в плечи.

— Если вы видите основания для беспокойства, что дела госпожи Алейдис ведутся недолжным образом, вы можете подать протест и предложить свою помощь. Но...

— Именно так я и поступлю.

— С чего это ты решил, что я веду дела недолжным образом? — спросила Алейдис, сердито скрестив руки на груди. — Это просто предлог для вмешательства. Николаи лишил тебя наследства, Андреа.

— Это не значит, что я смирюсь с тем, что ты разваливаешь дело моего брата.

— Ничего я не разваливаю!

— Она действительно ничего не разваливает, — подал голос Винценц, встав рядом с ней. — Как это понимать, господин Эвальд? — обратился он к нотариусу. — Насколько мне известно, завещание Голатти юридически безупречно. На каких основаниях вы принимаете протест?

— Я не принимаю, — ответил нотариус, сжавшись еще больше. — Господин Андреа разыскал меня и попросил сопровождать его на Глокенгассе, чтобы официально выразить госпоже Алейдис опасения насчет ее способностей вести дела в меняльной конторе. Он может сделать это в любое время, независимо от того, лишен он наследства или нет, как один из ближайших родственников мужского пола. Однако я хотел бы добавить...

— Какая чушь! — вскричала Алейдис, бросив на Андреа возмущенный взгляд. — Его утверждения высосаны из пальца. Он говорит, что я не способна управлять конторой лишь потому, что его раздражает, что Николаи оставил все мне. Но это не моя вина, а решение моего покойного супруга, которое мы обязаны уважать.

— Ничего я не собираюсь уважать, Алейдис! Я брат Николаи и имею право на наследство, и ты, разумеется, не станешь этого оспаривать. Кто ты вообще такая? Купеческая дочка, которая была замужем за моим братом меньше года. И ты, похоже, даже не беременна. Так объясни мне, какие у тебя права на наследство?

— Не знаю, — со вздохом призналась Алейдис. — Возможно, у меня на него не больше прав, чем у тебя, хотя и по другой причине. Но Николаи распорядился так, и мы обязаны подчиниться его воле.

— Ты вероломная себялюбивая сука! — взвизгнул Андреа, схватил Алейдис за руку и попытался потащить за собой. — Я этого так не оставлю, слышишь? Ты отдашь мне то, что мне причитается, иначе...

Его гневная речь оборвалась криком боли. Это Винценц перехватил его руку и резким рывком заставил разжать пальцы и отпустить Алейдис.

— Остановитесь, Андреа Голатти! В присутствии полномочного судьи вам следует вести себя корректно и не применять насилия к беззащитной вдове.

Он толкнул Голатти в грудь, так что тому пришлось отступить на несколько шагов назад.

— А вы, Эвальд, как смеете всерьез принимать к рассмотрению весь этот бред?

Нотариус затрепетал, однако набрался смелости и поднял голову.

— Как я уже неоднократно пытался объяснить господину Андреа, перспектив оспорить завещание практически нет. Однако я обязан рассмотреть любую жалобу. Извините, если это причиняет вам неудобство, госпожа Алейдис. Вашего деверя невозможно было отговорить от намерения повидаться с вами.

— Ах вот как! Это просто удар мне в спину! — взревел Андреа и хотел было наброситься на нотариуса, но его снова удержал Винценц.

— Хватит вести себя как одержимый!

— У меня есть право...

— Прекрати, Андреа! — прикрикнула на деверя Алейдис, которая уже была сыта по горло его воплями. — Ты выставляешь себя на посмешище, неужели непонятно? На нас уже смотрят люди. И все лишь потому, что ты не можешь смириться, что брат лишил тебя наследства. Уж не знаю, что произошло между вами, но полагаю, ему хватило, чтобы усомниться в твоих способностях. — Она вздохнула, подумав о бремени, которое взвалил на ее плечи Николаи. — Возможно, он боялся, что у тебя возникнет соблазн присвоить и его преступный промысел.

— Его темные делишки? Я не хочу иметь с этим ничего общего, Алейдис, я уже говорил тебе это раньше и повторю снова.

— Тем лучше, — сказал Винценц, указав на вход в бегинаж. — Боюсь, вам недолго пришлось бы довольствоваться богатством и влиянием, которое они приносят. Или вы предпочли бы, чтобы вами командовала женщина?

— О чем это вы? — недоуменно уставился на судью Андреа.

Алейдис, чувствуя себя крайне неловко, откашлялась.

— Господин ван Клеве, у вас пока нет ни улик, ни признания.

— Тогда нам не стоит терять время, если мы хотим их добиться.

Судья решительно вошел в ворота бегинажа. Андреа растерянно посмотрел ему вслед.

— О чем это он говорит?

Алейдис печально развела руками.

— Следуй за мной. И вы, господин Эвальд, тоже. Полагаю, лишние свидетели нам не помешают.

— Свидетели чего? — спросил Андреа, поспешив за ними во двор.

Винценц уже стучал в двери главного корпуса. Ему открыла старая нищенка. Он спросил, где найти Катрейн.

— На заднем дворе у ограды есть садик. Госпожа Катрейн там, — старуха указала на полукруглый арочный проем между главным корпусом и курятником. — Пропалывает свои травки, которые добавляет в мази и отвары, благослови ее Господь.

Алейдис и Винценц переглянулись. Прежде чем они пошли дальше, она коснулась рукой его плеча.

— Позвольте мне, пожалуйста. Боюсь, что она испугается.

— Боишься! Что вы хотите сделать? О чем речь? — подал голос все еще недоумевающий Андреа, переводя взгляд то на судью, то на невестку.

— Замолчите, — не терпящим возражения голосом скомандовал Винценц. — Идите, госпожа

Алейдис, но будьте осторожны. Мы не знаем, что могло двигать Катрейн. И мы будем рядом, чтобы слышать каждое слово.

Склонив голову, Алейдис шагнула в арку с тревожным ощущением в животе. Тут же ее окружили ароматы сотен трав, произраставших на грядках, и цветов, что тянулись к свету с клумб и пышных кустарников. От внешнего мира садик отгораживала каменная стена высотой в человеческий рост. Прямо у стены, на последней грядке стояла на коленях Катрейн, орудуя маленькой лопаткой и серпом. Рядом с ней стояла овальная деревянная чаша, из которой торчали корни трав, ожидавших пересадки на новое место. Услышав шаги на посыпанной гравием дорожке, она обернулась и задумчиво поднялась.

Алейдис глянула через плечо. Винценц, Андреа и нотариус шли за ней, но замерли на почтительном расстоянии. Катрейн проследила за ней ничего не выражавшим взглядом.

— Не думаю, что ты пришла извиниться.

Алейдис остановилась в двух шагах от подруги.

— Я здесь, чтобы задать тебе вопрос, Катрейн.

— Вопрос, на который ты, очевидно, уже знаешь ответ, иначе зачем бы тебе приводить с собой полномочного судью и двух свидетелей?

Неприятный холодок пробежал по спине Алейдис.

— Почему, Катрейн? Почему ты хотела, чтобы я унаследовала дело твоего отца?

Подруга осторожно положила серп, которым только что срезала травы, на землю рядом с чашей, и ответила до жути спокойным голосом.

— Потому что ты такая же умная, как мама. Отец никогда не давал мне возможности достичь чего-то в этой жизни. Он не хотел, чтобы я вмешивалась в его дела. Он говорил, что хочет защитить меня, но совершенно не обращал внимания на то, что на самом деле предназначалось для меня матерью. Она была сильной женщиной, Алейдис, как и ты. А я была настолько глупа, что в пятнадцать лет влюбилась в мужчину и думала, что проживу с ним счастливо до конца дней. И посмотри, что мне это дало. Я живу одна в бегинаже, потому что не могу больше выносить общество мужчин. Предупреди своих спутников, что я буду царапаться, кусаться и кричать, если они подойдут ко мне слишком близко. Скажи им это!

В голосе Катрейн прорезались истеричные интонации. Алейдис снова оглянулась. Никто из мужчин не тронулся с места.

— Они не причинят тебе вреда. Я не понимаю одного, Катрейн. Это ты ходила к Бальтазару и дала ему денег на то...

— Чтобы он убил отца? — Катрейн сложила руки на животе. — Я не в восторге от этого поступка. Это была самая ужасная прогулка в моей жизни. И не только потому, что я чуть не умерла от страха. Я любила отца.

— И он любил тебя. Почему же ты захотела его смерти?

Ее голос отдался эхом в голове.

— Да, он любил меня и хотел защитить. Но не защитил. Много лет подряд он вынуждал меня жить с Якобом. Я умоляла его прекратить мои страдания, но он этого не сделал. Он избил Якоба однажды. Всего один раз! Я хотела, чтобы он убил его, но он сказал, что его душа и так уже проклята и он не хочет отягощать ее еще и убийством. Скажи мне, Алейдис, кто, как не отец, должен был вырвать меня из лап жестокого мужа? Он хотел забрать меня у Якоба, но это было не так просто, и ничего не двигалось с места, пока... Если бы мама была жива, до этого бы не дошло. Она без колебаний подослала бы к Якобу какого-нибудь головореза. А так мне пришлось сделать это самой, Алейдис. Я должна была избавиться от него.

— Ты убила своего мужа?

Алейдис уставилась на тихо плачущую женщину, не веря своим ушам.

— У меня бы на это не хватило сил, — ответила Катрейн, вытирая слезы, — но в Бонне тоже есть люди вроде Бальтазара.

— Ты наняла кого-то из них.

— У меня не оставалось выбора. Отец хотел мне помочь, я уверена, что хотел, но не помог. Все это тянулось слишком медленно, и уж конечно, он не решился бы на убийство. — Катрейн на мгновение замолчала. — Он был против того, чтобы посвящать тебя в свои секреты. Он хотел защитить и тебя, так он сказал. Ты была слишком милой и доброй для его теневого мира. Я убеждала его, но он вел себя как старый упрямый осел. Тогда-то я и поняла, что он стал нерешительным и мягким. Возможно, он всегда таким был. Я только сейчас понимаю, что движущей силой для него была мама.

Пораженная, Алейдис опустила глаза.

— Он не желал, чтобы ты стала похожа на мать, Катрейн, как ты этого не понимаешь?

Та ничего на это не ответила и продолжила ровным голосом:

— Когда он женился на тебе, снова появилась надежда, Алейдис. Ты всегда была такой умной и способной. Ты бы понравилась маме. Когда отец доверил тебе вести книги, я поняла, что ты станешь большим приобретением для нашей семьи. Только подумай, как хорошо мы с тобой ладили, Алейдис. Как сестры. Сначала отец боялся, что я буду ревновать тебя, но нет, я никогда не ревновала. Я с самого начала надеялась, что ты займешь место матери, во многих отношениях. — Она разжала ладони и разгладила подол. — И почему он отказывался выполнить мое желание? Я была так зла, Алейдис. Зла и разочарована. Он просто не понимал, что потеряет, если не послушает меня. Почему он никогда меня не слушал? Никогда не поступал так, как я его просила?

— Катрейн?

Гримаса боли на лице подруги, ее дрожащий голос развеяли последние сомнения в страшной правде.

— Значит, ты пошла к Бальтазару и заплатила ему, чтобы он убил отца?

— Да, — голос Катрейн прозвучал как замогильное эхо. — Отныне моя душа проклята навеки. Я очень скорблю по отцу, потому что, несмотря ни на что, я его очень любила. Он всегда был добрым, хорошим отцом. Впрочем, героем он никогда не был. — Катрейн тяжело вздохнула. — Вот почему все должно было выглядеть так, как будто он... Он должен был предстать таким же слабым, каким он казался мне.

— Ты хочешь сказать, все должно было выглядеть так, будто он покончил с собой? Катрейн, но этим ты могла навлечь беду на всю нашу семью! Даже на девочек.

Катрейн кивнула и снова протерла глаза.

— Я сожалею о том, что сотворила, Алейдис, ибо это смертный грех. Но в то же время я рада, что отец выполнил мою просьбу. Он назначил главной наследницей тебя, Алейдис. Таково было мое желание. Но почему он об этом умолчал? Все было бы совершенно иначе.

Испустив гневный вопль, Андреа бросился вперед. Катрейн подняла голову и, издав приглушенный писк, попятилась. Но Андреа в два счета оказался возле нее, схватил за плечи и грубо встряхнул.

— Ты, коварная душегубка! Как ты могла убить собственного отца! Мой брат мертв, потому что его погубила собственная плоть и кровь! Я сверну тебе шею, мерзкая тварь!

Андреа попытался схватить ее за шею, но Катрейн, пронзительно завизжав, принялась колотить кулаками и ногами, а ее белые зубы впились дяде в руку. Винценц подбежал к Андреа и попытался оттащить его от охваченной паникой женщины.

— Катрейн! Катрейн! — звала ее Алейдис, но тщетно, подруга ее не слышала.

Во дворе и у арки уже стали собираться первые любопытные. Госпожа Йоната выбежала из главного корпуса, чтобы прогнать их прочь, а когда ее слова не возымели действия, она просто растолкала их и побежала в сад.

— Ради всего святого, что здесь происходит? Что с госпожой Катрейн? У нее припадок?

— Успокойтесь, Голатти! — крикнул Винценц, которому наконец удалось оторвать Андреа от Катрейн. — Алейдис, успокойте ее, ради бога, сейчас сюда сбежится вся Глокенгассе!

Алейдис решительно шагнула к Катрейн, но тут же замерла на месте. Лицо подруги было пепельно-серым, на щеках багровели два огромных пятна, широко раскрытые глаза бессмысленно вращались во все стороны.

— Все в порядке, Катрейн, успокойся, Андреа к тебе больше не подойдет.

Алейдис осторожно протянула подруге руку, но та снова испуганно попятилась, пока не уперлась спиной в каменную ограду.

— Что здесь происходит? — повторила главная бегинка, беспомощно озираясь по сторонам. — Госпожа Катрейн, что с вами?

— Прошу прощения, госпожа Йоната, — ответил ей Винценц, которому к тому времени удалось немного успокоить Андреа. — Боюсь, госпоже Катрейн придется проследовать с нами. Она призналась, что наняла человека по имени Бальтазар, чтобы тот убил ее отца.

— Что? — побледнела госпожа Йоната и дважды перекрестилась. — Не могу в это поверить.

Она с опаской сделала несколько шагов в сторону Катрейн.

— Это правда?

— Я верила, что обязана так поступить. Я была так зла на него.

Голос Катрейн снова был спокоен, но взгляд был прикован к Андреа и Винценцу, точно она опасалась нового нападения.

— Он должен был быть наказан за то, что отказался выполнять мои желания.

— Убийца несчастная! — прошипел Андреа. Он готов был снова наброситься на племянницу, но Винценц схватил его и оттащил в сторону. Через плечо он бросил взгляд на Алейдис.

— Я пошлю за стражником.

— Нет, — покачала головой Алейдис. — Со стражником она не пойдет. Позвольте я сама отведу ее.

— Вы?

— Она моя подруга.

— Она совершенно не в себе.

— Нет, это не так. Но она боится мужчин. Покойный муж причинил ей слишком много боли и страданий. Она не даст ни вам, ни стражнику прикоснуться к себе.

— Как ты могла, Катрейн! Ты заслуживаешь худшего из наказаний! — Андреа гневно пожирал глазами племянницу, но больше не пытался приблизиться.

— Я сделала лишь то, что должна была сделать, Андреа, — ответила Катрейн. — Я больше не могла этого выносить. Отец подвел меня. А теперь и ты меня подвела, — обратилась она к Алейдис. — Теперь для тебя открыты все дороги. Я была так счастлива, когда огласили завещание, а теперь ты просто хочешь отвернуться от нас и отречься от фамилии отца. Зачем ты так оскорбляешь мою семью?

Алейдис не нашлась, что ей ответить, даже когда Катрейн вновь начала плакать. Беспомощная и растерянная, она стояла перед лучшей подругой, пытаясь понять, что творится в ее голове, как могло дойти до такого, что она решилась на убийство собственного отца.

— Катрейн, послушай меня. — Она отчаянно пыталась найти нужные слова. — Николаи изменил завещание вовсе не потому, что ты так пожелала.

— Нет же, он все сделал так, как я просила. Он все завещал тебе — таково было мое желание.

Странная блаженная улыбка заиграла на губах Катрейн. И от этой улыбки волосы на голове Алейдис встали дыбом.

— Нет, Катрейн, я думаю, он сделал это, потому что знал, что я буду противиться его подпольному королевству... и твоим замыслам. Долгое время я никак не могла взять в толк, что побудило его оставить все мне. Но теперь, когда я выслушала тебя, я понимаю, что он хотел помешать тебе и семье твоей матери влиять на меня, как когда-то они влияли на него. Полагаю, он хотел открыть мне правду и предупредить, что я должна пойти против тебя и Хюртов и покончить с его подпольным королевством. Но ты помешала этому, убив его.

— Нет, он исполнил мое самое большое желание.

— Уверена, он желал, чтобы и ты держалась как можно дальше от его преступлений.

— Он никогда не брал меня в дело, хоть я и не глупышка. Я могла бы работать в меняльной конторе и выдавать кредиты. Но вместо этого он позволил мне выйти за Якоба.

— Он хотел как лучше, Катрейн. — Алейдис трудно было осознать, что таила история этой семьи, бывшей для многих образцом достатка и благополучия. — Отпустить тебя в Бонн было ошибкой, и он до последнего сожалел об этом. Ты же знаешь, он сделал все, чтобы вернуть тебя обратно...

— Все? Нет, это не так. Если бы он любил меня, как я люблю его, он свернул бы Якобу шею на моих глазах. Вместо этого он собрался устроить развод, но Якоб оказался умнее его, и мне пришлось взять этот грех на себя.

— Госпожа Алейдис, там собирается все больше прохожих, — сообщила обеспокоенная Йоната, выглянув в арку. К тому времени суматоха в саду привлекла внимание других бегинок, и, видимо, кто-то из них отправил весть в дом Алейдис, поскольку во дворе уже стояли Вардо и Зимон, энергично оттесняя зевак. Винценц оглянулся и выругался сквозь зубы.

— Мы не можем забрать ее отсюда сейчас, толпа просто растерзает ее на части. Найдется ли в бегинаже помещение, в которой мы можем запереть ее на время?

— Да-да, — закивала старшая бегинка. — Можно отвести Катрейн в ее собственную келью, она как раз запирается снаружи, а окно зарешечено.

— Хорошо, отведите ее туда. Но позаботьтесь о том, чтобы в ее комнате не было никаких острых предметов, веревок, простыней и тому подобного.

— Отчего же? — удивилась Йоната, но тут же испуганно закрыла рот рукой. — Пресвятая Дева Мария, так вы боитесь, что она?..

— Просто вынесите из кельи все, что там есть.

— Как скажете. Я мигом все устрою.

И она поспешила в главный корпус. А зевак тем временем все прибывало. Появились и два шеффена. Винценц переговаривался с ними, не спуская глаз с Андреа. Тот, казалось, успокоился и лишь поглядывал исподлобья на Катрейн. Алейдис чувствовала себя так, будто у нее с плеч сняли мельничный жернов. Она не могла поверить этому чувству и в то же время боялась, что Катрейн тронулась рассудком. На лице подруги вновь блуждала блаженная улыбка, поражающая своей бессмысленностью и неуместностью. Но она все же решилась задать ей еще один вопрос.

— Это ты заколола Бальтазара кинжалом отца?

— Да, — совершенно будничным тоном ответила Катрейн. — Он не хотел мне его отдавать.

— Кинжал? — с дрожью в голосе спросила Алейдис.

— Нет, кинжал он сам отдал мне раньше. Я хотела оставить его себе. Он мне нравится больше, чем нож, который я обычно беру с собой, когда мне приходится выбираться в город. И выглядит он еще более угрожающе, ведь он такой длинный и острый. Нет, я говорю о кольце. Бальтазар утверждал, что никакого кольца не было. Но это ложь. Отец никогда не расставался с ним. Никогда, понимаешь? Он не носил его на пальце, а прятал в одежде. Это кольцо было дорого ему, и я считала, что оно по праву мое. Оно особенное, Алейдис. Но эта грязная свинья украла его и поплатилась за это. — Катрейн перешла на шепот. — Он заплатил своей никчемной жизнью. Я бросила его в Рейн, это было проще всего, ведь мы стояли на берегу. Перед этим я обыскала его, но кольца при нем действительно не было.

— Он проглотил его, — сказала Алейдис.

Лицо Катрейн вспыхнуло лихорадочным румянцем.

— Вы нашли его? Где оно?

— Господин ван Клеве держит его под замком.

— О чем ты там болтаешь? — заинтересовался Андреа, сделав несколько шагов вперед, прежде чем Винценц успел преградить ему путь. — Что еще за кольцо?

— Кольцо отца, — ответила Катрейн, отступив назад и глядя на серп, который все еще лежал на земле рядом с миской и лопаткой.

Поймав ее взгляд, Алейдис быстро подняла серп и завела руку за спину.

— Это очень красивое и важное кольцо. С печаткой в виде звезды с семью лучами, как на печати отца.

— И что же в нем такого важного? Оно ценное? — не отставал от племянницы Андреа. — Отвечай, мерзавка, пока еще можешь!

— О да, — холодно улыбнулась Катрейн. — Очень ценное. Оно ключ к богатству и власти.

— Какие-то суеверные бредни, — скривился Андреа. — Ты несешь чушь.

— Келья готова, — сообщила старшая бегинка, которая появилась в саду вместе со служанкой. — Но вы действительно считаете разумным оставлять ее здесь? Вы только посмотрите, сколько людей пытается попасть во двор.

— Если мы попытаемся провести ее мимо них, для всех нас это может закончиться очень скверно. Особенно для госпожи Катрейн, — заметил ван Клеве и обратился к Алейдис: — Сможете ли вы провести ее в келью, и присматривать за ней столько, сколько потребуется? Боюсь, мы не можем пока забрать ее отсюда. Слишком велик риск, что толпа набросится и растерзает ее. Чуть позже мы пришлем закрытую повозку. Так, по крайней мере, ей никто не причинит вреда, пока ее не препроводят в тюрьму.

— Я позабочусь о ней, — согласилась Алейдис. Она осторожно подошла к подруге и тронула ее за руку. — Пойдем, я провожу тебя.

— Ты ведь позаботишься о моих девочках, как обещала?

— Конечно, позабочусь.

Бережно взяв Катрейн за руку, она повела ее к арке.

— Не беспокойся о дочерях. У меня они всегда найдут любовь, кров и ласку.

— Это хорошо.

Когда они подошли к арке, Катрейн вдруг проворным движением выхватила у Алейдис серп. В следующий момент она поднесла лезвие серпа себе к горлу.

— Нет!

Андреа оказался самым проворным. Он бросился на племянницу, грубо отшвырнув Алейдис в сторону, так что та не устояла на ногах и упала на землю. Вскрикнув, Катрейн принялась бороться с дядей. Тот пытался вырвать у нее острое орудие, но она не сдавалась: пинала его ногами и кричала как обезумевшая. Поднявшись на ноги, Алейдис попыталась вмешаться. Винценц последовал ее примеру. Но отчаявшаяся женщина все яростнее размахивала серпом. Наконец, Андреа удалось взять вверх, и он схватил ее сзади. Но отчаяние точно придало ей сил. С яростным воплем она вырвалась из его захвата и вслепую ударила серпом, угодив Андреа прямо в левый глаз. Он взвыл от боли, отпустил ее и отшатнулся. Алейдис едва успела отпрыгнуть в сторону, когда Катрейн, испустив громкий крик, оттолкнула дядю от себя, да так, что тот опрокинулся назад, ударился головой о каменную арку и сполз на землю.

Катрейн замолчала, но тут завопила госпожа Йоната, а сопровождавшая ее служанка тоже вскрикнула от ужаса.

— Боже правый, Андреа!

Катрейн замерла на месте, точно заколдованная, глядя немигающими глазами на безжизненное тело дяди. У того из выбитого глаза и зияющей раны на затылке струилась кровь.

— Помогите, кто-нибудь помогите ему! — взмолилась она, будто забыв, что эти раны нанесены ее рукой. Но потом она наклонилась, чтобы поднять серп. Винценц быстро наступил на орудие ногой.

— Уведите уже, наконец, эту женщину, и побыстрее! Свяжите ее, если потребуется.

Взгляд Алейдис метался от Андреа к Катрейн. Она не понимала, кто из них сейчас больше нуждается в ее помощи. Уловив ее сомнения, ван Клеве сказал:

— Отведите ее в келью, Алейдис, я позабочусь о вашем девере.

И тут же отправил кого-то за помощью, водой, заживляющими мазями и чистыми платками. Тем временем Зимон и Вардо едва сдерживали напор желавших хоть одним глазком взглянуть на то, что происходит. Алейдис решительно схватила Катрейн за руку.

— Пойдем.

И добавила, обратившись к главной бегинке, которая опустилась на колени рядом с Андреа:

— Госпожа Йоната, помогите мне, пожалуйста. И ты тоже, — подозвала она бледную как мел служанку.

Когда они сопровождали Катрейн в главный корпус, она слышала, как Винценц охрипшим голосом раздает распоряжения:

— Приведите городского врача, этот человек еще жив. Ленц, подойди-ка сюда. Бери ноги в руки и беги на Старый рынок. Спросишь там магистра Бурку. Скажи, пусть немедленно идет сюда.

— Там неподалеку живет банщик Йупп. Ему тоже сказать?

Голос мальчика дрожал от волнения.

— Да, пожалуй. Если мы хотим спасти Голатти, чем больше целителей, тем лучше.

— Я не хотела, Алейдис, — сказала Катрейн, без сопротивления позволив отвести себя в свои покои на втором этаже. — Я не хотела причинить вред Андреа, но он схватил меня так, как это делал Якоб.

— Я знаю.

Алейдис с грустью взглянула на женщину, которая некогда была ее лучшей подругой. Они были близки как сестры. Что теперь с ней будет? Закон суров — за убийство грозила виселица.

Вздохнув, Алейдис заперла за Катрейн дверь, убедившись, что в келье нет никаких острых или опасных предметов.

— Снимите с нее чепчик и все шнуры с одежды, — распорядился один из шеффенов, который следовал за ними по пятам на почтительном расстоянии, и указал на дверь. — Мы должны быть уверены, что она доживет до суда.

# Глава 24

В пятницу, вскоре после вечерни, Алейдис, обуреваемая противоречивыми чувствами, ступила во внутренний дворик школы фехтования. Зимон, который неотступно следовал за ней по пятам, обвел дворик настороженным взглядом.

— Здесь никого нет. Вы уверены, что полномочный судья ожидает вас?

— Не уверена, — ответила Алейдис, также с сомнением оглядевшись по сторонам. — Он приглашал меня неделю назад.

Наверное, он уже давно забыл об этом. А она выставила себя на посмешище.

Впрочем, ей хотелось поблагодарить его. Ведь это благодаря его заступничеству Катрейн удалось избежать смертного приговора. Вместо этого в счет ренты, которую завещал ей Николаи, к задней стене бегинажа решено было пристроить еще одну комнату, в которой ей предстояло провести остаток жизни, общаясь с миром лишь через маленькое зарешеченное окошко, выходящее в сад, через которое ей будут подавать еду и выносить ночной горшок. Алейдис была нестерпима мысль, что Катрейн попадет в руки палача и ее, возможно, погребут заживо. Скандал и позор больно ударили по семье. Особенно по девочкам, которые были убиты горем, пусть еще и не могли осознать, что же такого совершила их мать. Смерть Катрейн была бы для них еще одним сильным потрясением. Поэтому Алейдис сделала все, что от нее зависело, чтобы Катрейн сохранили жизнь. Кроме того, она считала, что у ее бывшей лучшей подруги временами случалось помутнение рассудка и она не отдавала себе отчета в том, что творит. Ведь она так и не смогла толком объяснить, зачем ей понадобилось убивать отца. Порой судьи проявляли снисхождение к женщинам и вместо смертной казни, которой они заслуживали, приговаривали их к пожизненному заключению. Винценц пошел ей навстречу, но не из милосердия, а потому что считал, что, даровав Катрейн быструю смерть, он окажет ей услугу. Провести всю жизнь за решеткой без надежды выйти на свободу было куда более суровым наказанием. Семья Хюрт, обеспокоенная шумихой вокруг родственницы, также просила о смягчении наказания. Катрейн выслушала приговор с безучастным выражением лица и с тех пор не проронила ни слова.

— Там внутри тренируются несколько молодых людей, но с ними другой мастер фехтования. Имени его я не знаю, — сообщил Зимон, который только что заглянул в зал. — Может быть, нам стоит прийти в другой раз?

— Да, наверное, — то ли с разочарованием, то ли с облегчением вздохнула Алейдис. Она повернулась, чтобы уйти, но замерла на месте от удивления, увидев перед собой высокую женщину в черном платье, расшитом серебряными нитями. Волосы у женщины, тоже черные, были уложены в два строгих пучка и стянуты серебряной сеткой. Рядом с ней стоял один из слуг, которого Алейдис видела в доме Винценца.

— Добрый день, госпожа Алейдис, — с любезной улыбкой сказала женщина, присев в реверансе. — Как хорошо, что вы пришли. Нас до сих пор не представили друг другу. Меня зовут Альба. Винценц ван Клеве — мой брат.

— Добрый день, госпожа Альба, — улыбнулась ей в ответ Алейдис и тоже поклонилась. Однако на этом ее красноречие иссякло. Альба махнула рукой в сторону школы фехтования.

— Как вы уже, наверное, заметили, брата там нет. Он приносит извинения. У него возникли неотложные дела. Новое преступление.

— Убийство? — вдруг спросила Алейдис.

— Да, только в этот раз все намного проще. Однако дело требует его присутствия. Ему нужно опрашивать свидетелей и собирать улики. Что поделать, таков его долг. Клевин, — обратилась она к слуге и требовательно простерла руку, в которой тут же оказалась продолговатая деревянная шкатулка. Снова улыбнувшись, она протянула шкатулку Алейдис.

— Он просил передать вам это. Полагаю, вы знаете, что внутри.

С тревожным чувством Алейдис взяла шкатулку и отбросила крышку.

В лучах заходящего солнца блеснули ограненные камни в рукояти кинжала. Рядом с кинжалом лежало кольцо с семиконечной звездой. Она осторожно закрыла шкатулку.

— Неужели ваш брат послал вас гонцом?

Альба рассмеялась.

— Честно говоря, я сама напросилась, мне любопытно было взглянуть на вас. К сожалению, нам не представилось возможности узнать друг друга получше.

— Вам было любопытно взглянуть на меня? Почему?

— Потому что у меня такое чувство, что мы могли бы стать подругами. А предчувствия редко меня обманывают. А все, что мне удалось узнать о вас, говорит о том, что вам тоже не помешала бы подруга.

Поймав недоуменный взгляд Алейдис, она игриво подмигнула.

— Знаю, знаю, до сих пор наши семьи были не очень-то дружны. Но теперь, раз уж вы намерены вести дела в меняльной конторе под фамилией де Брюнкер, нет никаких препятствий для заключения мира. Даже у отца не должно возникнуть никаких серьезных возражений против хотя бы временного перемирия, если учесть, что мой отец не из тех людей, которые быстро соглашаются на мировую. Впрочем, вас это не должно волновать. Я говорю исключительно от своего имени.

— А что скажет ваш брат, узнав, что вы хотите подружиться со мной?

— Ой, он вечно мрачнеет и грохочет, как грозовая туча с громом, но вам пора бы уже к этому привыкнуть. Мне немного неловко это признавать, но я не могу избавиться от подозрения, что это новое убийство подвернулось ему под руку не просто так. Скажите, не произошло ли между братом и вами чего-то такого, что заставило бы его отдалиться от вас? Может быть, вы поссорились или что-то в этом роде?

— Нет.

Вспомнив о событиях последних трех недель, Алейдис почувствовала, что ее щеки горят каким-то неестественным жаром.

— Мы не ссорились.

— Ладно, значит, он держится от вас подальше по другим причинам.

Довольная улыбка на лице Альбы вызвала у Алейдис внезапное раздражение.

— Не понимаю, о чем это вы.

— Ну в этом вы с ним похожи, — снова засмеялась Альба. — Винценц говорил мне, что ваши, как их правильно назвать, сводные внучки?.. — Она снова хохотнула, но тут же прикрыла рот рукой. — Ну вы поняли, ваши ученицы... Их умение обращаться с иголкой и ниткой оставляет желать лучшего. Так уж совпало, что у меня есть некоторые способности к вышиванию, и я с радостью поделюсь всем, что знаю, с девочками.

Она сделала паузу, и ее лицо приняло серьезное выражение.

— Надеюсь, они в добром здравии? Дурные вести, видимо, не обошли их стороной. Мне даже трудно вообразить, что они сейчас чувствуют, когда их мать навсегда замурована в одиночной камере.

— Они держатся хорошо, — печально ответила Алейдис. — Марлейн ведет себя еще тише, чем обычно, а Урзель... ну она такая взрывная, и она сейчас скорее сердится, чем грустит. Я пытаюсь отвлекать их, как только могу. Это нелегко.

— Могу себе представить. Однако это дает мне надежду, что вы примете мое предложение. Может быть, я помогу им развеяться.

— Вы очень добры, — заметила Алейдис, с сомнением глядя на сестру полномочного судьи. — Но, позвольте спросить, какой вам с этого прок?

— Вы стали слишком подозрительны, — отвечала Альба, не переставая улыбаться. — Это неудивительно, если учесть, что до сих пор судьба играла с вами в кошки-мышки. И если уж угодно подозревать меня в скрытых мотивах, я, пожалуй, попрошу у вас в обмен на мою помощь оказать мне одну услугу. Не волнуйтесь, ничего выходящего за рамки приличий, и вам не придется продавать душу дьяволу.

— О какой же услуге идет речь?

— У меня есть дочь, ее зовут Брунгильда, ей почти шестнадцать, и она крайне мечтательная особа. Один Господь знает, в кого она такая уродилась. Порой она доводит меня этим до исступления, хотя на самом деле я ее очень люблю. Судя по словам брата, нрав у вас не в пример мягче моего, так что, полагаю, вы лучше с ней поладите. Ей бы еще год или два поучиться управляться по дому, прежде чем мы выдадим ее замуж. Готовы ли вы взять на себя эту задачу?

— Вы отдадите дочь в мой дом на обучение? — не могла поверить ушам Алейдис.

— Знаю, это смелый шаг, если учесть недавний скандал вокруг вашей семьи.

— А что же ваш брат, он не против?

— Брунгильда — моя дочь, а не его. Если я решу, что у вас она будет в хороших руках, он не станет возражать.

Алейдис понимала, как этот шаг скажется на ее положении в городе.

— Знаете что, госпожа Альба, я не настолько глупа, чтобы отказать вам в этой просьбе.

— Брунгильда — замечательная девочка. И только представьте себе, сколько пользы вы извлечете из того, что Урзель и Марлейн так навострятся орудовать иглой и ниткой, что вскоре можно будет отличить мак от бабочки.

— Брат и об этом вам рассказал?

— Мой брат не такой толстокожий, каким пытается казаться. Кроме того, его греет мысль, что ему не придется обучать вас владению кинжалом, ведь этим могу заняться я. Однажды он научил меня. Правда, я тогда была гораздо моложе, чем вы сейчас, а он — чтобы вы знали — на два года младше меня. Его всегда заботила моя безопасность, как сейчас заботит ваша.

— Неужели?

Замечание Альбы Алейдис сочла довольно двусмысленным и неприличным.

— Он просил передать, что вам нужно больше практиковаться, чтобы в следующий раз никто не смог обезоружить вас так легко, как это сделала госпожа Катрейн.

Румянец на щеках Алейдис вспыхнул с новой силой, и она даже отвернулась, чтобы скрыть от Альбы свое смущение.

— Скажите, как поживает ваш деверь? Тот несчастный купец. Винценц сказал, что его сильно ранили.

И голос, и лицо Альбы выражали искреннее сострадание, так что Алейдис решила сменить гнев на милость.

— Мой деверь очень плох. Он потерял глаз, а огромная рана на голове пока так и не зажила. Мастер

Йупп, банщик, и доктор Бурка сошлись во мнении, что Андреа понадобится много времени, чтобы восстановить здоровье. И то если в глазнице не разовьется гангрена.

— Какой ужас! Он ведь пытался помочь вам, да?

— Он хотел помешать Катрейн покончить с собой. Теперь мы можем только молиться за него.

— О да, конечно, я тоже помяну его в своих молитвах.

Альба на мгновение замолчала, но потом снова попыталась улыбнуться, вероятно, желая отвлечь Алейдис от грустных мыслей.

— А теперь давайте решим, когда мы можем встретиться и обсудить все, как полагается. Может быть, в воскресенье? Я бы могла заглянуть к вам после мессы, если вам удобно.

Поддавшись внезапному душевному порыву, Альба сделала два шага, отделявшие ее от Алейдис, и тепло обняла ее.

— Вы не одиноки в этом мире, Алейдис. Возможно, сейчас вы ощущаете себя именно так, но знайте, что это чувство перестанет довлеть над вами, как только сами того захотите. А сейчас мне пора идти. Клевин, — подозвала она слугу, — пойдем, у меня еще есть дела. А вам, Алейдис, всего доброго и до встречи в воскресенье.

Немного растерявшись, Алейдис попрощалась с некоторым опозданием и еще стояла какое-то время, провожая взглядом стройную черную фигуру, которая энергичным шагом удалялась со двора. И когда Альба исчезла за воротами школы, она опустила глаза на шкатулку, которую сжимала в руках.

— Ну что ж, Зимон, пора и нам домой.

Шагая впереди верного слуги, Алейдис пыталась придать походке и выражению лица ту же решительность, которую мгновением ранее наблюдала у сестры полномочного судьи. Всю дорогу домой она размышляла о том, как странно складывается ее жизнь. Впереди ее ждало еще много неизведанного. Вот теперь к ней в подруги напросилась Альба ван Клеве, которая, казалось, жаждет познакомиться с ней поближе. Однако Алейдис сомневалась, что у нее самой быстро возникнут дружеские чувства к этой женщине. Не потому, что ван Клеве враждовали с Николаи. Случившееся пошатнуло ее веру в людей, и она не знала, сможет ли когда-либо снова кому-то доверять. Осознание того, что внешнее впечатление, которое производит человек, может разительно отличаться от того, каков он внутри, заставило ее усомниться в собственной способности судить о людях. И конечно, должно пройти немало времени, прежде чем жизнь в ее доме вернется в прежнее русло. Содеянное Катрейн ударило не только по ее дочерям. Все слуги были в ужасе от того, что сотворила дочь Николаи. Вардо, вероятно, переживал эту трагедию острее всех. Его мучила совесть, что именно его брат был нанят Катрейн для убийства Николаи. Слуга ворчал больше обычного, почти ни с кем не разговаривал и старался не попадаться хозяйке на глаза. Алейдис понимала это, но ей хотелось, чтобы и он понял: она не винит его за преступления брата. Но единственное, что она могла сделать, это продемонстрировать ему, что по-прежнему ценит его и доверяет ему.

Когда они дошли до Глокенгассе, Зимон махнул рукой в сторону соседнего дома, у ворот которого двое рабочих разгружали телегу с булыжниками и обожженным кирпичом.

— Гляньте-ка, сороки слетелись. Как хорошо, что толстуха Эльз не видит. А то будет потом всем рассказывать всякие бредни. Однажды поганый язык ее погубит, говорю вам, госпожа.

Взглядом Алейдис проследила за его рукой, и по ее спине побежали мурашки. В прошлый раз Марлейн насчитала четырех сорок, и в их доме случились четыре смерти. По крайней мере, если не сбрасывать со счетов Руфуса и курицу. Она решительно тряхнула головой. Поверить в суеверные бредни поварихи? Это было для нее слишком.

— Эльз много болтает, когда день длинный и ей нечем заняться. Не стоит обращать на нее внимание.

— А что вы будете делать с кинжалом и кольцом?

Алейдис взглянула на шкатулку в руке, а потом снова на добродушного евнуха.

— Пока не знаю. Возможно, сложу в один из сундуков Николаи. Пусть хранятся там до поры до времени.

— В тот, что со странным буквенным замком?

— Отличная идея, Зимон. Я, пожалуй, вообще не буду в него залезать.

Довольная этим решением, она слегка улыбнулась, но тут же напряглась, когда из дома донеслись сердитые детские крики и ругань и беспомощные причитания Герлин. Вздохнув, она взяла шкатулку под мышку и, подобрав юбки, поспешила в дом.

# От автора

Дорогие читатели и читательницы!

После выхода в 2016 году шестого и последнего тома моей серии исторических романов об аптекарше Аделине я получила (и продолжаю получать) многочисленные письма от ее поклонников с просьбой не отправлять Аделину «на пенсию». Однако в то время издательство уже планировало начало новой серии. Я обещала тем, кто переживал за Аделину, что им понравится и моя новая героиня, Алейдис де Брюнкер, и не только потому, что она тоже живет в Кельне.

Я надеюсь, что эта серия мне удалась. История Кельна — настоящая сокровищница для романистов, поэтому мне не хотелось так быстро расставаться с этим городом. События, которые разворачиваются в новой серии романов, произошли немногим позже описанных в последнем томе «Аделины». Благодаря этому вы, уважаемые читатели, можете заглянуть, пусть и одним глазком, в будущее неспокойного семейства.

Кроме того, я позволила себе более подробно рассмотреть судьбы некоторых второстепенных персонажей прошлых книг. Например, Эльзбет, некогда публичная женщина, которая успела стать за это время хозяйкой борделя «У прекрасной дамы» и поднять его репутацию на недосягаемую высоту. Впервые это гнездилище порока упоминается в книге «Смерть в публичном доме». У этого дома существует реальный прототип в истории: публичный дом Sconevrowe («Прекрасная дама») на улице Швальбенгассе в районе Берлих, который пользовался дурной славой, впервые упоминается в хрониках в 1286 году.

У других мест, таких как университетская школа фехтования, также имеются исторические аналоги. Меня не перестает восхищать кредитная и залоговая система позднего Средневековья, а также мир меняльных контор, который был тесно связан с ней. Развитие этой системы на протяжении многих веков привело к становлению современной банковской и страховой системы. На это указывают нам многие термины. Например, слово «банкрот», которое происходит от термина «banca rotta». Когда итальянские менялы были не в состоянии платить по счетам, они разбивали столы или скамьи, на которых вели свое дело. Об этом также вскользь упоминается в романе.

В своих исследованиях я постоянно натыкаюсь на интересные и необычные детали, например, на то, что в позднем Средневековье уже было известно множество различных типов замков и запорных механизмов. В итальянском манускрипте 1420 года приводится иллюстрация замка для писем с шестью регулируемыми кольцами. Я встретила упоминание о нем чисто случайно во время поиска совершенно другой информации и сочла эту деталь такой увлекательной, что решила включить похожий предмет в свой сюжет. И кто еще, кроме таинственного ломбардца Николаи Голатти, мог владеть таким сложным по тем временам механизмом?

Запись в кельнской городской хронике об изгнании евреев из города послужила толчком к развитию фабулы настоящего романа. 16 августа 1423 года Городской совет Кельна принял решение не продлевать евреям разрешение на проживание, которое выдавало им каждые десять лет, и, таким образом, изгнать евреев из города 1 октября 1424 года «up ewige tzyden»[17] [Питер Фукс. Хроника истории города Кельна, том 2: с 1400 года до наших дней. Кёльн: Гревен Верлаг, 1991]. Однако у этого решения Совета не было никаких очевидных оснований. Это сразу же побудило мое воображение искать собственные причины и вплетать их в сюжет романа.

Николаи Голатти, как вы, наверное, заметили, сегодня назвали бы «мафиози». Его подпольное королевство имеет много общество с современными

[17] На веки вечные *(идиш)*.

мафиозными структурами. Взяточничество, мошенничество, рэкет возникли не вчера, их корни следует искать в далеком прошлом. Мне показалось особенно интересным столкнуть молодую и поначалу ничего не подозревающую вдову Николаи Голатти именно с этими неприглядными аспектами его жизни. Как она отреагирует на это? Что будет делать? Как ей удастся принять эту ужасную правду о том, что ее муж жил двойной жизнью? Как видите, я хотела создать не вторую Аделину, а что-то новое, по-своему захватывающее. Хотя эта книга также посвящена убийству и семейным перипетиям, мне было важно расставить акценты совершенно иначе, и я надеюсь, что вы полюбите Алейдис, и так же сильно, как когда-то любили Аделину. То, что история Алейдис де Брюнкер на этом романе не заканчивается, бесспорный факт. Тем не менее я попыталась сделать его концовку интересной и в то же время намекнуть на дальнейшее развитие истории, чтобы вы, мой дорогой читатель, сгорали от любопытства.

Петра Шир

Май 2017 года

# Оглавление

Литературно-художественное издание

*Для лиц старше 16 лет*

Петра Шир
ЗОЛОТО КЁЛЬНА

Генеральный директор *Мария Смирнова*
Главный редактор *Антонина Галль*
Ведущий редактор *Пётр Щёголев*
Художественный редактор *Александр Андрейчук*

Издательство «Аркадия»
Телефон редакции: (812) 401-62-29
Адрес для писем: 197022, Санкт-Петербург, а/я 21

Подписано в печать 23.09.2022.
Формат издания $84\times108^{1}/_{32}$. Печ. л. 17,0. Печать офсетная.
Тираж 4000 экз. Дата изготовления 31.10.2022. Заказ № 2208620.

Отпечатано в полном соответствии с качеством
предоставленного электронного оригинал-макета
в ООО «Ярославский полиграфический комбинат»
150049, Россия, Ярославль, ул. Свободы, 97

Произведено в Российской Федерации
Срок годности не ограничен



16+
ЗНАК ИНФОРМАЦИОННОЙ ПРОДУКЦИИ